U0895328

FONGHONG

吕铮 著

江苏凤凰文艺出版社
JIANGSU PHOENIX LITERATURE AND ART PUBLISHING

图书在版编目（CIP）数据

三叉戟之纵横四海 / 吕铮著. -- 南京：江苏凤凰文艺出版社，2020.11
ISBN 978-7-5594-4412-7

Ⅰ. ①三… Ⅱ. ①吕… Ⅲ. ①长篇小说－中国－当代
Ⅳ. ①I247.5

中国版本图书馆CIP数据核字（2020）第159328号

三叉戟之纵横四海

吕铮　著

责任编辑　孙金荣
策划编辑　孙小波
特约编辑　郑嘉期
责任校对　孔智敏
出版统筹　孙小野
出版发行　江苏凤凰文艺出版社
　　　　　南京市中央路165号，邮编：210009
网　　址　http://www.jswenyi.com
印　　刷　石家庄继文印刷有限公司
开　　本　700毫米×1000毫米　1/16
印　　张　24
字　　数　340千字
版　　次　2020年11月第1版
印　　次　2020年11月第1次印刷
书　　号　ISBN 978-7-5594-4412-7
定　　价　52.00元

写这个故事的时候，我已经四十岁了。都说四十岁是道坎儿，该人生不惑，但我迎来的却是四六不靠的中年危机。自己的警察生涯已经走过了二十年，往前似乎欠着脚就能瞄到终点，但回望却充满了遗憾和不安。每当这时我就会想起他们，那几个老警察。

他们那时还不算老，整天相互贬损没个正形，在外人眼里可能自由散漫，但只要一搞案子，就立马生龙活虎嗷嗷地叫。他们做事坚定，似乎很少犹豫彷徨，他们身上有一股气，说不上是勇气、义气还是什么，他们干起活儿来不要命，关键的时候往前冲敢搭上自己。我一直觉得，他们才是真正的爷们儿，才配得上警察这个名称。但时间是个可怕的东西，像扑面而来的浮尘，在不经意间将人淹没。他们现在都老了，不再豪情壮志、意气用事，他们脱下了制服，离开了警界，和曾经破获的案子一样，消失在历史里。所以我有了提笔的冲动，想把他们的故事记录下来，让更多的人看到。

1

新世纪初，海城警方开展了一次旷日持久的严打。盘踞各方的流氓势力分崩离析，当时道上有名的“哈道”“小武”纷纷落马，就连号称“万箭穿心而不死”的“灯哥”也被弄进去了。但在警方如此的高压态势下，却依然发生了一起骇人听闻的大案，足以令警队蒙羞。

在一个初秋的上午，狭长的林荫道宛如时光隧道，一辆老旧的皇冠轿车飞驰在路上。阳光很刺眼，开车的人抬手打开遮光板，又拿了盘磁带，插进卡座，杨坤的《无所谓》顿时响起。他留着寸头，穿一件泛黄的皮夹克，嘴上叼着“中南海”。这时，电话响起。他犹豫了一下，接通了电话。

“大棍子，你丫把车开走了？”那头传出了一个男人的声音。

“没有啊。”他矢口否认。

“放屁，我都听见声儿了！你是不是去抓人了？”对方是郭俭，海城刑警队的重案队长。

“哼，”他不屑地一笑，关上了音乐，“已经在路上了。放心，肯定给丫拿下。”他是重案队的刑警，今年三十四岁，本名徐国柱，外号大棍子。

“拿下个屁！我告诉你啊，‘旱鸭子’已经跑路了，现在这个点儿火车都已经开了。”郭俭说。

“我知道，K18 次，目的地襄城，”徐国柱说，“‘霍大屁股’的消息都传到你那了？”

“废话，别忘了，我是你的队长！”郭俭提醒道。

“哎，那个巡警怎么样了？”徐国柱问。

“还算命大，贯穿伤，子弹从腮帮子左进右出，但估计以后说不清楚话了。”

“他大爷的！”徐国柱咒骂，“听说指纹也对上了，和‘12·13’案件一致？”

“应该是。哎，别说废话了，马上回来，抓人的事儿我联系襄城的老陈。你一个人不行。”郭俭说。

“你哪只眼睛看出我不行了？”徐国柱反问，“再说，这事儿跟他妈襄城重案有个鸟关系啊？‘郭大白话’我不是说你，你就总干这种没屁眼儿的事儿……”

“你给我闭嘴！”郭俭听不下去了，“让你回来，是邢局的意思。”他指出重点。

“那你就告诉邢局，我关机了！这事儿你别拦着我，小康是我的‘点子’，让他做证也是我的主意。现在人死了，我得负责。”徐国柱大声说。

“负责，你负得了责吗？”郭俭也急了，“得得得，事已至此，我拦不住你行了吧。你开着手机，有情况随时通报。”他挂断了电话。

“靠！”徐国柱狠狠地拍了一下方向盘，又点燃了一支中南海，猛抽两口。他说的“小康”本名郭平，是海城黑道老大“灯哥”的手下，灯哥的许多账目都由他管，算是个地下财务总监。为了说服他出庭做证，徐国柱可谓费了九牛二虎之力，他手里攥着不少灯哥的“猛料”，一旦作为证据使用足以让灯哥将牢底坐穿。却不料就在昨晚，他被人持枪击毙在海城银行市北支行门前。作为一名从业十年的重案刑警，徐国柱是不相信那些所谓抢劫杀人的论断的。虽然在案发现场，小康被抢走了130万元现金，但徐国柱认定，凶手的作案动机肯定不是奔钱，而是奔命。试想哪个劫匪会选择在闹市中杀人，而且还在小康倒地后再补两枪，又在逃亡中射伤一名巡警。他这么做的目的无非有二：一是杀人灭口，给灯哥销罪；二是以儆效尤，告诫其他人闭嘴。但在没有获得证据之前，这一切依然只是推测，徐国柱现在要做的，就是尽快获取线索，抓到凶手，查到幕后主使。所以此时尽快抓到“旱鸭子”，就成了重中之重。

徐国柱叹了口气，打动方向盘，将车驶出了林荫道。老皇冠拐了两个弯，上了海襄高速。他猛踩油门，将车速提到最快。时间刚过了十点，在嘀嘀几声报时之后，照例播出着《今日股评》节目:“近一阶段，政策利好密集出台，国务院批准了证监会提交的《关于进一步规范和推动证券市场发展的若干政策的请示》，上证综指累计上涨 59.4%。可以预计，一个股民期盼已久的牛市已经抬头……”徐国柱换了个台，里面传出了黑豹乐队的歌:“人潮人海中，有你有我，相遇相知相互琢磨，人潮人海中，是你是我，装作正派面带笑容……”

在南下的列车上，广播里播放着同样的音乐。车厢里人满为患，距离襄城还有不到一个小时的时间。三个男子穿行在列车的过道里，为首的一位留个大背头。他三十多岁的样子，中等身材，穿一件米黄色的风衣，皮鞋擦得锃亮。他边走边看，最后停在了餐车车厢门外。他仔细地观察着，在不远处两个男子正在推杯换盏，其中一个身材魁梧，正是他们要找的目标。他冲身后两人打了个手势，两人立即分开，守在左右。他从兜里掏出一直振动的手机，接通了电话。

“喂，雄兵。”“大背头”捂住话筒，退到远处，“什么事儿，简要说。”

“哥，过几天我会到海城办案，到时找你啊。”对方说。

“你不刚分到派出所吗，办什么案啊？”大背头皱眉。

“我调到禁毒了。”

“你有病啊！”他不禁提高声音，又随即压低，“派出所多好啊，有管片儿还实惠，去什么禁毒啊？”

“你不是说过吗？干警察就得搞案子，不然就是浪费生命。”

“得得得，这事儿随后再说，”他打断对方，“那什么，妈最近还好吧？”

“还好，挺想你的，让你有时间过来。你那边呢，嫂子挺好？”

“嗐……行了，一会儿再说。挂了。”大背头挂断了电话。

他叫崔铁军，是海城经侦的探长，此时是在执行抓捕任务。对方叫焦雄兵，是他同母异父的弟弟，一直跟着母亲在襄城生活。从小到大，都以他为榜样，大学毕业以后，考了警察，现在还干起了禁毒。崔铁军把手机装回到兜里，转身来到餐车前，继续观察着。不远处的两人边喝边聊，显得很亲密，其中一个瘦子正捏着一个鸡爪，在高谈阔论。

那人不到三十岁，长得干巴瘦，薄嘴唇、小眼睛，一说话眼角就往上挑，眼珠滴溜乱转。

“要这么说,咱俩可真是有缘。我老家也在襄城东干区！”“干巴瘦”笑着，又给“虎背熊腰”倒满酒。

虎背熊腰显然有些醉了，两人从开车到现在，已经撅掉了一整瓶白酒。

“你……也是东干的？缘分，缘分啊！”他大笑，与干巴瘦满饮。

“唉……咱老家穷啊，和海城没法比。我这次回去啊，就没想再回来。”干巴瘦摇头。

“为什么啊？回去种地去？”虎背熊腰不解。

“嗐……”干巴瘦叹了口气，薄嘴唇张开又合拢，欲言又止，“得！不瞒你说，我呀，是回去躲事儿。”

“哦……”虎背熊腰上下打量着他，“兄弟，你是混哪道的？”

“我？哼，说出来不怕你笑话，我是‘拉人头儿’的。”干巴瘦笑。

“明白，”虎背熊腰点头，“得，咱俩难兄难弟，一会儿留个电话，回去也好有个照应。”他举起酒杯。

干巴瘦与对方碰杯满饮。“这么说，大哥也是同道？”

“你想知道我是谁？”虎背熊腰盯着干巴瘦。

“不不不，我可不想知道你是谁，你也别问我是谁。咱们呀，同是天涯沦落人，这次回老家，肯定吉星高照、峰回路转。”他笑着举杯。

“牛！是道上混的！”虎背熊腰笑了。

“我不是吹啊，要说干事儿，在海城没几个我能看上的。知道哈道吧？

那是我大哥。”干巴瘦身体后仰，吹起牛来。

“哼……哈道算个屁。”虎背熊腰不屑。

“哎哟喂，你口气不小啊。这么说，你认识我大哥？”

“何止认识，我还办过他呢。”虎背熊腰拿起一根牙签剔牙。

“办过他？”干巴瘦不解。

“你知道去年长盛饭店那事儿吧？哈道跟灯哥吹牛，挨了好几个大嘴巴。”虎背熊腰说。

“哦哦哦，我听说过。怎么着？是你打的？”

“那倒不是，是‘杠头’打的。但我当时在场，要不是我劝架，估计灯哥就给丫废了。”虎背熊腰一脸得意。

“哦……”干巴瘦点头，“我要是早认识你就好了，也不至于混得这么惨。”

虎背熊腰打了一个嗝：“但是现在啊，说什么都晚了……哈道折了，灯哥也进去了，咱俩呀，没戏。”他摇头。

“哎，我怎么听说，灯哥没大事儿啊，过段时间就能出来？”干巴瘦压低声音，凑近了问。

“嗯，”虎背熊腰点头，“你还不知道呢吧？小康让人给废了，灯哥虽然被判了三年，但折抵刑期，估计再有一年多就出来了。到时候，哼，肯定一统江湖。”

“小康让人废了！”干巴瘦惊讶起来，“靠，我怎么没听说啊。”

“哼，要不说你丫没混出来呢……来，喝酒！”虎背熊腰又举起杯。

他俩在这儿聊着。餐车外的三人已经准备行动。崔铁军从腰间拿出手铐，在腿上拍了两下，带着两个人走进了车厢。但不料这一幕被干巴瘦瞥见了，他立马站起身来。

“哎，大哥，我去放放水啊。”他对虎背熊腰说。

“哼，不光混得不灵，肾也不灵。”虎背熊腰冲他摆摆手。

干巴瘦醉醺醺地迎着三人走来，崔铁军一愣，装作无事地拿起电话，退到餐车外。两个手下也顺势分开，闪到他身旁。却不料干巴瘦径直走到了崔铁军面前。

“你们干吗的？”他冷冷地问，一扫刚才的醉态。

“我们？”崔铁军上下打量着干巴瘦，没有回答。这时，另外两人从旁边围了过来。

“海城市公安局经侦队的，你，把身份证拿出来！”崔铁军亮出警官证，命令道。

干巴瘦接过警官证，看着点了点头，“崔铁军，探长。哼……”他撇嘴笑了，“我，葫芦沟派出所的。”他说着也掏出警官证。

崔铁军一愣，没想到遇上了同行。他看着干巴瘦的证件，上面写着：潘江海，葫芦沟派出所民警。“你跟那人认识？”崔铁军问。

“赵青松，外号‘旱鸭子’。他是我的嫌疑人。”潘江海的小眼紧紧盯着崔铁军。

“你的嫌疑人？我们在办理一起案值三百万元的合同诈骗，市局领导亲自盯办，他是主犯之一。”崔铁军笑着说。

“我们的案子是普通诈骗，案值不大，骗的是老头老太太，但那也得讲个先来后到吧，”潘江海皱眉，“哎，我不能出来太久，要不他该怀疑了。记住，在停车之前别打扰我。我在审讯。”他说完转头就走。

“哼，派出所的……”崔铁军看着他的背影，不屑地摇头。

潘江海打着酒嗝回到座位上，伸手摇醒了旱鸭子：“哎哎哎，接着喝啊，还没到地儿呢。”

旱鸭子伸了个懒腰，不情愿地爬起来，他抬手看表，再有半个小时列车就到站了。

“哎，你怎么知道小康挂了的？”潘江海问。

“道听途说。”旱鸭子笑。

“靠，一听你就是胡喷。我可听人说过，小康是警察的‘点子’，谁都不敢动他。”

“是啊……一般人是不敢动他，但备不住有不要命的。”旱鸭子撇嘴。

“谁啊？连警察的人都敢动？”潘江海又拿起酒瓶，给旱鸭子满上。

“哎……这个我不能说，规矩，懂吧？”旱鸭子说。

“明白。英雄不问出处，赃款不问来路。”潘江海笑。

“上道，上道……我看以后啊，你也别单混了，等风平浪静了，就跟我回海城。到时灯哥出来了，广大天地，大有作为啊。”

“得嘞。”潘江海举杯，两人满饮。

两人聊着，等列车到站的时候，已经撅完了两瓶白酒。他们都喝高了，勾肩搭背地一起下了车，在站台上晃晃悠悠地走着。

“哎，兄弟啊，以后……以后咱们就是兄弟。记住啊，有哥哥一口饭，就亏不了你的嘴。跟着哥哥……吃香的，喝辣的，错不了！”旱鸭子喝大了，说话断断续续。

“你呀……不仗义！说话老一半儿，不……信任我。”潘江海说。

“不能够！”旱鸭子急了，甩开了潘江海的手，“你说，我哪句话……说一半儿了？”他指着潘江海。

“你……还没告诉我，哪个哥们这么牛……废了……小康的？”潘江海问。

“靠，‘大宝’啊！我铁磁啊！”旱鸭子没绷住，把话秃噜出来。

这时，崔铁军等人围了过来。两名便衣二话不说，利索地将旱鸭子按倒，铐了起来。

“哎哟，你们丫……干吗的啊？”旱鸭子傻了。

“海城经侦的。”崔铁军亮出了证件。

这下他醒了，看看崔铁军，又转头看看潘江海。

“兄弟，你……跟他们走吧，我……随后就到……呕……哇……”潘江海喝太多了，话没说完就吐了起来。白酒、鸡爪子加上各类熟食，吐得满地都是。

崔铁军看着想笑，但正在这时，一只手却嘭的一下攥住了旱鸭子的胳膊。崔铁军一愣，看身边有个黑影，就连忙把旱鸭子往自己身边拽，另外两个民警也挡了过来。那人一米八几的大个儿，比旱鸭子还要高半头，上身穿一件泛黄的牛皮夹克，下面穿牛仔裤，留着寸头，戴着墨镜，举手投足都是一股“警察味”。

“海城刑警队的，徐国柱，人得我带走。”他的声音与身材相称。

“刑警队的？”崔铁军皱眉，“我们是经侦的，人得我们带走。”

“市局一号案，不分先来后到，没有商量余地。懂吗？”徐国柱问。

“一号案？哼……”崔铁军撇嘴，“一号案多了，甭跟我来这套。‘截和’是吧？”

“打黑一号案，加上昨天伤了巡警那事儿，还用我多废话吗？”徐国柱加重了语气。

崔铁军一听这话，底气没那么足了。“那……我们跟你一起回去。小李，去买回程车票。”他吩咐道。

“不用，坐我车吧。”徐国柱抬手指了指。他的皇冠已经停到了站台。

几个人说着，就押着旱鸭子往远处走，潘江海一看急了：“哎，别走。还有我的案子呢。”他在后面大喊。

徐国柱回过头：“他，谁啊？”他问崔铁军。

“哦，葫芦沟派出所的，也是奔着这孙子来的。”崔铁军说。

“车上坐不下了，回海城找我，市局刑警，徐国柱。”徐国柱对潘江海说。

“哎，我可告诉你们啊，别想甩了我！我这儿可有重要证据。”潘江海从兜里拿出一支录音笔，大声喊着。

“你叫什么？”徐国柱问。

“葫芦沟派出所，姓潘。”他回答。

“姓什么？”徐国柱没听清楚。

“姓潘，潘！”潘江海刚一说话，又没忍住喷了出来。

“喷？哦……”徐国柱点头。

“他的口供，都在这儿！不找我，你们……拿不到。”潘江海摇晃着手里的录音笔。

2

到了市局刑警队，旱鸭子被暂时羁押在了候问室。在候问室外，崔铁军脚踩着一把凳子，与徐国柱对视。他从兜里摸出一包“软玉溪”，抽出一根，插在烟嘴上，用一个考究的防风打火机点燃，轻轻吸了一口。徐国柱仰靠在椅子上，斜眼看着他，嘴里叼着半根中南海。这时，郭俭走了过来。他今年四十岁，留个中分头，言谈举止像个领导模样。

“经侦队的同志？”郭俭问。

“经侦队探长，崔铁军。”崔铁军回答。

“哦，我是重案队长，郭俭，”郭俭与他握手，“旱鸭子涉嫌我们的一起案件，我向市局领导汇报了，人先羁押在我们这里进行审讯，你们的案件可以随后并案。”郭俭说。

“郭队，我也刚刚跟我们的领导汇报了。我们领导的意见是，人是我们抓的，理应由我们羁押，然后将你们的案件并过来。”崔铁军说。

“嘿，这不碴上了吗？”郭俭笑，“小崔，我看无论经侦刑侦，都是市局的案子，咱们没必要这样。”

“郭队，要论级别，你比我高。但是你要知道，我们经侦和你们刑侦，可不归一个副局长管。我们的案子，是兰局亲自盯办的。”崔铁军加重了语气。

郭俭知道，这是崔铁军在给他施压。按照市局领导的排序，主管经侦的兰河清副局长，是排在主管刑侦的邢春生副局长之前的。

“那你的意思是，你们经侦牛呗……”徐国柱跷着二郎腿，插了话。

“哼，你说这话什么意思？”崔铁军皱眉，用余光扫视徐国柱。

“我的意思是，你们这帮天天跑银行、翻账本的，比我们这帮拿枪抓人的牛呗。”徐国柱站起身，走到崔铁军对面，仗着身高的优势俯视他。

“哼，但是没想到啊……嫌疑人却被我们这帮翻账本儿的给捏住了，压根没落到你们手里。”崔铁军反唇相讥。

“哎哎哎，越说越不像话了。咱们都是一家人。”郭俭劝架。

“像话？‘像画’就挂墙上了。谁跟你们是一家人，”崔铁军拉下脸，“人，我必须带走！”

“你带一试试？”徐国柱提高了嗓音。

两人正呛呛着，从远处又走来两个人。

“哎，小崔吧？吵什么呢？”其中一个人问。

崔铁军一看，立马不说话了，脚也从凳子上撤了下来。

那人正是市局的副局长，兰河清。

“兰局。”崔铁军立正。

“案子，不分你的、我的。刑侦和经侦一样重要。”兰局这么说，自然是给站在他身后的邢春生副局长听的。

郭俭暗自捅了一下徐国柱，让他也规矩点。“兰局，邢局，我们刚才……说笑呢。”他赶忙圆场。

“有事儿别在这儿说，来，会议室。”兰局抬了抬手，转身走了。

几个人面面相觑，也跟了过去。

在市局，兰局和邢局是两员办案大将。兰局年富力强，刚过四十岁，是有名的实干家和警界的“明日之星”。他毕业于警察院校，作风硬朗，真抓实干，说案子的时候高声大气，发表意见喜欢振臂高呼。更有传言说他背后有“根儿”，是接替市局“一把手”唐局的热门人选。而邢局则是市局的“老人儿”，他毕业于社会大学，做事沉稳，听汇报的时候喜欢闭目沉思，轻易不会表态，出的意见也都周全稳妥。他已经兢兢业业服役了三十年，在副局长的位子上还剩最后一个任期。两个局长风格不同，管辖的部门也上行下效，所以在海城市局里，总有经侦压过刑侦的传言。而两人之间的关系也是微妙的，看似分管不同泾渭分明，但随着这几年市场经济的发展，越来越多的案子趋于经刑交叉，所以在许多个案件会上，两位副局长都会共同出席共同研究，而决策也不免出现分歧。但郭俭却想不明白，此次小康被杀的案件为什么兰局也要上手。

在刑警队的会议室里，刚才剑拔弩张的三位都老实了。警队是纪律部队，在领导面前，是龙得盘着，是虎得卧着。

郭俭正襟危坐地向两位副局长做着汇报："经过咱们这一年打黑除恶的专项行动，市西区的小武、市北区的哈道，以及东郊的陈氏兄弟，都被绳之以法了。但城区最大黑恶势力的首犯尹航，外号'灯哥'，虽然在去年底就已经被我们打掉了，但由于涉嫌罪名都是诸如寻衅滋事等轻罪，所以只被法院判处了三年有期徒刑。"

"三年？好几条人命，都算不到他头上？"兰局皱眉。他细眉，长脸，头发梳得一丝不苟，说起话来表情丰富，动不动就爱用手点着桌子。

"是的，尹航很狡猾，每次做事都设置'隔离带'和'防火墙'，只通过中间人发号施令。就像几年前那个拆迁的案子，我们虽然一直在追查真凶，但最后也只抓了外号'老鬼'的嫌疑人仇建军。"郭俭说。

"唉……"兰局叹了口气，"那这次小康一死，你们就更无从下手了是吗？"他毕竟年轻，说话的时候不太顾及邢局的面子。

"兰局，这个案子还没有完。"邢局搭了话。他比兰局整整大十岁，粗眉，国字脸，留着寸头，说起话来有板有眼，"你们是在调查周庆吧？"他问崔铁军。

"是的，邢局。"崔铁军说话的时候瞥了一眼兰局，"我们是按照兰局的指示，在调查宏远达房地产的案件。"

邢局点点头，转头看着兰局："兰局，既然案件都已经发展到刻不容缓的地步，我看咱们也不能再分你我了。刚才会前我跟唐局做了汇报，他的意见是，要经侦刑侦联手，抽调专人成立专案组，共同应对以尹航为首的黑恶势力。”此话一出大家就明白了，看来邢局已经获得了唐局的“尚方宝剑”，此案自然是以刑侦为主。

“嗯，这样最好。提高效率，互通有无。”兰局轻轻点头，显得有些不悦。

“所以我看啊，今天在座的，就都不要走了。我们都是专案组的第一批成员。”邢局说，“兰局，看来你们的小崔得借我用用了。”

“崔铁军，听见了吗？随时听邢局调遣。”兰局笑着说。

崔铁军立即站起来敬礼。

“哎哎哎，兰局说笑了。什么听我调遣啊，咱们都是一个战壕的同志。”邢局也笑，“好，那今天，就是专案组的第一次会议。”

看两个副局长相互示好，大家也都放松了表情。这时兰局点了名，让崔铁军先说说周庆的案子。

崔铁军理了理思路：“按照兰局的指示，我们经侦从今年年初起，开始调查宏远达房地产开发公司涉嫌的经济犯罪线索。该公司法定代表人叫周庆，外号‘三哥’，这几年通过投资、兼并、收购等手段，在海城、襄城、孟州等多地成立了20余家分公司、子公司，但实际上大都为空壳公司。从去年开始，宏远达在缴纳部分土地出让金后，承揽了海城东郊的‘坤豪公寓’项目。同期，周庆代表该公司与海城银行东郊支行签订了《楼宇按揭贷款合作协议》，协议约定，由海城银行东郊支行为该公司开发的‘坤豪公寓’项目提供个人按揭贷款。在协议签订后，周庆伙同手下采取借用他人身份证、为他人提供虚假收入证明等手段，虚假销售‘坤豪公寓’项目，从海城银行诈骗个人住房按揭贷款2亿余元。而外号‘旱鸭子’的嫌疑人赵青松，也参与了这起案件。”

“周庆？就是曾经跟着尹航混的那个？”邢局皱眉。

“对，周庆之所以外号叫‘三哥’，就是因为在尹航手下排行老三。他是襄城人，十年前来到海城，从给酒吧街提供假酒开始，逐渐做大，混成了现在的样子。”崔铁军说，“经过调查发现，他所骗取的银行贷款，大都投进了股市。”

“嗯。”邢局点点头，“小徐，你说说尹航他们的组织架构。”他也点了名。

徐国柱坐正了身体，张嘴就来：“周庆是尹航团伙的老三这点没错，但是这个情报有点过时了。据我们所掌握的情况，周庆从拿到那块地之后，就逐渐脱离了尹航的控制。现在一直跟着尹航的，就只有老万了。尹航外号‘灯哥’，曾经是海城最大的黑势力老大，他为人狡猾，会耍手段，虽然几次被抓，却总能逃脱法网。他手下有两个在道上混得好的兄弟，一个是‘老万’，本名万奎，替尹航管着多个产业，其中有餐饮、歌厅和马场等；另一个就是周庆，他做事聪明，这几年赚了不少钱，已经算是另立门户。咱们在打黑行动之中，以寻衅滋事等罪名将尹航装了进去，本想借此机会继续深挖余罪，将这个团伙彻底铲除，不料这次……”他没把话说完，转眼看着邢局。

“说，让专案组的同志们都深入了解案情。”邢局说。

“不料这次，我们失去了关键证人小康。他本名郭平，海城人，是尹航的地下财务总监。我们经过努力，将他发展成了‘点子’。各位领导都知道了，在昨天傍晚，小康在海城银行市北支行门前被人枪杀，其从银行取出的130万元现金也被抢走。嫌疑人单人独骑，戴着头套和假发，手持一把苏制TT式手枪，对他连开三枪，直至确认其死亡后才驾车离开现场。之后在逃亡的路上，又击伤了一名前来堵截的巡警。在案发后，我们调取了银行的监控，发现嫌疑人一米七多的身高，戴深蓝色帽子，穿灰色衬衣和深色裤子。作案车辆是一辆黑色尼桑蓝鸟轿车，尾号是1177。经过现场勘查，我们获得了嫌疑人的指纹、足迹等若干线索，经过指纹比对，发现嫌疑人很有可能与此前襄城的‘12·13’抢劫案件有关。”

“这么说，昨天的案件不只是抢劫那么简单？”兰局问。

“是的。我认为，嫌疑人奔的不是小康的钱，而是他的命。抢劫是搂草打兔子，顺手为之。”徐国柱回答。

“那他们杀小康的目的，就是让他闭嘴？”兰局又问。

“我们推测，幕后的元凶应该与尹航有关。此次尹航入狱，现有罪名只被判了三年，其他的种种恶行，不是没有证据就是被别人扛了。小康因为是他的地下财务总监，所以手里掌握着大量的材料，更有人传言，他手里有一把‘钥匙’，能打开尹航的关系网。”

“钥匙？什么意思？”兰局不解。

“这点我们也还没掌握。但经过我们对他的工作，小康已经同意交出证据，并出庭做证了。但没想到，这孙子胆小，怕遭人报复，在关键时刻临阵脱逃。不料在提款的过程中，让人暗算了。”

“那他的‘钥匙’呢，手里掌握的材料呢？”

“不知道，我们搜查了他的所有住处，都没有找到。”徐国柱说。

“嗯……”兰局点头，“凶手有线索吗？”他问。

“凶手使用苏制 TT 式手枪，7.62 毫米的子弹，加上体貌特征和现场遗留的指纹，我们怀疑，他很有可能就是身负两条人命的犯罪嫌疑人陆宝山。在案发之后，我们重案队进行了摸排，根据线索反映，陆宝山在近期曾经在海城的一个地下赌场露过面，而且与赵青山过从甚密，哦，就是咱们抓获的旱鸭子。”

“嗯……旱鸭子横跨两起案件，看来咱们是得联手。”兰局冲邢局笑。

“是啊……我们分析陆宝山此次来到海城，目标应该就是小康，至于他的指使者到底是尹航团伙的哪个人，就等咱们调查了。兰局，这次要靠你支持了。”邢局说。

“您这么说就见外了。我看啊，这起案件还是要以刑警为主，我让经侦全力配合。刑警负责打黑，经侦负责斩断他们的经济来源。既然唐局指示了，咱们就照办。”兰局说。

“好，那我宣布，从今天开始，专案组正式成立，咱们要以小康被杀的这起恶性案件为切入点，力争彻底打掉尹航这个犯罪团伙。唐局是咱们专案组的组长，我和兰局是副组长，刑侦、经侦等部门要抽调专人进行办案，小郭、小徐、小崔，你们是第一批成员。”

"是！"三个人一起起立敬礼。

"对了，尹航服刑的情况怎么样？"邢局问。

"正常。刑期已经过半了。他的父母已经去世，探望他的只有妻子纪红霞。"徐国柱说。

"跟襄城监狱那边联系一下,适当放宽点儿。咱们也看看他的社会关系。"邢局说。

"有什么人打听过这起案件吗？"兰局问。

"有不少，省里、市里的都有。"郭俭直言。

"都记下来。记住，案件要绝对保密。"兰局说，"除咱们几个之外，还有其他人知道案情吗？"他又问。

"还有……"崔铁军犹豫着，"还有一个派出所的民警，知道不少情况。"

"派出所的民警？"兰局皱眉。

"是葫芦沟派出所的，好像是为了一起普通诈骗的事儿，他在火车上跟旱鸭子聊了一路，还用录音笔录了。"崔铁军说。

"叫什么名字？"邢局问。

"好像，姓喷……"崔铁军说。

"喷？"邢局皱眉。

"对，特别能喷。"徐国柱说。

3

阳光被阴霾遮住，整个世界灰蒙蒙的。几辆车陆续停在襄城监狱门口。一个壮汉打开一辆 GL8 的车门，从上面下来一个人。他五十出头，中等身材，身穿一件老头衫，脚踩厚底布鞋，手里盘着核桃。他伫立在原地，看着远处一辆 S 级奔驰徐徐驶来。

S 级奔驰停在他面前，四个 6 的尾号十分扎眼。车上下来一人，不到四十岁的样子，西装革履，眼神傲慢。他一抬手，身后一个“金丝眼镜”就递来了雪茄。他冲“老头衫”抬抬手：“二哥，来一根？”

老头衫摆摆手：“不行，抽着犯晕。”他也抬起手，身后的壮汉递来一根中南海香烟，为他点燃。

“看您这身儿，是刚从鸽场过来？”“西装革履”轻笑。

“嗯。”老头衫点头，“你呢？听说最近起范儿了，不光是楼市，还进了股市？”

“嗐，瞎玩儿……”西装革履摆摆手，“二哥，要不你也入一股，一起玩玩？”

“算了吧，我看你是忘了灯哥的话了，真拿自己当商人了……”老头衫摇摇头。他叫万奎，人称“万爷”，他走在前头，身后跟着“杠头”等人，显得阵仗十足。那个“西装革履”就是周庆，人称“三哥”，身后只跟着一个“金丝眼镜”，人称“范大傻子”。他们今天到襄城监狱，是来探望灯哥。

“不是说除了直系亲属谁都不能探监吗？这帮孙子今天是玩哪一出啊？”周庆吸了一口雪茄说。

“特批的，说灯哥身体有恙，让咱们过来看看。”老万猛抽几口，将烟蒂交给杠头。他走到监狱门口，一个年轻女人正从里面走出来。

“小嫂子。”老万打招呼。

年轻女人三十出头，叫纪红霞，是灯哥的第三任妻子。她穿着一身黑色衣裙，看到老万和周庆，勉强一笑：“二哥，老三，都来了。”

两人让其他人在门外等着，随纪红霞到监狱办了手续，又经过安检，才进入探视区。

因为灯哥在海城关系众多，所以被转到异地服刑。探视区里阳光充足，一堵玻璃墙后坐着若干罪犯，家属们正在谈事。纪红霞引着两人来到 01 号窗口，玻璃墙后坐着一个消瘦的秃头男子。他不到六十岁的样子，坐得很直，两眼深陷，像鹰一样，显得不怒自威，但脸色却很不好。

老万紧走两步，抄起玻璃前的话筒。“灯哥，我们来了。”他说。

灯哥也拿起话筒，看着老万：“听说外面出事儿了？”

“嗯……”老万点头。

“谁干的？”他看着老万，又看了看周庆。

“我们也在查，还没有结果。”老万说。

“记住，好好趴着，别起范儿，一切等我出来。还有，防着襄城的那帮孙子，稳，是第一。”灯哥说。

“嗯……”老万点头。

“还有你……”灯哥指着周庆。周庆见状，赶忙接过话筒。

“听说你现在是‘一机双翼’了？不光玩楼市，还进了股市了？”灯哥问。

“嗐，大哥，我就是瞎玩。”周庆赔笑。

“忘了我说的话了！”灯哥拉下了脸，“有俩闲钱儿就不知道自己姓什么了？奓翅儿了？晃范儿？别他妈拿自己当商人，你丫改不了根儿。明白吗？”

“明白。”周庆点头。

“明白吗！”灯哥厉声问。

“明白，明白！”周庆说。

“那件事儿，最好不是你们干的，不要他妈的好心办坏事！”灯哥提醒，他说着又指了指老万。

“记住，找到那孙子留下的东西，要是真有那把‘钥匙’，就毁了它。”灯哥说，“还有，保护好那些资产，不要投资，不要动，等我出来处置。”

“嗯，您放心吧，一切的姿势都对，都在格式内。”老万说。

“最重要的是，你们俩要和谐，别内斗。一斗，别人就会动，他们就会动。”灯哥一语双关，“我在里面坐牢，你们在外面坐牢，咱们都好好趴着，装孙子，会吗？”

“嗯……我记住了，你在里面坐牢，我们在外面坐牢。”老万重复着。

灯哥是道上的传奇人物，他十多岁就开始混社会，从给人打工的小喽啰混成黑道老大，凭的不仅是猛和狠，还有智谋和手腕。道上人常说他是“万箭穿心而不死”，他之所以能叱咤风云几十年不倒，凭的就是一张细密而庞大的关系网。这张关系网隐藏在城市的黑暗之中，看不见摸不着，却力量惊人。这次入狱，他只被判了三年，大家都知道，灯哥不会折，很快就能东山再起。却不料灯哥说着说着，悲观起来。

“我病了，病得很重，但愿能撑到那一天吧。”灯哥叹了口气。

“治啊，找最好的医生。”周庆说。

“申请保外就医吧，我们来做手续。”老万也说。

“不是你们想的那样……明天和意外，不知哪个先来。”灯哥摇头，“我呀，这辈子进来过无数次了。说实话，在这里面我觉得特踏实。生活有规律，早睡早起，吃的也健康，粗茶淡饭，定时定量。有时我都觉得啊，这才是属于我的生活。”他苦笑，“老二，老三，我今天找你们，也是想告诉你们，世道变了，咱们的缝儿越来越少了，不能再走老路了。以前总想着能纵横四海、轰轰烈烈，比谁厉害、比谁牛。但现在啊，牛的都折了，再比就得比谁能撑下去、活下去了。咱们这帮人啊，始终被关在囚笼里，外面和里面其实一个样儿。所以做事得记住，姿势对，在格式内，无论起幅落幅，都别轻易起范儿。”他说着就剧烈地咳嗽起来。

“您放心，我们都懂。一切的姿势都对，在格式内，餐饮、歌厅、马场我们都捂好了，等您出来再起范儿。”老万说。

“还有，防着那些人。他们可以是朋友，也会是敌人。别以为下了钩就能钓到鱼，弄不好会被鱼拖到水里。要是踩了雷，不光是我，你们谁也跑不了。”灯哥说。

老万和周庆走出监区的时候，外面下起了小雨，细细密密的，打在玻璃上滴答作响。两人钻进了 GL8，杠头和范大傻子撑着伞站在车外。

老万盘着手里的核桃，咔咔作响。他凝视着周庆，不紧不慢地问：“那件事，不是你干的吧？”

周庆轻笑：“二哥，连你也怀疑我？”

“我不是怀疑你，而是想听你亲口证实。”老万说。

“不是我干的。”周庆回答。

“哦，那就好。”老万轻描淡写地点头，“跟灯哥相比，咱们不过是小喽啰。他这次进去，外面有许多人等着推墙，你我都悠着点儿。”他提醒。

“呵呵，你知道现在外面的人怎么说吗？说灯哥进去了，你就是老大了……”周庆看着老万说。

“那是放屁！我就是个看摊儿的，等灯哥出来，我把一切都全须全尾地还他。”老万说。

“嗯，我相信，相信。”周庆点头。

“还有，做事别动作太大。现在不是好的时候，别让他们盯上了……你要明白，咱们说到底是混社会的。警察管咱们叫流氓，老百姓管咱们叫混子，咱们这帮人上不了台面儿。混社会的讲究什么啊，讲究规矩、义气、在格式内……”

“得得得，二哥，你这话我耳朵都快听出茧子了。”周庆打断他的话，“你们总拿自己当混子，总按老规矩办事，起幅落幅都在自己的格式内，所以才会让人看不起。我告诉你，要想让别人看得起，先得看得起自己。”

“哼！”老万摇摇头，“我看你呀，才是压根没看得起自己。总想着跨阶层，就听不得别人说你是流氓。我告诉你，屁大了，裤衩兜不住，牛吹大了，下巴受不了。得了，你好自为之吧，趴着、站着，随你自己。”他封闭了对话。

“嘿，急了，急了是吧。”周庆笑，“得，那你也好自为之，等灯哥出来，再起范儿，纵横千里。”

老万敲了敲车窗，杠头一把拉开车门。

“哎，到燕朝汇喝两杯去？新来了不少‘大果’。”周庆坏笑。

“今天不行，有人找我。”老万说。

“谁啊？”

“警察。”

“哦……”周庆若有所思。

正午歌厅，歌声悠悠。一个女歌手坐在吧台后，扶着立式话筒深情地演唱：“有时候，有时候，我会相信一切有尽头，相聚离开都有时候，没有什么会永垂不朽；可是我，有时候，宁愿选择留恋不放手，等到风景都看透，也许你会陪我看细水长流……”

她二十出头，头发烫成了大波浪，穿着一件蓝色的衣裙，不失青春又性感妩媚。徐国柱坐在大厅静静地听着，不时用手摆弄着塑料打火机。这时，老万带着杠头走了过来。

“棍子，找我有事儿？”他一屁股坐在徐国柱对面。

“棍子”这个外号，是道上的混子们给起的，要是别人敢这么叫，徐国柱肯定一个大耳刮子就扇过去。但对老万，他还是客气的。

“怎么着，听说你牛了啊？”徐国柱歪着头问。

“哼，怎么个牛法？”老万反问。

“灯儿这一判，产业都归你了？”

“没那个事儿，我就是给他看摊儿。等出来，都还给他。”

“他还能出来吗？”

“能不能出来与我无关，我只管尽自己的本分。”

“律师不是你找的吗？”

“我没见过什么律师。”

“哦，那是你们老三找的了？”

“谁是我们老三？谁给我们排了序了？哎，棍子，你别听他们瞎说，我们是各干各的，没往一块堆儿扎。”老万解释。

“哼，你拿我当傻子？你们的底，洗得白吗？”徐国柱皱眉，“哎，那几块料，没事儿别在那儿戳着。”他冲杠头等几人摆摆手。

老万回过头，示意几个人离开。

见其他人走了，徐国柱从兜里拿出中南海香烟，抽出一根叼在嘴里，默默看着桌上的打火机。老万停顿了一会儿，拿起打火机给他点上。徐国柱抽了两口烟，轻声问：“知道小康的事儿吧？”

老万知道，这才是他的来意，老万也抽出一根烟，给自己点燃：“听说了。”

“有什么想法吗？”徐国柱看着他。

“他挂了，是你们警察的事儿，我能有什么想法？”老万笑。

“装孙子是吧？”徐国柱看着老万，“在世界上发生的事儿，还有你老万不摸底的？”

“哼，棍子，你这是欺负人是吧？”老万问。

“警察不欺负人，只欺负欺负人的人。”徐国柱说。

“呵呵，我可不敢欺负人。我就是个老百姓，给人看个摊儿，挣点辛苦钱。再说，这歌厅跟灯哥也没关系，我照章纳税，合法经营，每个包厢都是玻璃窗，黄赌毒不沾边儿，要是这样你还欺负我，就说不过去了吧。”老万说。

“大宝，你认识吗？”徐国柱问。

“没听说过。”老万避开他的眼神。

“旱鸭子呢，你不会不认识吧？”

“认识，但没怎么接触过。”

“他是哪一路的？哈道，小武，还是……老三？”徐国柱盯着老万。

“我不知道。”老万与他对视。

“海城在建立四张网，知道吗？巡逻网、社区网、治安网和内保网，你自己琢磨琢磨还有多少‘缝儿’，哪张网你躲得过去？”徐国柱说。

老万没回答，看着徐国柱。

“知道自己该干什么吧？”徐国柱问。

“知道。”老万轻轻点头。

“知道就好。记住，这个世界的规矩，不是你们定的，是我们。”徐国柱说着站了起来，“有大宝的消息，麻利儿的，给我打电话。”

老万随着他走到门口，把一个黑塑料袋递到他面前。

“什么意思？”徐国柱没接。

“嗐，外烟，我抽不惯。你拿走尝尝。”老万轻描淡写。

“你自己留着吧，我受用不起。”徐国柱摆手，刚要往外走，就看到了一个人。

“哎，你小子怎么在这儿呢？过来！”他用手指着。

那人愣住了，犹豫了一下，低着头走过来。他二十出头，个子不高，人们都叫他“小柳子”。

“干吗呢？也开始混社会了？”徐国柱撅过他的胳膊。

“哎哟，棍儿哥，棍儿哥……”小柳子连连求饶。

“你爸干了这么多年治保积极分子，就培养出你这么个东西？走，跟我回去！”徐国柱说着就把他往外拽。

“哎，棍子，你别误会，他只是给我开车。”老万在后面说。

“这儿没你的事儿。”徐国柱推门将小柳子拽了出去，上车前又回头问，“那个唱歌的，新来的？”

“是。孟州来的。”老万点头。

“让她办暂住证，要不收容啊。”他说着拉开老皇冠的门，把小柳子塞了进去。

徐国柱知道，用这种方法找老万，是不会获得情报的。他这么做是另有目的。老万的正午歌厅是海城混混常光顾的地方，鱼龙混杂的同时也消息众多。他今天这么大张旗鼓地过来，目的就是借此让混混们知道，公安有动作了，在查那个事儿了。他是想用一颗石子激起一片波澜，只有打草惊蛇，才能引蛇出洞。

雨停了，道路上泥泞不堪，他把老皇冠停在一个小饭馆门前，把小柳子拽了进去。小柳子名叫柳刚，他爸老柳修了一辈子自行车，是公安局的治保积极分子。老柳要他的时候已经四十多岁了，老来得子就难免娇生惯养，小柳子从小就吊儿郎当，一直不出息。后来他妈去世了，这小子就更没人管了，小小年纪就因打架进了工读学校，到社会上更是不务正业，游手好闲。老柳曾想让他当个出租车司机，就凑钱给他报了驾校，没想到他还真是这块料，一沾方向盘就像变了个人，车开得出奇地好。但出租没开几天，他就不干了，他好开个快车，违章的罚款比工资还高。上半年，老柳突发脑梗卧床不起，在徐国柱看他的时候，他求徐国柱帮一个忙，就是看住小柳子，别让他学坏。又过了几天，老柳去世了，小柳子也从此“放了羊”。

小柳子趴在桌前稀里呼噜地吃着面，头也不抬。

徐国柱看着他，叹了口气：“为什么瞎混？”

“没瞎混啊，我干着司机呢。”小柳子说。

“老万是什么人你不知道吗？跟他干有什么好？”

“那我干什么？你给我找个活儿，要不我干警察得了。”小柳子挑衅地说，“嘿，不说话了吧。”他撇撇嘴。

“你要是想干，可以先从保安干起，明天来趟市局，我找人给你面试。”徐国柱说。

“别扯了，再不济我也不能当保安啊，那能挣几个钱。”小柳子说着把面吃完，用手抹嘴，“你看人家万爷、三哥，混得多好，我觉得比你们警察强。”

“你给我闭嘴。”徐国柱听不下去了，抬手就给了他一下，“你要是不走正道，我第一个抓你！”

“抓就抓呗，我也不是没进去过。”小柳子不忿，“反正我不想跟我爸一样，一辈子卖苦力。”

“你爸虽然挣得不多，但是让人尊重。”徐国柱说。

“别扯了，一个修自行车的谁尊重啊？”小柳子不屑，“现在这世道，有钱，有权，才能让人尊重。”

“哪来的歪理，我抽你！”徐国柱说着又要抬手。

“哎，君子动口不动手啊。我知道你牛，别人都怕你。”

“他们为什么怕我？”

“你是警察呗，能抓人啊。”

“怕我的都不是好人，所以你少跟他们混在一起。”徐国柱气不打一处来。

4

公安局的审讯室里，旱鸭子被铐在了铁椅子上。潘江海穿着警服，正坐在审讯台后。他不紧不慢地抽着烟，俯视着垂头丧气的旱鸭子，那表情和在火车上时截然不同。

“为什么要跑？”潘江海一说话，眼角就往上挑。

“我没跑啊……”旱鸭子解释，“火车上不都跟你说了吗？我是回老家。”

“火车上说的都是真话？”潘江海问。

“对。哎，也不全对，吹牛的话也没少说。”旱鸭子赔笑。

“在长盛饭店办哈道的事儿是吹牛？”潘江海问。

“是，是。”旱鸭子额头冒汗。

“但我在监控里，见到你了。”潘江海说。

“那次……我就是开车，没往前面凑。”旱鸭子解释。

“废小康那事儿是真的？”潘江海又问。

“不，不，那事儿也是吹牛。”旱鸭子摇头。

“你不是说跟大宝是铁磁吗？”潘江海皱眉，仰靠在椅背上。

“我……我……是没说实话，都是胡说八道的。”旱鸭子说。

“知道为什么把你带这儿来吗？”

“不知道。”旱鸭子摇头。

“你都犯过什么事儿吧，都摆出来，咱们一个一个说。”潘江海用手指节点着桌面，以示强调。

旱鸭子看着潘江海，努力想着自己在火车上说过的话，心里越发觉得没底：“潘警官，我在火车上都说了什么啊？我……真是忘了，要不，您给提个醒？”

潘江海看他这么说，心里暗笑。他示意身边的书记员停止记录，从兜里拿出一支录音笔。他按动开关，里面传出了两人在站台说的醉话。

“你……还没告诉我，哪个哥们这么牛……废了……小康的？”

“靠，大宝啊！我铁磁啊！”

旱鸭子听着，汗水流到脸颊：“警官，那……那都是我胡说的。”他低下了头。

“哼……”潘江海轻笑，“旱鸭子，我告诉你，说瞎话都有出处，你要是有一说十，我信，但是从无到有，我不信。好，我知道你有顾虑，那咱们就先不谈审讯，谈谈生意。”他又用手指节点着桌面。

在审讯室隔壁的监控室里，崔铁军站在郭俭身后。两人注视着实时传输的审讯画面。

“没看出来，这个葫芦沟派出所的还懂审人。”郭俭说。

“他原来是市局预审队的，据说还挺能干，但不合群，被踢到派出所了。”崔铁军说。

“还有这事儿？”郭俭皱眉。

“嗐……管他的副队长是龚培德，你懂的。”崔铁军摇头。

“那怎么到了派出所之后，也混得不济啊？”

“听他们所长说，这哥们有点儿书生气，学法律出身，一心想改变社会，动不动就给所儿里的兄弟们上纲上线，所以不招人待见，而且还眼高手低，闹了不少笑话。这哥们刚到派出所的时候，有一次出 110，碰见一伙流氓械斗，结果怕了，愣是到了现场又把车倒了回去。为此挨了批评，当着全所儿做了检查。”崔铁军说。

"哦，书生嘛，也难免，就是缺练。那个……他品质上没什么问题吧？"郭俭问。

"看跟谁比。要是跟你们那个'棍子'比，他算是活雷锋了。"崔铁军撇嘴。

"嘿，你这人怎么记仇啊？"郭俭笑，"棍子就那样儿，表面上咋咋呼呼，但人不错。管'点子'的，你懂的。"

"管'点子'的也不能跟流氓一个德行啊。"崔铁军拢了拢背头，不屑地说。

在审讯室里，潘江海已经把话跟旱鸭子挑明了。他走到铁椅子前，将一根点燃的香烟塞进旱鸭子嘴里，然后自己也点燃一根。

旱鸭子满脸是汗，不时用手肘蹭着。他狠狠地吸吮着香烟，几口便抽掉了一根。潘江海看着他，知道他已经快到临界点了。

"我再跟你重复一遍，从轻的条件有三。第一，自首，这点你不够；第二，退赃，这点你也没戏，我查了，你现在是爪干毛净，还欠了一屁股债；第三，检举揭发，这点，就看你能不能把握了。"潘江海说。

旱鸭子低头不语，显然在做着思想斗争。

"你知道吗？你进来的事儿，尽人皆知。"潘江海刻意强调最后四个字儿，"他们……"他变换了手势，伸出右手拇指，向外侧指着，"都知道。"

旱鸭子一听这话，就抬起了头。他自然知道这意味着什么。

"灯儿进去了，但外面还有他的人。说句不好听的，现在对你来说，号里才是最安全的地方。你自己明白，自己身上背着多少事儿。我们，哼，也掌握了不少。但从哪个先下手，先弄你多久，权力在我们。你要是想玩，我们就奉陪。随便找个理由，就能让你出去。就是不知道，你这一出去，会不会落个小康第二。"潘江海已经把话说得很明白了。

旱鸭子知道这是警察在毁自己。他这几年在社会上混，小到偷鸡摸狗、坑蒙拐骗，大到合同诈骗、暴力犯罪，没少惹事。事到如今，他不怕蹲监狱，怕的是被灯哥的手下盯上。特别是沾上小康的事，一旦让道上的误会，说不好真会成为小康第二。旱鸭子沉默着，做着思想斗争。潘江海继续引导。

"如果你配合我们，主动交代，就可以在里面多待几年。你知道，现在外面乱，哈道、小武都完蛋了，灯儿早晚也得挨枪子儿。与其躲到老家，不如在里面踏踏实实待着。还有啊，我也琢磨着，你在火车上……知道我是警察吗？要是知道，跟我聊的算不算自首……"

旱鸭子明白了，赶忙点头："警官，我服了。您直给，我该怎么办？"

"呵呵……"潘江海笑了，"你要是配合我，我就不难为你。我说了，今天不谈审讯，谈生意。我能帮你做的，尽量做，你自己该做的，也掂量掂量。三个从轻，我算你两个，移送起诉的时候，我专门给你做个笔录，记上你立功的情况。等你出来的时候，云开雾散，天下太平，只要你不再往歪道上走，没人会管你是回东干还是留在海城。"潘江海又变换手势，用指节点着。

"好，我懂了。我说，我都说。"旱鸭子又擦了一把汗，"既然是谈生意，咱们就把条件说细了。"他抬眼看着潘江海。

潘江海把脸冷了下来，走到他面前，猛地抬手，抡圆了给了他一个大嘴巴。

"啪！"这一下把旱鸭子给打傻了，连监控室里的郭俭和崔铁军也愣住了。

"这哥们想干什么啊？可不能刑讯逼供啊。"郭俭说。

"到关键时候了，不弄他一下，榨不出心里话。"崔铁军撇嘴。

监控器里潘江海火了，他劈头盖脸地大骂，如雷霆之势将旱鸭子压得透不过气来。

"我拿你当人，你不拿我当回事，我跟你推心置腹，你跟我这儿耍心眼儿，还跟我谈生意、摆条件。我是给你脸了吧？你丫给我记着，我不是商人，我是你爹！"

旱鸭子不怕挨打，但抽不冷子挨了这么一下，却不自觉地抖如筛糠。潘江海急风暴雨，句句戳他的心窝子。最后旱鸭子实在受不了了，就将知道的情况全盘托出，不仅交代了大宝的情况，还承认了协助周庆进行经济犯罪的事实。

不一会儿，监控室的门就被推开了。潘江海走了进来。

“他知道那个人，外号‘大宝’，这是具体情况，赶紧查查。”他说着递给郭俭一张纸条。

“行啊，这生意谈得不错。”崔铁军看着他笑。

“生意？哦。”潘江海也笑了。

徐国柱到会议室的时候，郭俭等人已经说了半天了。他把墨镜往桌上一扔，往椅子上一靠，仰头看着崔铁军。崔铁军没搭理他，继续听潘江海说着。

“据旱鸭子的供述，他和大宝是在棋牌室认识的，并不知道大宝的真实姓名。大宝挺能花钱，近期尤为阔绰。这和襄城警方掌握的情况一致。陆宝山在老家也是好赌成性。”

“陆宝山？那孙子撂了？”徐国柱没想到审讯会这么顺利。

“哼，你再晚到会儿，我们连人都抓了。”崔铁军掏出一根软玉溪香烟，缓缓地插在烟嘴上。

“吹吧，反正不上税。”徐国柱撇嘴。

潘江海打开一摞材料，继续介绍：“经过旱鸭子的辨认，那个大宝就是陆宝山。经过襄城警方摸排，陆宝山近一年都没有在老家露过面，我们推测，他此次到海城作案，目的明确，就是奔着小康来的。”

“何以见得？”徐国柱又插嘴。

“推测，明白吗？”潘江海有些不悦，抬头看着徐国柱。

“明白，就是还没查实呗。”徐国柱撇嘴。

“那旱鸭子为什么要跑呢？”郭俭问。

“他在棋牌室欠了一屁股债，特别是还和大宝借过钱。在得知小康出事之后，怕连累自己，就想躲到老家去避避风头。”潘江海说，“据他交代，大宝在海城的轨迹主要有几个点，分别是长盛饭店、桥园会所和正午歌厅。”

“长盛饭店、桥园会所、正午歌厅……这些地儿可都是那个灯儿的地盘。

虽然分别挂在大海和老万名下，但背后的老板却是灯儿。”徐国柱皱眉，“他怎么说的？大宝什么时候去过那里？”

“旱鸭子是在玩牌的时候听大宝说的，具体到没到过那里，他也无法证实。他说大宝曾向他吹嘘，说桥园会所的姑娘怎么漂亮，长盛饭店的‘海城盛宴’如何奢靡，说到正午歌厅的时候，曾经让老万给撅过，有机会一定废了他。”

“嗯，这么说，他和老万是对头？”徐国柱问。

“还是那句话，无法证实，需要咱们逐一核实。”潘江海说。

“哎，你姓什么来着？喷？”徐国柱问。

“潘，潘安的潘。”潘江海正色。

“哦，不就潘仁美的潘吗？”徐国柱笑，“你怎么知道那孙子说的是实话？你搞过预审吗？”

“我为什么要告诉你？”潘江海扬起下巴。

“因为你在配合我工作啊。”徐国柱拉下了脸。

“哎，忘了领导的话了？案子，不分你的、我的。”崔铁军抽完一根烟，将烟蒂拔出烟嘴，按进烟灰缸里捻灭，“我告诉你，所有暴力犯罪的背后，都是经济利益在驱使，现在这个案子看似是刑事犯罪，实际上背后却是经济案件。”

“哼，我没听领导说过这话，我只听说这案件以刑警为主，你们经侦配合。”徐国柱不屑一顾，“说那么多干吗，办就得了。找机会干掉他们一个，这个社会就少一个祸害。你不开刀，能镇得住？扯淡！”

“哼，说得轻松……”这次轮到潘江海不屑了，“怎么开刀，怎么干掉？拿把枪就往上冲吗？那是黑社会，不是警察。要想办人先得依法，拿不下笔录，问不下口供，全都白搭。”

三个人说着说着，就碴了起来，弄得郭俭哭笑不得。“得得得，三位爷，你们都厉害，行了吗？”他打着圆场，“要说局领导抽你们加入这个专案组啊，我看真是英明。一个桀骜不驯，浑不吝；一个水泼不进，一根儿筋；还有一个说话带刺儿，绵里针。哼，合一块儿真是绝配啊。”

“嘿，谁是浑不吝啊？”崔铁军质问。

“哎，没说你。”郭俭笑。

“那谁水泼不进啊？”徐国柱也问。

“呵呵……”郭俭没回答。

“哎……不怕胡说八道啊，就怕一本正经地胡说八道。”潘江海不禁摇头。

“得，都是我的错。”郭俭成功吸引了火力，“对了，襄城监狱来消息了。老万和周庆都去探望尹航了，看架势，仨人还没崩。”

“嗐……这帮孙子，表面上义气，底下还不定憋着什么屁呢。”徐国柱说。

“还有个事儿啊，我给你们配了个内勤，大小也能帮上点儿忙。”郭俭说。

“内勤？”徐国柱皱眉，“不会是那个……‘呱嗒’吧？”

“嘿，你怎么老给同事起外号啊？小楚人不错，认真，细致，正好给你们做做后勤工作。”郭俭说。

“算了吧，这人我可不要。”徐国柱摆摆手，站起了身。

“嘿，我告诉你啊，小楚可是邢局推荐的。哎，还没开完会呢，你干吗去啊？”

“出探啊，老坐这儿瞎聊，都他妈快成经侦了。”他话里又夹枪带棒起来。

崔铁军没理他，也站了起来：“我去查桥园会所吧，去年有个案子，我没少往那跑。”

“我跟你一块儿去。”潘江海也站了起来。

“你瞧瞧，人家工作积极性多好，都自动组队了。”徐国柱撇嘴，“得，那咱们刑警就奔棋牌室呗。海城能玩那么大的地儿，也就那么几个。我估计上个月抄的那家又开了。”

“你一个人不行，得坚持双人工作制……”

“你给我打住，我说了，那个‘呱嗒’我不要！”郭俭话还没说完，就被徐国柱打断。

5

三人出了刑警队，各自上车。徐国柱把着那辆老皇冠，压根儿没有让两人的意思。崔铁军为了工作方便，从经侦调来了自己探组的大屁股桑塔纳。三人兵分两路，各自行动。

崔铁军开着车，直奔桥园会所。桥园会所是海城有名的高档场所，实行会员制，并不接待一般的散客。老板外号“大海”，为人八面玲珑，表面上是成功的商人，实际上也是灯哥的手下。车在路上走着，夜色渐渐浓了，时间已经过了晚上八点。

“老崔，咱们这么晚去，还能有人吗？”潘江海问。

“哼，这你就不知道了吧。那种地方，越晚人越多。哎，以后别跟我那么客气，叫外号吧，大背头。”崔铁军笑。

“行，这个名字好。”潘江海也笑。

“听说你在派出所干得不顺？”崔铁军问。

“是，我们那个所长，外号‘啸天吼’，整天跟有病似的，一张嘴就得力压群雄，显得他能。”潘江海摇头。

“派出所就那样儿，事儿太多，当头儿的都一脑门子官司。”崔铁军说。

“那也不能胡来啊，拍脑门，拍胸脯，拍大腿，拍屁股，拿警务工作当儿戏。”

“怎么当儿戏了？”崔铁军不解。

“先说出警，不按规矩，有时人不够的时候，就不坚持双人工作制；还有接报案，不立不破，为了排名，瞒报数儿……”潘江海打开了话匣子，历数了“啸天吼”的种种不是，崔铁军听着，在心里却有了数儿。看来这个小潘跟自己的那个“啸天吼”同学说的一样，满怀热情却不接地气，书生气太重。

“那你以后什么打算？来专案组也留不下，最后还不是得回到派出所？”崔铁军说。

“我是外地人，大学毕业后被招到局里，按照规定得干满五年才能保住海城户口。哼，还签了协议呢。”潘江海笑，“其实说实话，我本来不想来专案组。现在是倒计时了，再有半年我就解放了，不想折腾了。”

“解放了什么意思？脱制服？走人？”

“对，到期就走。等我律师证拿下来，出去加盟师兄的事务所，好好干点儿法律人应该干的事儿。”潘江海叹息。

“没想过回预审？我看你专业挺好的，审人有一套。”

“我已经被踢出来了，好马不吃回头草。那帮孙子，‘三分工作，七分汇报’，没一个实在的。”潘江海摇头。

“听说预审队有一个腰不好的？”

“哼，这你都知道啊。他不光腰不好，肾也不行。一碰急难险重的案子就犯毛病。估计是用多了。”潘江海撇嘴。

“那不能够，我了解他，丫是没地方用。”崔铁军笑了，“哎，但说实话啊，这次的专案是个机会。两个副局长亲自盯办，要是能出果儿，对你的发展肯定有好处。没准儿到时你还不辞职了呢。”

“有什么好处啊？当官儿吗？”潘江海笑。

“那怎么了？干警察还就得往上走，不但能展开拳脚干更多的事儿，还能实现你自己的抱负啊。你不是反感‘拿警务工作当儿戏’吗？不是看不上‘三分工作，七分汇报’吗？要想改变现状，先得站到更高的位置。”

“算了吧，我可没那个能力。”潘江海摇头。

“就算你要出去混，也得看在公安局时的业绩。我比你大几岁，不是教育你啊，就瞎说点感受。有才华的人就和金子一样，埋在土里的时候，需要被擦亮。擦亮的方法无非两种，自己擦亮，或者别人擦亮。但大概率呢，是别人将你擦亮。就跟老话儿说的一样，千里马常有，但伯乐不常有。一般人是等着别人将自己擦亮，但聪明人会创造机会，在别人关注自己的时候，将自己擦亮。你是聪明人，该明白这个专案的重要性，干好了，没准能打开以后的局面。”崔铁军说。

“放心，我会站好最后一班岗的。”潘江海没接他的话茬儿，笑着抱拳。他知道崔铁军是在忽悠自己，目的无非是让自己好好干活。擦亮，谈何容易？自己在海城警界没根儿也没入圈儿，想凭着破案就往上走，那是天方夜谭。

两人聊着聊着，就到了桥园会所。会所建在海城公园里，据说占用的是绿化用地。在建立初期，城管、工商没少接到举报，甚至连经侦也上手查过，但最后大都不了了之。究其原因还是灯哥的关系够硬，许多事都能从上面摆平。会所是一栋四层欧式小楼，走进海城公园西门，就能远远地看到它的尖顶。崔、潘二人刚到门口，就被两个穿西服的保安拦住。

“市局的，找你们老板。”崔铁军亮出证件。

“哎哟，这不是崔探长吗？”一个保安认出了他，“老板出差了，一直没回来。”他说。

“放屁，那不是他的车吗？”崔铁军抬手指着不远处一辆黑色的辉腾。

“他没开走，停这儿半个月了。”保安说。

崔铁军不信，推开保安，走到辉腾前。他用手摸了一下，果然满是尘土。

“哼，人如其车，既装样子又冒傻气。”崔铁军摇头，“里面开着呢吗？”他冲楼上指了指。

“没有，老板不在，就没客人。”保安说。

“问你件事儿，”崔铁军凑到他跟前，“你们这儿，最近有没有牌局？”

“没有没有。”保安赶忙摆手。

“说实话，没你的事儿。不说实话，你懂的。”崔铁军看着他。

“真没有。从去年出那事儿之后，老板就不敢组局了。真的，真的！”

保安解释着。

“得，我且信你。要是不说实话，我饶不了你。”崔铁军给了他一拳。

崔铁军回到了车上，却并不启动，而是默默地望着会所。

“想什么呢？”潘江海问。

“我在想，那个大宝怎么会来这儿呢？”崔铁军说。

“是奔着姑娘来的吗？旱鸭子供述，说大宝吹牛，说桥园的姑娘漂亮。”潘江海说。

“但这会所里没有姑娘啊。”崔铁军说，“去年我办一个税案，曾经传唤过这个大海。他很谨慎，黄赌毒从来不沾。去年设的牌局，玩的也不是现金，而是筹码，治安进去抄了摊，却没有证据，最后还是给他放了。”崔铁军边说边想。

“既然有牌局，说不好大宝也会去呢？”潘江海问。

“他们玩得太大，大宝那样的人，没戏。”崔铁军摇头。

“哎，我没弄懂，咱们办这个案子最终是奔着尹航去的吗？”潘江海问。

“这个……我也说不好。但我知道，专案组能抽咱们几个生脸儿，目的无非有二。一是相互不串，保密性强；二是水深雷多，道阻且长。”

“明白，生人蹚雷，熟人摘果儿，是老公安办的事儿。”潘江海笑。

“案子远比表面上复杂。表面上小康死了，尹航就能脱罪，但实则不然。此案一发，所有人的视线都会聚集在尹航身上。他是个聪明人，不会不懂得其中的利害。”崔铁军说。

“是啊，小康手里的证据不仅指向尹航本人，还牵扯他留下的那些产业。而那些产业又分布在老万、周庆和大海等人手里，牵扯多方的利益。这些人都可能是雇凶杀人的幕后黑手。”

“所以现在首要的任务就是化繁为简，拿下大宝，查出指使他的人。”崔铁军说。

两人没走，又在会所周围蹲了一会儿。会所确实没营业，半天都没车进出。但就在崔铁军准备放弃的时候，却突然发现了一个细节。在会所对面的街旁，新开了一个汽车租赁门店。在店前，停放着一排黑色的尼桑蓝鸟轿车。崔铁军走到近前，看店里还有员工，就推门走了进去。

另一方面，徐国柱已经潜进了市北区的一处高档小区内。他没和物业打招呼，左躲右闪地避过了几处探头，按照霍大屁股提供的地址，来到了门牌号为 D-16 的别墅门外。他躲在暗处观察着，别墅一、二层的窗户都亮着灯，约莫里面的牌局已经开始了。他抬手看表，时间已经过了晚上九点。这个点儿正是赌客玩兴正浓的时候。他摸出手机，给崔铁军拨打电话，但还没拨出，崔铁军的电话打了过来。徐国柱忘了关闭铃声，电话一响，门口望风的立马就“醒了”。

“啪”，一、二楼的灯同时关闭，徐国柱知道里面的人要撤，赶忙飞身上前。

“喂，市北区正阳路丽景别墅 D-16，赶快过来！”徐国柱对电话大喊。

“喂？什么 D-16？”崔铁军没听清楚，但徐国柱已挂断电话。

“什么事儿？”潘江海问。

“好像惹上麻烦了。那大棍子，没谱儿。”崔铁军挂挡加油，桑塔纳猛地蹿了出去。

徐国柱几乎算是破门而入的。要不是那个突如其来的电话，他本想先做做外围工作，探好屋里的情况，等援兵到来，再拉个电闸，骗开门。但此时此刻，他也顾不了那么多了，就单人独骑，闯到了屋里。但一进去，他就傻了。徐国柱没想到，里面会有这么多人。虽然屋里黑着灯，但能看出，每张桌旁都围满了人，足有几十人之众。徐国柱与众人对峙着，显得势单力薄。他知道，只靠自己是无论如何也拦不住的，只要气势一落，肯定前功尽弃。

“都别动，警察！”徐国柱大喊。他迅速变换姿势，将右手伸到腰后。看他这样，本要四散奔逃的赌客们顿时停住了动作，几个还不由自主地蹲在了地上。

徐国柱用左手拨打电话。“哎，人都在呢，你们先围好了，别着急进来。”

他大声说着，做疑兵之计。

时间分秒流逝，转眼就过了五分钟。徐国柱像个门神一样地戳在门口，里面的人都不敢轻举妄动。但渐渐地,有的赌客开始醒了。两个男子壮着胆，试探着冲徐国柱走来。

“哎，朋友，我能看看你的证件吗？”一个男子试探地问。

“行啊。”徐国柱点头，迎着他走了过去。但就在两人接近之际，徐国柱猛出一拳，打在他的鼻子上。那人顿时倒地，血流如注。

“哎，你怎么打人啊！”旁边的男子大喊。

徐国柱一不做二不休，一个大背跨将他撂倒，之后拿出手铐，“哐哐”两下将他们铐在一起。

“都别动啊，别逼着我来硬的。”徐国柱大声喊道。

“别信他，他不是警察，肯定是抢劫的！”赌场的老板趁乱大喊，赌客们一下就慌了，几个人抄起凳子，冲着徐国柱跑来。徐国柱额头冒汗，知道这下瞎了。但与此同时，崔铁军和潘江海赶了过来。

“都别动，治安支队的！”崔铁军大喊，亮出了证件。

众人一下又停住了动作。

“你怎么回事啊，这么几个人还看不好？”崔铁军问徐国柱。

徐国柱这才踏实了一些。

“干什么啊？多大点儿事儿，至于吗？”崔铁军用脚踢了一下趴在地上的赌客。

“崔队，您坐。”潘江海挺会来事儿，搬过一把凳子，放在崔铁军身边。

崔铁军也不客气，不慌不忙地坐了下来。

“过去，收身份证，开灯，查人。”崔铁军吩咐着。

潘江海做戏做足，转身开了灯，走过去将警官证亮给众人。

“哎，你干吗呢？过去啊。”崔铁军对徐国柱颐指气使。

徐国柱无奈，也走了过去。

三个人打着配合，屋里的人都被唬住了。潘江海收了赌客们的身份证，又把组局的老板带了出来。徐国柱一点儿没客气，照着他就是两脚，又跟潘江海要来手铐，给他来了个“苏秦背剑”。而崔铁军，则一直坐在门口抽烟，不时若无其事地摆弄手机，实则是在催促赶来的警力。

过了整整十五分钟，十余名民警才赶到了现场。三个人这才喘了一口气。

徐国柱把那个老板拎到外面，猛地抽了他一个嘴巴。老板没敢挣蹦，盯着徐国柱的眼睛。

“知道我是谁吗？”徐国柱问。

“知道，刑警队的大棍子。”老板三十多岁，外号叫“骆驼”，也是个几进宫的老炮儿。

“知道还装孙子，说我抢劫？”

“哼，折都折了，悉听尊便。”骆驼苦笑。

“甭跟我转这文明词儿，说，旱鸭子来过这儿吧？”徐国柱明挑。

“旱鸭子……”骆驼犹豫着。

“甭废话，他现在就在号里。”徐国柱透底。

“嗯，丫现在还欠我十多万呢。”骆驼撂了。

“大宝近期来过吗？”徐国柱又问。

“大宝……”骆驼又犹豫。

“说！不说，我有的是理由装你！”徐国柱发起狠来。

“得，我说，我全说。”骆驼点头。

“还有，把你这儿的这个，这个，还有那个，都给我调出来。要是不老实，我跟你丫没完！”徐国柱指着屋里的几个监控。

三人没想到，第一次出马就收获颇丰。经过崔铁军和潘江海的调查，发现了租车公司发案的情况。在半个月前，该店的一辆黑色尼桑蓝鸟轿车被盗，在报警之后，至今还没有破案。崔铁军怀疑，那辆车就是大宝驾驶的车辆，而“1177”的号牌应系伪造。同时，也解释了大宝为什么跟旱鸭子提到桥园会所的问题。而徐国柱经过对赌场监控录像的调取，在骆驼的指认下，获取了大宝的体貌特征。他一米七多的身高，身材魁梧，上穿黑色皮夹克，下穿牛仔裤，头上戴着深蓝色的棒球帽，与小康被杀现场的影像高度相似。

经此一役，三人关系缓和了许多，等第二天赴襄城出差的时候，已经同乘一车了。老皇冠在海襄高速上飞驰着，徐国柱戴着墨镜，音响里放着何勇的《垃圾场》。崔铁军和潘江海在后座上昏昏欲睡，不时被吵醒。

崔铁军摇开车窗，点燃一根软玉溪："你爱听摇滚啊？"

"谈不上喜欢，听着玩儿。"徐国柱说。

"在魔岩三杰里，我觉得也就窦唯能听。"崔铁军说。

"但都比'唐朝'强，一帮大长头发，看着就装。"徐国柱说，"哎，小潘，你喜欢哪个？"

"我不喜欢摇滚，喜欢轻音乐。"潘江海闭着眼回答。

"靠，不会是理查德·克莱德曼吧？"徐国柱笑。

车下了高速，在土路上颠簸着。老皇冠的减震不行了，颠得三人上下摇摆。

"你这是什么破车啊。"崔铁军抱怨。

"破车？你好大的口气……第八代皇冠，四轮独立悬架，ESC 电子稳定控制系统，直列六缸发动机，最大输出功率为 190PS……追奔驰都没问题。"徐国柱说。

"哼，还说得挺细，你干过司机班儿吧？"崔铁军奚落他。

"哼，我倒是想去呢，领导不让啊。"徐国柱笑。

"哎，我怎么听说，专案组又加了一组人啊，据说是一帮老警尕？"潘江海插话。

"我知道，是老庞、老卓和老严。他们加一块儿快二百岁了，没戏……"徐国柱不屑。

"人家有你说的那么老吗？"崔铁军笑。

"他们求稳，咱们就比快。破案的方法就那么几条，咱们分头做，一定干掉他们。"徐国柱说。

“哎，你怎么没带那个小楚啊，你们郭队说的那个。”崔铁军又问。

“算了吧，他不仅是个累赘，还是‘针儿爷’，我可不愿意身边有个领导的‘点子’。”他说着换了个台，里面传出了《今日股评》的声音：“中国的GDP 增速，三年来分别收于 7.8%、7.7% 和 8.5%，以香港恒生指数为例，近一年上涨了 112%，可以说，在全球经济一体化的氛围之中，我国股市新一轮持续上涨已是万事俱备。股评家判断，这波行情如果能够持续，中国将面临一个更长周期的牛市行情。”

“怎么着？你还玩这个？”崔铁军问。

“我？算了吧。那点儿工资勉强温饱，不够填馅的。”徐国柱摇头。

“哎，这帮人就忽悠吧，这一年股市疯涨，连买菜的大妈都蹲营业厅了，估计离着完蛋不远了。”崔铁军说。

“我原来认识一哥们，炒股炒成了百万富翁，我就问他秘诀。你猜他怎么说？他说也没啥秘诀，我他妈以前是千万富翁。”潘江海这么一说，两人都笑了。

6

风很大，足有五六级，吹得黄沙飞扬，遮天蔽日。海城监狱的大门缓缓打开，一个中年男子走了出来。他中等身材，戴着一顶帽子，遮盖着面容和眼神。他抬头仰望着铁门上高悬的国徽，显得无助而卑微。这时，一阵风袭来，将他的帽子吹飞。他俯身去捡，却不料风又起，将帽子吹到更远的地方。于是他就一直追，一直捡，不自觉地跑了很远。

“嘀嘀嘀……”他身后响起了鸣笛声。他回头望去，表情松弛了一些。

一辆现代小跑在海襄高速上飞驰着，一个络腮胡子的胖子开着车，车里放着日语歌曲。胖子递给那人一根“七星”，他接过来缓缓点燃，慢慢吸吮。

“老鬼，三年了，一晃而过啊。”胖子说。

“是啊，三年了……”老鬼坐在副驾驶，看着窗外，“哎，加代，你怎么开这辆车了？你那虎头奔呢？”他叫仇建军，三十六岁，外号老鬼，曾是灯哥手下得力的干将，三年前因罪入狱。

“嗐……”加代摇头，“酒是穿肠毒药，色是刮骨钢刀，财是下山猛虎，气是雷烟火炮。福兮祸兮啊……”

“说人话。”老鬼看着他。

“你一进去，哈道就开始找我的麻烦。虎头奔顶给他了，还不行，还闹着要我的店。最后要不是老万出面，哼，估计我就爪干毛净了。”加代苦笑。

“媛媛呢？”老鬼又问。

“没听我说吗？色是刮骨钢刀……女人啊，是最不可靠的东西！”加代自己也点燃一根七星，“我到襄城躲事儿的那阵儿，这娘们一直闷着。我还以为她给我守着大后方呢，结果一回来……我天……屋里除了墙皮还没动，其他全都卷包儿烩了。”

“嗐，大难临头各自飞吧。”老鬼说。

“是，我不怪她，但是她……”加代欲言又止，“算了算了，不提了。哎，先去我店里吧，给你补补。”他笑着说。

加代的店开在海城市中区的闹市街上，名为“加代日料”。“加代”自然不是他的本名，而是他的外号。他叫朱国福，现年四十二岁，和老鬼一样，曾经是灯哥的手下。在几年前，哈道与灯哥干仗的时候，加代金盆洗手退出组织，开了这个店。起初因为他的背景，许多社会上的朋友都来捧场，高朋满座，生意兴隆，但渐渐地就被哈道等人盯上了，连遭扰袭。最后还是老万出面，才保住了这个店。当然，老鬼并没来过几次，他在加代刚开店的时候，就被徐国柱给“收”进去了。

加代日料开在一栋高档写字楼的一层，低调奢华，闹中取静。一进店就能看到小桥流水、油布纸伞，往来的顾客也大都是高收入的白领和金领。加代先引老鬼进了店里的办公区，让他在洗手间里洗了个澡，换上了一身崭新的衣裤，才将他引进一个名为“即墨”的包间。老鬼盘腿坐在榻榻米上，看着桌上袅袅腾腾的线香，浑身感到软绵绵的，似乎戳在身体里的一根针，松了下来。

“听说灯哥也进去了？”老鬼问。

“去年的事儿，寻衅滋事，判了三年，其他事儿都让兄弟们扛了。”加代叼着烟给老鬼倒茶。

老鬼喝了口茶，觉得清香可口：“那老二、老三呢？”

“老万接管了灯哥的生意，道上的人有不同说法。有的说老万这是趁火打劫，除了小嫂子没接管，其他的都拿走了，还死把着不放。还有的说他是临危受命，替灯哥看摊儿守业。”

“你觉得呢？哪种说得对？”

“哼，跟我有个鸟关系。我呀，现在已经退出江湖了，谁的事儿也不管，就管好这个店就得了。”加代笑。

“周庆呢？”

“他牛了。这几年生意做得风生水起，盘了地，盖了楼，还炒股，身家上亿。据说有一次请官员吃饭，‘菜比人贵’。要我说啊，咱们也得向他学学，别总江湖啊，道义啊，什么灯哥说的格式内、姿势对了。挣钱是唯一的硬道理。”

老鬼没说话，仰身躺在榻榻米上。“菜比人贵……”他默念着。

这时，推拉门打开了，进来一个穿和服的女孩。她说着日语，谦恭地将几盘精致的日料放在桌上，然后鞠了个躬，退出了包间。

“你们这儿的服务员，都是日本人？”老鬼坐起身。

“呵呵，像吧？”加代笑了，“狗屁日本人，都是四川丫头。入职之前，先学半年日语，蒙老外不好说，蒙海城这帮土包子，还绰绰有余。”

“行，真行。”老鬼也笑了，“哎，咱能不能……不吃这些玩意，给我弄碗卤煮去？”

“靠，这是蓝鳍金枪，你知道多少银子呢吗？”加代说。

“别蓝鳍红旗的，有没有吧？”

“得，你是爷。”加代拉开门，又叫来了那个日本姑娘，“彩凤，到隔壁‘小肠陈’打包两份卤煮来，要双菜底儿的。”

“要得。”彩凤利落地回答。

“这姑娘日本名儿叫什么？”老鬼问。

“叫深田恭子。”

“干吗叫这么一名儿？”老鬼不解。

“嗐……瞎叫。看那边，田中丽奈和松岛菜菜子正收盘子呢。”他笑。

不一会儿，彩凤就拿来了卤煮，“即墨”里顿时变了味儿。老鬼大快朵颐着，不一会儿就干掉了两个菜底儿。加代抽着烟，看着他笑，将自己那份也推给他。老鬼没客气,又囫囵吞下。吃饱了,就半卧在榻榻米上,看着加代。

“听说小康 over 了？”他问。

“嗯，三枪，一枪脑袋，两枪前胸。”加代比画着。

“谁干的？”

“各路豪杰都有可能。”加代摇头，“他呀，也是作死。知道那么多灯哥的事儿，还暗地里凑材料，给警方当‘点子’，你说，能不出事儿吗？我曾经劝过他要急流勇退,但是他不听啊,非夹在老大和警察之间,最后,唉……”

“这么说跟灯哥有关？”老鬼问。

“哎,这我可不敢乱说啊。”加代摆手,“但是你知道,这江湖上的事儿啊,有时越是传得有模有样，就越不是那么回事。小康是灯哥的财务总监，手里的材料许多人都想拿到，也备不住有人在浑水摸鱼。”

“嗯……”老鬼点头。

“你呀，先蛰伏着，等灯哥出来了，肯定亏不了你。他这么多事儿，却只判了三年，你就琢磨吧，他关系得有多硬。”加代说。

“我跟他没关系了。”老鬼摇头。

“怎么能没关系呢？你铁嘴钢牙，没把他撂出来，他得报恩啊。”

“我不图他报恩，只求他别再盯着我。”老鬼叹了口气，“他带我入伙，拿我当人,给我尊重,让我起范儿,我这三年也算报了恩,我们互不相欠了。”

“唉，现在跟三年前也不一样了……江湖啊，看不见摸不着，人散了，江湖也就没了。”加代感叹,“洗也洗了,吃也吃了,用不用给你找个姑娘啊？”

“算了，别再作孽了。”老鬼摇头，“哎……下午接我老妈去，也不知她怎么样了。让你问的事儿问了吗？”

“霍大屁股？”加代皱眉。

“对，告诉我，越细越好。”老鬼盯着他。

“哎，我劝你，既然出来了就别惹事了。我知道，当时是他出卖的你，但是他是警察的‘点子’，你也不是不知道。”加代劝道。

“我干什么，与你无关，你只说你知道的。”老鬼冷下脸。

"好，好。"加代无奈点头，他从兜里拿出一张纸条，递给老鬼，"都在上边儿了。"

老鬼回到家的时候，一辆金杯车已经停在大杂院门口了。杠头用轮椅推着老鬼的母亲，在门前等着。老鬼几步赶到近前，"扑通"一声就跪下了。

"妈，您还好吗？"他热泪盈眶。

老鬼母亲面色很差，显得憔悴疲惫，她的病越发严重了，现在已经到了透析阶段。她看到老鬼，激动起来："建军啊，回来就好，回来就好。"

母子抱在一起，五味杂陈。

老鬼把母亲推回家。这是一间四十平方米的平房，已经好久没人住了，一进门就闻到一股发霉的气味，四处满是灰尘蛛网。老鬼打开窗，让空气对流，环顾四周，一切如故，却已物是人非。

在门口，他送杠头离开。

"换新司机了？"老鬼指了指金杯车的驾驶室。

"哦，小柳子，刚来的。"杠头说。

"告诉万爷，我欠他人情。"老鬼说。

"你帮灯哥扛事儿，应该的。"杠头掏出一个纸包，递给他。

老鬼打开纸包，里面有两万块钱。

"记住，你妈得按时去医院透析，每周三次。需要帮忙就说话，哎，你真不跟着万爷干了？"杠头问。

"不了，以后的事儿，我就自己挣蹦了。我先办完我的事儿，再去当面谢他。"老鬼说。

一趟襄城，不虚此行。在老陈的配合下，专案组联系了知情人，对骆驼赌场的视频进行了辨认。初步判断，戴棒球帽的人就是陆宝山。回到海城，三人分别行动，潘江海经过对骆驼的预审深挖，获取了一个新线索，陆宝山在海城有一个情人，叫玲玲，住在市北区的一个小区里。于是徐国柱按图索骥，在属地派出所的配合下，调出了玲玲的基本信息。玲玲本名李晓玲，孟州人，今年二十六岁，在长盛饭店当服务员，曾因卖淫被劳教，近半年来都没去上班。崔铁军调了玲玲居住地的水电记录，发现年初的三个月，每月平均用四吨水、一百度电，而最近三个月，则飙升到了每月七吨水、一百五十度电。可以推测，在她屋里，加了人口。

夜晚，桑塔纳车里放着舒缓的音乐，崔铁军默默注视前方，玲玲家窗户的灯亮着。但由于她居住的小区没有安装监控探头，崔铁军就只得用传统的方法进行蹲守。他照例将透明胶条贴在了玲玲家防盗门下，又将“小广告”插在门缝里，这样只要每隔几小时一扫，就能知道屋里是否有人进出。他看了看表，时间已经过了八点，觉得无聊，就打开钱包，看着里面的照片。那是他和焦雄兵的合影，两人都穿着警服，微笑着面对镜头。他比弟弟大十岁，虽然同母异父，不在一个城市，却血脉相连，感情很好。弟弟一直以他为榜样，大学毕业后就考了警察，冲锋到一线。崔铁军不知道，弟弟是不是被自己误导。在海城经侦，“大背头”的名号确实叫得挺响，作为办案的主力，崔铁军带领探组这几年攻坚克难，拿下了不少大案。但与此同时，他付出的代价也是沉重的。上个月，妻子郭春燕正式向他提出了离婚，儿子崔斌也离他而去。不可否认，婚姻失败的原因主要出在他身上，崔铁军长期忙于工作，造成两人的聚少离多，让这段婚姻无疾而终。他们本已约好到民政部门办理手续，却不料崔铁军突然上了专案，连离婚也被搁置。崔铁军叹了口气，合上钱包，他知道，当好一个警察是要付出代价的，说句实话，他并不想让弟弟重蹈覆辙。

他掏出一根软玉溪，插上烟嘴，轻轻点燃，刚要摇开车窗，就看到远处驶来一辆车。那是一辆黑色的尼桑蓝鸟，和嫌疑车辆非常相似，车开得很快，转眼就到了小区门口。崔铁军警惕起来，坐正身体，轻轻地拧动钥匙门。桑塔纳启动了，在黑暗中发出呼呼的声音，像一只潜伏的猎豹，随时等待捕猎。但尼桑蓝鸟却并未停下，而是迅速驶过。崔铁军猝不及防，在错车的瞬间并未看清司机的样貌。他马上掉转车头，挂挡猛追，但与前车已拉开百米的距离。

“妈的！”崔铁军暗骂。他赶紧拿出电话，拨打指挥中心，“喂，我是经侦崔铁军，路遇一辆嫌疑车辆，尾号 9221，黑色尼桑蓝鸟，即将行驶到市北区国富里路口，赶紧让沿途的巡警堵截。”他大喊着。

尼桑越开越快，在几个路口都猛地拐弯，显然已经发现了追兵。崔铁军将油门踩到底，索性明跟，他咬紧不放，却不料尼桑又突然变道，逆行着向对面驶去。崔铁军猛地打轮，引起一片鸣笛声，与此同时，一辆公交车迎面开来。崔铁军赶忙躲闪，再找尼桑，已经不见了踪迹。他气得狠狠拍了一下方向盘。

在桥园会所，徐国柱和潘江海西装革履地走到门前，保安验了请柬，伸手放行。在霍大屁股的协助下,徐国柱拿到了这里的入场券。两人进了大厅，里面已经聚了上百号人。会所实行会员制，会不定期组织活动，会员的成分以官商为主，表面上是互通有无的熟人聚会，实则暗藏着权钱交易。徐、潘今天潜进来，目的自然是为了调查大宝。

两人在会所里溜达着，观察着周围的动向，一二楼很快转弯，两人就往三楼走。却不料刚到楼梯口就被拦住了。

“对不起，里面是私人活动。”一个保安挡住了路。

“什么活动啊？”徐国柱问。

“这个……不便告知。”保安说。

潘江海侧耳倾听，三楼大厅里似乎很热闹，于是凑上前去：“哎，我们就是来参加这个活动的。”

保安没说话，上下打量着他。

潘江海笑笑，拉开手包，掏出两张钞票。“辛苦了。”他说着塞进保安的手里。

保安犹豫了一下，摆出一副标准的微笑，退身做了一个“请”的动作。两人大摇大摆地走了进去。

两人一进大厅就明白了，这个所谓的私人活动，实际上是一场地下拳赛。大厅里光线很暗，镭射灯的光线映得周围光怪陆离。在大厅中间，十多把凳子围成了一个圈，在圈里，两个拳手正在挥汗对决。他们分别穿着红蓝短裤，互不相让，斗在一起，两人没有华丽的招式，而是拳拳到肉，无所顾忌地向对方发出猛攻，拳套不断发出“砰砰”的闷响。还不到一个回合，蓝方就被红方打倒在地。一个肥胖的裁判忙跑过去终止了比赛，他抬手大喊：“本场，红方胜。下一场，赔率一比三！”原来是一场赌局。

“哎，那个蓝裤衩不灵……动作变形，一看就是野路子。”徐国柱摇头。

“哼，你行你上啊。”潘江海笑。

“不是吹的，我要真上，一回合，肯定让那红裤衩趴下。”徐国柱撇嘴。

两人四处观察着，这个赌局没有想象中的乌烟瘴气，圈外的看客都很文明，他们端着酒杯，或站或坐，举止斯文，显然都不是好勇斗狠之徒。潘江海询问了一下服务生，每场最低的下注金额是十万元。

“大背头说得没错，这么大的局，大宝那样的人没戏。”潘江海说。

“这帮孙子钱都不是好来路，一会儿通知治安队，给他们丫连锅端了。”徐国柱说。

“别啊，线索还没出来呢，等等再说。”潘江海安抚。

两人找了凳子坐下，这时第二场即将开始。一个穿旗袍的女郎走到圈内，双手举着牌子，上面写着赔率和拳手的代号。她二十出头，头发烫成大波浪，显得性感妩媚。徐国柱觉得眼熟，一想正是正午歌厅的那个歌手。

“丁零零……”比赛的铃声响起，一个黄短裤和一个绿短裤又战在一起。

那个女孩站在圈外，紧身的旗袍让身材的曲线暴露无遗。徐国柱看着，视线久久不离。潘江海顺着他的眼神望去，捅了他一下。

“嘿，干吗呢？”

“哦，”徐国柱回过神来，“没事，找人呢。”

“我看你是……找姑娘呢吧。”潘江海坏笑。

“不是，我见过那人，在老万那儿。”徐国柱说。

“是大宝情妇？”潘江海犯坏。

“扯淡，不是。”徐国柱摆手。

“哎，我看今天悬了，待会儿撤吧。”潘江海说。

“嗯。”徐国柱点头，但再找那个女孩，已经不见了踪迹。

两人又待了一会儿，看拳赛散了，就提前撤到了会所外。他们在老皇冠里观察着，依然没有发现大宝的踪迹。于是徐国柱启动了车，准备收队，却不料这时，听到了不远处的叫喊声。那是个女人的声音，徐国柱犹豫了一下，下车走了过去。

“哎，棍子，干吗去啊？”潘江海无奈也跟了过去。

在停车场里，一个粗壮的男人正拽着一个女孩，试图把她塞进车里。女孩留着大波浪，正是那个歌手。徐国柱见状，上前喝止：“嘿，住手！”

男人被吓了一跳，转过头来。徐国柱一看，正是那个穿红短裤的拳手。“干吗？你是什么人？”他不客气地问。

女孩借机甩掉了男人的手，跑到徐国柱身旁。她看着徐国柱，微微皱眉，似乎也认出了他。

“怎么回事？”徐国柱问女孩。

“他是流氓，要非礼我。”女孩指着拳手说。

“放屁，你是我媳妇，我怎么非礼不都是应该的？”拳手根本没拿徐国柱当回事，说着就凑到近前，还要动手。

“我告诉你啊，别胡来！”徐国柱指着他的鼻子。

“关你屁事儿！”拳手打开徐国柱的手，“你是干吗的？没事儿找揍是吧？”他叫嚣着。

“我是……”徐国柱刚要亮警官证，就被潘江海按住。

“哎哎哎，哥们，有话好说，别动手啊。”他忙打圆场。

徐国柱明白过来，把证件掖进兜里。

“都他妈给我滚开，这娘们我今天必须带走。”拳手叫嚣着。

“你再耍流氓我就报警了，我不信警察都治不了你！”女孩躲在徐国柱身后，话里有话。

“哎，花儿，我也没想拿你怎样，就喝杯酒，唱唱歌，你至于吗？”拳手不屑，“还报警？真够逗的……那帮警察，比黑社会还黑。”

徐国柱一听这话，火上来了：“哎，人家都说了，不想跟你去，你这么死皮赖脸的，有意思吗？”

“我看你是找揍是吧，皮紧了？想让爷给松松？”拳手用手戳着徐国柱的胸口。

徐国柱哪受得了这个。他一时没绷住，一脚就踹了过去，却不料拳手很敏捷，闪身躲过，同时挥出一拳，正中徐国柱的胸口。徐国柱一个趔趄，摔倒在地。这边一动手，一些没走的客人就围过来看热闹。

徐国柱站起身来，几下脱掉了外衣，摆出战斗的姿态。两人站在人群中间，剑拔弩张地对峙着，宛如进了赛场。潘江海还想阻拦，却被徐国柱推到了一边。

拳手笑了：“怎么碴儿？想跟我练练？”他也脱掉了外衣，露出健壮的肌肉。

“怎么玩？”徐国柱问。

“随你，都行。”他原地蹦跳起来，舒活筋骨。

“哎，强子，这局是什么赔率啊？”一个人在外面起哄。

“你说呢？得一比四吧？”拳手笑。

“下注下注！”那个人又喊。围观的人都笑了起来，显然没拿徐国柱当回事。

徐国柱侧目看着那个女孩，发现她正看着自己，脸上露出一种挑衅的表情。似乎在说，你是警察，你上啊。

徐国柱稳了稳神，知道在这个场合不能跌份儿。他指着拳手说：“那就按拳场的规矩，有裁判吗？”

“当然。”拳手笑了，他冲人群招招手，“杰克，过来帮帮忙啊。”

没想到那个胖裁判也在人群里，他找来了护具和拳套，帮二人戴好。这下可好，是箭在弦上，不得不发了。

随着裁判的手势，比赛开始了。虽然徐国柱嘴上说一回合就让红裤衩趴下，但一交手实力就显了出来。拳手毕竟专业，他步步紧逼，拳如雨下，徐国柱疲于应付，数次中标。比赛呈现出一边倒的局面。眼看打完了第一个回合，徐国柱稍不留神，就被他一个勾拳击中了左脸，“嗵”一声栽倒在地。人群发出了一阵嘘声。

这时，从会所里走出两个人，为首的不到四十，穿着一身得体的西装，嘴里叼着雪茄。身后一个人戴着金丝眼镜，提着公文包。两人走到近前，默默看着。

徐国柱又和拳手战在一起。两人你来我往，体力都消耗了不少。徐国柱转攻为守，耍起了“鸡贼”策略，能打就打，遇险就抱住对方，弄得拳手也无可奈何，有力发不出来。人群顿时发出了一片嘘声。徐国柱寻找着机会，准备一击制敌，却不料又中了对方的圈套，拳手虚晃一拳，引徐国柱闪身，又猛出直拳，击中了他的面门。徐国柱感到身体轻飘飘的，似乎腾到了空中，之后又重重落地，摔得生疼。

“嗷……”抽雪茄的人拍起了手，大声喊着，“干掉他，干掉他！”

徐国柱倒在地上，视线模糊起来。他不自觉地望着那个女孩的方向，发现她已经转身，正向外走。潘江海在说着什么，似乎想让他放弃。

“你……大爷的！”徐国柱晃了晃头，挣扎着爬起，“还没完，继续！”他大声喊着。

女孩听到这话，停住了脚步，回头看着徐国柱。徐国柱感到血往上涌，浑身都热了起来。他转过视线，盯着拳手的眼睛，开始认真起来。

比赛继续，拳手还是老套路，先用左拳试探，再用右拳攻击。徐国柱左躲右闪，根本不去反击，拳手有些急了，几次连环出去，都扑了空。看徐国柱躲闪，场下又是一片嘘声。这时徐国柱抬起拳套，冲对方挑衅，拳手急了，连发几个直拳，徐国柱灵活地躲闪，退到场边。他知道，身后就站着那个女孩。

这时拳手扑来，只见徐国柱低头躲过，然后瞅准机会，猛出一拳。“砰！”

正中对手的面门。这拳猝不及防，又准又狠。拳手晃了几下，瘫软倒地。

“嗷！”场下一片喝彩。徐国柱展开双臂，举高双拳，但回头望去，却找不到那个女孩的身影了。

这时，抽雪茄的走过来鼓掌。“棍子，牛啊。”他笑着说。

“周庆？”徐国柱皱眉。

“怎么着？办案子不忙了，过来活动活动？”周庆笑。

“对，闲着也是闲着。”徐国柱满不在乎地说。

“得，你好好活动，我有事儿，先撤。”他摆了摆手。

他说着把雪茄递给金丝眼镜，转身离去。

潘江海递过一张纸，给徐国柱擦鼻血：“那人就是周庆？”

“对。”徐国柱点点头。

7

回到专案组，崔铁军一看徐国柱那惨样就笑了。

“怎么着？听说打黑拳去了？”他问。

“没有，就是练练手。”徐国柱轻描淡写。

“练手还弄一乌眼青？”崔铁军笑。

“棍子还行，不㞞。”潘江海说。

“嘿，这是什么话啊，我把丫赢了，好吗？”徐国柱不爱听了。

郭俭走了过来，把三碗方便面放在桌上：“边吃边说。”

三个人端起面，稀里呼噜地吃着。

“这么说那辆尼桑，不是被盗车辆？”郭俭问崔铁军。

“不是。车型虽然一样，但车架号什么的都和被盗车辆对不上，”崔铁军摇头，“开车那小子喝了酒，看我追他以为查酒驾呢，就玩命地跑。最后让巡警给截住了。”

“哼，你们经侦追车就是不行。我告诉你啊，追车讲究三不跟。出租车不跟，公交车不跟，高级车不跟……”徐国柱开始说教。

“行了行了，这不用你教。”崔铁军打断他，“经过这几天的调查，我发现了一个规律，大宝每次在作案之前，都会盗窃车辆。他干过汽车修理工，盗车对他来说应该不是难事。这点我跟襄城的老陈也核实过，‘12·13’抢劫案嫌疑人驾驶的捷达，也是在一周前被盗的。”

“嗯，这个规律很有价值，得作为工作重点。”郭俭点头。

“我建议把任务布置下去，发动各分局、县局搜寻那辆尼桑，我觉得大宝再开那辆车的可能性不大。”潘江海说。

“对，还得实时关注盗车的案件，特别是近期发生的。”崔铁军也说。

“除此之外，还得重点盯控海城的地下赌场。大宝这孙子只要不‘醒’，肯定狗改不了吃屎。”徐国柱也说。

“行，你们说的这几条都是重点。”郭俭点头。

“按照今天掌握的情况，已经可以通知治安队把桥园扫了。”潘江海说。

“不行，还得留几天。在抓到大宝之前，不能动作太大。”徐国柱说。

“你们说，他抢了这么多钱，会干什么呢？”崔铁军问。

“黄赌毒呗，像他这种亡命徒，有今儿没明儿的，花钱也不要命。”徐国柱说。

“那长盛饭店也得列入视线了,燕朝汇可是花钱最冲的地方。”崔铁军说。

“嗯，我明天就过去布控。”徐国柱点头。

“听说老鬼出来了。”郭俭说。

“是吗？”徐国柱诧异，“可不，转眼都三年了。”

“老鬼是什么人？”潘江海问。

“大名叫仇建军，以前是灯儿的得力手下。三年前为了争一个拆迁项目，跟哈道约在市北区的工地上碴架，没想到动静闹得太大，造成三人受伤。出事儿之后，老鬼没跑，就等着我们过去抓。结果给判了三年。”徐国柱说。

“这事儿没落到灯儿身上？”崔铁军问。

“是啊，本来想拿他当个突破口，带出灯儿的，但这孙子铁嘴钢牙，什么都不撂。”郭俭说。

“谁是预审？没突下来？”潘江海皱眉。

“哼，一说你们预审我就来气，就那个龚培德，别说深挖了，连老鬼的口供都没拿下来，还副队长呢……要不怎么就判了三年。”徐国柱叹气。

“有时间你找找他，争取给发展过来。他刚出狱，现在正是微妙的时候。”郭俭说。

“嗯。”徐国柱点头。

“郭队，我还有个事儿得跟你说，”潘江海犹豫着，“刚才的任务，我垫了二百块钱。”

“填个单子，我给你签字。”郭俭说。

“关键是没发票啊。”潘江海笑。

“真够啰唆的。”徐国柱说着掏兜，把二百拍在桌上，“拿走，算我的。”

“你这是什么意思啊，寒碜我？”潘江海不悦。

“没发票走特费吧，我跟邢局说。”郭俭打圆场。

同一个夜晚，在城市的另一头，老鬼默默地守在一条土路上。那是一片废弃的工棚，周围没有路灯，一片漆黑，夜风扫过地面，扬起阵阵尘土。时间已经过了凌晨，老鬼一动不动地站在黑暗里，等待着时机。

上午，他带母亲到医院做了透析，然后将她送回家安顿睡下，之后带着一百元钱，外出购物。他先到市南区的一个杂货店里，买了簸箕、扫把、脸盆和垃圾袋，又步行两公里，从小商品市场的两个店铺分别买了一副粗线手套、一个口罩和一身浅蓝色的劳动布工服，再步行三公里到一个体育用品商店买了一根跳绳和一双大号的球鞋，最后在回家的路上到食品店买了蔬菜、米面、方便面和果仁面包。整个下来，花了八十五元二角五分。到家之后已经过了中午，他洗菜做饭，按照医生“少食多餐”的要求，在三点钟喂母亲吃饭、吃药。他用新的脸盆给母亲擦脸，用新的扫把和簸箕把屋里打扫干净，之后泡了一袋方便面，吃了当日的第一顿饭。过了傍晚，他用一个垃圾袋装好了手套、口罩、工服、球鞋和跳绳，然后把另一个垃圾袋装进口袋，从家里步行，一直走到东郊。到达的时候，已经过了晚上十点。他没带手机，借着月色看着手表，推测着霍大屁股出现的时间。

根据加代的情报，霍大屁股每隔一段时间，就会到这里密会情人。霍大屁股本名霍民，是道上有名儿的消息通，一直有传言说他是警方的“点子”。

在三年前，老鬼和哈道之所以被一窝端，据说也是被他出卖。老鬼确信这个消息，在那场约架之前，哈道一直在找霍大屁股的麻烦，他向警方报信的目的也是冲着哈道，想借刀杀人，但却伤及了老鬼。老鬼忍了三年，出狱后的第一件事,就是要让霍大屁股付出代价。他之所以被起了“老鬼”这个外号，就是因为做事缜密、滴水不漏，为了今天的行动，他已经谋划好久了。

在哈道倒台之后，灯哥也碍于霍大屁股和警方的关系不敢动他，于是他渐渐洗白，做起了生意，据说还做得风生水起。但老鬼估计，这孙子肯定是在打着做生意的幌子洗钱。灯哥就曾经说过，流氓就是流氓，别整天琢磨着跨阶层，屁大了裤衩兜不住，牛吹大了下巴受不了。

霍大屁股的情人经营着一个小超市，店的位置在东郊五里铺的村口。老鬼在勘察地形的时候见过那个女人。她三十出头的年纪,要论姿色并不出众，却有个特点，就是该大的地方都特别大，可能霍大屁股就好这一口。老鬼之所以在这里等他，原因有二：第一，如果要动手，肯定不能留下痕迹，约霍大屁股出来显然不行；第二，他平时出门好摆个谱，身边总跟着人，贸然下手很难成功。他只有在密会情人的时候，才会一个人来。他每次会把那辆白色的切诺基停在村外，然后步行经过一片菜地，再穿越这个工棚，从一条小道进村。之所以这么做，是为了掩人耳目。那个女人并非单身，因为老公常年在外打工，才与他行鱼水之欢。霍大屁股每周来的次数不固定，完全靠心情，但时间却大致相同，每次到达都在凌晨前后，每次完事在两点左右。老鬼在挑选工具的时候，没有选择匕首等冷武器，那样会血溅三尺、留下痕迹，他也放弃了哑铃和铁棍，那样无法一击致命，反而会对自己造成危险。最后他选中了跳绳。他将跳绳折叠在一起，然后拧成麻花扣，两头勒住既不会脱手也不会断裂，而且现场不会喷出血浆。

在凌晨之前，他换上了劳动布的工服，戴上了手套和口罩，穿上了比平时大两号的球鞋，勒紧了鞋带，然后将衣物放进垃圾袋里，在一旁放好。过了凌晨，几百米外果然亮起了车灯，老鬼舒了口气，这几天每日的二十公里奔袭，终于没有白费。他潜伏在黑暗里，看着霍大屁股大摇大摆地从自己面前走过，然后鬼鬼祟祟地从那条小道潜进村里。他准备等霍大屁股完事之后再动手，那时对方已心满意足，身心松弛，警惕性最差。而对自己而言，则成功率最高。

在等待的时间里，老鬼摘下口罩，静静地吃完了一袋果仁面包，将塑料包装扔进了垃圾袋里，然后又戴上口罩。时间缓缓流逝，老鬼看着夜空中的明月，不禁想起了三年前的岁月。那时自己还以好勇斗狠闻名，一心还想与周庆比肩，将未来的命运寄希望于灯哥的赏识。但如今，一切已时过境迁，自己不但没能得到应有的回报，连灯哥自己都身陷囹圄了。老鬼叹了口气，不禁又想到了老万。他看似仗义，替自己照顾母亲三年，但老鬼却说不好他这么做的目的，到底是为救助自己，还是在以此要挟绑架自己。他想着想着，身心就松弛下来，于是他晃了晃头，甩掉了这些私心杂念。他知道自己此行的目的，是复仇。

凌晨两点半，几十米外的小道有了动静。霍大屁股笨拙地从一堵矮墙的豁口跳了出来。他身体肥胖，起码得有二百斤，走起路来晃晃悠悠，像一个快要爆炸的冬瓜。老鬼用戴着粗线手套的手拿起了跳绳，侧身藏进工棚。乌云遮住了月色，四周漆黑一片。就在霍大屁股经过的时候，老鬼麻利地蹿到他身后，双手用力一勒，箍住了他的脖子，又随即用膝盖一顶，将他扑倒在地。

“咳，咳……”霍大屁股猝不及防，趴在地上奋力挣扎。

老鬼一言不发，额头青筋暴露，用尽了全力。

“哦，哦……”霍大屁股痛苦地呻吟，双手在地上胡乱地抓。

老鬼骑在他身上，一波一波地发力，几乎听到了他颈骨即将折断的声音。在工棚的远处，能看到海城东郊的一大片工地，都到了这个时候，那里还在加班，灯火辉煌。一个新兴的小镇正孕育而生，与这里的漆黑形成强烈反差。老鬼昂着头，步步剥夺着面前的生命，却不禁将目光停留在远处的繁华之中。霍大屁股已经窒息昏迷了，他不再呻吟挣扎，不再奋力反抗。老鬼知道，就是面前这个人，剥夺了自己的自由，占有了本应属于自己的东西，自己理应以牙还牙，让他失去一切。按照计划，他本该在干掉霍大屁股之后，将他掩埋在十米外早已挖好的土坑里。土坑外面盖着垃圾袋,只等用他的烂肉填充。但不知怎么的，老鬼却渐渐冷却了愤怒，丧失了斗志，他不再用力，放松了双手，缓缓地从霍大屁股那肥胖的身体上站起，退到一旁。他冷眼旁观，在心里自问，该不该为了这摊烂肉，放弃自己所有的未来。他不禁再次抬头，看着远处热火朝天的工地和更远处繁华的城市。他最终放弃了,收起了跳绳，拿着装满衣物的垃圾袋，默默地走向了城市。他觉得，自己这么做，不值。

无论夜里发生过什么，太阳总会照常升起。徐国柱知道霍大屁股出事的时候，专案组正在开会。他没跟郭俭过多解释，立马驱车赶到了东郊医院。霍大屁股被整得挺惨，胳膊被掰折，全身多处骨折，脖子上一道青紫的勒痕尤为醒目。

“什么人干的？”徐国柱问。

“没看见。”霍大屁股摇头。

“在哪儿动的手？”

“一个小道儿。不用查了，肯定没监控。那孙子戴着手套，全副武装，早有准备。”

“事先踩好点儿了？”

“棍子，他用的是跳绳儿，肯定是老手，盯我时间不短了。我一被勒住，就觉得这条命肯定瞎菜了。但不知为什么，这孙子却中途停了手。”霍大屁股苦笑。

“会不会只想警告你一下？”

“不知道……但我觉得，不像。”霍大屁股摇头。

徐国柱思索着:“你觉得这件事，跟灯儿的那帮人有关系吗？”

“不好说。但我觉得他们不至于对我下手。老万多精明啊，是不会轻易得罪你们警察的。”

“周庆呢？”

“他现在已经跳到另一个圈儿了，也犯不上。我倒觉得……有一个人，很有可能。”霍大屁股欲言又止。

要说“点子”，徐国柱手里有不少，比如加代，也一直在给他提供信息。但像霍大屁股这样正经填表入册，还领“点儿费”的，就没几个了。徐国柱听着霍大屁股的分析，也意识到了这个人的嫌疑。他拨打了东郊分局刑警队的电话，让他们过来给霍大屁股制作笔录，然后离开医院，准备重点追查这件事。他要查清，那个凶手这么做，到底是冲着霍大屁股，还是冲着警方。

老万有两个地方，一个是正午歌厅，一个是鸽场。谈正事一般都在歌厅。老鬼进门的时候，里面还没营业。他随着杠头走到办公区，老万坐在大班台后，正吃着一盘花生米，看老鬼到了，不动声色地压压手。

“坐。”他说。

老鬼冲老万抱抱拳，坐到了对面。

老万抬手拿过茶壶，缓缓地倒上一杯，推到老鬼面前，然后继续低着头，吃花生米。

“吃吗？”他问。

“不吃。”老鬼摇头。

“这个健康，还不升糖。”他抬眼看着老鬼。

“万爷，谢谢你照顾我妈，你对我有恩。”老鬼说。

“别，你帮灯哥扛事儿，对我们有恩。”老万说。

“别这么说，江湖道义，理所应当。”老鬼说。

“来，喝。”老万抬抬手。

老鬼拿起杯，抿了一口，发现里面是上好的白酒。

“我知道，你是个聪明人，有脑子，会办事，懂得趋利避害。但你该明白，现在这个时候，不能胡来。”老万看着老鬼，话有所指。

老鬼又喝了一口：“嗯，你这酒不错，陈酿。”他没正面回答。

“三年了，你失去过自由，该懂得它的珍贵。”老万说。

“自由，哼……我从来没觉得，自己拥有过自由。”老鬼叹了口气。

“这世界上本来就没有绝对的自由。混得差的，被别人囚禁；混得好的，被自己约束，所谓自由，不过是囚禁中的放飞。”老万说。

“但我记得灯哥说过，只要自己强大了，就能获得一段时间的自由。不然将永远受制于人，拿平安是福来麻醉自己。”

“呵呵……”老万笑，“知道为什么是一段时间的自由吗？因为欲望难平。你每上一个台阶，就会有更多的欲望，套上更多的枷锁，更拼命地寻找解脱。”

“我，不是这样的人。”老鬼摇头。

“呵呵，所有人都认为自己可以满足现状，但到头来，都被欲望反噬。不然，你为什么干这事儿？”老万盯着他问。

老鬼没有回答，不客气地抓起老万面前的花生米，吃了起来：“你呢，万爷？想得这么明白，还会被反噬吗？”

“废话，没欲望活什么劲啊。光怪陆离，声色犬马，这世界多他妈美好啊。”老万笑，“但是，真相是残酷的，丛林法则，弱肉强食，只要你去玩，就得准备好付出代价。”

“什么代价？”

“失去一切的代价，包括生命。”

“那你的意思是不去打拼，随波逐流？”

“那也有代价。平庸，无为，不更沉重吗？”

老鬼叹了口气，缓缓地将酒喝干。他站起身来，走到窗旁。外面阳光明媚，但风却挺大，满地的落叶被风横扫，哗哗作响。

“为了活着，每个人都得二选一。你在里面的这段时间，许多人做出了选择，也付出了相应的代价。但现在这个时候更加凶险，谁也不能动，不能节外生枝。有仇先撂下，有怨先憋着，一切等灯哥出来再说。”老万提醒。

“等到什么时候？什么时候能风平浪静？有风平浪静的时候吗？”老鬼问。

“你永远不知道，明天和意外哪个先来。我警告你，你要是越了界，就再也回不去了。”

老鬼没有反驳，明白老万的意思。

“记得灯哥的口头语吧？一切要在格式内，姿势得对，就算有起幅落幅……”

“也别轻易起范儿……”老鬼和老万一起说完，“万爷，你说的我都懂。”

“放他一马，别再找事。过段时间我摆个局，让他给你拿点儿。”老万说。

老鬼没说话，看着空荡荡的歌厅：“明哲保身，这就是你现在过的日子？”

“对，只要不被抓，不进监狱，不被人干掉，不得绝症，能活着，人生就是圆满的。”老万说。

“这是底线吗？”

“不，这是最好的状态。”

“你这么做，兄弟们会渐渐远离你的。”

“前几天我见着灯哥了。他跟我说，咱们的缝儿越来越少了，不能再走老路，总想着纵横四海……现在得比谁能撑下去，活下去。明白吗？趁着有缝儿，赶紧干点儿自己的事儿，别给自己找不痛快。”老万说。

“走了，这里的空气发闷。”老鬼解开衣领，站起了身。

“哎……”老万叫住他，“记住，如果有警察找你，就说那个时候在跟我喝酒。吃的什么喝的什么，都记住了吧？”

老鬼点点头，向外走去。这时，碰巧看到了那个女歌手。

“花儿？你还在这儿？”他一愣，拉住那个女孩的手。

“建军？”女孩愣住了。

“走，跟我走。”老鬼拽她。

“你放手。”女孩说，“我跟你没什么可聊的。”

杠头见状，跑过去阻拦，但老鬼还是不依不饶。正在这时，一只手搭在了他的肩膀上。他气不打一处来，回手就是一拳，却不料对方力大，一下将他撅倒。来人正是徐国柱，居高临下地看着老鬼。

“出来了也不报个到？”

老鬼艰难地抬起头，一看是他，顿时闷了。

8

审讯室里，老鬼被铐在了铁椅子上。他仰视着审讯台后的潘江海，不断地回答着问题。潘江海的发问如急风暴雨，根本没有停顿，而老鬼对答如流，毫无破绽。

“本周二上午你在哪里？”

“我在医院。”

“哪个医院？”

“杏石潭医院。”

“去干什么？”

“给我妈做透析。”

“怎么去的？”

“骑三轮车，带着她。”

“什么时候到达，什么时候离开？”

“上午十点到达，十一点半左右离开。”

“中途离开过吗？”

“没有。”

“回到家几点？”

“中午十二点半。”

“然后去做了什么？”

“出去买了菜，给我妈做饭。”

“买的什么菜？”

“一斤西红柿，两颗圆白菜，还有一些米面。”

“一共花了多少钱？”潘江海按照时间的顺序发问，寻找着老鬼的破绽。

“一共二十一块五。”老鬼知道，警方一定摸清了他的行动轨迹，而且已经查到了那个食品店。但这早在他的预料之中，他之所以选择在那个食品店购物，就是为了留下痕迹。

“还去过哪儿？”

“还去了一个杂货店，买了簸箕和扫把。”老鬼知道，越是在这个时候，越不能说谎。必须将谎言埋藏在众多真相之中。

“花了多少钱？”

“十七块八。”

“你认识霍民吗？”潘江海话锋一转。

“霍民？”老鬼皱眉，“哦，外号叫霍大屁股吧，我认识他。”

“出来以后见过他吗？”

“没见过。”

“与他有什么恩怨吗？”

“没有恩怨。”

“那为什么你在监狱里扬言，说出来以后要做了他？”潘江海盯着他的眼睛。

“嗐……那都是胡说的，在里面，都装狠。”老鬼笑。

“严肃一点！”潘江海拍响了桌子，“我问你，周二晚上你在哪儿？”

“我？”老鬼愣了一下，“我在正午歌厅。”他想起了老万的话。

“和谁在一起？”

“老万，大名万奎。”

“在一起做什么？”

“吃饭，喝酒。”

“吃的什么菜，喝的什么酒？”潘江海用手指节敲着桌子，示意书记员记录。

“吃的花生米，喝的白酒。具体什么酒我不知道，是盛在茶壶里的。”老鬼胸有成竹。

潘江海看着老鬼，预感到他和老万做了攻守同盟，但他却继续发问，以便找老万对质。此次审讯，潘江海手里的底牌并不多。现场没留下什么痕迹，作案凶器也被带走，虽然在土路上获取了若干脚印，但从尺码判断也与老鬼不符。他知道，老鬼之所以被起了这个外号，因为人如其名，做事缜密，滴水不漏。于是潘江海拿出了一个“撒手锏”。

“好，你刚才说，买蔬菜、米面一共花了二十一块五，买簸箕、扫把一共花了十七块八。那我问你，你回来的时候，身上还剩多少钱？”潘江海问。

“回来的时候？”老鬼闪开眼神，“我不记得了。”

“那我告诉你，你回来的时候，还剩下十四元七角五分。我问你，你出去的时候带了多少钱？这笔账算得不对啊？”潘江海质问。

老鬼看着潘江海，知道警方已经摸到他家里了。

“说啊！带的是五十还是一百？买这么多东西，不会随便抓把零钱就出去吧？”潘江海步步紧逼。

老鬼不说话，知道这是对方在给自己挖坑。

“你母亲说，你下午整整出去了两个多小时。你说说，这两个小时都去了哪里，买了什么？”潘江海问。

“我妈有病，你们别吓她。”老鬼抬起头。

“要不是因为你，她能被吓到吗？”潘江海反问。

“我怎么了？犯什么事儿了？你们有证据吗？就因为我进过监狱，就不拿我当人！”老鬼故作愤怒，扰乱视听。

“仇建军，你给我老实点儿！”潘江海也拍响了桌子。

在监控室里，郭俭不禁摇头。“这孙子够硬的啊。老万那边有没有突破？”

他问徐国柱。

“笔录刚做完，他也一口咬定，说当日是和老鬼在一起。吃的菜、喝的酒、穿的衣服，都能对上。显然提前串过了。”徐国柱说。

“从他家也没有搜到作案工具吗？”

“没有，他是老手，肯定不会拿到家里。”

“嗯……”郭俭点头，抬手看了看表，“咱们对他的手续只是拘传，律师已经到门口儿了，再过几个小时如果拿不下口供，就得放人。”

“妈的，你把监控关了，我过去试试！”徐国柱气不打一处来，腾地一下站了起来。

“别胡闹，现在不能冲动！”郭俭按住他，“霍大屁股最近一直在帮咱们扫着情况，如果这次老鬼是冲着他去的，事情就复杂了。我在想，会不会是受老万的指使？”

“老万？”徐国柱思索着，“我了解老万，这不像他的风格。”

“他什么风格？”

“明哲保身，暗度陈仓。这段时间，他不会瞎动。”

“嗯……”郭俭陷入沉思。

“哎，你说的律师，是谁请的？”徐国柱问。

“他妈请的，有家属的委托函。”郭俭回答。

“他妈？”徐国柱皱眉。

两人正说着，监控室的门开了，崔铁军跑了进来。“有个线索，你们快看看。”他说着递过一张打印纸。

郭俭接过来看，上面是几张并不清晰的图片。图片中的一个身影很模糊，仔细看去，那人戴着口罩，穿着浅色的劳动布工服，手里拿着一个黑色的垃圾袋。

“什么意思？”郭俭不解。

“东郊分局今天下午接到报警，说有群众发现这个人曾到过案发现场。分局刑警队立即展开摸排，这几张图片是监控探头拍到的，从着装上看，和霍大屁股描述的一致。”崔铁军指着图片说。

“这孙子要是嫌疑人，那老鬼……”徐国柱挠着头，“靠，不会抓错了吧。”

“你说这人是今天下午到的现场？”郭俭问。

“是的。”

“举报的人是实名匿名？”

“匿名。”

“找霍大屁股辨认，如果体貌特征相符，先把人放了吧。”郭俭叹气。

经过霍大屁股辨认，探头拍到的那个身影与嫌疑人相似。再加上老万和杠头给老鬼做的不在场证明，警方没有理由再将其扣押。次日清晨，在拘传时间用满之后，老鬼走出了公安局的审讯室。他跟着律师走到街上，看着街头早高峰涌动的车流。

“要我送你吗？”律师指了指路旁的一辆车。

“不用了，我走回去，散散步。”老鬼说，“哎，你是……谁的人？”

“呵呵，你不必问，我也不会说，我只做好自己该做的事。”律师笑。

“明白了。”老鬼点头，“哎，有烟吗？”

律师从口袋摸出一包中华，递给他。

老鬼抽出一根，把剩下的还给了律师。

他在街头缓缓地走着，觉得很累，大脑一片空白。他仰头看着天空，一群鸽子盘旋在天际，传来动听的鸽哨。自由是多么美好啊，只有失去过的人，才懂得它的珍贵。老鬼到一个小食摊，要了包子和馄饨，他饿极了，囫囵地吃完。又多要了一份包子，准备带给母亲。他从警方退还的十四元七角五分里，拿出五元结了账，然后往家走。在经过一片工地的时候，看到几个人正在围攻一个小孩儿。

那个小孩儿也就十七八岁，被打得很惨，满脸瘀青，却还在奋力反击，终究架不住对方人多，被屡次打倒在地。老鬼犹豫了一下，走了过去。

“哎，你们干吗？”他大声喝止。

几个人停了手，转眼看着他："你是什么人？管什么闲事？"

老鬼没回答，走到近前："这么多人打一个，有意思吗？"

他话音未落，那个小孩儿又突然蹿起，猛地用头撞倒了一个人。几人见状，又要动手。

"你也住手！"他指着那个小孩儿说。

小孩儿看着他，气喘吁吁却杀气腾腾。

"他欠我们钱，怎么着，你替他还啊？"为首的一个人说。

"多少钱？"

"一千！"

"胡说，老子一共才借了一百噻。"小孩儿一说话，一嘴的四川口音。

"废话，利息不算啊？"那人叫嚣。

老鬼翻了翻口袋，摸出剩下的零钱："这些先拿着，不够的，再找我要。"老鬼递给那人。

那人看着钱，撇嘴笑了："哎，你丫这是打发要饭的呢吧？再说，我们到哪儿找你去？"

"市南区菜园街功建北里 2 号院，我，叫仇建军。"老鬼说。

"仇建军？"那人一愣，"你是……老鬼？"

"你认识我？"老鬼看着他。

"鬼哥，我大哥是'钢镚儿'啊！海城火车站那边儿的，你忘了？"

"哦。"老鬼轻蔑地点头。

"得嘞，这钱我们不要了。"那人赔着笑，赶紧带着手下走了。

小孩儿傻了，看着老鬼。

"为什么借钱啊？"老鬼问。

"为了吃饱饭噻。"小孩儿说。

"给你。"老鬼说着把一袋包子递给他。

小孩儿打开塑料袋，二话没说，塞进嘴里就吃："谢谢大哥，我会把钱还给你的。"

“走吧。”老鬼摆了摆手。

“大哥，要不我跟着你混嗟。”他还往前凑。

“滚！”老鬼不耐烦了。

老万的鸽场是个清净地方，建在市中区硕果仅存的老胡同里。这里占地面积四百多平方米，据说曾是一个旧时名人的宅邸，后来才几易其手被老万拿下。小院一侧的房顶上，搭着几个鸽棚，里面养着数百只鸽子。老鬼到的时候，人已经来得差不多了。除了老万、周庆、杠头等人之外，久未露面的大海、石庆，甚至襄城的几个人也站在其间。院里的气氛凝重，所有人都面沉似水。

谁也没想到灯哥会死得这么快，号称万箭穿心而不死的他，最终没有死于法律的审判，而死在了睾丸癌上。据说他临死的时候异常痛苦，肚子因腹水胀得巨大，连那玩意也肿得像气球一样。但弥留之际，明知无力回天，却无人敢决定放弃抢救，他的生死牵扯到太多事情，谁也不想担责。人的生命，无论在辉煌时有多么耀眼，在弥留时都只剩下那几条曲线。他的最后几个小时像在受刑，虽然说不出话，但意识却是清醒的，他一直睁着眼，看着自己的心率、脉搏、血氧饱和度渐渐拉平，才艰难地死去。

老万穿着一身黑色的中式衣服，手里揉着核桃。“那好，既然大家都对灯哥的丧事没意见，那咱们就按说的办。小嫂子，你看行吗？”他问。

“没问题，听万爷的。”纪红霞本来就没有话语权，连忙点头。

“还有一件事，得跟大家说说。”老万环视众人，不紧不慢地说，“灯哥走了，但留下的那些资产还没交代。现在那块地在老三手上，燕朝汇、桥园是大海在管，其他的餐饮、娱乐、马场和几十部车都由我在代管，石庆哥几个也在帮忙。大家什么意见，这些资产怎么办？”

众人面面相觑，都沉默着，于是老万点了名：“大海，你先说说。”

大海穿着风衣，戴着墨镜，头发梳成马尾。他想了想说：“既然是代管，我就尽好本分，产业都是灯哥的，怎么处理看万爷安排。”他为人圆滑，这话等于没说。

“好。”老万点头，“你呢，石庆？”

石庆穿着一身西装，打扮得像个公司白领：“马场的名字本来就是挂的灯哥，我就是一打工的，没权利发表意见。要让我说，灯哥没了，就留给孩子啊，还能给谁？”

“嗯，说得好。”老万又点头，“杠头呢？”

“我同意大海和石庆的意见，给孩子。”他粗声大气地说。

周庆看着几个人，心里暗笑，这明摆着就是老万做的局。石庆、杠头都是他的托儿，引着大家往定好的道儿上走，而大海为人圆滑，也不会逆势而行。这时，老万点了他的名。

“老三，你的意见呢？”

周庆笑笑：“你们随意，我没意见。”他话里带刺儿。

“哎，你这是什么意思啊？”老万皱眉。

周庆走到老万近前，轻声说：“二哥，你知道的，这几年我在玩资本运作，不缺钱。”他看着老万的眼睛。

“我跟你说城门楼子，你跟我聊胯骨轴子……你缺不缺钱跟我没关系，我在问你的意见。资本运作？哼……不就是空手套白狼吗？”老万不屑。

“我的意思是，我不跟你争，但你也别拿我当傻子。”周庆把话挑明。

“我老万是什么人，你该知道。我言出必行，说到做到。等灯哥孩子大了，所有的资产都会交给他。”老万说。

“得，那我拭目以待。”周庆轻轻点头。

看两人这样，大家都不说话了。周庆踱着步，走到老鬼身旁：“哎，万爷，鬼哥还没同意呢吧？”

“我……没意见，本来也没我什么事儿。”老鬼忙说。

“哼，你呀，还那个揍性，心里无论装着什么事儿，表面都不露。”他拍了拍老鬼的肩膀，“记住，新时代来了，它变你也得变。资产得流通，不能总窝在那儿。知道现在什么是风口吗？楼市、股市。得钱生钱才行。”

他指桑骂槐。

“得，我一会儿还得去趟‘大户室’，你们的意见我都同意，就按照万爷的指示办。”周庆叼上一根雪茄，就往外走。“记住，江湖、义气、规矩，那都是过去时了。这个年头，最重要的是钱，是money。”他说完，就离开了鸽场。

“哼，我看丫是烧的，有钱，住ICU去啊。一天几千，还有人喂饭。”老万摇头。

鸽子扑棱棱地飞着，天空响彻鸽哨声，像什么都没发生一样。大家陆续走了，小院又恢复了安静。老万把老鬼叫到屋里。

“下一步你有什么打算？”老万问。

“我？没什么打算。”老鬼摇头。

“石庆要撤，你帮我管马场吧。”

“万爷，这事儿我干不了。”老鬼拒绝。

“怎么？觅着新枝儿了？”

“没有，我就是……想自己做点儿事儿。”

“嗯……”老万点点头，“行，也好，离圈子远点儿，是非也少。”

“谢谢你，帮我找了律师。”老鬼说。

“我？不是。是老三找的。”

“他为什么要帮我？”

“哼……买好呗，他又不缺钱。”老万并不说明，“他现在攀高枝儿，看不上我这个土流氓了。但是人啊，永远不能忘了自己是什么‘根儿’，牛的时候别晃范儿，不然遇见人多了，自然就会遇见鬼。他现在交的那些人啊，哼，不比流氓老实。”他摇头。

老鬼若有所思。

“你知道养鸽子的方法吗？一个关棚，一个通棚。关棚是定时放飞，每天两次，早上七点开棚，给它们轰出去，然后清理，加食换水，等它们饿了，就会回到鸽棚；然后到下午再来一次。它们每天飞的时间其实很短，但却能保持健康，活得更长。而通棚呢？就是自然放飞，早上开棚，直到晚上才关。优点是它们整天都在外面飞，吃喝拉撒都不在鸽棚，类似放养，主人也不用每日清洁。但缺点也很明显，就是鸽子丢失的概率会增加，如果吃错了东西还性命不保……”老万说。

老鬼知道他话有所指，笑了笑：“所以你和老三，选择的路截然不同。”

“嗐，怎么又扯到我身上了，我就是聊养鸽子的方法。”老万摆手，“哎，知道每逢节日放鸽子的时候，从两头放的鸽群为什么总会往中间飞吗？”他又问。

“不知道。”老鬼摇头。

“自己悟吧。”老万笑，“肩挑四两为客，帮人一日为奴。我劝你一句，无论干什么，也别跟不拿你当人的人混。”他正色道。

老鬼出了鸽场，胡同里依旧保持着老年间的风貌，仿佛被时间遗忘了。他琢磨着老万的话，走着走着，突然发现远处有一个身影。他一看就愣了，只见那人一米八的身高，戴着口罩，穿一件浅蓝色的劳动布工服，手上戴着粗线手套，拿一个黑色的垃圾袋。那身打扮竟和自己那晚一模一样。他没有犹豫，大步追了过去。那人发现了老鬼，赶忙转身，朝着胡同的另一边跑。

“站住，站住！”老鬼边跑边喊。

那人跑得很快，不一会儿就转过了胡同的拐角，老鬼紧随其后，咬住不放。两人的距离越来越近，眼看就要跑上大路，但就在这时，那人突然跃起，扒住一堵矮墙，翻了出去。老鬼没有犹豫，也猛跑两步，攀上了矮墙。但刚一上去，就惊呆了。在外面的空地上，站着好几个人，他们身高相似，都戴着口罩，穿着浅蓝色的劳动布工服，一个模样。老鬼跳下墙头，不知所措。这时，一辆尾号四个6的奔驰驶到他面前，后座车窗缓缓摇下，里面坐着周庆。

车里放着《今日股评》，老鬼刚要说话，就被周庆抬手制止。

“受到政策面和基本面的双重利好，A股大涨行情在意料之中，上海梅林、综艺股份、清华紫光、亿安科技都成为明星股票，现在正是股市投资的绝佳机会，可以说，我们的春天来了……”周庆听完股评，才关上了音响。

“哎，那件事到此为止，不要再找他的麻烦。”周庆告诫道。他回手拿出一个牛皮纸袋，递给老鬼：“聪明人就得审时度势，懂得哪些事儿得翻篇儿。要想纵横四海，先得有钱，钱可以买命，也可以让人给你卖命。”

老鬼打开纸袋，里面装满了现金：“这钱我不要。你帮了我，扯平了。”老鬼把钱扔进了车里。

“哼，什么意思？不给面儿啊？”周庆拉下脸。

“没这意思，一码归一码，这是规矩。放心，我不会再找他了。”老鬼说。

“规矩……狗屁规矩。规矩都是人定的，谁胳膊根儿粗，谁说了算。”周庆说着就摇上车窗。

奔驰扬起一片尘土，将老鬼淹没其间。

9

专案组会议室，邢局和兰局坐镇，各分局的责任领导在汇报着工作情况。徐、崔、潘坐在台下，身边还坐着老庞、老卓和老严三个老刑警。

郭俭在放着幻灯片："根据我们调取的情况，陆宝山外号大宝，曾在军队服役，1985年因抢劫被判刑5年，出狱后曾在一家汽车修理厂任修理工。"

"为什么抢劫？"邢局问。

"他在赌场输了钱，为了拿回赌资，持假枪到赌场抢劫。"郭俭回答。

"他当过兵，干过汽车修理工，也与作案的特点相符。"兰局说。

"是的，无论是小康案，还是襄城的'12·13'案件，都呈现出三个特点。第一，犯罪嫌疑人持枪作案，而且射击精准，显然经过专业的训练；第二，嫌疑人驾驶的车辆为盗窃车辆，且被盗时间不超过一周；第三，嫌疑人好赌，行动轨迹多次出现在地下赌场。"

"说一下那辆尼桑车的情况。"邢局说。

潘江海说着站起身："大家知道，嫌疑人在杀害小康时，驾驶的是一辆尾号为1177的黑色尼桑蓝鸟轿车，经过这几天的全面排查，我们终于在海城西郊的炼化厂旧址找到了这辆车。车的号牌被摘走，但经过勘查，车架号与租赁公司被盗的车相符，且上面有陆宝山的指纹。"

"经侦那边呢？"兰局点崔铁军。

崔铁军也站了起来："我们对陆宝山及其家属的个人资产情况进行了梳

理，发现这几年他们过得一直很拮据。陆宝山与妻子离婚之后，一直独居。在‘12·13’案件发生之前，曾经多次和亲属借钱，大都是用于赌博，个人账户的资金进出非常少。其妻邹璐，是棉纺厂的下岗职工，以在夜市摆摊为生，孩子在上职高，家里负担很重。他父亲早亡，母亲是家庭妇女，靠陆宝山的姐姐赡养。陆宝山的主要社会关系都在襄城,在海城一无亲属二无工作，可以推测，此次来海城的目的就是奔着小康去的。”

“搜查的情况？”邢局点徐国柱。

“在李晓玲出门之后，我带人进行了秘搜。在门口鞋柜里发现了一双男式拖鞋，在浴室里发现了两个一次性剃须刀和另一套洗漱用具，在衣柜里发现了男人的内裤和袜子。根据与陆宝山体态对比，大体相符。可以推测，陆宝山曾在这里过夜。在床头柜里,还发现了避孕套和一些性用品。可以推测，陆宝山与李晓玲是情人关系。但经过蹲守，并未发现陆宝山的踪迹。”

“陆宝山在海城的关系人情况，摸清了吗？”兰局问。

“这个……”徐国柱犹豫着，侧目看着身边的老庞等人。

“哦，老庞、老卓和老严，是我派来协助你们的工作的。现在案件正在攻坚阶段，需要人手，三位老同志经验丰富，你们要相互取长补短，形成合力。”邢局说。

“哦,我看这个问题,还是会后向您单独汇报吧。”徐国柱说着坐了下来。

“嗯，好吧。”邢局很大度。

但老庞等人却不高兴了。“哎，棍子，你这是什么意思啊？怕我们跑风漏气？”他质问道。

“庞爷，我可没这个意思。邢局不是说了吗？你们经验丰富，主要是指导工作，具体细活儿，我们来就行。”徐国柱说。

“案子是你们家的？我们给你打工是吧？”老卓也不干了。

“哎哎哎，打住打住。”邢局劝架，“你们两组各司其职，干好自己的工作就行了。各分局负责人，汇报一下车辆的摸排情况。”他岔开话题。

几个分局的负责人陆续发言，老少两个阵营冷眼相对。在一周之内，海城共接报丢失机动车 17 辆。按照车辆的属性划分，其中货车 3 辆，小客车 10 辆，农用车 4 辆；按照价格划分，10 万元以上的车 8 辆，10 万元以下的车 9 辆。而将这两个条件合并，其中 10 万元以上的小客车，共计 5 辆。这 5 辆车分别分布在市西、市中、市北三个分局。郭俭操作电脑，将海城地图打在幻灯片上。

“一辆帕萨特，一辆 Jeep，一辆捷达，两辆现代。”兰局默念着。

“市中分局，帕萨特是什么时间丢的？”邢局问。

“三天之前。海城正德贸易公司报的案。”市中区的负责人回答。

“嗯。”邢局点头，“大家怎么看？”

“邢局，我觉得陆宝山在作案后之所以没有马上离开海城，应该是害怕暴露，想要避开风头……”老庞抢先发言。

“但经过对全城旅店业的搜索，却并未发现相关线索，可以推测，其在海城有相对固定的藏匿地。他不着急离开，不排除还有其他的计划，比如谋划新的案件。”徐国柱也说。

“嗯。”邢局点头。

“还有……”老庞还想开头，却被崔铁军拦住。

“我们经侦已经联系了海城的各个银行，让他们严控被抢现金的号段。只要发现被抢现金，就立即报警。”崔铁军说。

“同时还要让银行加强保卫，防止再发生抢劫案件。”兰局叮嘱。

“各位领导，我还有个想法。”潘江海也开了口，“除去咱们自己摸排，是否可以广泛联系各街道的社区干部和内部单位的保卫人员，对重点区域和重点场所周边的车辆进行摸排？如果发现了重要线索，可以给予一定的奖励。”

“嗯，这个我同意。资金的问题你们写个报告，我上报唐局，申请专项资金。联系人就是你吧，你把手机公布出去，广泛收集线索。”邢局说。

三人轮流发言，根本不给老庞等人留缝，等他们说完了，老庞等人也无话可说了。

“好，今天的会议很有价值。按照大家的总结，陆宝山有三个特点，第一在案发前盗车，第二好赌，第三可能在谋划新的案件。各分局的负责人要立即将工作布置下去，对咱们确定的这 5 部被盗车要仔细摸查，只要发现线索，立即报专案组。”邢局说。

“大家要记住，咱们办这个案子，既是要将陆宝山绳之以法，还要深挖幕后，查到元凶。可不能小孩打醋——直来直去。”兰局提醒。

“行动中要注意，嫌疑人是亡命徒，随时可能持枪反抗。兰局，我的意见是，如遇反抗，就立即还击。”邢局说。

“我同意，大家一定要注意安全。”兰局也说。

会议散了，大家陆续离开会议室，但徐国柱等三人却没走。他们单独向两个局长汇报了近期发生的情况，两人听着，都感到事情的严峻。

“这么说，陆宝山跟老万和周庆都有过交集？”邢局问。

“是的，在两年前，陆宝山曾跟周庆借过钱，但数额不大，之后并未归还；老万手下的杠头，跟陆宝山是老相识，两人曾经同期在海城监狱服刑。”徐国柱说。

“嗯，这就复杂了……”邢局点头。

“现在灯儿死了，老万和周庆的关系会发生什么变化？”兰局问。

“在灯儿入狱期间，老万一直在代管着他的资产。这些资产包括餐饮、娱乐、马场和几十部车辆。随着近几年海城的经济发展，这些资产都在大幅度升值，可以说，是一块肥肉。”徐国柱说，“听说这伙人刚开过会，决定让老万继续代管。”

“周庆呢？会同意吗？”兰局问。

“周庆近年投资股市和楼市，赚了不少钱，但也在觊觎这些资产。据‘点子’上报的线索，他和老万谈过几次，都不欢而散。但如果从实力上看，他已经淡出了江湖，不会对老万构成什么威胁。”徐国柱说。

“这个老万也不是好东西。”崔铁军说，“他看似无欲无求，实际上在牢牢把着那些资产，还接管了灯儿的势力。看似退于守势，实则占上风。”

"你们觉得，陆宝山会在哪一头？"邢局问。

"阴招，一般都是弱者使的。"潘江海说。

"所以……你们一直在打草惊蛇，准备引蛇出洞？"邢局问。

"我们到正午歌厅找过老万，在桥园会所见了周庆，他们都知道是我们在调查。"郭俭说。

"记住，这个案件不仅涉及刑事犯罪，还隐藏着巨大的经济问题。你们一定要牢守底线，防止被糖衣炮弹击中。"兰局提醒。

"那个老鬼也得盯紧了，不要让他成为第二个陆宝山。他现在夹在两方势力之间，用好这个人，会是破案的关键。"邢局说。

"是！"三个人异口同声地回答。

两个局长看他们胸有成竹，不禁点头。

"哎，我分给你们那个内勤呢？怎么没来？"邢局问。

大家知道，邢局指的那个内勤是小楚。

"哦，我们发现了一个关键证据，让他负责调查了。现在……正在出差。"徐国柱抢着回答。

"哦，好。"邢局点头。

三个人出了会议室，没想到老庞等人还没走。老庞盯着徐国柱，皮笑肉不笑。

"哎哟，三个急先锋出来了？"老庞挖苦道。

"哎哟，三位老前辈还没走？"徐国柱回嘴。

"哼，我倒要看看，你们这仨生瓜蛋子有什么本事。"老卓撇嘴。

"没什么本事，就是年轻，不怕输。"崔铁军说。

"小子，我上班的时候，你还穿开裆裤呢，别在这儿吹。"老严不爱听了。

"那是，那等您退休的时候，我们可还干着呢。"潘江海笑。

"等着，咱们案子上见。"老庞指着三人。

"得嘞，您说了算。"徐国柱抱拳。

看三位老刑警走了，徐国柱气不打一处来："哎，我说这俩局长什么意思啊？掺水？不信任咱们啊？"

"嗐，这是让咱们形成竞争关系，鞭打快牛。"崔铁军说。

"既然碴上了，就干吧，别让人看笑话。"潘江海说。

"对，干！"徐国柱说。

"哎，那个小楚真出差了？"崔铁军问。

"嗐……"徐国柱笑，"我在搜查李晓玲家的时候，在柜子里发现一个自慰棒。我查了一下，是东北一个厂家生产的，在海城没有销售。哎，这个线索是不是很重要啊？"

"这个线索有什么重要的？"潘江海不解。

"你想啊，一般女的会自己买这东西吗？肯定是跟她搞破鞋的人买的啊。再说了，在海城没有销售，那到底在哪儿买的，不得好好查查啊？"徐国柱装作认真地回答。

"哦……那也不对啊。"潘江海皱眉。

"你听丫的呢！丫就是找碴儿给那哥们支走。"崔铁军笑，"我说棍子啊，你可真够损的。人家是邢局的特派员，愣让你给支得满处查自慰棒去了。"他这么一说，徐国柱哈哈大笑。

"你知道我怎么说的吗？咳咳。"徐国柱清了清嗓子，"小楚啊，此线索非常重要，一定要查清查细，同时绝不能对外透露。"

"你可真够孙子的……"潘江海轻易不说脏话。

"得，分头行动吧。别让那仨老家伙占了先机。我约了老鬼，探探他的底。"徐国柱比画了一下。

三人分头行动。崔铁军和潘江海去交警队联系布控的事宜，徐国柱则开车直奔正午歌厅。他车开得很快，不到半个小时就到了地儿。时至傍晚，里面正热闹着。他锁上车，刚要往里走，就看见了老鬼。老鬼正站在歌厅门口，跟那个女歌手说着什么。徐国柱没有上前，在远处看着。

"三年前你怎么不这么说？对，义气重要是吧，但你想过我吗？"女孩很激动。

“这不是义气，是被逼无奈。我当时也是没办法，身不由己。”老鬼说。

“你不用和我解释，咱们已经没有任何关系了，干干净净，一刀两断，不是吗？”女孩摊开手。

“就算没关系了，你也不能在这干。”老鬼说着就扯她的胳膊。

“你把手放开！”女孩甩开他的手，“我干什么了？不就唱歌吗？我合理合法地做事，名正言顺地挣钱，一不坐台，二不卖淫，有什么问题吗？”

“你……”老鬼一时无语，“我是让你离老万远点儿，他不像你想象的那样。”

“哼。”女孩摇头，“我不用你管。我警告你，仇建军，以后不要干涉我的生活。”

老鬼还要纠缠，徐国柱忍不住走了过去。

“哎哎哎，干吗呢？耍流氓呢？”他大大咧咧地喊。

老鬼看是徐国柱，压抑住怒气，但目光还是咄咄逼人。

“棍子，这是我跟她的事儿，跟你没关系。”老鬼说。

徐国柱没搭理他，走到近前，“你说，他是不是对你耍流氓？”他问女孩。

“是。”女孩干净利索地回答。

老鬼一时语塞。

“他是怎么耍流氓的？违背妇女意志了？”徐国柱又问。

“是。”女孩又说。

“花儿，你有病吧！”老鬼皱眉。

“嘿，听见了吗？怎么着，跟我走一趟？”徐国柱用手捅了老鬼一下。

“棍子，我让着你，但你别得寸进尺。”老鬼警告。

“哼，你这意思是，我以后还得躲着你走了？”徐国柱冷下了脸。

“你是警察，得讲法吧。就算三年前我折了，但现在我没犯事儿，你能怎么着？”老鬼不客气起来。

“你是没犯事儿啊，还是犯了事儿没让人抓着？”徐国柱话里有话。

“人得生存，你要是一点缝儿都不留，就是逼着人犯事儿。”老鬼说。

“哼，笑话。世界这么多人，怎么就你特殊啊，长得人模狗样，干吗非往缝儿里钻啊？”

“因为我底儿潮，找不着路。”老鬼昂起头。

“这就是你的问题，打心眼儿里看不起自己，没拿自己当人。”

“你是公务员，有保底，旱涝保收，站着说话不腰疼。我们呢，只能自己刨食儿，才能活下去。”

“看你这意思，今天是不想跟我说什么了？”

“道不同，不相为谋。我跟你，没什么可说的。”

“我警告你，不要干越界的事情，也不要让我抓住你的把柄。”徐国柱抬手指着他。

“放心，我不会给你机会抓住我把柄的。”老鬼一字一句地说，“徐警官，我可以走了吗？”

“随意，注意交通规则，别让我抓住你的把柄。”徐国柱说。

老鬼也不再理那个女孩，头也不回地走了。女孩看着老鬼的背影，又转头看着徐国柱，“其实他不像你想的那样。”

“你了解他？”徐国柱问。

“他是装狠，内心不坏。”女孩说。

“你跟他什么关系？”

“他追过我，但没成功。”

“为什么？”

“因为你把他送进监狱了。”

徐国柱笑了一下，摇摇头：“你叫什么名字？”

“花莉莉，他们都叫我花儿。需要看我身份证吗？”她直勾勾地盯着徐国柱。

“先不用了，记得办暂住证。”徐国柱冷冷地说。

“哎，你还没报名字呢。”

“你不是都知道了吗？”徐国柱反问。

“我不知道你的名，就知道叫大棍子。”花儿挑衅地说。

“那就叫这个名儿。”徐国柱说着就要走。

“哎，再过一会儿，我唱下一节的三首歌，听听吗？”花儿说。

“没空，我还有事儿。哎，你记我个电话，有什么情况，可以向我反映。”徐国柱说。

“我没带笔，嗯……”花儿想了一下，转手拿出一支口红。她也不客气，一把拉过徐国柱的手，往上面画着，“记住，1380112……我的电话。”

“记住了。”徐国柱默默看着。

“你的电话呢？”花儿问。

“1391057……”徐国柱漫不经心地说。

“好，等我电话。”花儿冲他摆摆手，向歌厅走去，“对了，谢谢你啊，英雄救美。”她转头说。

徐国柱不屑地一笑，他见这种女孩多了，疯疯癫癫，不务正业。

在交警队，潘江海不停接着电话，在公布悬赏消息之后，线索就陆续来了。他干得很仔细，逐一记录并发送给各分局的负责人进行核实。崔铁军看着他，不禁摇头。

“你要是辞职了，不觉得可惜吗？”

“呵呵，可惜什么？”潘江海笑。

“就没什么可留恋的？”

“哼，留恋什么？五加二白加黑？还是七乘二十四小时？”潘江海反问。

“不知道你会不会后悔，但我身边离职的几个同事，都后悔了。”崔铁军说，“当警察虽然挣钱少，但是腰杆硬，心里踏实。出去给老板打工，钱多了，但成了孙子。”

“哼，那是你们干经侦的，都拿自己当回事。都是假象，谁也不比谁高尚。”潘江海说，“哎……想想也感慨，这可能是我的最后一个案子了。”

“嗯，那就别留遗憾。”崔铁军点头。

两人正说着，崔铁军的电话响了。他一看，是一个陌生的号码。

“喂，哪位？”他接通电话。

“哥，我是雄兵。我不用那个老号了，以后再联系我，打这个电话。”焦雄兵在那头说。

“换什么号啊？不是警务通吗？”崔铁军问。

“哎，最近上了个案子，卧底，所以……不能用警察的号。”焦雄兵说。

“你有病啊！还卧底？刚到禁毒几天啊。”崔铁军压低声音，走到一旁说。

“我脸生，他们说我不像警察，所以适合卧底。”焦雄兵笑。

“你本来就不像警察！别听那帮孙子忽悠，有事儿都让新人上。”

“哎，过段时间我可能要去海城，到时你请我吃饭啊。”他笑，“对了，以后再给我打电话，别叫我名字，叫我龚义。”

“还他妈‘公鸡’呢，什么破代号。我可提醒你啊，那帮毒贩可穷凶极恶，你要务必当心。”崔铁军提醒道。

“放心，你不是说过吗？得找机会将自己擦亮，我觉得这次任务就是千载难逢的机会。”

“狗屁擦亮，别他妈听我忽悠。”崔铁军打断焦雄兵的话。

10

国际大厦是海城最高的一栋商业楼，它建在市中区的繁华街道上，是海城的地标。而马路对面，则是一个待拆迁的小商品批发市场，墙面上被喷了“拆”字，商户已经所剩无几，仅存的几家都在甩卖，电声喇叭里重复传出叫卖声：“好消息好消息，全场打折，最后一天，质优价廉，过时不候……”

老鬼走到国际大厦楼下，不禁向上仰望，觉得自己异常渺小。他入狱这三年，海城已经有了翻天覆地的变化，老城区改造，商品房建设，许多儿时的记忆都不见了，整个城市显得蒸蒸日上，又不免有些急功近利。

他乘着观光电梯上到大厦的顶层，宏远达房地产开发公司的牌匾熠熠生辉。他走到前台，通报了来由，女秘书很客气，说老板在忙，让他稍等。他坐在狭长的走廊里，拿出一根香烟，刚放在嘴边，又看到墙上“禁止吸烟”的标志，于是将烟收起。他喝着女秘书送来的一杯白水，望着在公司里穿梭的俊男靓女，反观自己，觉得自惭形秽。说实话，他不想跟周庆开口，但现实是残酷的，从出狱到现在，老万给的那些钱已经花费殆尽，再过几天就要断粮。他也试着找过工作，但无一例外，都被拒绝了。拒绝的理由各不相同，但原因只有一个，自己是道上混的，底儿潮。所以人在矮檐下，也不能不低头，于是他给周庆打了电话。没想到周庆挺痛快，让他来公司细聊。

老鬼在心里做过比较。周庆和老万截然不同，老万穿老头衫，抽中南海；周庆穿 Gucci，抽雪茄。老万讲规矩，做事在格式内，满嘴江湖道义；周庆是个生意人，讲究利益交换，眼里最重要的是钱。老万守着万贯资产，却锦衣夜行，如履薄冰；周庆远离了江湖，轻装上阵，行为高调，特别是那个“菜比人贵”的传言，说的就是周庆为了办事，花二十多万摆了个饭局。其实无论做人做事，周庆都不如老万，但此时老鬼看中的，却是赚钱糊口。他知道，自己断顿儿是小，但耽误了母亲的治疗可是大事。他在走廊里等着，没想到一等就是大半天。

阳光从百叶窗的缝隙里射到地面，随着时间的推移缓缓地改变着角度。直到下班的时间，周庆才缓缓走了出来。他笑了一下，冲老鬼招了招手。

老鬼随他走进办公区，衣着打扮与周围的环境格格不入。

“老鬼，耐性不错啊。”周庆说。

老鬼抬手看表：“六个小时十五分钟，你很忙吗？”

“其实我屋里没人，知道为什么让你等这么久吗？”周庆看着他。

“试我的耐心？”

“不，是试你的诚意。”

“我知道你这儿不缺人。要是觉得不行，就算了。”老鬼说。

“哼，不就是司机吗？我把现在的开了就行。”周庆笑，“你能跟我张嘴，说明你已经想好了。但你要明白，从今以后，我是老板，你是雇员，咱们之间不再是兄弟关系。”他看着老鬼。

“我应聘的是司机，只想干好分内的事，别的，没有奢求。”老鬼说。

“哼，你以为司机好干吗？无论何时何地，只要有事，你都得提前到。开车要等我，饭局要等我，开会要等我，哼……就是嫖娼也要等我。我有决定你工作开始和结束的权力，明白吗？”周庆说。

“明白。”老鬼点头。

“还有，你跟了我，就站在了我所有对手的对立面。在这个问题上没有中间地带，你不对什么江湖、道义负责，只对我一个人负责。”周庆又说。

老鬼低下头，停顿了几秒。“我既然跟你做事，就会对你负责。但是，越界的事儿我不干，我只是个司机。”他一字一句地说。

“哼，呵呵，哈哈哈……”周庆笑了，“你今天来，不是跟我谈友情吧？”

“当然不是，从三年前那个事儿之后，我就不跟人谈友情了。”

“好，那就谈谈钱吧。作为这个世界上最通行的交易工具，谈它最实际，也最稳定。”周庆拍了拍老鬼。

老鬼跟了周庆，这个消息并未让老万感到意外。清晨在鸽场，他打开鸽笼，将所有的鸽子轰上天空，然后告诉杠头，在好的时候，身边有把尺子叫对错，而在不好的时候，那把尺子叫利弊。为了生存，人什么事情都能干，什么东西都能出卖。这些天杠头一直紧随老万左右，老万告诫他，只能防守，不能出手。

跟了周庆之后，作为投名状，老鬼先要做两件事。两件事一易一难，都不是司机分内的事。第一件就是轰走对面的那些商家，他们整天喊着“全面打折，最后一天”，让周庆觉得晦气。这件事不难，只要能拿钱解决，就好摆平。老鬼上门收了他们的货，又支付了两个月的房租，那些商家就卷铺盖走人了。临走时有一户还送了老鬼一套剃头用具，说是松下牌的，噪声不大又不容易划伤。但第二件就相对难一些了，周庆让老鬼去拿一个东西，用什么手段他不管，但要务必办好。东西在一个女人手里，老鬼按照周庆提供的姓名和地址，摸到了她的家。她叫阚茹，三十出头的年纪，在海城市政府的一个部门上班。老鬼跟了她十多天，摸清了她的生活规律和家庭情况，之后便单刀直入，在某次下班的时候堵住了她。阚茹问他想干什么，老鬼让她交出那个账本。她似乎早有准备，并不感到意外，指着老鬼的鼻子大骂，让他找魏廉洁过来交涉。但老鬼人狠话不多，只跟她说了三点，她就抖如筛糠。第一，老鬼说了三个名字，宗庆福、宗小丽、陈鹏；第二，他又说了三个地址，和平路 3 号院、自新街 12 号、正阳宾馆 1102 室；第三，他给阚茹留了自己的姓名和电话。阚茹当即妥协，回家取了账本交给老鬼，并请他转告魏廉洁，说自己后悔了，不该说那些狠话。老鬼提醒她，不要留复印件，也不要再提这件事。他从始至终都没说过威胁的话，但越是这样，对方就越是怵他。他把账本放进包里，默默地走了，阚茹在他背后瘫倒在地，哭出了声音。

老鬼说的那三个名字，分别是阚茹的丈夫、女儿和情人，而那三个地址，则是阚茹的家、她情人的家和他们最近一次幽会的地点。家庭、亲情和名声都是阚茹最怕失去的东西，每个人都有各自的弱点，找到他的弱点，就拿到了击败他的钥匙。老鬼办事就是这样，心思缜密，滴水不漏，不达目的誓不罢休，为达目的不择手段。

老鬼回到公司，把账本交给周庆，然后就坐到了自己的工位上。他一直是这样的冷面孔，喜怒不形于色，所有事都埋在心里。这也正是周庆看中他的原因。

到了晚上，周庆把奔驰的钥匙扔给老鬼，让他开车去一个地方。周庆让范大傻子给老鬼找了身衣服，告诉他以后跟自己出去，不要穿工装，要穿得正式些。两人驱车来到市北区最繁华的屯里街，把车停进长盛饭店的地库。别看老鬼在海城混了这么多年，却是第一次到这个地方。这里的消费可不是流氓能承受得起的。

长盛饭店是海城最好的饭店，没有之一。它楼高20层，东临海河，西望海城山，视野极佳。往来的宾客非富即贵，消费水平非常人能承受。在电梯间，周庆看着老鬼笑："我还以为，对待那个娘们你会戴手套、拿跳绳呢。"

"我说过，越界的事儿我不干。"老鬼说。

"对，你丫就是个司机。"周庆笑，"现在社会上啊，说瞎话、吹牛的人太多，能办事的人太少。以后好好干，我亏待不了你。哎，记住啊，以后别留寸头留分头，别穿工装穿西装，把身上的文身藏起来。"他拍了拍老鬼的肩膀。

两人来到饭店顶层的燕朝汇夜总会。夜总会装修奢华，门前摆着"YCH"的灯箱，一排穿着旗袍的小姐冲他们鞠躬行礼，范大傻子从里面迎了出来。

"人到了？"周庆问。

"在里面呢。"范大傻子回答。

"上什么酒？我到前台拿。"

"找大海要几瓶包装好的就行，那个土包子，喝不出来。"周庆笑。

他自顾自地往里走，并没进哪个包间，而是径直走到最里面。范大傻子拿出一张门卡，刷开了一道防火门，引两人走了进去。老鬼这才发现，里面别有洞天。

这是燕朝汇顶级的 VIP 房间，面积不算很大，约有两百平方米，分里外三个套间。大厅里摆着一大圈真皮沙发，围着影音娱乐设备，里面的套间里，隐约可以看到一个巨大的浴缸。这里低调奢华，无论是家具、电器还是工艺摆件，都价值不菲。房间的屋顶可以遥控打开，透过一面巨大的玻璃顶，可以仰望到星辰和月亮，大理石的地面镶嵌着金光闪闪的亮片，与夜空交相辉映。

周庆一进门，一个中年男子便站了起来。他三十多岁，戴着眼镜，穿着夹克衫，表情有些拘谨。老鬼发现，套间里坐着好几个女孩。

“周总啊，太感谢了，那件事情搞定了。”他与周庆握手。

“嗐，魏科长，咱们之间客气什么。你的事儿就是我的事儿。”周庆轻描淡写，“哎，我给你推荐的那只股票不错吧，刚两天，就涨了一半。”

“哎……”魏科长摇头，“我这人啊，就是发不了财，下手晚了，没抄上。”

“嗐，没事，机会多着呢。”周庆拉他坐下，“我告诉你，明天，有只股票肯定暴涨……”他说着趴在魏科长耳畔。

“哦，好的好的，我记住了。”魏科长点头。

“记住，这只股，得重仓。”周庆说着拿出一张卡，塞到他手里。

“哎，你这是干吗？”魏科长推辞。

“借你的。赶上这波好行情，等翻倍了，再把本金还我。”周庆笑。

“这……”魏科长犹豫着。

“现在可是大牛市啊，不趁现在赚钱，更待何时？你就是不为自己考虑，也得想想孩子吧。快上小学了，正是用钱的时候。”周庆关切地说。

“那……就谢了啊。”魏科长笑了。

“哎，光聊啊，酒呢？姑娘呢？”周庆仰靠在沙发上，拍了拍手。

范大傻子赶忙安排，让“少爷”把洋酒打开，套间里的几个女孩也走了出来。

“哎，我看这个……就算了吧。”魏科长有些尴尬，“我今天来，就是聊聊天，聊聊天……”

“她们可会聊天了。”周庆指着那几个姑娘，“来来来，坐过来。”他这么一说，几个女孩就笑着簇拥到魏科长身边。

范大傻子回手关上灯，屋里的光线暗了下来，爵士乐流动着，气氛变得暧昧起来。周庆和魏科长碰了杯，两人一饮而尽。

“周总，你的选择是对的。房地产是未来的风口，一定要占领。中国人有了钱就喜欢买房子置地，更何况，海城这几年经济增速在全省名列前茅，肯定会吸引大量投资。我这人会看相，你呀，是红运当头，肯定大富大贵。”魏科长恭维着。

“哎哎哎，可不敢这么说，我是承蒙你和肖哥照顾，要不怎么会这么顺风顺水。你记住，我这人做事讲究知恩图报，我要成了，忘不了你们。”他拍着魏科长的手。

“对了，那件事没别人知道吧？”魏科长转过头，看了看老鬼和范大傻子。

“放心，都是自家兄弟，嘴严，懂规矩。”周庆说。

“那个账本都是她瞎记的，你可别信啊。特别是领导的事儿，可别……”魏科长欲言又止。

“里面是什么东西啊？我可不知道。我对天发誓，从来就没翻开过，要是说瞎话，就让我从坤豪公寓楼顶摔下去，行吗？”周庆露出流氓气。

“嘿，别这么说啊，我信，我信。”魏科长笑。

“关键是，你得让肖哥也信。”周庆凑近他叮嘱。

“对了，他还让我带话呢。他有个朋友也搞房地产，让你多照应照应。”魏科长说。

“那没问题，都是一家人。”周庆说，“哎，你把车钥匙给我，我上个月去了趟巴西，给你们俩带了点儿小玩意儿。”他说着伸出手。

魏科长这次没犹豫，把钥匙给了周庆。

“92 号车位，黑色捷达，你把东西放车里。”周庆把钥匙递给老鬼。

老鬼起身离席，到了地下车库，将周庆预备好的两个绒布小包放进了魏科长的车里。当他走回房间的时候，里面已经换了音乐，从温柔舒缓到热情奔放。老鬼知道，节目开始了……老鬼退出了房间，范大傻子也出来了。他冲老鬼诡异地一笑。

“鬼哥，‘海城盛宴’，不玩玩去？”

“我？算了吧。”老鬼摇摇头，点燃一根烟。

“哎，你不会不认识我了吧？”范大傻子问。

“你？”老鬼打量着他，确实没想起来。

“1995 年，我在市北摆了个抽奖摊儿，你带人给我砸了。我通过‘疤脸儿’找你要钱，让你给撅回去了。”范大傻子笑。

“哦……”一说“疤脸儿”，老鬼想起来了，“对不住了，不好意思。”他双手抱拳。

“那时你太火了，除了灯哥谁都不尿。我就不行了，为了有口饭吃，没辙，偷鸡摸狗呗。”

“我记得，你那个摊儿，一抽就是自行车。”老鬼说。

“嗐，都是套儿。表面上说最高奖是自行车，只要抽到，一百块就能骑走。实际上都他妈是从襄城收的破车，进价才五十。”范大傻子笑。

“哼，猫有猫道，鼠有鼠道。”老鬼也笑。

“以后有什么吩咐，就说话。等过几天闲了，我请鬼哥单独来这儿尝尝鲜。”范大傻子坏笑。

“得了吧，我可受不起。”老鬼摇头。

“嗐……这是灯哥的地盘，大海罩着的。再说了，卡还在我手里呢。”范大傻子挤了挤眼。

这时，周庆在里面叫范大傻子，他就进去了。老鬼隔着门缝往里看，那些姑娘正拉着魏科长往套间里走。老鬼抽完烟，在过道里找了把椅子，坐在黑暗里望着窗外的星空。他知道，现在周庆虽然身份变了，但手段却没变，玩的还是以前那一套。周庆待他不薄，每月工资开到了一万，显然不是拿他当司机用。而那个范大傻子，也并不像他自己说的那样，只干一些偷鸡摸狗的小事。他当时仗着疤脸儿的势力，男盗女娼、损阴坏德的事儿没少做。老鬼掀他的摊儿，也是为了警告他，要守江湖规矩。但十年河东十年河西，如今自己却要对他客气，老鬼不禁叹气。这时，他听到了周庆的声音。

“喂，孙行长，你别听他们瞎说，什么以贷还贷啊，不可能！坤豪公寓这么大项目，我能干那种事儿吗？”周庆站在门口，语气谦恭，“您放心，贷款到期我肯定还……担保？抵押物？哦，没问题，肯定能找到！明白明白。我是什么人你知道，肯定不会忘记你的帮助。下周，等您出差回来，还是老地方，我亲自汇报。哈哈，哈哈哈……好，记住了，抵押物，马上落实！”

老鬼没动地方，觉得有点尴尬，不想让周庆知道他在旁听。这时，周庆又拨出一个号码，“喂，大宝。”老鬼一听这个名字，心里一揪。

“你踩好点儿，什么时候动手我再琢磨琢磨。对，他每天的生活很规律，早上七点和下午四点，都会去那。嗯，只要干完这事，我就送你离开。先到国外待一段，花花美元，泡泡洋妞。哼哼……”周庆轻笑，“什么！你来燕朝汇了？胡闹！你有病吧，赶紧滚！那帮狗正满城找你呢，要让他们闻见味儿，就麻烦了！”他说着推开防火门，急匆匆地走了出去。

老鬼知道自己不能待了，看周庆走远了，就紧走两步出了门。他潜到大堂，在一个沙发上坐下。不一会儿，周庆就从外面回来了。他看见老鬼，坐到了沙发旁。

“看见没有，整天应酬，累啊……”周庆满嘴酒气。他舒展了一下身体，仰靠在沙发上。

“你给他办事，还得请他潇洒？”老鬼问。

“这帮孙子，得捧着……”周庆喝了不少，满脸通红，“商场也是江湖，但比以前咱们混的更复杂，可不能再玩那套虚头巴脑的仗义和规矩，得真金白银，利益交换。关系场、名利场、人情场，都得编织好。别看他只是个小科长，但是手里的权力可不小，要不维护好了，随便找个碴儿，就给你卡住。所以得让他咬钩，还得通过他把更大的领导拉下水。”

“所以你复印了那个账本？”老鬼问。

“哼，别小看那个账本，那里的信息量很大。好的时候，这是关系网；不好的时候，就是夺命锁。以前啊，为了能吃饱饭，我拿自己的命当子弹。现在得惜命了，所以就找了那些训练有素的姑娘。她们就是我的子弹，能从敌人最柔软的地方射进去，然后，嘭！”周庆比画着。

老鬼没说话，看着他。

“哎，知道为什么流氓都那么狠吗？”周庆面带醉态，“因为除了狠，他们一无所有。男盗女娼都是被生计所迫。要能吃得饱饭，谁他妈去抢劫卖淫啊？这都是最后的底线。当年我跟灯哥砍人的时候，吓得直哆嗦。灯哥就告诉我，不能怕，一怕就不凶狠了。敌人专找不凶狠的灭。后来我明白了，能打的都是弱者，因为他们一无所有，只有这条命。所以我选择离开，得把这条命给拿回来。”他叹了口气，“哎，如果有一天，我要让你去干掉一个人，你干吗？”他问。

“不干。”老鬼摇头。

“哼，那就好好当你的司机吧。”他拍了老鬼一下，站起身来。

11

潘江海接到报警的时候，正在给同学打电话。同学叫郑光明，和他同一届从政法学院毕业，现在是一个律师事务所的律师。记得在毕业那天，两人高喊着“挥法律之利剑，持正义之天平，除人间之邪恶，守政法之圣洁”，畅想着充满无限可能的未来。郑光明说现在律所正缺人，只等潘江海解决了海城户口，就能入职。潘江海在通话的过程中，一个陌生的电话没完没了地往里挤。他只得跟郑光明长话短说，接通了那个电话。

“喂？哪位？”潘江海问，“什么？帕萨特？在什么地方？能确定是那辆车吗？”他赶忙拿起笔，在本上记录，“好，好，你一定要盯住，我马上带人过去。”

来电是长盛饭店保卫部的干部老孟，他在五分钟前到停车场巡视的时候，发现了那辆帕萨特。据他反映，帕萨特的外部特征与线索征集通告上十分相似，左后视镜上有剐蹭的痕迹，后面两个轮胎都是新换上的。看来真是应了那句话，重赏之下必有勇夫，有五千块钱在那顶着，各单位的保卫干部的积极性都调动起来了。

崔铁军想将情况上报给邢局，却被徐国柱拦住了。

“你丫有病啊？这么好的机会，想让老庞他们抢走吗？”徐国柱质问。

“他手里有枪，情况不明，光靠咱们三个行吗？”崔铁军问。

“你就对自己这么没信心？枪都特批了，捂在手里当玩意儿吗？你要是不敢，就别去！”徐国柱急了，“哎，你，去不去？”他问潘江海。

“我……”潘江海犹豫着。

“得得得，你们俩都好好养着，我一个人去！”他说着就往外走。

“等等！”崔铁军叫住他，“去是去，但只要有情况，必须立即上报！”他强调。

“少废话，快走！”徐国柱把手一挥。

三人到长盛饭店停车场的时候，已经过了凌晨。车场里异常安静，老孟早早就等在那了。三人随他来到帕萨特旁，经过简单查看，确认是赃车。发动机盖还有温度，司机显然没走多久。夜风很凉，吹在脸上有些扎人，但徐国柱的额头却冒出汗水，他掏出一根烟叼在嘴上，却并未点燃。

“怎么办？报吗？”潘江海问。

“不报，直接摘果儿。”徐国柱说。

“你可想好后果，有没有十足的把握？”崔铁军说。

“咱们仨分头包抄，还干不了丫一个？”徐国柱盯着崔铁军。

崔铁军没说话，矛盾着。

“先蹲守吧，别暴露了。”潘江海提醒。

他们让老孟先走，把老皇冠停到五十米外的地方，本以为会蹲守很久，但没想到嫌疑人会回来得这么快。也就过了不到十分钟，从长盛饭店那边走来了一名男子，他一米七多的身高，穿一件黑色风衣，戴着帽子，速度不快，溜溜达达地走着。

徐国柱率先打开了车门，悄悄地摸了过去。崔铁军和潘江海也下了车，从另一个方向缓缓靠近。那人走到近处，似乎非常警惕，不断向周围扫视着。三人已约定好，只要他打开车门，就上前抓捕。崔铁军打开枪套，把枪攥在手里，屏住呼吸。潘江海也拿着枪，但感觉手里异常冰冷，像攥着一块冰。这时，那人已经走到了车旁，但他并没有立即开车，而是伫立在那里，拿出一根烟，缓缓地点燃。他靠在车上，四处观察着。徐国柱距他不到五米，蹲在一辆“大禹”车后，他浑身的肌肉都紧绷着，像个准备起跑的运动员。不过短短几分钟，却令人感到煎熬，那人终于抽完了烟，将烟蒂扔到地上。他将双手背在身后，轻轻地打开了车门。徐国柱刚要往上冲，却不料身后“扑通”一声，潘江海摔倒在地，他蹲得太久，腿肚子抽筋了。嫌疑人反应过来，迅速钻进车里。徐国柱抬枪大喊:“警察,别动！”但话音未落,枪声便响,“砰砰”，嫌疑人朝他的方向射击。徐国柱赶紧低头，这时，崔铁军已跑到车前，但帕萨特已经启动了。

“砰砰！”徐国柱开了枪，击碎了帕萨特的玻璃。

“停车！”崔铁军站在车前大喊。

帕萨特猛地蹿了出去，险些撞到崔铁军。

“砰砰！”徐国柱追过去又是两枪。刑警的敏感让他坚信，开车的人就是陆宝山。

崔铁军也开了枪，只不过瞄准的不是驾驶室，而是轮胎。

三个人都急了，在车后飞奔着。但帕萨特开得飞快，眼看着煮熟的鸭子就要飞。这时，远处亮起了警灯，没想到竟来了援兵。

“大背头，你丫报了？”徐国柱边跑边问。

“废话！要不是听你的，能这么被动？”崔铁军回嘴。

“都怪我，都怪我。”潘江海检讨着。

这时，帕萨特已冲出了车场，但随即就被十多辆警车围住，虽然左突右撞，却最终被警车逼停。嫌疑人穷凶极恶，摇开车窗，冲警车开枪射击。刑警们予以还击，枪声响成一片。

嫌疑人看无路可逃，就跳下车，冲着长盛饭店的方向跑。距他最近的老庞、老卓和老严也弃车追击，在他身后玩命地开枪。嫌疑人慌不择路，但没跑多远就栽倒在地。等徐国柱等人赶到的时候，他已气绝身亡。

三个老同志气喘吁吁地叉着腰，却气势汹汹地围住嫌疑人，仿佛是在保护胜利果实。

“是……他吗？”徐国柱问。

“长着眼睛，自己看。”老庞冲地上努了努嘴。

徐国柱将嫌疑人翻了过来，上前细看，正是陆宝山。

救护车闪烁着蓝色的灯光，和红蓝色的警灯交相辉映，大量警力赶到现场，郭俭陪着邢局和兰局也过来了。徐国柱蹲在车场的台阶上，看着医护人员往陆宝山身上盖着白布，也看着老庞在邢局和兰局面前，手舞足蹈地邀着功。

“知道他干吗这么积极吗？哼，年底非领导干部晋升，得想办法表现一下，好弄个正处。”徐国柱说。

“起码案子破了，没什么可叹气的。”崔铁军说。

“扯淡，案子破了吗？陆宝山一死，线索全他妈断了。”徐国柱气不打一处来，“特别是你，犯什么勤儿啊，显摆你丫有手机是吧？”他用手指着崔铁军。

“你嘴放干净点儿啊，别跟我丫丫的。”崔铁军挡开徐国柱的手。

“你装什么孙子啊，我告诉你大背头，我早看你不顺眼了。”徐国柱一把揪住崔铁军的脖领。

“你给我放开，要不我可不客气了。”崔铁军攥住徐国柱的手。

“哎哎哎，你们干吗啊，局长都看着呢。”潘江海拉架。

徐国柱猛一松手，崔铁军一个趔趄差点摔倒。

“你们丫这帮翻账本儿的经侦，就是不灵。”他甩了一句话，气哄哄地走了。

“哎，你丫倒牛啊，开了四枪，中了吗？”崔铁军在他身后叫嚣。

“得了得了，兰局叫你呢。”潘江海推了崔铁军一把。

崔铁军喘了口气，压住愤怒，转身向兰局的方向跑去。

在长盛饭店门口，一辆黑色的奔驰停在那里。周庆注视着车场，头上冒出冷汗。他知道，陆宝山出事了。

“走吗？”老鬼问。

“哦，走。”周庆的声音有些颤抖。

陆宝山被击毙了，这个消息传遍了海城，老百姓拍手叫好，各级领导也松了口气。省公安厅立即做出决定,对海城专案组的参战人员予以即时表彰。次日上午，公安厅政治部主任一行来到海城市局，为参战人员颁奖。会议厅里座无虚席。在台上，政治部主任在唐局、邢局、兰局等领导的陪同下，亲切地和参战人员握手。郭俭、徐国柱、崔铁军、潘江海站在台上，制服严整，胸前扎着大红花，但他们却站在老庞、老卓和老严身后。政治部主任宣读着表彰材料：海城警方攻坚克难，一举破获陆宝山系列持枪杀人抢劫案件，重拳出击刑事犯罪，扬我警威，保一方平安。在行动中，专案组缜密侦查，迅速出击，在庞刚、卓明、严凯等人的追击下，将持枪拒捕的犯罪嫌疑人陆宝山击毙……徐国柱等人听着，觉得扎心。

表彰会议结束后，三个人面无表情地回到办公室。潘江海摘下大红花，放在警帽里，又脱下制服，换上便装；崔铁军敞开衬衣领口，拿出一根软玉溪，磕了几下烟屁股，插进烟嘴里点燃；徐国柱则不知哪来的邪火，啪的一下将三等功的证书摔在桌子上。

“哎哎哎，你闹什么炸啊？”郭俭说。

“咱们五加二白加黑地干了这么长时间，方案、计划是咱们做的，线索、情报是咱们摸的，抓捕行动也是咱们第一拨冲上去的。怎么到了立功受奖就是他们的了？哎，郭大白话，要是这么干，我可想不通啊。”徐国柱大声说。

“是啊，就算那几枪是他们开的，也不能说明什么啊！嫌疑人是我们发现的，他们过来只是支援。我看啊，他们这是开枪争功，明抢。”潘江海也说。

“哎哎哎，两位两位，都消消气。你们说的我都理解，但领导这么做，是有考虑的。”郭俭解释，“你们还年轻，以后还要搞很多案子，不宜过多暴露身份。之所以在表彰时重点提庞刚他们的名字，是为了保护你们。你们想啊，要是重点说你们，等宣传一出去，那不全露了，以后还怎么开展工作啊？”他语重心长。

"那凭什么我们三等功，他们二等功啊？"徐国柱质问。

"嗐，通盘考虑，通盘考虑。"郭俭和着稀泥。

"得了吧，你就别忽悠我了。我看你这通盘考虑，是给这仨老家伙做菜吧？"徐国柱撇嘴，"老庞快退休了，还是个副处，按照相关规定，只要在退休前能获得个人二等功以上的奖励，就能提拔到正处；而老卓呢，虽然一直在刑警队工作，但人事关系还在分局，这次正好借机给他解决；但老严我就想不通了，他一没功劳二没苦劳，开枪也没打中陆宝山，凭什么把他也带上啊？"

"哼……你不知道老严他外甥是那谁吗？"崔铁军插话。

"哎哎哎，你们可越说越没谱了啊。警察以服从命令为天职，抓人办案是为了立功吗？那是你们的本分！"郭俭冷下脸，唱起了高调，"就算不给功能怎么着？不还得继续工作吗？"

"哼，我就猜你得这么说。"崔铁军笑着摇头，将烟蒂捻灭，"我也出来不短时间了，探组的业务都荒了，我回去了，不奉陪。"他站起来就走。

"哎，你先别走。我得找邢局去，这事不能就这么算了。"徐国柱脸上挂不住了。

"找邢局有什么用啊？这是省厅的决定，虽然……材料是市局报上去的吧。"潘江海敲着锣边。

郭俭看着三人，没辙了："得，我说实话，这次立功就是有点照顾老同志的意思，他们都快退了，机会不多了。但你们的时间还长，有的是机会。再说了，愿赌服输，谁让他们捡着了呢……"但他的话还没说完，三个人就离开了办公室。

他们以不同的借口请假，甚至连下午查抄桥园会所的行动都没参加。在街上，徐国柱追上了崔铁军和潘江海。

"哎哎哎，干吗去啊，真走啊？"徐国柱说。

"不走干吗去？还给你们干啊？"崔铁军皱眉。

“吃饭去，我请客。”徐国柱说。

“哎哟，我们还有这福气？”崔铁军撇嘴。

“就说赏不赏脸吧？”徐国柱问。

“算了吧，我没胃口，你们吃吧。”崔铁军摇头。

“哎哎哎，好地儿，我轻易不带人去。”徐国柱捅了他一下，“还有你，都别开车了，今儿得‘举’一下。”徐国柱对潘江海说。

“什么好地儿啊？”潘江海问。

“紫牛蛋大。”徐国柱说。

“什么？蛋大？”崔铁军皱眉。

徐国柱打了辆“富康”，七拐八拐地停在市南区的一条老街上。徐国柱咋咋呼呼地下了车，带着两人没走几步，就看到不远处的一个招牌，确实写着“紫牛蛋大”。但走近一看才明白，那招牌被门挡着，露出的只是前面四个字。念全了是紫米粥、牛肉面、蛋炒饭、大鱿鱼。崔铁军笑了，知道又被骗了。

徐国柱跟老板挺熟，一看就是常客，老板将他们让到最里面的位置，也不拿菜谱就等着点菜。店很小，一共只有四张桌子，主打菜品除了“紫牛蛋大”之外，还有简单的炒菜。徐国柱要了几个招牌菜，又拧开一瓶白酒，在三个酒杯里平均分，推到了三人面前。

“今天，不醉不归啊。”他说。

“哎哎哎，我白的不行，申请喝啤的。”潘江海说。

“不行！肯定不行！”徐国柱摇头，“要喝也行，我们一口，你一瓶。”

“嘿，别欺负人啊。”潘江海笑。

“没事，你先喝，喝不了给我。”崔铁军善解人意。

“哎，第一杯，咱们敬尊敬的老庞、老卓和老严。”徐国柱哪壶不开提哪壶。

“嘿嘿，好。”崔铁军和潘江海也笑着举杯。三人满饮。

“嘿，你们听说过老庞的那个笑话没有？”徐国柱笑着问。

“哪个？听说他笑话多了。”崔铁军说。

“就是买耳机的那个。哎，听我说啊。”徐国柱说，“去年老庞追新潮，到商店买了个MP3耳机，说想学英语，好在退休之后跟老婆出国旅游。结果回家一用，坏了。右边的耳机不响，没办法，退吧。他就把耳机拿回店里。商家服务还挺好，看他是刚买的，二话没说，就给他换了一新的。结果回家一听，嘿，右边的耳机还是坏的。老庞急了，到店里跟人家拍桌子瞪眼，说这是质量问题，得双倍赔偿。结果店员也纳闷呢，心想倒霉事儿怎么都让这老头赶上了，人家就把耳机插在音响里，试着一听。结果你们猜怎么着？右边的耳机没坏，能出声。”

“那是怎么回事啊？”潘江海不解。

“嗐……是老庞右耳听不见了，自己出的毛病。”徐国柱笑。

“哈哈哈哈……这是一个悲剧啊。”崔铁军也笑。

“哎哎哎，那我再说一个老卓的故事。”徐国柱说，“他不是一直在队里借调吗？眼看着都五十多了，不愿意回原单位了，想这么‘两头不靠’地混到退休。但原单位的领导是个新上来的，有点愣头青，三番五次地给我们队打电话，让他回去。最后没办法，老卓就回到了单位，那个领导也狠，马上就给安排任务。但没想到老卓玩得更狠，刚一上‘依维柯’，啪的一下倒在地上，口吐白沫。给他们领导吓的啊，赶紧胡噜前胸摩挲后背送医院去了。后来又赶上一个机会，就又借到市局了。”

“他什么关系啊？”潘江海问。

“他是邢局的同学。”崔铁军说。

“哦，难怪。”潘江海点头。

“哎……公安局啊，是养小不养老的地方啊。年轻的时候鞭打快牛，让你玩命干，等老的时候就没人待见了。哎，你说等咱们到这岁数的时候，不会也这样吧？”崔铁军问。

“那不能够。起码不会跟人家抢功。”徐国柱撇嘴。

“哼，历史总是惊人地相似，咱们也跑不了。这就是警察的命运。”潘江海叹气。

“想开点儿就好。警察啊，就是擦屁股纸。没事儿的时候，谁都嫌弃你；等着急的时候，才把你拿来用呢。”徐国柱说。

“呵呵,这个比喻好。那咱们就当好老百姓的擦屁股纸。”崔铁军又举杯。

“紫牛蛋大”家的菜确实不错。紫米粥黏稠却粒粒分明，放上一勺绵白糖，入口即化；牛肉面选的是牛腩肉，面条筋道弹牙，裹着老汤，浓郁可口；蛋炒饭用的是隔夜饭，蛋液浸润在米饭里，配以葱花，满口留香；大鱿鱼虽算不上惊艳，但配上这几样，也正好下酒。三人连续“举”了几下，都有点微醺了。桌上的“紫牛蛋大”消灭殆尽，徐国柱又拿出钱，让老板帮他去对面街上打来几碗卤煮。

潘江海小脸儿红通，几口酒喝得有点猛，他靠在墙上，断断续续地说:“我其实……压根儿就没想当过警察。从政法学院毕业之后,我也找过几个工作,但最后还是选择了公安局。知道为什么吗？哼，就是图个户口。”

“海城有什么好的？”崔铁军搭茬。

“你们生在海城，不知道我们外地人的想法。你知道海城光三甲医院就多少家吗？重点大学多少家吗？人均收入是多少呢？哼，我老家啊，跟这儿没法比。所以啊，就得奔啊，目的明确，急功近利……”他叹了口气，“但到了公安局之后啊，我是真后悔啊。说实话，不太适应。在预审，整天跟人家钩心斗角，谎话连篇，领导就一个要求，拿下口供。哎，我就纳闷了，不是重证据、轻口供吗？不是以事实为依据、以法律为准绳吗？凭什么非要拿口供说事儿啊。再加上龚培德那帮人的‘三分工作、七分汇报’，哼，我觉得特别没意思。”

“所以说,你还是个雏儿。表面儿上穿着警服,但内心里还是个书呆子。”徐国柱说。

“不,我不这么想。我觉得中国的法制肯定是会进步的。警察的权力越大,就越说明这个社会不开放，等什么时候咱们没活儿干了，这个社会才是真的好呢。”潘江海说。

“得，期待没活儿的一天。”三个人满饮。

“后来，我就去了派出所。哼，还他妈不如预审呢……刚去的时候，我想表现得积极些，反正下了班就睡宿舍，也没事干。我就义务地给所里的车加油，这是好事吧？嘿？但你们猜怎么着？没过几天就有人反映，说我是借机在截留‘油票’，你说这帮人多孙子啊！”

“常态。人在江湖飘，谁能不挨刀啊。”徐国柱笑。

“还有一次，我带着联防出一个110，说在葫芦沟北里有人打架。那天所长儿子结婚，大部分人都去参加婚礼了。到了现场一看，姥姥的，110反馈的情况是有人打架，但没说是流氓械斗啊。好家伙，得有十多个人。就凭我和俩联防，上去不是找死吗？没辙，我就……”

“你就倒了车？”崔铁军笑。

“对！在那种情况下，我得保护自己的安全啊。但是后来，这事儿却受到了所长的批评，还让我在全所儿民警面前念检查。他们这些当头儿的，就是拿警务工作当儿戏，拿民警生命当儿戏。不想想自己当时在干什么，拍脑门，拍胸脯，拍大腿，拍屁股……”

“嘿，不拍裤裆啊？”徐国柱打断潘江海，“我要是你领导，也得批评你。”

“为什么啊？”

“慈不掌兵，善不从警。当警察的在关键时刻就得亮剑，就得上！别说遇见流氓械斗了，就是遇到拿真刀真枪干的，也得往上冲，镇得住。知道什么是刑警吗？就是最‘行’的警察，就是开刀！”徐国柱咋咋呼呼。

“扯淡，总他妈开刀，你不怕把刃儿给锛了啊？”崔铁军撇嘴，“我告诉你棍子，你们打的那帮刑事犯罪团伙，就算是盘踞一方、无恶不作，但他们还不是真正的黑恶。真正的黑恶老百姓看不见，你们也管不上，以黑养商、以商护黑，引发刑事犯罪的原因是经济利益。所以打黑除恶，不光冲着人，更要冲着钱，得断掉他们的经济命脉才能铲除。哎，这是我们经侦的事儿。”

“哼，你们刑警经侦都牛，行了吧。但刑警开刀之后呢？就敞着口了？不还得手术、缝合、术后治疗呢吗？不还是得预审上吗！哎，你说经侦要铲除对吧？怎么铲除？抓了人审不出来，批不了捕，诉不出去，人还不是得放了？”潘江海说。

三人你一嘴我一嘴地斗了起来，正如那句警界的老话所说，警察在一起没有欢声笑语，只有说不完的烦恼和案件。等老板将卤煮送来的时候，桌上的白酒已经干完了。一辆洒水车从店门前经过，飘进一阵凉意。

“咱们……就这么散了吗？”徐国柱问。

“至少市局还没说解散。”崔铁军说。

“但我得回去了，还有仨月，我的警察生涯就结束了。”潘江海说。

“不后悔吗，脱下这身衣服？”徐国柱问。

“哼，就怕再穿一段时间，就脱不下来了。”潘江海苦笑。

“哎……都走吧。我一个人来。”徐国柱叹了口气。

“我还走不了，周庆的事儿还没完。我一直觉得，大宝的背后就是他。”崔铁军说。

“有证据吗？”潘江海皱眉。

“证据靠人找，但警察干久了，都有直觉。”崔铁军说，“我一直在想，小康的死，对谁最有利。从表面上看是对尹航有利，小康掌握着那么多证据，只要落到咱们手里，尹航肯定就万劫不复了。但有时，越是‘像’什么，就越不是什么。我觉得尹航不会玩得这么明，他还在狱里，这么干等于在向警方宣战。所以咱们来做第二个推测，就是小康之死，对老万有利。尹航进去了，老万掌握着他的所有资产，小康死了，警方会下意识地指向尹航，所以老万既能明哲保身，又能私吞财产，两全其美。而第三个推测呢，就是对周庆有利。如果是他指使的大宝，那就很阴险了，这么做是一箭双雕，既害了尹航，也栽赃了老万，他想坐收渔翁之利。”

“嗯，说得不错。你没喝醉。”徐国柱笑。

“要按你这么说，就算陆宝山折了，周庆和老万也必有一战。”潘江海说。

“是的，这帮流氓，是不会守着金山银山吃糠咽菜的。”崔铁军说。

三人聊着，一直到了下午，才相互搀扶着走出饭馆。那辆洒水车，正在倒车，不停传出“倒车，请注意”的声音。

“刑警，办案是望闻问切，唱念做打……”徐国柱还在吹着牛。

“干经侦的，都拿钱当王八蛋……”崔铁军也说。

“派出所，体味人生百态，接触三教九流……”潘江海还没说完，就忍不住一口喷出。

“喷子，又来了。”徐国柱大笑。

“哎……刚才这么一说，我觉得老庞那几位也挺惨的。二等功就二等功吧，咱们还有的是机会。”崔铁军说。

“是人就有老的一天，关键看年轻时怎么活着。白日莫空过，青春不再来啊……”潘江海咬文嚼字。

“老不可怕，可怕的是认㞞。等我老了，就算是高血压、糖尿病、一身病，碰见硬茬子也得上，就是倒，也得倒在冲锋的路上。”徐国柱说。

“你呀，人如其名，就是党和人民的大棍子。”崔铁军笑。

“那你呢，就是马桶上的那根绳儿，一拽就得把那帮脏的臭的都冲走了。”徐国柱也打着比方。

“算了吧，我可没那个地位，那根绳儿最低也得老郭来。我顶多是个塞儿。”

“那你呢？”徐国柱问潘江海。

“我？你们把好活儿都给占了，我能是什么？擦屁股纸呗。”他这么一说，两人都笑了。

“有的时候想不明白不行，但想得太明白了，也不行。人也得有点虚的东西，要是没了理想主义，丢了那股子气，也真没什么意思了。”崔铁军说，“哎，棍子，你有什么梦想吗？”

“我？”徐国柱想了想，“没什么梦想，就想给那帮杂碎都办了。”

“你呢？”崔铁军问潘江海。

“我希望四海之内皆太平，世界和平如一家。听过帕瓦罗蒂翻唱‘迈杰’的那首歌吗，*We Are the World*（天下一家）？”潘江海说。

12

庆功宴也是散伙饭，三人都喝大了，回到宿舍倒头便睡。等晚上起来的时候，潘江海已经悄无声息地把东西都拿走了。徐国柱看着那个空空的床铺，怅然若失。生活就是聚散，聚是暂时，散是常态，明白了聚散，就懂得了人生。

陆宝山虽然死了，但被他抢走的130万还没有找到，警方展开了全城大搜查，桥园会所、燕朝汇夜总会都遭到搜查，但结果却不甚理想。惊涛骇浪之后，一切都归于平静。但相比明天，意外总是猝不及防。中国股市在历经连续两年的牛市之后，迎来了向下的拐点。各类市场问题陆续爆出，负面因素逐步增加，国务院发布的国有股减持办法成为压垮市场的最后一根稻草。熊市的阴影袭来，全国股民一片悲歌，周庆也是损失惨重。

在大杂院里，老鬼在做着饭，午餐很简单，鸡蛋炒西红柿和肉末菠菜。等母亲吃完，老鬼打开了收音机，里面播放着《今日股评》节目：“由于近期接连发生的股市丑闻，证监会将加强市场监管和打击违法行为作为重中之重，违法违规行为一经查实，将依法采取严厉打击措施，以维护证券市场秩序，保护投资者利益。只要有题材、讲故事就可以推升股价的日子一去不复返了……”

母亲的病处于平稳期，除了照例每周三次的透析外，似乎也做不了什么。在给周庆开车之余，他只要有时间就会陪在母亲身边，给母亲喂饭、擦脸、洗脚，有时觉得日子这么过下去，也挺好。这段时间，小四川总来找他，就是那个在工地挨打的小孩儿。他是个建筑工人，在领到工资之后第一时间还给了老鬼。老鬼刚开始不爱搭理他，怕沾上麻烦。老鬼毕竟在道上混过，从看他的第一眼起，就知道这小子身上有事儿。但慢慢地，他却对这个小孩儿改变了看法。小四川来自四川腹地的一个农村，在一次聊天中他跟老鬼“明挑”，两年前他在老家拿刀砍了人，来海城就是为了躲事儿。老鬼问他砍的是什么人，他笑了笑说是村长的小舅子，其实也没什么大矛盾，只是看不惯他骄横跋扈。“我从来不欺负老实人，只干横的。”这是小四川常说的话。

午后阳光和煦，老鬼和小四川蹲在门口喝着啤酒。

“鬼哥，我真羡慕你噻，有个家，工作也好，整天开个车安逸得很。”小四川说。

“我的心愿就是照顾好老妈，其他的，没什么。”老鬼说。

“能看出来，你是个孝子。”小四川说。

“哎，她这一辈子不容易啊。我从小没爸，她年轻的时候很拼命的，带着我走南闯北，一个人撑着生活。哼，你知道她那时怎么跟我说吗？说要相信两句话，没事不惹事，有事不怕事。要是有一天不能再忍了，就不能饶了欺负你的人。”老鬼笑，“但现在呢，她却希望我平平淡淡地过日子，萝卜白菜保平安。”

“你呀，还有个老妈，我老妈很早就死了。”小四川怅然。

“你觉得海城好，还是老家好？”老鬼问。

“当然是海城好嘞，我不爱在老家待着，憋闷。干活的时候还晒后背，生疼。”小四川喝了口啤酒。

“你多少岁了？十七八？”老鬼问。

“哪里，我已经二十喽。”小四川说。

“扯淡！别拿你那假身份证蒙我啊。胡子还没硬呢，我看你呀，最多也就是十七。”

“那不敢胡说，我不会骗你噻。”小四川笑，“鬼哥，等有一天你发达了，我跟着你干啊。”

“算了吧。肩挑四两为客，帮人一日为奴。我还给人家打工呢。”

“但我看得出，你总有一天会发达的。”

“得，借你吉言。”老鬼笑着喝了口酒。

“我有时觉得不知道该何去何从，不知道自己是谁，该做什么。你知道吗？有一个人告诉我，活着就得压制欲望，不能随便起范儿，一切要在格式内；但另一个人呢，却说做事要高调，不能留寸头，要留分头，还要穿西装……在这个世界上，有的人扮傻，有的人装聪明，都有不同的目的……”老鬼自言自语。

“那……他们谁混得好呢？”小四川问。

“都挺好，但也都不那么好。有时觉得哪都对，但有时又觉得哪都不对。”老鬼说得矛盾。

“哎，你们城里人太累了。”小四川感叹，“我的目标很明确，好好挣钱，吃饱饭，买个房，找个女人，生个娃。”

“呵呵……”老鬼笑，“哎，你小子有过女人吗？”

“有过噻，不是吹牛，我很招女娃喜欢的。哎，你别不信，真的……”小四川笑，“你呢？”

“我？”老鬼停顿了一下，“进去之前喜欢过一个，弄得轰轰烈烈的，但还没开始，就结束了。”

“为啥子？”

“哼，我不是进去了嘛。”老鬼笑，“出来以后见过几次，后来觉得，就算了吧……”

“喜欢就去追噻，怕啥子？”

“嗐，不提了……”老鬼摆手，“兄弟，早晚有一天你会不满足于找个女人生个孩子的。前几天我去了一个场子，见识了‘海城盛宴’和‘菜比人贵’。我以前混过，但真没见过这么烂的。那天我出来之后，看着在路边裹着大衣等末班车的人们，就觉得特别悲凉。这个世界，哪有什么公平啊。”老鬼感叹。

“啥子叫‘菜比人贵’啊？”小四川不解。

"一盘馒头，两千。"老鬼说。

"啊？"小四川惊讶，"鬼哥，但馒头啊，穷人有穷人的吃法。要想吃饼子，把馒头拍扁了吃；要想吃面，把馒头搓成棍儿吃；要想吃包子，用一个馒头包住另一个馒头……"

"哈哈，这个方法不错，我一会儿就试试……"老鬼笑了。

晚上，他照例在六点前将车开到国际大厦地库。周庆的作息异于常人，每天十点以后起床，午餐时间外出谈事，下午两点到公司醒酒，然后六点再出发应酬，直到凌晨两点才回到位于市南区的家。当然，有时候他也会让老鬼把车开到市北区的一条街上，然后自己驾车离开。老鬼知道，他这种人一般都是狡兔三窟，所以涉及隐秘的地址并不过问。但凭借经验分析，那个地址应该距离停车点很近。

在车里，范大傻子跟周庆做着汇报："咱们的那些酒庄，做不了担保物，银行不认租赁的地方，说除了墙皮，其他都没价值。"

"靠，这帮孙子。"周庆撇嘴，"那老郑他们呢？"

"他那边也自顾不暇了，钱都扔股市里了。从现在的情况来看，要是还拿不到贷款，咱们的资金链就要断，要是断了，就麻烦了。"范大傻子说。

"断不了，我还有办法。哎，留下点儿救命钱，找人洗出去。"周庆说。

"我认识一帮广东那边的，做事利落，价格也公道。"范大傻子说。

"过程我不管，但一定要安全。"周庆叮嘱。

"老万那边……有戏吗？"范大傻子试探地问。

"我亲自跟他谈吧，看他是什么意思。"周庆叹了口气。

在加代日料的"即墨"包间，周庆和老万相对而坐。这里是道上人开的，谈事也相对安全。周庆给老万倒上酒，表现得很谦恭，老万哼哼哈哈地聊着，与他推杯换盏。尹航去世后，两人的关系变得微妙。近期更有传言，说若不是警方击毙了大宝，老万没准就是他的下一个目标。这个传言直指周庆，他无法自辩，就对老万更加示弱，想让这个传闻不攻自破。但老鬼却觉得，他这么做是自欺欺人。打过架的人都明白，只有在遇到难缠的对手时，才会贴得很近，那样才会避免自己受到伤害。

两个人各干掉了一瓶獭祭清酒，周庆抬手点燃了雪茄，缓缓地吞吐。他看着杠头，笑了：“哎，我说杠头啊，你整天这么寸步不离的，怎么着？怕我对我二哥下手啊？”

“哼，谁要敢对万爷下手，我就先废了他。”杠头冷着脸说。

“嘿，我看你是话里有话啊。但我怎么听说，你跟大宝是老相识啊？”周庆问。

“我……”杠头嘴笨，不知怎么解释。

“哎，二哥，你可别听那些传言啊。大宝跟我，一点儿关系都没有。”周庆借着酒劲说。

“你们有没有关系，我管不着。咱们相安无事，各过各的。”老万抓起一把花生吃着。

“你就没想过投资吗？那些资产趴着也是趴着，不如拿出来钱生钱。”周庆试探着。

“上次不是定了吗？资产不动，留给孩子。”老万看着周庆，“怎么着？股市完蛋了，你丫是不是折了？”他问。

“怎么可能？”周庆笑，“我是一机两翼，还有楼市托底呢。我是觉得，你可以把那些资产盘活。”

“不缺钱就别惦记。我还把话放这儿，只要我在，这些资产就落不到别人手里。等尹冲成人的时候，我全部转过去。”老万板上钉钉。

周庆点点头，叹了口气：“名利危中来，富贵险里求。二哥，我觉得你这几年老了，也怕了。”他说得不客气起来。

“嘿，你怎么说话呢？”杠头不高兴了。

老万抬手，制止杠头：“今天你既然说这话，我就跟你盘盘。以前老大在的时候，总说在格式内，姿势对，我觉得没错。咱们刚混的时候，比的是狠，是强者取胜，是丛林法则，但这几年变了，是弱者取胜，得锦衣夜行。看看这几年，以前在道上玩得猖的，还剩下几个？”

“得得得，二哥，您就别教育我了。我现在不是你们江湖上的，混商圈儿了。”周庆打断老万。

老万一听这话，把脸拉了下来：“商圈儿，是啊，你现在不留寸头了，留分头；不挂金链子了，穿名牌；一张嘴就项目、贸易的，生怕别人拿你当流氓。但我还告诉你，流氓就是流氓，穿上西服也他妈盖不住你的文身。你身边那帮住慧源公寓的，有他妈几个正经做生意的，坑蒙拐骗的事儿干得比流氓还下三烂。流氓怎么了？流氓讲规矩，重义气，别自己看不起自己。”他的话硬了起来。

“你没听人说吗？当一个人总爱教训别人的时候，他就老了。”周庆笑。

“老有什么不好。新手喜欢说，老手喜欢看；新手比的是对，老手防的是错；新手比的是先招，老手玩的是后手；新手狐假虎威，老手锦衣夜行；新手希望全世界都认识自己，老炮儿希望全世界都忘了自己……”老万说着。

“哎哟喂，你挺能总结啊。”周庆拍起手来，“但是我知道，人很难改变习惯，地主破产了过几年还是地主，穷人有钱了下一代还是穷人。可悲的生活全都是咎由自取。二哥，老脑筋得变变了。”

“怎么变？”老万冷眼看着他。

“凡是能拿钱摆平的事儿，都别拘着。别画地为牢，囚禁自己。相比名声，实惠更重要。”他把话挑明。

“那是你，不是我。我就是揭不开锅，也不会动别人碗里的。”老万说。

“哼，你是不会动啊，但小嫂子呢？她的事儿你也不是不知道，灯哥死了之后她闲着过吗？别最后孩子没落着，全便宜小白脸了。”周庆撇嘴。

“那是她一时糊涂，以后不会了。”老万正色。

“哦，看来又教育人家来着？”周庆点头，“得，那我什么都不说了，喝酒。”他说着举起酒杯。

老万最终拒绝了周庆的求助。在车上，周庆点燃一根雪茄，默默地望着窗外。电台里播着几个专家对股市的预测，他听不下去，让老鬼关上。他表面上故作镇定，但内心却十分惶恐，在股市的泡沫被戳破之后，资金链变得异常脆弱，坤豪公寓也成了空中楼阁。他知道自己好日子没几天了，现在要立即做出选择，是认输止损还是奋力一搏再赌把大的。范大傻子在中途下了车，他指挥着老鬼，把车开到了市北区的芦坝山街。这里是一处棚户区，外来人口众多，私搭乱建严重，是海城有名的“三不管”地带。时间已经过了凌晨，街上已经没了行人。周庆从车里拿出几个编织袋，交给老鬼，然后带着他在棚户区里三绕两绕，走到一个简易楼前。他在楼梯间里停了一会儿，等声控灯灭了，才蹑手蹑脚地走上二楼，用钥匙打开了一个锈迹斑斑的防盗门。

这是一个简陋的两居室，里面只摆放着一张床和几件简单的家具。屋里弥漫着一股酸臭的味道，周庆拿出纸巾捂住口鼻，在里面巡视着。老鬼也走了进来，左右观察着，这才发现味道的来源是在厨房，里面堆满了吃剩下的食物和垃圾。

“你把这儿的东西收拾收拾，除了家具，能拿走的都拿走。”周庆说。

“哦。”老鬼点头，刚要开灯，就被周庆拦住。

“戴上手套，别留下痕迹。”周庆叮嘱。

老鬼明白了,于是便不再多问,收拾起来。周庆也没走,就站在老鬼身后，默默地看着。老鬼很麻利，不一会儿就将床上的被褥和衣柜里的衣服打包进编织袋。衣物并不多，是男人穿的，有一件黑色的皮夹克、一件灰色的衬衣、一条牛仔裤和一条深色的西裤，还有一个深蓝色的棒球帽。老鬼渐渐意识到了什么，所以在收拾东西的时候，尽量不看，一股脑地装进编织袋。他不想自找麻烦，沾上嫌疑。

不一会儿，两个编织袋都被装满。看收拾得差不多了，周庆让老鬼再四处看看,自己则走到厨房,用脚踢着那堆垃圾。老鬼走进洗手间,用手机照亮,做最后的检查。但这时，他却突然发现，在厕所的排风扇旁，有一处吊顶的铝扣板是歪的。他用手往上一探，摸到了一个皮箱。

“老鬼。”周庆突然叫。老鬼一惊，赶忙走了过去。

“还有什么东西吗？”他看着他的眼睛。

“没了。”老鬼淡定地回答。

“把这些东西也带走。”周庆用脚踢了下垃圾。

老鬼稳住情绪，将垃圾也放进编织袋里。

周庆又四处看了一圈，才冲门外摆摆手。

两人将编织袋放进车里，驶离了芦坝山街。周庆没让老鬼送他回家，而是让他开到市北区的那条街上。老鬼下了车，周庆换到了司机位置上。

“哎，你自己打车回家吧。”周庆冲车外抬抬手。

“你喝酒了，注意点儿。”老鬼提醒。

“没事，这儿没警察。”周庆轻描淡写，“哎，拿着备用钥匙。明天上午我把车停到公司地库，你下午过来就行。”

老鬼没再多说，拿过奔驰的备用钥匙，下了车，不一会儿便打了一辆“夏利”。他坐在副驾驶的位置，从后视镜里看着。周庆将奔驰掉了个头，向着另一个方向开去。老鬼没让司机送他回家，而是让他围着那条街转了个圈，然后将车停下。老鬼走进一个名叫“玉璟园”的小区，过了半个多小时才出来。他看了看表，确定周庆不会再有动作，就又打了辆车，回到了芦坝山街。

在刚才走的时候，周庆锁了门，还擦掉了指纹。老鬼戴上了手套，从房间的厨房窗户翻了进去。他留了心眼，在走的时候故意没有插上窗户的插销。他走到洗手间里，抬手摸到了那个皮箱，皮箱沉甸甸，应该装满了东西。他用手一托，轻轻地拿了下来。

皮箱是深棕色的，上面布满了尘土。老鬼用手拨开卡扣，只听咔的一声，皮箱打开了。他借着月色望去，惊得合不拢嘴，里面装满了成捆的现金钞票。

13

葫芦沟派出所宿舍，潘江海在同时做着三件事，用MP3听着英语，用电脑玩着游戏，手里还摆弄着魔方。崔铁军在门口看了半天，笑着摇头。

“哎，你还挺忙活啊。”他进了屋。

“无论到什么时候，这儿都不能停。”潘江海指了指自己的脑袋。

“除了玩儿，还有别的事儿吗？”崔铁军问。

“有啊，前台值班，统计案件数儿，给警组报销药费。哦，还有给副所长做党校的考试题。”潘江海说着把魔方弄好，“Yes！”他举拳庆祝。

“你就把生命浪费在这些事儿上？”崔铁军皱眉。

“嗐，混呗，最后俩月了……”潘江海挺颓废，“刚才我出了个警，葫芦沟北里有对打架的。两人一个‘吸爷’，一个资深‘破鞋’。报案缘由也匪夷所思，‘吸爷’说他们家的‘小白’让‘破鞋’家的‘大黄’给强奸了。”

“那怎么弄？”

“能怎么办啊？我先去了趟食堂，就着馒头吃了两块臭豆腐外加一头大蒜。到了现场近身调解，没五分钟这事儿就完了。”潘江海苦笑。

“呵呵，真有你的。”崔铁军也笑了。

“你什么事儿？办户口，还是有认识的人被收容了？”他看着崔铁军。

“重新结合，就缺你了。”崔铁军将一张纸递给潘江海。

他展开一看，上面是市局政治部的借调公函。

在桑塔纳车里，潘江海显得很轻松。他伸展着身体，长长地呼了口气。

“哎，只是借调，别多想啊。”崔铁军说。

“借调期半年，实际也就大约两个月。我……是不会再回到这个地方了。”潘江海说。

“就这么讨厌派出所？”

“我不讨厌这里的一草一木，除了人之外。”潘江海笑，“这么说，专案组还没散？”

“不仅没散，还加强了。”

“还在查大宝的幕后？”

“不，这只是其中一个任务。到了你就知道了。”崔铁军说着，加快了车速。

这次专案组的成员只有四个人，组长是郭俭，组员是他们仨。老庞他们功成身退并不奇怪，但不知什么原因，兰局也退出了，专案的进展只向邢局汇报。在大宝被击毙之后，虽然在燕朝汇发现了其使用的被抢现金，但余下大部分依然没有找到。在这段时间里，刑警队做了大量工作，却始终没有实质性进展，其中的原因之一，可能就是参战人员太多，造成信息外流。于是邢局下令，抽调精兵强将，以最小作战单元进行推进。郭俭在那忽悠着，说着领导对几个人的赏识和重视，但大家都明白，这案子水深雷多，除了他们谁也不愿意接手。

在专案办公室，郭俭在黑板上画了一组人物图。左右两边是万奎和周庆，中间一个人是仇建军。

“他也列入咱们的视线了？”潘江海问。

“他现在是周庆的司机，和周庆过从甚密。”郭俭说，“根据我们获得的线索，在陆宝山被击毙之前，曾经拨打过一个电话。这个电话是匿名的，没有机主登记，但是根据定位分析，当时接电话的人就在长盛饭店的燕朝汇夜总会里。”他在黑板上点着，“我们调取了当时长盛饭店电梯间和走廊的录像，发现了两个人，分别是周庆和仇建军。”

“陆宝山与这两人有关？”潘江海皱眉。

“听听大背头经侦那边儿的情况。”郭俭说。

“我近期一直盯着周庆。他这段时间似乎对文玩字画有了兴趣，常泡在喜乾拍卖市场。仅前天一天，就花了一百多万。”崔铁军说。

“文玩字画？他一流氓出身还好这个？要我看啊，他除了洗钱，就是行贿。”潘江海皱眉。

“嗯，你说得没错。经过调查发现，他拍下的所有商品，都来自同一家公司，名字叫海城兴贸，老板叫孟晓亮。他很有可能是周庆的‘白手套’。”

“为什么主要针对周庆？”潘江海问。

“你知道周庆手里有一个坤豪公寓的项目吧。年初,我接到审计署的《审计要情》通报，要求依法调查这个项目的经济犯罪线索。”

“我记得，你在会上说过。周庆涉嫌采取借用他人身份证明的手段，骗取银行贷款。”潘江海插话。

“对，现在这个案件也并到专案了。”崔铁军说，“我们推测，周庆这次通过‘白手套’行贿的人，可能与银行或政府的人员有关。加之他在小康案件上的嫌疑，现在，周庆已经是一号嫌疑人了。”

“他不会无缘无故地行贿,还是这么大数额。这么说,他遇上难事儿了？”潘江海问。

“没听新闻吗？股市崩了。他之前投了不少,被深度套牢了。”徐国柱说。

“他这几年贷款的方式一直是以贷还贷，空手套白狼。一旦资金链断裂，就会土崩瓦解。所以才这么急功近利。”崔铁军补充。

“我觉得现在还有两个重点。第一，是继续追查那笔被抢的现金，以钱找人，才能发现幕后主使；第二，要注意发现小康留下的证据材料，你们不是说过吗？他是灯儿的财务总监，手里有一把‘钥匙’。”潘江海说。

“哎，要不你当这个组长得了，总结得这么全面。”郭俭笑。

潘江海也笑了：“那您说，您说。”

“鉴于案情的复杂、嫌疑人的狡猾，咱们这次不直捣黄龙，而要迂回作战，先从外围松土，逐步渗透，等摸清情况后再逐一拿下。”他点着黑板。

“怎么松土？”徐国柱皱眉。

“从他们身边的人开始下手。”郭俭说，“第一，周庆之所以将仇建军纳入麾下，目的无非是让他成为第二个陆宝山，仇建军是第一个重点；第二，与宏远达合同诈骗案有关的几个重要关系人，比如银行行长孙明川，要列入调查范围；第三，在万奎那个正午歌厅打工的花莉莉，与仇建军也有联系，也要纳入范围。”

“她一个唱歌的，也算嫌疑人吗？”徐国柱问。

“松土、渗透，讲的就是先从外围开始做。杠头、范学字、柳刚，都得列进去。”郭俭说，“下一步，咱们分头行动。小崔虽然是经侦，但已经去过银行调查了，脸太熟，查账的工作就小潘去做。我从东郊分局借了法律手续，你以他们的名义去银行调取相关材料。同时，找机会获取行长孙明川的情况，记住，要审慎，保密。”

“明白。”潘江海点头。

“小崔，你盯着拍卖行的事儿，如有机会，可以找个理由传唤那个孟晓亮。他不是职业犯罪人，应该不难突破。同时，关于坤豪公寓的案件要持续推进，你是经侦的人，这个案子是你的主责。”

“明白。”崔铁军回答。

“棍子，调查老万的情况，找陆宝山的藏匿地，还有追查小康手里的证据，这些事就交给你了。”

“这个不用说。”徐国柱点头。

“还有，那个花莉莉，你得找机会建立联系。但是……”郭俭停顿了一下，“别惹出什么麻烦。”他提醒。

“嘿，能有什么麻烦啊？”徐国柱反问。

“我就是提醒你一下。”郭俭说，“我知道，你们仨一个个的都‘尖儿’着呢，但在案子上得相互配合，不能拆台。哎，我表个态啊，你们别拿我当什么领导，我就是你们仨的勤务兵。什么都别担心，放手去干，出问题了我担着，有荣誉了是你们的。”

“别，有了荣誉是您的。我们都不想当官儿。”徐国柱大大咧咧地说。

“你不想进步，小崔、小潘也不想吗？净说屁话……”郭俭撇嘴，“还有，按照要求，在行动中大家都要有个代号。都想想，叫什么？”

“他不是早有了吗？大棍子呀。”崔铁军指着徐国柱说。

“那你也有了，大背头。”徐国柱也说。

“那小潘呢？”郭俭问。

“他能喷，叫大喷子吧。”徐国柱说。

“哎，别啊，这个多难听啊。”潘江海拒绝。

“就这么定了，搞预审的，得能喷才行。”崔铁军笑着。

“嘿，勤务兵领导，你呢？要不叫大白话？”徐国柱问。

“别别别，我就算了吧。”郭俭摆手。

“要我看啊，你就叫‘大撒把’吧。放开手，让我们去冲锋陷阵。”崔铁军笑道。

徐国柱没想到能接到花儿的电话。她约徐国柱在正午歌厅见面。徐国柱到了地儿，还没到营业的点儿，歌厅里黑漆漆的。老万和杠头都没在，他就径直走到里面。

“花儿呢？”徐国柱问服务员。

“里面V8。”服务员用手一指。

花儿在包间里练着歌，看徐国柱进来了，也没停下。

“找我什么事？”徐国柱站在门口问。

“没事儿就不能找你了？”花儿反问。

“我没工夫跟你这儿逗咳嗽。”徐国柱拿起遥控器，关了音响。

花儿转过头，用一种复杂的眼神看着他。

徐国柱知道，花儿是市南区有名儿的“大果儿”，最早在基辅餐厅做服务员，后来到动物园批发市场练摊儿，因为“条儿顺盘儿靓”，没少被流氓骚扰。三年前她参加了海城电视台举办的业余歌手电视大赛,得了个三等奖,于是又换了营生，成了半专业的歌手。平时除了在正午、万隆等几个歌厅串场之外，偶然还到外地走穴。那次在桥园会所，也是去赚外快。要说单纯，她肯定算不上，但也没到跟流氓同流合污的地步。她是那种聪明的女孩，在不付出的情况下，也能得到自己想要的。

“你跟老鬼什么关系？”徐国柱问。

“没关系。他追我，我没答应。”她也很直接。

“老鬼和老万什么关系？”徐国柱又问。

“不知道。”花儿说着站了起来。

“周庆最近来过吗？”

“没有。”花儿说着，靠近徐国柱。她穿着一件猩红色的毛衣，凹凸有致的身材暴露无遗。如果要拿个词儿来形容此时的她，应该就是勾人。

“你是不是喜欢我？”她柔柔地问。

徐国柱愣住了，耳畔发热，心里发紧。“什么意思？”他故作镇静。

“你每次看我的时候，都在逞强。弱者，才会逞强。”她笑着，艳丽、妩媚也轻佻。

“哼……”徐国柱装作不屑，低下头，躲避着她的眼神。

“其实我看你的时候，也会逞强。”花儿又往前走了一步，贴近徐国柱。

“哎哎哎，干吗？”徐国柱愣住了。

花儿侧身锁上门，又随手关上了灯，包间顿时暗了下来：“棍儿哥，这儿没别人，只有你我……”她把徐国柱抵在墙上。

徐国柱手足无措，心跳不止，但转瞬间又觉得屈辱，他用手拦住她，刚想说些什么，没想到花儿往后退了一步，猛地一撩，就将上衣脱了。

“你……想干什么？”徐国柱的声音颤抖着。

“我什么都不想干，就是想让你干我。”花儿赤裸着上身，又贴了过去。

徐国柱今天来，是找线索的，没想到花儿会玩这一出。她身上很香，味道侵袭着徐国柱的意志力。徐国柱强绷着，看着此情此景，感到心中的大坝正在崩塌。

“你别开玩笑，我是警察。”他不知从哪冒出这一句。

“我就想尝尝警察的滋味儿。”花儿直勾勾地盯着他。

徐国柱压抑着内心的躁动，让自己冷静下来，“你有没有线索？如果没有……我就走了。”他说着推开了花儿。

“棍儿哥，我真的不开玩笑。”花儿又凑上去，“从见你的第一眼，我就喜欢上你了，我说的是真的。”

徐国柱犹豫着，他不知道自己为什么会犹豫。作为一个警察，他应该严词拒绝，甚至狠狠斥责才对，但他并没有这样做，竟犹豫了数十秒钟。但最后，他还是做出了正确的选择，他推开花儿，走了出去。

外面依然黑漆漆的，空气里弥漫着一股烟草的味道。徐国柱感到手在颤抖，觉得自己无地自容。却不料这时，吧台旁的灯突然开了，老万和杠头站在那，正冲着他笑。

徐国柱一下就明白了。他感到脑门一热，走了过去。

“真扛得住啊，棍子。”老万叼着一根中南海，笑着说。

徐国柱知道，这是他的骚招儿。

“哎，你这儿杯子多少钱？”徐国柱抄起一个吧台上的杯子。

“杯子？哦，进价没多少钱，三五块吧。”他随口回答。

徐国柱从兜里掏出一百块钱，“啪”的一下拍在吧台上，然后用手一扫，吧台上的杯子都应声落地。

“大棍子！”杠头不干了，一把按住他的肩膀。徐国柱反应迅速，一个“折腕牵羊”就将杠头反制。

“哎哎哎，还不够数儿呢。”老万冲徐国柱抬抬下颌。他让服务员又拿来十多个新杯子，摆在吧台上。

“棍子，接着来。”老万笑着说。

徐国柱冷静下来，缓了口气，靠在吧台上。

“老万，你要是想玩我，那咱们就好好玩玩。”他看着老万。

“棍子,是你先玩我的。‘小崽儿’是卖毛片儿,但他每次带的都不够十张,按规矩不能处理。你也犯不着再给他加两张吧？”

“哦，那小子啊,”徐国柱笑,“跑得倍儿快，派出所的在街上撵他，得一公里才抓住。”

“他欠了一屁股债，你非逼着他抢银行去？”

“哼……”徐国柱笑,“他要有这个胆儿，可以试试。看是他跑得快，还是子弹飞得快。”徐国柱冷下了脸。

“还有‘石头儿’，你也给拘了？”

“废话。以前溜门撬锁，现在还学会撬车了。能不办吗？”徐国柱反问。

“棍子，我知道你是冲我，但我真的什么都不知道。”老万放缓了语气。

“你不知道？行啊。那我就问小崽儿和石头儿呗。反正他们在里边儿，闲着也是闲着。”

“你犯不着这样，难为这帮土里刨食儿的，有什么意思？”

“哼……你想吸引火力是吧？”徐国柱轻笑,“那从今天开始，我就开辆警车，每天摇着警灯在你门口站岗。我他妈也查查，老往你这地儿钻的都是些什么东西。”

“我知道你们厉害，特别是对老百姓，最厉害。”老万撇嘴。

“你是老百姓吗？哼，别把自己往人家那堆儿里扎。”

“我希望你明白，外面传的都是谣言。”老万解释。

“哼，谣言也是线索。我们警察办案，不靠猜测，靠证据。你，等着。”徐国柱说完，摔门而去。

老万叹了口气，转头一看，花儿正站在不远处的黑暗里。

14

办小崽儿和石头儿的事儿，确实是徐国柱干的。按照郭俭的说法，大棍子的作用就是搅和，起到“鲇鱼效应”，将暗藏在泥沙下的真相都搅出来。他知道，如果说周庆是一潭深不见底、暗流涌动的水，那老万就是一座沉默的火山，平时安稳，但只要爆发，就会闹出大动静。所以这个任务，只能他自己上。

通过技术部门对陆宝山手机的定位，专案组最终发现了他的藏匿地。但经过现场勘查，却没有发现有价值的线索。徐国柱不甘心，就和崔铁军一起再次赶赴现场。在芦坝山街 11 号院的一栋简易楼前，他跟一个装修队接上了头。

“嘿，你这是干吗呢？”崔铁军不解。

“现场都摸了好几次了，光从表面上下手，没戏。咱们给丫来个大动作，要是还没有，也彻底死心了。”徐国柱说。

崔铁军知道，这也是没办法中的办法。

“给房东做完笔录了吗？”徐国柱问。

“做了辨认笔录，对上了，就是陆宝山。”崔铁军说，“房子租了一年，房租一次性付清。房东一共就见过陆宝山两次，其他情况不知道。”

两人带着装修队进了屋，屋里隐约能闻见一股酸臭的味道。

“现场有人动过了？”崔铁军问。

“是的，床上的、衣柜里的都被清走了，厨房里的垃圾也倒掉了。”徐国柱回答，“动手吧，看看有没有什么暗道。”

“哼，我看你是武侠片看多了。”崔铁军笑。

在徐国柱的指挥下，装修队开动了，房间里顿时烟尘弥漫，传出乒乒乓乓的声音。工人们动作麻利，逐个房间过关，这么做果然有效，不一会儿就有了发现。在卫生间里，工人将从房顶拆下来的铝扣板铺在地上，徐国柱叫来崔铁军，用皮鞋点着其中的几块。崔铁军俯身细看，地上的铝扣板大都蒙着灰尘，只有三块比较干净。

“你是说，这上面曾经盖着东西？”崔铁军问。

“或者是放着什么。”徐国柱弯下腰用手测量，“差不多，45 乘 35。”

“是什么呢？”崔铁军皱眉。

“手提箱吗？”徐国柱说。

“手提箱？”崔铁军一惊。

“和小康被抢走的尺寸一样。”徐国柱说。

“小区有监控吗？”崔铁军问。

“这个破小区，哪有监控啊。”徐国柱摇头。

“那也得找找，碰碰运气。”崔铁军说着站起身。

与此同时，潘江海在执行着另一个任务。在海城银行东郊支行营业厅，他坐在一个柜台前，拿着一本书漫不经心地看着，等待着柜员的查询结果。柜员是个年轻姑娘，大眼睛，梳着马尾，长得挺好看。

“您得耐心等等啊，对账单已经出来了，传票还要复印。”柜员说。

潘江海抬眼一扫，柜员胸前的工牌写着“苗虹”。

“谢谢啊，苗虹。”潘江海微笑。

“啊？”苗虹一愣，随即笑了，“你们当警察的眼就是尖。哎，我看你工作证是派出所的，怎么介绍信却是分局经侦的啊？”她问。

“嘿，你这眼睛也挺尖的。”潘江海笑，“保密，这是工作需要。”

“哦……”苗虹点点头，“你看什么书呢？这么好学？”

“一本哲学的书，没实用价值。”

“那还看什么啊？”

“越是没用的东西，有时越有用啊。”潘江海笑。

“比如，什么呢？”苗虹问。

“比如梦想，虽然看不见摸不着，但许多人却可以用一生去追求。”潘江海故弄玄虚。

“嘁……”苗虹摇摇头。

潘江海觉得这个女孩挺有意思。“哎，你是实习生吧？”他问。

“你怎么看出来的？”

“工作麻利，态度和气，微笑标准，一说话露出八颗牙齿。肯定是新员工啊。”潘江海笑。

“你这是夸我呢还是损我呢？”苗虹脸红了，“唉，我还不知道能不能留在这个银行呢。现在转正特别困难,没有关系根本不行,就怕到时成了个‘派遣制’。”

“不会，你这么能干，肯定能留下。”潘江海安慰她。

两人聊了一会儿，查账的材料就好了。苗虹做得很周全，把材料整理装订好，才交给潘江海。

“其余的得到后督中心去调。你等我电话吧，等材料齐了，我通知你。”苗虹说。

“哎，你也给我留个电话呗。”潘江海说。

“上面有。”她指了指玻璃上贴着的银行电话。

“我是说，你手机。这样联系方便。”潘江海笑。

苗虹看着他，犹豫了一下，“好，你记一下。”她很大方，“等会儿啊，我给你拿个袋子。”她说着站了起来。

她不但长得漂亮，身材也好，特别是一双腿，笔直而修长。潘江海看着，不禁有些走神。

但潘江海却没想到，就在此时周庆也在同一个银行。他正跷着二郎腿，坐在行长办公室里。周庆叼着雪茄，赔着笑脸，但对面的孙行长却面沉似水。

“孙行，我向你保证，只要新的贷款能下来，上一笔我马上就还。”周庆承诺。

“唉……”孙行长叹了口气，他五十出头，面容消瘦，无框眼镜后眉头紧皱，“周总，我不想把话说得那么难听，但你也别装糊涂啊。贷款的用途不能更改，更不能挪作他用，这是基本的常识。你做事太过，拆东墙补西墙，把警察都招来了，现在……我也帮不了你了。”

“怕什么？坤豪公寓在那儿戳着呢，能出什么事儿啊？别搭理那帮警察，他们就是没事找事。我到时找找关系，给平了就完了。”周庆轻描淡写。

“平了？你平得了吗？那笔钱可不是小数儿啊！”孙行长有些激动，“我告诉你，要真出了事儿，我可不替你兜着。你自求多福吧。”孙行长冷下脸。

“嘿，您这么说就不对了吧。”周庆冷笑，“我的意思是，在现在这个关键时刻，咱们得同舟共济，共渡难关。我那个项目您太了解了，只要能顺利落成，肯定火爆。到时顶层复式，给您留一套，咱们当个邻居多好。”

“那你也不能这么过分啊。你自己看看材料，用一万头未出栏的种猪作为这几千万的担保物，是不是太离谱了？说难听点儿，就是这帮猪长到十八岁，都出去做小姐，也挣不了这么多钱啊。”孙行长叹了口气。

“哈哈哈哈……”周庆仰靠在沙发上笑了，“您太幽默了，太幽默了。”

“我一点不幽默。我告诉你，银行不是救济单位，虽然要支持像你们这样的企业，但也必须控制风险。我跟你透个底，如果情况继续恶化下去，我的上级部门不排除对你们使用资产保全措施。”

“那你说，现在该怎么办，”周庆摊开双手，“给我断顿儿？让我的资金链断裂？那你们银行可就一分钱都收不回去了。到时候您……估计也吃不了兜着走。”

孙行长看着周庆，知道他虽然衣着光鲜，但在内心里却是个不折不扣的流氓。孙行长已经被周庆拉下水，宛如吞了钩的鱼，已经很难脱身了。

周庆看孙行长被震慑住了，就放缓了语气：“放心，咱们之间的事儿，谁也不会知道。哎，我更正一下刚才的说法啊，你我之间，是一荣俱荣，一损我损。出了事儿我不会连累你的。”周庆把话说明白。

“尽快找到担保和抵押物，不能是未出栏的生猪，我不要那些猪去当小姐。要实打实的资产，明白吗？”孙行长问。

“嗯，我正在想办法。”周庆点头。

“那个……”孙行长犹豫了一下，“那些钱我收到了，不必再给了，够了。”

“不够……”周庆摆手，“等我生意捋顺了，还有更多。孙行，我这人做事在格式内，姿势对，滴水之恩涌泉相报，您慢慢品。”

“哼，我不求你报，只求这事平安过去。我后悔啊，上了你这艘贼船。”孙行长苦笑。

“什么话。你以后会明白的，这不仅不是什么贼船，还是一条能纵横四海、乘风破浪的大船。名利危中来，富贵险里求，做大事的人得有胆识和魄力。”周庆说。

“我有个同学，认识公安局的一个科长，用不用我找找他？”孙行长问。

周庆抽了一口雪茄，想了想说：“找是可以找，但要看找谁，找不对会适得其反。”

“我了解了一下，来查的人姓潘，是个派出所的，但主要负责的应该姓崔，是经侦的，他官大，是个探长。”孙行长说。

“那就先从官大的下手。”周庆笑。

在温暖的灯光下，老鬼蹲在母亲面前，给她洗着脚。她这几天的情况不太好，夜尿更加频繁，呕吐、腹泻也在加剧。医生说，她的病已经到了晚期，只能靠透析来维持，但透析的副作用又会进一步加剧她的体质下降。她现在甚至连独立行走的力气都没了。老鬼揉搓着她干裂的双脚，默默叹了口气。在年轻的时候，母亲的皮肤很好，在小镇还被起了个外号叫“白美丽”。她和父亲十分相爱，记得每次外出，他们母子都会坐在父亲的自行车后座上，轻轻哼着歌。那时的日子虽然艰苦，却充满了希望。但如今，这种希望却再也找不回来了。为了给母亲补充营养，老鬼按照医生的指点买了不少补品，几乎花光了他为数不多的积蓄。他默默地计算着，余下的钱还够不够支撑下一周透析的费用。

“建军，建军……”母亲轻抚着老鬼的脸。

“妈，怎么了？”老鬼抬头。

“这个病，我不想治了。”母亲看着他。

“为什么？”

“哎……”母亲叹了口气，“这些年花了这么多钱也不见好，我想就顺其自然吧，咱们不能跟命较劲。”

“妈，别担心钱，我会想办法的。医生正在找肾源，如果匹配，还可以换肾。”老鬼说。

“没用的，我知道自己的病。”母亲摇头，“你重感情，孝顺，但是……我不想你为了我，再跟那些人裹在一起了。”她的眼神充满了忧虑。

“放心吧，我跟您保证过，不会再像过去一样了。我现在就是个司机，除了开车，什么都不掺和。”

“你以为我傻啊。一个司机，一个月能挣那么多钱？”

“嗐，碰上好老板了。”老鬼笑，“您就好好养病吧，一切都会好的。”

“哎……这个家对你来说，是个囚笼，你应该离开，飞到更广阔的地方。”母亲说着眼泪流了下来。

“妈，有你在，就是我最大的幸福。”老鬼说着，眼眶也湿润了。

他给母亲擦干脚，把她扶到床上，又喂了参汤，看母亲睡熟了，才回到了自己的房间。他没有开灯，轻轻地掀开床板，从里面提出那个深棕色的皮箱，缓缓地打开，看着里面的东西，心里充满了矛盾。

清晨，下起了小雨，空气潮湿阴冷，天色灰蒙蒙的。老鬼披着雨衣，戴着口罩，走进海城银行的桥北分理处。分理处里人很少，他径直走到柜台。

“您好，请问办什么业务？”柜员问。

“存钱。”老鬼故意低下头，躲避柜台上的监控。

柜员瞥了他一眼：“您的存折或卡。”

“我开一个新的。”老鬼说着把一个皱巴巴的身份证递了过去，“存三百。”他从兜里掏出三张一百元的纸币。这是他精心挑选过的，三张并不连号。

柜员拿过身份证和纸币，抬头看了看老鬼，“秦浩？是你本人吗？”

“是。”老鬼点头。

柜员没再多问，噼里啪啦地操作了一番，将钱验证了一下，放进了抽屉里。他让老鬼签了字，将名为“秦浩”的存折递给他。

“您的业务办好了。”柜员说。

“谢谢。”老鬼拿过存折，起身离开。

他并没有走远，而是按照事先踩好的点儿，走进一栋老旧的办公楼。办公楼里没有保安，他沿着步行梯一直上了楼顶。雨小一些了，淋淋漓漓的，天边的乌云渐渐散去，阳光洒在街上，让城市看着不那么冰冷。老鬼摘下口罩，点燃一根香烟，默默地俯视着。不一会儿，雨停了，到银行办业务的人渐渐多了起来。在这个世界上，有两个地方总是人满为患，一个是银行，一个是医院。人们辛苦工作，排着队将来之不易的积蓄存进银行，等到年老体衰，再将积蓄取出，排着队交到医院。整整过了两个小时，就在老鬼想要放弃的时候，一辆警车突然急停在银行门口，几个制服警员闯了进去。不一会儿，那个柜员走到门外，跟警员说着什么。老鬼往后退了一步，观察着进展。一个警员拿着电台，通报着情况，十分钟后，又有两辆车停在门口。老鬼缓步下楼，走到了街上，街上繁华熙攘，而他的内心却冰冷异常。他知道，这笔钱一分都不能花。

在分理处的办公室里，崔铁军叉着腰，和潘江海一同注视着监视器的屏幕。徐国柱操作着监控设备，不一会儿便将画面定格。

“是这个人吗？”他指着屏幕问。

“是，就是他。”柜员点着头。

“多大年龄？有什么体貌特征？”徐国杆问。

屏幕的画面并不清晰，加上老鬼穿着雨衣戴着口罩，根本无法分辨。

“我只能看出他是个男的，别的……”柜员摇了摇头。

“那个秦浩呢？‘百城联网’查了吗？”徐国柱回头问。

“查了，身份证是假的。”潘江海回答。

“他妈的！”徐国柱用拳捶响了桌子。

“这三张纸币虽然不连号，但都在被劫的号码序列里。按照咱们之前的布控，海城的各个银行都在监控这批现金。”崔铁军说。

“但是，他这次并不是花钱，而是存钱。”徐国柱皱眉。

“他这是在投石问路。”崔铁军说，“这个人很狡猾，显然有备而来。”他冲屏幕努努嘴。

“会是谁呢？”潘江海不禁问。

徐国柱站起身，推门走了出去。他站在银行门前，看着四周，又抬头仰望。

“棍子，看什么呢？”崔铁军追了出来。

“我总感觉有一双眼睛在盯着咱们，就在不远的地方。”徐国柱说。

“嗯，咱们上当了。”崔铁军叹气。

15

在专案组办公室，郭俭表情凝重。

“如果咱们露底了，会有什么后果？”他问。

“后果就是嫌疑人会做得更加隐秘，在近期不会再出现。”徐国柱说。

“你们觉得，是周庆的人干的吗？”郭俭问。

“不好说。但我觉得，不太像。”崔铁军回答。

“为什么？”

“周庆不缺这点儿钱，没必要冒这个风险。嫌疑人到银行试探的目的，就是想花这笔钱。”崔铁军说。

“嗯……”郭俭点头，“那会是谁呢？”他仰靠在座椅上，望着天花板。

“我调查了孟晓亮名下的公司，没什么实际经营，两年之内都没有缴纳个人所得税，显然是个空壳。”崔铁军说。

“我到银行调了他的账户。那笔拍卖款打进去之后，马上拆分到另外几个账号。那些账户都在外地，其中一个还在境外。”潘江海说。

“在境外？”郭俭坐正了身体，“能体现出孟晓亮与孙明川之间的关系吗？”

“境外账号的名字叫‘杰克·李’，他们不会做得这么明，肯定有缓冲区和隔离带。”崔铁军说，“我给公安部行了请示，请他们对外发布协查，调查境外收款人的情况。但结果什么时候能回来就不好说了，我去年请求协查一个美国公司，到现在还没反馈。”

“唉……”郭俭叹了口气，“那也得做啊，咱们办案，就算不能查‘是’，也得查‘否’，不能敞着口子。”

“我摸了孙明川的行动轨迹。这个孙行长没少去声色犬马之地，其中也包括燕朝汇。”徐国柱说。

“那是灯儿的地盘，应该是周庆带着去的。”郭俭说，“我觉得从现在的情况来看，孟晓亮应该是一个突破口。咱们重点在他身上做做工作，看谁是他背后‘拉绳子’的。”

“放心，我们已经开始做了。”徐国柱回答。

“哎，怎么就开始做了？以后做之前能不能先商量一下，毕竟我还是个队长吧？”郭俭不悦。

“你不是说过吗？他是大棍子，负责敲打；我是大背头，负责侦查；他是大喷子,负责审讯；你自己是勤务兵,负责后勤啊。大撒把,你就坐镇指挥，其他的都甭管了。”崔铁军笑。

“嘿，你在这儿等着我呢……”郭俭摇头，“对了，最近市局要竞聘，大背头，你不参与一下？”他问崔铁军。

“报名了。”崔铁军笑笑，从风衣兜里掏出一个小本，是政治部印发的习题集册。

“哎哟，我说案子怎么推进得这么缓慢呢，敢情是有人三心二意啊。”徐国柱撇嘴。

“你没听人说吗？奋斗使我们无比靓丽，前进让我们更加昂扬，梦想伴我们阔步前行，所以年轻人，投入到伟大的公安事业之中吧。”崔铁军挥着手说。

“你这口气，跟那帮搞传销的一模一样。”潘江海插嘴。

“不，跟打鸡血的一样。”徐国柱笑。

“扯淡！知道这话是谁说的吗？唐局。”崔铁军说。

晚餐时间，崔铁军在食堂一边吃饭，一边看书。为了这次竞聘，他是下了功夫的。唐局在全体会上说，这次竞聘要体现公平、公正和公开，要在任用干部上能者上、庸者下，严禁走后门、拉关系。崔铁军虽然知道这只是理想状态，但作为经侦队最年轻的探长之一，他相信自己还是有竞争力的。干了这么多年，说不想进步是假的，包括这次借调到专案组工作，他也是想寻找机会，将自己“擦亮”。家庭生活的失败，让他在业务工作中更加用力，他此次竞聘的目标，是副大队长职位。崔铁军正想着，一个人坐在了面前，他抬头一看，是政治部的沈嵘。

沈嵘是政治部的科长，他脸庞清瘦，梳着分头，戴个眼镜，一副标准的政工干部模样。

“崔探长，够认真的啊。”沈嵘笑。

崔铁军一愣：“嗐，办案子时间紧，抽空看看。”

“对，是得抓紧看看，这次竞聘报名的人可不少，预计竞争会很激烈。”沈嵘说。

崔铁军看着他，心里琢磨着。要在平时，他是轻易不会跟自己搭话的，别看他级别不高，但整天围着领导转，也自认为高人一等。食堂和电梯间一样，是交换信息的最佳场所。崔铁军低头吃着饭，等沈嵘出招。

“哎，我告诉你啊，”沈嵘压低了声音，“你有空看看去年竞聘的考试题，只要去年考过的，今年都不会出。去掉那些，就是重点了。”

“哦……”崔铁军做出恍然大悟的表情，“谢谢，谢谢谢谢。”他感激地点头。

“你报的职位很热门，笔试环节拉不开分数，重要的是面试。记得多看看最近的《人民日报》。”他又提醒，“得，你忙，我先走。”他站起身来。

“有时间请你吃饭啊。”崔铁军客套。

“嗐……”沈嵘摆摆手，“以后咱们多沟通。”他笑了一下。

崔铁军看着他的背影，琢磨着他话里的意思，估计是有事找自己。他相信一句话，没有无缘无故的恨和无缘无故的爱。

在市局门口，花儿已经等了半个小时了。她穿着一条白色的长裙，朴素淡雅，与那天的打扮截然不同。徐国柱刚从食堂吃完饭，嘴里叼着牙签，走到花儿面前。他并不说话，直勾勾地盯着花儿。

“我找你，是想说声……对不起。”花儿说得很真诚。

“为什么说对不起？是你自己吃亏啊……”徐国柱挖苦道。

“我不是你想象的那种人。”花儿解释。

“那是什么人？”

“我在歌厅只是唱歌,并没干什么见不得人的事儿。”花儿看着他的眼睛。

“在歌厅唱歌，不算是见不得人的事儿吗？”徐国柱反问。

“要是这么说就算了，无所谓你怎么想。”她说着就要走。

“哎，你跟我说实话，是不是老万让你干的？”徐国柱在她背后问。

“不是老万让我干的，是我自己想试试你。”花儿说。

“哼……”徐国柱摇头，“你想试试我？凭什么？”

“我想看看你是不是一个好警察。”花儿昂起头，恢复了骄傲的表情。

“我是不是好警察，需要你来试吗？”

“我常听他们说，说别看大棍子凶，但他是一个真正的刑警。我不信。”

徐国柱觉得这句话很受用，但态度却依然不变。“你不觉得用一帮流氓的标准去衡量警察的好坏，很可笑吗？”

“没什么可笑的。他们和你一样，都是普通人，只不过每天装成那个样子。”

“呵呵,不愧是个歌手……人潮人海中,是你是我,装作正派面带笑容？”徐国柱开着玩笑。

“好了，我话说完了，心里也舒服了。我不求你原谅我，只是想说出心里的话。”

“你找我的目的就是为了说这些？”

“是的，人不能欺骗自己，也不能因为昨天的过错惩罚现在的自己。还有，不要随便评论别人的生活。对不了解的事情轻易下结论，会显得无知而愚蠢。”

“哼。”徐国柱笑，“好，那我收回刚才说错的话。”

“这样还是个好警察。”花儿笑，“哎，这儿不好打车，你能送我吗？”

“送你？”徐国柱皱眉。

“不敢吗？”花儿笑。

“那有什么不敢。”徐国柱撇嘴，“你等会，我去取车。”他说着就往市局里走。

狭长的林荫道，红色的本田摩托呼啸着穿梭在墨绿之中。徐国柱一身皮衣，拧着把加速。花儿坐在后座上，用手搂着他的腰。

“没想到你还挺时尚的，这辆‘银猫’不错啊。”花儿说。

“什么？”徐国柱没听清。

“我是说，你这辆‘银猫’很棒。”花儿大声说。

“嘿，你还懂这个呢？”徐国柱笑了。他骑的这辆是本田第四代CG125，因为油箱贴花是银色，俗称“银猫”。

“当然了，摩托车、摇滚乐，年轻人的两大标配啊。”花儿说。

“你还喜欢摇滚？”

“喜欢啊，魔岩三杰、黑豹、唐朝都喜欢，还有王菲。”花儿说。

“王菲不是摇滚。”

“你喜欢电影吗？”

“还行，就是没时间看。”

“喜欢什么片子？”

“《教父》《洛城机密》，都不错。”

“呵呵……”花儿笑了，“你一个警察，怎么喜欢看黑帮片儿啊？”

“呵呵，知己知彼，百战不殆，纯属业余学习。”徐国柱也笑，“你呢？不会又是什么《泰坦尼克号》之类的吧。”

“嘿，被你说中了。那个电影我看了不下十遍。”

“为什么啊？汤姆和杰瑞？”

“什么汤姆和杰瑞啊！是杰克和露丝。”花儿纠正，“我每次看到杰克沉入海底的时候，就特别难过。”

“为什么啊？”

“因为‘海洋之心’也沉下去了，多好的蓝宝石啊。”花儿笑。

徐国柱没想到这姑娘还挺幽默的。他俯下身，加快了车速，不一会儿就到了目的地。花儿住在市南区的一个普通小区，她向楼上指了指。“就在三层，上去坐坐吗？”

“我看就算了吧。你可别说什么马桶坏了之类的话。”徐国柱笑。

“但我的马桶真的坏了啊。”花儿也笑，“怎么着？怕美人计了？”

“怕鸿门宴。”

“哼，瞧给你吓的。”花儿摇头，说着就跳下车。

“哎，你慢点。”徐国柱用手一拦，但为时已晚。花儿穿着长裙，刚一侧身，右脚就让排气管给烫了。

这下花儿也别回家了，徐国柱赶忙载她到了医院。伤不算很重却也不轻，二度烧烫伤足以留下疤痕了。徐国柱觉得愧疚，站在花儿的身边手足无措，但花儿却很大度。

“哎，你不会认为我这是苦肉计吧？”她说。

“也没准。”徐国柱笑。

“看来我失败了，你还是没上当。”花儿叹了口气。

在海城银行东郊支行营业厅里，苗虹穿着蓝色的行服，轻快地跳过两盆虎皮兰，来到潘江海身边。她的腿很长，也很白，潘江海不由自主地将视线落在上面。

“我们后督中心的速度就是慢，让你久等了。”苗虹笑着，脸上露出两个小酒窝。

潘江海看着她，感觉心被什么揪了一下：“别这么说，比其他银行快多了。”

“你看一下啊，一共是四个账户。对账单你拿走了，剩下传票都是按你要求调取的。”苗虹坐到潘江海身旁，把材料摊在桌上。

两人离得很近，潘江海被一种淡淡的清香包裹着。他觉得很享受，也很留恋，甚至连翻看的速度也降了下来。

“好的，没问题。”他坐直了身体。

“材料太多，我给你拿个袋子去。”苗虹想得很周到。

潘江海接触苗虹的目的，是想将她发展成卧底，以便获取孙行长的情况。崔铁军教他，接近一个女人最好的方法，就是示弱，得有求于她。求人就有亏欠，亏欠就要偿还，一来二去，关系就近了。潘江海明白这个道理，但在操作时却出了问题。不知怎么的，他每次见到苗虹都感到十分紧张，远不像在审讯台后那样游刃有余。

苗虹装好了材料，递给潘江海。潘江海想着崔铁军的教诲，结结巴巴地说：“还有件事儿……想求你帮忙。”

“什么事，你说。”

“你有银行对公账户编码本吗？”他说得很专业。

“有啊。”苗虹点头。

“能借我用用吗？我想复印一本。”

“哦，你是为了查账方便吧。”苗虹笑，“等等。”她说着站起身来，灵巧地将腿一抬，又跳过了那两盆虎皮兰。不一会儿，就拿来一个编码本。

“翻得有些旧了，你凑合用吧。”苗虹说。

“我用了，你怎么办？”

“我再从分行领呗。”

潘江海点点头，将本翻开，看到首页有一行娟秀的字迹：醉当挥袂闲云中，浮生似水听天籁。“你的字很好看啊。”潘江海说。

“小时候练过，庞中华。”苗虹笑。

“你不但业务好，而且很认真。”潘江海又说。

“你怎么看出来的？”

“编码本用得勤，说明工作努力，写字很用力，说明做事认真。”潘江海说。

“哎呀，你怎么什么都知道啊？”苗虹惊讶。

“天生的，敏锐。”潘江海笑。

“你肯定爱看侦探小说。阿加莎・克里斯蒂，柯南・道尔？”

“我刚买了一套《福尔摩斯全集》。”

“那……有时间，能借我看看吗？”苗虹问。

“行，我明天就给你送来。”潘江海自然求之不得，“哎，你这几天有空吗？”他借机问。

“有空啊，怎么了？”

“你帮了我这么大的忙，我得请你吃饭啊。”潘江海笑。

苗虹看着他，脸一下就红了，“那……好吧。”她说。

相比潘江海那个“喷姑娘”的任务，崔铁军的工作就显得无聊了。他在桑塔纳里，一直紧紧盯着孟晓亮，随时等待郭俭的抓捕命令。经过调查，孟晓亮与孙明川和周庆的联系并不多，应该是一个职业的“白手套”，所以专案组准备先从他下手。在距桑塔纳不远的地方，孟晓亮穿一身藏蓝色的西装，一边走一边打着电话。这时，电台里发出了郭俭的声音。“大背头，摘吧。”

“明白。”崔铁军应答。他说完又拿起电台，刚要呼叫徐国柱，却不料这时，孟晓亮突然加快了脚步。

崔铁军怕他“醒了”，便立即下车，跟在他身后。两人相距几十米远，孟晓亮的速度越来越快，最后竟跑了起来。

“别跑，警察！”崔铁军大喊，也跑了起来。他知道这小子贼，要是丢了，肯定得“遁”一段时间。

16

正午歌厅，花儿正在台上演唱。台下客人挺多，周庆叼着雪茄，坐在第一排，老万吃着花生米，并不和周庆说话。

“哎，听说她把你甩了？”周庆回头问老鬼。

老鬼没说话，喝了口水。

“哼……”周庆摇头，他抬手叫来了服务生，“你们这儿点歌多少钱？”

“五十元。”服务生回答。

他掏出五百元，递给服务生：“给她。”他冲台上指了指。

花儿把一曲唱完，接过了服务员送上来的钱。她听说是周庆点歌，就冲他微笑点头。

“您想听什么歌？”花儿在台上问。

“《十八摸》，会吗？”周庆大声问。

他这么一说，其他客人都笑了。

“什么？”花儿没听懂。

“嘿，不会啊？还歌手呢……那我先唱，你学着点儿啊。”周庆扯开了嗓子，“一摸啊，摸到了，你的头上边呐，一头青丝如墨染，好似乌云遮满天；二摸啊，摸到了，你的耳朵边呐，两个水饺一般般，还有一对大耳环……”

花儿知道周庆是在捣乱，走下台把钱递了回去：“对不起，这歌我不会。”

“不会还唱什么歌啊？”周庆皱眉。

“我只会唱人唱的歌，其他的，不会。”花儿的语气挺硬。

“不就为挣钱吗？我这儿还有。”周庆说着掏出一沓钱，拍在桌子上，“唱不唱？”他盯着花儿。

“哎，你这是干吗啊？”老鬼过来劝。

“你一司机，开好车就行了，其他的少管。”周庆摆手，“唱不唱？”他看着花儿。

花儿眼中含泪，却不敢发作。这时，老万走了过来。

“干吗？砸我场子？”他看着周庆。

“怎么会？二哥,我是在帮你调教歌手。这业务水平,不行啊。”周庆摇头。

老万拿起桌上的钱，用手点着：“哼，大手笔啊，一千多就听一首歌？她不会，我会，我给你唱？”

“别别别，二哥您就算了。我呀，是替我司机不忿。”周庆笑，他看着老鬼，“哎，看见没有，女人啊，就得拿钱砸，不能太客气。在动物界，公的越强，交配权就越多。人也一样，只要好好干，就不必在一棵树上吊死，明白吗？”

老鬼看着周庆，又看着花儿，不知该说什么。

“哎……没劲。二哥，我先去谈个事，V8，有事叫我啊。”周庆说着站了起来。

看周庆走了，花儿走到老鬼面前，“你是来羞辱我的吗？”她问。

“我……”老鬼一时无语。

“如果是，你可以满意了，你伤害到我了。仇建军，请你以后不要再来骚扰我！”花儿说完就走了。

老万点燃了一根烟，看着老鬼：“看来你这司机，当得不错？”

“那怎么办？不想同流合污，就独善其身呗。我只干司机分内的事。”老鬼说。

“每个人选择不同，有人趋利避害，有人随波逐流。关键看自己。”老万叹了口气，“你没想过离开？”

老鬼看着老万，没有马上回答。在拿到那个皮箱之后，他确实想过急流勇退，带着老妈去一个没人认识的地方，重新开始。但他知道，此时还不能这么做，一旦轻举妄动，就会被人怀疑。一旦有人将那笔钱跟自己联系在一起，就会后患无穷。他此时能做的，只是按兵不动，等待时机。

“离开了，靠什么生活？喝西北风去？我啊，现在是走投无路，所以暂且安身。”老鬼苦笑。

“我在南方认识一个朋友，做服装的，有没有兴趣？”老万问。

“没有。”老鬼摇头，“你呢？继续开歌厅，保持现状？”他岔开话题。

“我是身不由己啊。就算风大浪高、潮头变了，也下不了船。”

“你也可以离开啊，比如，去找那个南方的朋友。”

“我走了，那些产业怎么办？我离开了，这些兄弟怎么办？”老万反问。

“但你继续这样下去，更危险。”

老万看着老鬼，琢磨着他话里的意思。“但如果我走了，不光我自己危险，我的兄弟们和我的家人，都会面临危险。”老万说。

“你的家人？从没听你说过。”老鬼说。

“哼，我有个儿子，已经上初中了，在襄城。”老万说。

“学习好吗？”

“不怎么样，跟我一个揍性，看见带字儿的就犯困。”老万笑，“但他活得很简单，没那么多乱七八糟的事儿。我想等他大点儿，就送他出国，远离这一切。”

“嗯。”老鬼点头。

“走，到我办公室坐坐，这太乱了。”老万站起身，冲他招招手。

两人刚要往里走，歌厅门口就乱了。老万一回头，正看见一个穿风衣的“大背头”在推搡服务员。与此同时，一个穿藏蓝色西装的男子跑了过来。

老万一把拦住他，那人赶忙解释：“我来跟周总谈事，你帮帮忙，拦住那个人。”他指着那个大背头。

老万知道这里面有事儿，就冲里面努了努嘴：“改天谈吧，那有个小门儿，从那儿出去。”

男子点点头，一侧身就跑了进去。

“你去找周庆，说警察来了。”老万又对老鬼说。

“好。”老鬼点头。

听到外面吵，杠头也出来了。他见大背头咄咄逼人，随手抄起一个酒瓶，就往那走。

“放下！”老万将他喝止，“把‘JVC’拿出来。”他冲杠头使了个眼色。杠头立马明白了，转身跑回去。

“都给我闪开，我是海城公安局经侦队的！”崔铁军看孟晓亮要跑，高声大喊。

“哪儿的？”老万走上前，故作听不见。

“经侦队的，没听见吗？”崔铁军一撩风衣，亮出工作证。

“哦，经侦啊，不就查查税，办办明星吗？我这儿的管片儿民警叫李俊峰，税务所是小苏，要有事儿让他们来。”老万昂着头说。

别看崔铁军平时文质彬彬，但抓起人来也动手狠辣，他不想跟老万纠缠，用手一推，就想硬闯过去。

“有搜查证吗，你就往里闯？”老万一把攥住了崔铁军的胳膊。

“你给我放开！”崔铁军大喊。

“你给我出去！”老万用力一推，崔铁军一个趔趄。

崔铁军急了，一股怒火从心底冒出。他一撩风衣，从里面拿出手铐，“啪”的一声，就拷在了老万的手上：“再动！我连你一起抓！”

他本想以此震慑众人，却不料中了老万的套儿。

“哼哼，哼哼……得，你给我铐上了，那我得要个说法了。”老万撇嘴笑了。

崔铁军这才发现，不远处的杠头正拿着一台JVC摄像机在录着像。

“谁让你录的，给我放下！”他指着杠头。

“来来来，这儿还一只手呢。我今天倒要讨个说法，看看你们当警察的，是不是能随便抓人。”老万盯着崔铁军的眼睛。

这下，崔铁军冒汗了。他知道这帮流氓什么都干得出来。

“你……是涉嫌妨碍公务，明白吗？”崔铁军找了个理由。

“妨碍公务？”老万不屑，“你是明白人，但也别拿别人当傻子啊。跟你明说,我也是‘几进宫’的人了,这点儿常识还有。妨碍公务得暴力威胁警察。哎，大家说，我暴力威胁了吗？”他问。

“没有！”在场的人都喊。

“那他，是不是暴力威胁咱们了？”老万又问。

“是！”在场的人又喊。

“都录清楚了吧？”老万问杠头。

杠头笑笑，抬手做了一个“OK”的动作。

“得！一会儿你开车,带我到公安局。我得找找你们领导,看看我这事儿,算不算暴力威胁。”老万说着用力一扯,就将手铐带了过来,之后“啪”的一下,自己将另一只手也铐上了。

崔铁军彻底傻了眼，愣在原地。杠头得意地举着摄像机，这时，有个人在他身后说：“大哥，我拿着吧。”

杠头下意识地把摄像机交给了那人，但随即又觉得不对，一转头，没想到那人竟是徐国柱。徐国柱动作很快，把录像带取了出来。

“大……大棍子！”杠头喊出了声。

老万一看徐国柱也来了，就走了过去：“棍子，你来得正好。哎，你看看，这事儿该怎么办？”他抬着双手。

“怎么办？凉拌！”徐国柱撇嘴，“我告诉你老万，别没事找事。”

“哼，你们要跟我耍是吧？好，那咱们今天就耍到底。”老万犯起狠来，他猛地一拽，手铐立马箍紧，两只手腕都勒出红印。

徐国柱看着老万：“哼，你这是冲我吧？怎么碴儿，替小崽儿和石头儿拔份？”

“这事儿跟他们没关系，跟你也没关系。我冲的是他，那个留背头的。”老万说。

“他是我的兵，给你戴银镯子，也是我安排的。你刚才没听见吗？妨碍公务，铐你冤吗？”徐国柱说着从包里拿出拘留证，“我们抓的是刚才那小子，怎么着？你要保他啊？”

“哪小子啊？我怎么没看见啊？”老万装傻，“哎，你们看见了吗？”

“没有。”在场的人都说。

“呵呵，行。那我今天就好好搜搜。”徐国柱说着拿出手机，拨通了电话，“喂，我，徐国柱，给我开张搜查证，送到市南区旧钟楼大街的正午歌厅。对。再多叫几个民警，估计得扣押东西。”

老万盯着徐国柱：“棍子，没必要干得这么绝吧？”

“都是相互的，你干得绝，我就干得绝，你放我一马，我就放你一马。”徐国柱说得还算客气。

老万停顿了一下：“那今天这个事儿，总得有个说法吧？”

“你想要什么说法？”徐国柱问。

“我知道，这个世界的规矩是你们定的，我们只有听吆喝的份儿。这事儿，我认了！”老万发着狠说，他不知怎么弄的，“啪嗒”一下，就把手铐给弄开了，“但你得记住刚才说过的话，我放你一马，你们还欠我一马。江湖规矩，欠了就得还。”他一抬手，把铐子丢给崔铁军。

“走，喝茶去。”老万转身就往里面走。

徐国柱凑到崔铁军耳畔，说了几句话。崔铁军就拿着手铐，走出了歌厅。

“哎，别走啊，还没跟我说实话呢。那个人在哪呢？”徐国柱叫住老万。

老万停住脚步：“什么意思？事儿还没完？”

“哼，那我给你认认，是不是这个人？”徐国柱说着抬手一指，只见崔铁军正押着一个人走进歌厅。

老万的表情凝固了，没想到徐国柱已经得了手。

“我告诉你，今天不是你放我一马，而是我手下留情。”徐国柱说完，就押着孟晓亮走了。

“就让他们这么走了？”杠头不忿。

“按规矩，警察抓人咱们不该插手。但按道义，咱们得给老三一个面儿。现在仁至义尽，该办的都办了，剩下的，听天由命吧。”老万说。

要说擒住孟晓亮，徐国柱是有灵感的。他看孟晓亮逃进正午歌厅，就知道抓这小子并非易事。他熟悉歌厅的地形，于是便抄到后门堵截，没想到跟孟晓亮撞了个满怀。但一看崔铁军没出来，就知道要坏事，于是便将孟晓亮铐在路旁的护栏上，这才进了歌厅。

徐国柱打开车门，一脚将孟晓亮踹了进去。这时，潘江海也打车赶到了现场。

“哎，我把手续拿来了，要搜哪儿？”他气喘吁吁地问。

他这么一说，把徐国柱给逗乐了：“你小子不光喷得快，跑得也快。但对不起，你还是来晚了。”

“啊？来晚了？”潘江海不解。

在桑塔纳上，孟晓亮不停叫嚣：“我告诉你们，我是有身份的人。你们这么对我，我肯定会告你们！”

“告我们？告什么？”崔铁军开着车，透过后视镜看着他。

“你们违法了！大庭广众之下将我铐在大街上示众，侵犯了我的隐私权！”他气急败坏。

“隐私权？哼，回去我就让你知道知道什么叫隐私权。”徐国柱说着就给了他一肘。

“嘿，棍子。”崔铁军制止徐国柱。他知道，对待孟晓亮这种人，是不能用这种方法的。这时，他的手机振动起来，他拿出一看，脸色就沉了下来。是郭俭发来的短信，上面写道：“托儿已到，压力大，尽快拿下。”他将手机递给徐国柱和潘江海，两人看了也意识到情况紧迫。能令郭俭都感到压力大的托儿，肯定来头不小。三人沉默着，眼看着距市局越来越近。

"哎，别走这条路，太堵。上环路吧。"徐国柱说。

崔铁军一点就透，一打把，车就拐上了四环。他摘了一个挡，把车速放慢。桑塔纳在四环上不紧不慢地兜了起来。

"你们这是把我往哪儿带啊？"孟晓亮问。

"哎，你是不是觉得，我们治不了你啊？"徐国柱挤在他身旁问。

"中国是法治社会，一切讲证据，没有证据随便抓人，你们就是违法！"孟晓亮用手指着徐国柱。

"嘿！"徐国柱烦了，一把拧过孟晓亮的手，疼得他大叫起来。

"看来跟你这种下三烂，就得玩低端，好好说话不行。我问你，你背后是什么人？"徐国柱问。

"我背后没人，是你们的后备箱！"他胡搅蛮缠。

崔铁军在前面听着，知道不能再用这个路子，就在前面一个路口下了辅道，将车停在了路旁的一片荒地上。他停好车，冲潘江海使了个眼色。

徐国柱在车里继续折腾孟晓亮，崔铁军拿出一根软玉溪香烟，插在烟嘴里点燃，又递给潘江海一根。

"喷子，你有什么办法吗？"他问。

潘江海眯着眼，抽着烟："对这小子，只能智取，不能硬攻。他吃软不吃硬。"

"有把握吗？"崔铁军低头看了看表，"十分钟要拿不下，咱们就不能再耗着了。"

"是啊，就算他有作案嫌疑，但还没查清他上下游的关系，再加上压下来的托儿，弄不好真得放人。"潘江海叹气，"哎，除了案件之外，还有没有关于他的其他情况，你快想想，给我点儿'子弹'。"潘江海说。

崔铁军掏出记录本，翻看着："你自己看吧，都在这儿了。"他递了过去。

桑塔纳车里，只剩下潘江海和孟晓亮。两人都坐在后座上，相距只有几厘米的距离。孟晓亮抽着一根烟，不屑地瞥着潘江海。

“怎么着，来完硬的来软的？别跟我来这套！刚才那个警察对我动粗，是……这是刑讯逼供！”他大声嚷着。

“哼……你知道什么是刑讯逼供吗？”潘江海问，“刑讯逼供的意思是指国家的司法工作人员，采用肉刑或变相肉刑等残酷的方式折磨犯罪嫌疑人，以获取口供的一种审讯方法。听这意思，你已经把自己当成嫌疑人了吗？”

孟晓亮没说话，缓缓地抽着烟，并不看潘江海。

“你知道我们因为什么事儿找你吗？”潘江海问。

“因为……”孟晓亮犹豫着。

“我知道，你的烂事儿不少，但我们找你，只有一件事儿。”潘江海说。

“你别诈我，我没烂事儿，我是正正经经的生意人。”孟晓亮毫不示弱。

“做什么生意？”

“什么生意都做，合理合法。”

“那账户里怎么没体现？税务局的报表里怎么没有？”

“这……”孟晓亮语塞。他知道，这帮警察已经摸清了自己的底细。

“彭晓丽你认识吗？”潘江海问。

“彭晓丽……”孟晓亮愣住了。

“你知道她老公是什么身份吧。破坏军婚，什么责任？”潘江海问。

“我……跟她没关系！”孟晓亮一口咬定。

“上周五，本周一，在五洲酒店、华兴宾馆，你们俩都住一个房间。当然，以前的次数也不少。”

“那……怎么了？我们是在谈事儿。”

“晚上十点开房，凌晨两点退房。谈什么事儿？”潘江海笑。

孟晓亮闷了：“哎，你说了这么多，到底什么意思吧？想让我干吗？”他焦躁起来。

“我这人说话不喜欢绕弯子。我知道，你有点儿社会能量。跟你透底，托儿也到我们市局了。但那又能怎么着？最后办案的不还是我们仨吗？哎，外面那个穿皮夹克的，叫徐国柱，刑警重案的，他做事不讲规矩，我也烦他，你看，这是他的工作证。”他说着打开一个警官证。

“你让我看这个干吗？”孟晓亮不解。

“还有这个。”他又打开一个工作证，“穿风衣那个，叫崔铁军，市局经侦队的，办的都是经济案件，去年那个明星的税案，也是他弄的。哦，还有我，派出所的，小民警，叫潘江海。”

孟晓亮看着他，琢磨着意图。

“之所以把你带到这儿单聊，面儿上说，是给你机会，实际上，是不想给我们自己添麻烦。”潘江海说。

“什么意思？”

“带你回去审讯，我们肯定得有压力。你既然有托儿，我们就得扛着，弄不好就会得罪人。哼……我们仨大头兵，为了办个案子还得罪人，实在是得不偿失。”潘江海推心置腹，“但是……”他话锋一转，“你可能还不了解我们的脾气。要说干警察，我们仨时间也不短了，脏的臭的没少接触，人五人六的也天天在眼前过。既然还是大头兵，也就没什么可怕的。我们也想试试，到底是你的托儿硬，还是法律硬；到底是你的嘴硬，还是我们的手段硬。”他强硬起来。

“你们……想干什么？”孟晓亮问。

“干什么？办你呗……偷漏税，破坏军婚，合同诈骗，洗钱，轮着来！我就不信，这么多事儿，哪个托儿不要命，敢捞你？靠，反正我们是豁出去了，看看谁狠。”潘江海不屑地说。

孟晓亮知道他是唱白脸的，表面上看着是替自己着想，实则是绵中针，在下狠刀子。他抽完了烟，将烟蒂丢在窗外，开了口：“你们找我，是因为周庆的事儿吧？”

潘江海看着他，没有说话。

“他不是什么我背后的人，我只是在帮他一个忙。”他解释着。

“接着说。”潘江海抬抬下颌。

“哎……能再给我根儿烟吗？”孟晓亮问。

“自己拿，一包中南海，一包玉溪，一个是刑警的，一个是经侦的。你也想想自己该怎么办。”潘江海指着前面的座位说。

十分钟后，徐国柱和崔铁军回到了车里，孟晓亮的态度已经大变。他不但承认了协助周庆行贿的事实，还供出了一条关键证据。那个境外账户“杰克·李”，就是孙明川的化名。

17

回到市局，潘江海用最短的时间固定了孟晓亮的口供。郭俭看到证据确凿，才松了一口气。

“好！”他用手拍着笔录，“有这个，咱们就能对那个行长动手了。”

“周庆近期还在跟孙明川磕一笔贷款，估计是想以贷还贷，拆东墙补西墙。”崔铁军说。

“哎，喷子的内线接上了吧？”郭俭问。

“何止接上了，都快掉进去了。”徐国柱笑。

“大棍子，你什么意思啊？要不你来？”潘江海脸红了。

“孟晓亮供述，他帮周庆做事，每单收百分之五的提成，一共洗了三百万。这些钱陆续进了孙明川在美国威斯康星州的账户。虽然公安部的境外调证还回不来，但有了孟晓亮的口供，咱们也可以行动了。”崔铁军说。

“好，就按你们说的办。”郭俭点头，“哎，棍子，怎么小楚还没回来？”他突然想了起来。

“哦……工作任务重呗。”徐国柱随意应付。

“大背头，你说，他到底干什么去了？”郭俭问。

“呵呵……”崔铁军笑了，“棍子让人家到东北查玲玲的自慰棒去了，那一批一共生产了一千多个，要都查清，估计得明年见了。”

“你这不是胡闹吗！”郭俭拍响了桌子，“你赶紧把他叫回来，我给他换个组，行了吧？”

“得，那我马上就给他打电话。”徐国柱笑了。

周庆知道孟晓亮折了，却依然要参加晚上的活动。他让老鬼送他回家，换上了一身正装,然后赶到了国际大厦。今天是坤豪公寓宣传推广的大日子，国际大厦的大厅里张灯结彩，悬挂的横幅写着:“缔造卓越品质，追求稳健共赢，品质坤豪，你我的家。”

周庆到的时候,范大傻子正在人模狗样儿地跟几个领导寒暄。见他来了，范大傻子赶忙走过来。

“老板，有点儿麻烦啊。今天许多领导都没有来。”他轻声说。

周庆看了看台下的座签,心里有了数。“不管他们,按计划进行。”周庆说。

不一会儿，随着音乐响起，推广活动正式开始。在灯光的映照下，男女主持人身着盛装，开始极尽能事地吹捧坤豪公寓。周庆站在后台，闭着眼，默默地思索。他知道，这次活动是一个重要的风向标，谁来了其实并不重要，重要的是谁没有来，谁来了又走了。在警方对他开展调查以后，许多人避之唯恐不及，他开始恐惧，面前的这座大厦会不会像多米诺骨牌那样，在自己眼前轰然倒塌。这时，轮到他上场了。他稳了稳情绪，下定决心，准备动用一切力量反击。

周庆走到台上，开始演讲。他没有像主持人那样振臂高呼，对项目进行吹捧，而是娓娓道来，说起了自己的故事:“我不做广告，我只说自己的感受。我小时候生活在棚户区，上厕所都要排队。院子里就一个水龙头，遇到天冷的时候会被冻上，接不了水。那年我奶奶滑倒了，跌倒在地上，没有人知道，她就这么病倒了，瘫痪在床上，从一个健康的能自理的人，变成了没有人照顾就活不下去的人。她没了自由，没了尊严，只能依赖别人活着。她连对我们说话的态度都变了，变得客气甚至讨好。那时我就想，如果我们有个房子，有个不用去院子里接水、不用排队上厕所的房子该多好。所以，我建了这个房子。在建设的时候，我要求不计成本、不惜代价，我要求这个房子除了好，还要优质，除了方便，还要宽敞，除了通透朝阳，还要风景宜人。这就是坤豪公寓，你们未来的家。它不仅有高端的品质，更有无价的自由和尊严。”他一席话说完，台下响起了热烈的掌声。周庆站在台上，深深地鞠了一躬。

仪式结束之后，他没有回家，而是让老鬼把车开到了东郊的一条路上。他让老鬼在车外等着，自己坐在驾驶室里。不一会儿，一个人鬼鬼祟祟地走过来，他长得很瘦，戴着墨镜，留着小胡子。老鬼躲在黑暗里，看着那人眼熟，想了半天才想起，那人外号叫“小匪”，是个专门帮人雇凶的经纪人，他几年前曾在灯哥那见过。小匪钻进了车里，说了十多分钟，就拿着一个纸袋离开了。周庆又让老鬼把车开到市北区的一个歌厅，他从后备箱取出一个箱子，走了进去。这一晚周庆很忙，跑了好几个地方，到了凌晨两点才算完事。他喝得晃晃悠悠的，蹲在霓虹灯下吐了半天。进车的时候，老鬼看到他的手上有血。他靠在椅背上，大口大口地喘着气。

“哎，我要你做一件事。”周庆说。

“什么事？”老鬼问。

周庆打开那个皮箱，拿出几摞钱，扔在副驾驶的座位上。老鬼目测，足有十万。

“杀个人。”周庆说。

“我不干。”老鬼摇头。

“嫌少？那你……给我出个价。”

“我说过了，越界的事儿我不干，我只是个司机。”

“你丫有病啊！你以为一个司机，每个月我需要给一万吗？”

“你可以不给我那么多。”

“去你大爷的！”周庆烦了，猛踹一脚，“滚，你给我滚！”他大声嚷着，“你们他妈的都是冲着钱，没有义气！”

老鬼沉默了一会，转过头说：“周总，可能你得另找个司机了。”

“什么意思？想拍屁股走人？”

“我确实不值得你每月花的一万块钱。”老鬼说。

“哎，我刚才说的是气话。这几天有点儿不顺。”周庆解释。

“我不想再给别人打工了。”老鬼直截了当。

“你是不想给别人打工了，还是不想给我打工了？”

“放心，我就是离开你，也不会投奔万爷的。还有，我是什么人你知道，关于你的事，我不会乱说。”老鬼表态。

周庆不再说话，闭目养神。老鬼也不再多说，一直将车开进了国际大厦的地库。老鬼下了车，把车钥匙递给周庆，但他却没接。他缓缓地摘下腕上的劳力士金表，放进口袋，然后突然发作，冲着老鬼就是一拳。

“咚”，老鬼一个趔趄就倒在地上，顿时感到天旋地转。“老三，你干吗？”老鬼变换了称呼。

“我他妈告诉你我干吗！”周庆脱下了西装，拽开衬衣的领口，露出了胸前青色的文身，“我他妈好心好意地养着你，你倒跟我玩心眼儿是吧。告诉你，没这么简单！”他埋藏已久的流氓气露了出来，猛地拽起老鬼，接着又是几拳。

老鬼被打得嘴角出血，但却没有还手，任周庆发泄。老万说得确实没错，肩挑四两为客，帮人一日为奴，周庆根本就没拿他当过人。

周庆骑在老鬼的身上左右开弓，双拳像雨点一样落在老鬼身上，最后两只手都打肿了。他站起身来，拿出雪茄点燃。老鬼被打得满脸是血，喘着粗气倒在地上。

“怎么着？还走吗？”周庆冷冷地问。

“走……走……”老鬼虚弱地回答。

“你们丫是不是都觉得，我离开江湖了，就好欺负了？”周庆问。

“哼……呵呵……”老鬼笑了，“你真的认为自己离开了吗？唉……”他叹了口气，“你养过鸽子吗？”他问。

“鸽子？”周庆不解。

“鸽子看似自由，在天上无忧无虑，但却永远离不开鸽笼。像你我这样的人，根本就没有机会。就算留了分头，穿了西装，也跨不了阶层，在别人眼里也还是流氓。老三，你洗不白的。”

“那是你们，不是我。”周庆说。

老鬼缓缓地站了起来：“我也劝你，做事别太过分。前一段你帮了我，本来我还觉得亏欠，现在咱们扯平了。从此以后，咱俩没关系了。”他看着周庆。

“如果不呢？如果我不让你走呢？怎么着，也跟我戴手套、用跳绳儿？”他冷笑。

“你知道我是什么人，也知道我做事的方法。光脚的不怕穿鞋的。你要是想试试，我就陪你玩。”老鬼说。

“哼，呵呵……”周庆笑着走过来，整了整老鬼的衣服。他系上衬衣的领口，打开车门，拿起副驾驶的那几摞钱。

“这是对你的补偿。”他把钱往老鬼手里塞。

老鬼没有接，冷冷地看着他。

“我说过，你在我这儿，咱们是雇佣关系。但你现在要走，以后就算不是兄弟，也别结仇。拿着。”他说。

老鬼沉默了一会儿，还是张开手，把钱接住。

“我知道你是什么人。你有脑子，敢干事儿，懂得趋利避害，但关键时刻也下得去黑手，不达目的誓不罢休，为达目的不择手段。所以道上的人才叫你‘老鬼’。但同样，你也知道我是什么人。”周庆阴险地看着他。

“你阴险，冷血，为了达到目的无所不用其极，关键时候为了利益，什么人都能干掉。所以道上的人说，宁得罪老大，不得罪老三。”老鬼反唇相讥。

周庆点点头：“那好，以后咱们就江湖再见。”

“不，最好不要再见。”老鬼说。

夜风起了，老鬼孤独地走在街道上。车流在他身边涌动着，灯光将他脸上的伤痕照亮。他抹着脸上的血，有种想哭的冲动，却又努力抑制住。为了母亲，他还要活下去，拼命地活下去。他给老万打了电话，要了那个南方朋友的联系方式。他默默地走着，不知走了多久，才在一条商业街上停住脚步。临街一个商铺的玻璃上，贴着“招租”的字样，他走了进去。商铺分上下两层，面积不算很大，里面有几个人正在忙碌着，看老鬼进来，一个中年妇女走到近前。

“请问您有什么事儿？”她的表情很警惕，打量着老鬼脸上的伤。

“你们这儿出租？”老鬼问。

“是。您是租一层，还是两层都要？”

“我……想租一个摊位。”

“那我们这儿不行，我们都是整租。”妇女摇头，“你可以去那边儿问问市场管理处，还有没有摊位。”她指着街边的一个服装市场说。

老鬼出了门，没有回家，而是去了加代日料。加代看他这样，就让他到洗手间里洗了个澡，然后换上了一身加代的衣服。两人在“即墨”包间里喝着茶，加代看着他苦笑。

“看这意思，你是离开周庆了？”加代问。

“哼……中国前有诸葛亮，后有加代，什么都瞒不住你。”老鬼摇头。

“我在道上混，凭的不是凶和狠，而是信息量。”加代笑。

“你是明白人，在其中，又不在其中，在江湖，又不在江湖。”

“你是说我四六不靠儿呗？”加代笑，“哎，你为什么要离开他啊？”

老鬼喝了口茶，沉默一会儿才说：“我守时，他不守时；我做事有计划性，他做事随意；我讲信用，他不讲；我有底线，他没有。小分歧最后会酿成大矛盾，所以与其到时撕破脸，不如早点离开。”

“嗯，能看得出，你们尿不到一壶里。也对，君子不立于危墙之下，他现在已经被盯上了。”

“被警察？”

“被许多人。哎，下一步有什么打算？”

“想开个小买卖，能养活我妈就行。”

“地方找好了吗？”

“刚才看了几个，租金都太贵。”

“嗐，你不懂行情，一说话自然被当成外行。想租哪儿，我帮你找。”加代说，“哎，要不你混混剧组得了，我最近在弄一个戏，有兴趣吗？”

“弄戏？你还混影视圈了？”老鬼问。

“嗐，有钱就赚呗。吹牛，说瞎话，在那个圈子还管用。”加代笑。

“我能演什么啊？黑社会？”

“哎，咱们攒一个中国版的《教父》，你就是马龙·白兰度，阿尔·帕西诺。”加代说。

“你就跟我这儿扯淡吧。”老鬼叹了口气。

“嗐，其实你知道吗，观众花钱去看戏啊，看的根本就不是演员，而是看他们自己。电影就是个九十分钟的梦，让人有种错觉，能脱离囚笼，飞上天空。”

“哟，还深沉上了。”老鬼笑。

“这么多年，从咱们眼前过的人还少吗？太精明的人，往往都做不成事儿，因为他们不拿幻想当真。所以无论到了什么时候，就算混得再不济，人也得有梦。就算飞不起来，也得扑棱扑棱翅膀。”加代感叹。

“咱们，还有梦吗？”老鬼问。

“不知道。”加代摇头，“我只觉得这个花花世界啊，太诱人，许多东西看着近在咫尺，实则遥不可及。所以别急功近利，别野心太大，要不等哪天走麦城了，就再也爬不起来了。而且啊，少动感情，最好是别动感情，你越在乎什么，就越被什么控制。”

“行，我看你是看明白了。”老鬼点头。

“嗐，我这是练习吹牛说瞎话呢。别多想了，老天爷饿不死瞎家雀。瓦西里同志不也说过吗，面包会有的，牛奶也会有的，一切都会有的。”加代宽慰道。

在加代店里聊天的时候，老鬼一直没看见那个叫彩凤的姑娘，没想到一回家却见到了。在家门口，她正蹲在小四川身旁说话。一看老鬼回来，她脸一红站了起来。

“大哥，老太太已经睡了，我……走了啊。”她说。

“麻烦了。”老鬼说。

“没事。”彩凤笑笑就走了。

小四川拿着一瓶啤酒，看着老鬼的脸。

“扑哧……”老鬼憋不住笑了，“你小子行啊，够有手段的。”他指了指彩凤的背影。

“没那个事，都是老乡噻。”小四川解释。

“说什么呢？亲亲密密的。”

“嗐，我是说喜欢吃毛肚，等有了钱啊，就请她去吃个够。”

“那你还是惦记人家啊。”老鬼笑。

“大哥，你这个脸是怎么回事？是哪个龟孙弄的？”小四川问。

“嗐，都是过去的事儿了。”老鬼摆手，“哎，你小子还在工地干活吗？”

“我跟那个工长吵翻了，早就离开了。”

“我这儿有个活儿，就是辛苦。”老鬼说。

“鬼哥，要办谁，你说。”小四川剑拔弩张。

“谁也不办。”老鬼笑，“我准备弄个摊儿，你要愿意就过来帮忙吧。”

“好，好！”小四川激动地点头。

18

周末午后，外面飘起了小雨，细细密密的，淋湿了城市。在“紫牛蛋大”，崔铁军见到了弟弟焦雄兵。他今年二十出头，身材偏瘦，穿一件黑色的帽衫，眉宇间还有学生气，根本看不出是个警察。他虽然和崔铁军生活在不同城市，但见了面却很亲，一口一个哥地叫着。

崔铁军点了简单的饭菜，和焦雄兵坐在角落里。

“什么时候到的？”他问。

“昨天。”焦雄兵回答。

“住哪了？”

“保密。”

“跟我还保什么密啊。”

“我不是一个人来的。我是来执行任务的。”焦雄兵显得很兴奋。

“抓人还是取证？”崔铁军给他夹了口菜。

“卧底。”

“胡来。你们襄城公安局的，净胡来。”崔铁军骂。

“不是一般的案子。陈桥，你听说过吧？”他轻声说。

“陈桥……”崔铁军惊讶，“你们跟上他了？”崔铁军知道，陈桥是全国通缉的大毒枭，这几年一直来无影去无踪。

“还没有，我贴上了他的一个手下，还在查。”

“哦……”崔铁军点头，“你可注意啊，听说这孙子心狠手辣，在孟州已经有一个民警牺牲了。”

“放心吧，我很注意的。”焦雄兵认真地点头。

“你看你这样儿，哪像个警察啊……”崔铁军摇头苦笑。

“所以我得向你学习啊，偶像。”焦雄兵笑。

“说实话，我是真不想让你当警察。”崔铁军拍了拍他的肩膀。

“那没办法,已经当上了。我还记得上学的时候,你给我讲干警察的感受,说这是个男人的职业，你和同事一人揣着一张警官证，到一个陌生的城市，在茫茫人海中将犯罪嫌疑人绳之以法。多棒啊……”

“嗐，那时我不是……幼稚吗？”崔铁军摆手。

“不，你原来说的，我现在都体会到了。”焦雄兵认真地说。

“其实我挺胆小的，你知道吗？自从妈去了襄城之后，我就老做噩梦。梦见我一个人在街上走,谁也找不着。其实从小到大,我没什么朋友,独惯了。后来考警校，也是为了锻炼自己，能适应这个社会。记得在警校的时候，警官让我们练散打,跟同学捉对厮杀。我那时瘦啊,总打不过站我前边的同学,我就不服气，在业余时间玩命练，练得手都肿了，最后终于把他打败了。但却因为出手太重，让所有同学都惧怕我。这下，又没了朋友。哎……其实我根本没你想象的那么强,在潜意识里,我一直挺自卑,才想获得尊重。现在呢,我跟你嫂子也散了，只剩下工作这一条路了。弟弟，你可千万别再学我了。”崔铁军缓缓地说。

“哥,我觉得这世界上有两种人。一种是理想主义者,一种是实用主义者。理想主义者可以为理想献身，而实用主义者只会趋利避害。我觉得，咱们都是前者。”

“你呀，就是个雏儿。”崔铁军拍了拍焦雄兵的肩膀，“别把警察想得那么高尚。警察就是擦屁股纸，没事儿的时候谁都嫌弃你，等着急的时候，才把你拿来用呢……”他话还没说完，电话就响了起来。

崔铁军一看号码，就起身到外面接听:“喂，沈科长。哦，什么？今晚？

好，好，我一定到。哎哟，瞧你说的……呵呵，得嘞，好，拜拜。”他说着挂断了电话。

“哥，有任务了？”焦雄兵走过来问。

“哼，一个饭局，但也算一个任务吧。”崔铁军说。

雨又淅淅沥沥地下了一会儿，才渐渐停住。潘江海和苗虹走出咖啡馆，呼吸着雨后清新的空气，仰望着海城山的美景。潘江海很会选地方，将吃饭的地点安排在海城山脚下的“时光”咖啡厅，他知道女孩好浪漫，在浪漫的情绪中最能吐露真言。在刚才的午餐时间里，他已经凭借随风潜入夜的预审手段，获取了孙明川的相关情况。而这些情况，则是混杂在多个问题中套取的。在面对苗虹的时候，潘江海有时会觉得自己很卑鄙，他不知自己这么做，会不会伤害到这个单纯的女孩。他看着山上茂密的植被发呆，苗虹笑着拍了他一下。

“想什么呢？”

“哦，没有。”潘江海回过神来，冲她笑。

“我怎么觉得，你对我们行长特有兴趣啊。”

“怎么会？我就是好奇。”

“哎，咱们爬山去啊？”苗虹突发奇想。

“爬山？”潘江海毫无准备，“你看我这一身儿，差点意思吧？”他今天穿得西装革履。

“怎么了？怕了？”

“我一人民警察，怕什么啊。”

“那就走啊。”苗虹说着，就往山上走。

因为下雨，所以山上人很少。苗虹体力很好，噌噌噌地爬得很快，但潘江海却体力不济，始终落在苗虹后面。

苗虹边走边聊：“其实银行的工作也有许多趣事，有一次一个女顾客到我窗口办业务，我让她填表，表格上项目繁多，比如职业啊，出生年月日啊，属相什么的。结果她填完之后我一看，就愣住了。你知道她在职业一栏填了什么吗？填了，鸡。”

“噗……”潘江海正在喝水，一下喷了出来，“她……还挺实在的。”

“当时我也觉得诧异，后来一问，她是近视眼，看错了，她是属鸡的，应该填在属相栏里。”苗虹笑。

潘江海从包里拿出水，递给苗虹。苗虹的手细细嫩嫩的，拧了几下瓶盖都没开。于是潘江海就拿过水瓶，绅士似的帮她拧开。

“我觉得你特会照顾人。”苗虹说，“哎，你女朋友一定很漂亮吧？”

潘江海不知她这么说是什么意思，赶忙解释：“我没有女朋友啊。”

“哦。”苗虹点头。

“你呢？”潘江海借机问。

“原来有一个，后来分了。”苗虹说。

“为什么啊？”

“我妈看不上。”

“哦。”潘江海点头，“哎，问你个问题吧。说一个人用手指头用力往墙上戳，打一个植物部位的名字。”

“植物的部位？不知道。”她摇头。

“藤。”潘江海说。

“为什么啊？”

“因为一戳，就疼（藤）啊。”

“哈哈……”苗虹笑了。

“接着啊，说还是那个人，又用那根手指，继续用力往墙上一戳，打一个动物的名字。”

“什么啊？”苗虹没猜出来。

“是蛇。你想啊，用力一戳，不就折（蛇）了吗？”

“哎呀，你这都是什么问题啊。”苗虹摇头。

“还有还有，还是那个人，再一次用力往墙上戳，打一个昆虫的名字。”

“嗯，是……不知道。”苗虹摇头。

“是蚕。”

苗虹被逗得前仰后合。

在下山的时候，山路上很滑。苗虹走得有些急，险些摔倒，潘江海就拉住了她的手，她也没有拒绝，任潘江海这么拉着。潘江海觉得苗虹的手滑腻腻的，手心都是汗，他知道自己这么做不好，但又不想放弃。两人都不说话了，就这么默默地拉着手往山下走，似乎都希望时间能过得慢些，再慢些。

在回程的路上，两人透过公交车的玻璃，望着在天边绽放的火烧云。

“你有什么缺点吗？”苗虹问。

“我？除了长得帅点，也没什么缺点了。”潘江海说。

苗虹又笑了，她的发丝上沾着水滴，眼神柔情似水。潘江海觉得自己的心都快要融化了。

“你特听你妈的话吧？”潘江海问。

“我小的时候，只要不听我妈的话，她就会消失。无论在哪里，大街上，游乐场，她都一走了之。我就特害怕，怕找不到她了，怕自己被遗弃。久而久之，我就逆来顺受，干什么事都听她的，似乎她的标准就是我的标准。”苗虹说，“哎……我这几天老做梦，梦到自己走在街上，看到了小时候的自己。她就在那哭，特别可怜，我就想抱抱她，让她别哭了。但刚一过去，梦就醒了。”苗虹眼里含着泪。

“我也是，刚当警察的时候，老梦见在海里游泳，海水深不见底，海浪特别的大。”潘江海说。

“你也害怕吗？”苗虹看着他。

“当然了。但恐惧其实并不可怕，它能指引我们战胜自己的懦弱。要想战胜别人，先要战胜自己。”

“嗯。”苗虹点头，默默地把头靠在了他的肩膀上。

潘江海感到心里一紧，浑身僵硬起来。

“你在抖。”苗虹抬头看着他。

“冷，这车里有点冷。”潘江海解释着。

苗虹的家在一个小胡同里，不知是谁家在炸带鱼，能听见刺啦刺啦响的声音，能闻到油腻的香味。孩子们在院门前跑着，夕阳将地面染成金黄，潘江海觉得眼前的一切都特别美好。苗虹低着头，站在他的对面。潘江海知道，自己沦陷了，自己有负于职责。

“那个……”苗虹犹豫着，“那我进去了。”她抬头看着潘江海。

“嗯，要不……我再送送你吧。”潘江海说。

“谢谢……你今天陪我爬山。”苗虹笑，“我们……会再见面吧？”她问。

潘江海笑了，鼓起勇气拉住她的手。但不经意一抬眼，就看到了楼上窗户里的一张脸。那是个五十多岁的女人，正凝视着他们。

苗虹看到他的表情，也回过头：“妈……”她顿时缩回了手。

潘江海也愣住了，张开了嘴却不知道该叫什么。

“上来坐坐吗？”苗虹母亲从窗户里探出了头。她的脸就像被火烤了的西红柿，表面有光泽，但周围却都是细纹。

“不了，阿姨。我，还有事。”潘江海尴尬地说。

“我妈要求，每天十点前必须回家。”苗虹苦笑。

“那你等着，我来拯救你。”潘江海一字一句地说。

市南区的滚轴溜冰场里，年轻人在挥洒着汗水。花儿玩得很溜，不断变换着姿势。她今天没去正午歌厅，给自己放了一天假。她是那种独立的女孩，能将自己的生活规划得很好。她穿了一身运动装，头发扎成马尾，显得活力十足。玩累了，就张开双臂在场上滑行，像一只自由的鸽子。却不料还没玩多久，就被几个混混盯上了。他们一共有三个人，围着花儿不停地吹着口哨。花儿烦了，换了鞋，离开了溜冰场。但刚出了门，三人又追了出来。

溜冰场外是一条酒吧街，因为下雨，顾客并不多。他们尾随着花儿，嘴里越发放肆。花儿忍不住了，就停住脚步。

“你们有病啊！”她指着几个混混说。

“哎哟，够辣的啊。”为首的混混留了个寸头，一说话脖子上的金链子就哗啦哗啦响，“怎么着，妹子，什么价儿啊？”他龇着黄牙。

“跟你妈一个价儿。”花儿一点不客气。

“嘿，你这是找办呢吧？”寸头皱眉，凑到她跟前。

“要我看啊，也就三百。”他说着就要伸手，却不料花儿动作迅速，猛地抬腿，踢中了他的裆部。

寸头应声倒地，痛苦地呻吟。花儿借机脱身，朝热闹的地方跑去，但还没跑多远，就被另外两人拦住了。不一会儿，寸头又赶了过来。他一把拽住花儿的挎包，就要动手。这时，不远处传出了声音。

“干吗呢？找事儿吧？”一个黑影走了过来。

那人中等身材，穿一身牛仔服，手里提着两个大编织袋，一双眼睛深沉而忧郁。花儿一看，是老鬼。

寸头看着老鬼，轻蔑地笑了：“哎哟喂，看这意思，你这拉货的也想爽爽？”

“哎，我的事儿不用你管。”花儿推了老鬼一把，“走吧，别惹事儿。”她说着就要走，但没想到，前路又被混混拦住。

老鬼知道，事儿是躲不过去了。他放下编织袋，卷起袖口，冷眼看着他们。寸头也捋起袖子，眼看着几个人就要动手。这时，一辆红色摩托车开到了近前。徐国柱摘下头盔，挂在车把上，冲花儿的方向按了几声喇叭。

“哟，这娘儿们还挺招人。”寸头笑，“那你们这是怎么弄啊，分前半夜后半夜？”他指着老鬼。

“你再放屁！”老鬼忍不住了，冲着他就是一拳。寸头猝不及防，被打倒在地。另外两人也扑了过来。这时徐国柱已走到近前，他也不说话，上去两脚，就将两人踢倒。寸头刚要爬起，被徐国柱一脚踩住。

“刑警队的，都别动。”徐国柱亮出警官证。

几个混混傻了。

“警官，我们是……逗着玩呢。哎，妹子，对不起啊，哥哥嘴臭。”寸头趴在地上赔笑。

“你，也蹲下！”徐国柱指着老鬼。

老鬼看着徐国柱，没说话，也没动地方。

“听见没有！”徐国柱走到老鬼面前，“我让你蹲下！”他踹了一下老鬼的腿肚子，随即将老鬼按倒。

“棍子，你干吗啊？”花儿跑到两人中间。

“身份证，都给我拿出来。”徐国柱没理她，指着几个人说。

几个混混乖乖掏出了身份证，徐国柱接过来揣进兜里。“明天上午，到刑警队来一趟，找我，姓徐。”徐国柱说。

几个混混点头哈腰，避瘟神一样地跑了。他转过头，看着蹲在地上的老鬼。

“怎么碴儿，手痒痒了，想重操旧业？”他问。

“你动手执法，我动手违法？”老鬼反问。

“废话，我是警察，你是什么？”徐国柱问，“你们家不住这儿啊，来这儿干吗？”

老鬼指了指一旁的编织袋：“我在这儿干活儿。”

“行啊，有出息。”徐国柱撇嘴，“明天上午，你也来一趟。起来吧。”他抬抬手。

老鬼缓缓起身，表情和动作一样坚硬：“徐警官，我现在可以走了吗？”

“可以，但路上别再惹事。”徐国柱说。

老鬼低下头，提起了编织袋，又侧目看了看花儿，什么话都没说就走了。

花儿看着他的背影，表情复杂。

“为什么要这么对待他？”花儿问。

“为了他好，不让他再走老路。”徐国柱说。

“他改了，不再像过去了。”

“你怎么知道？”

花儿一时语塞。

"离他远点儿，你不一定真的了解他。"

"你一点儿不像警察。"

"那像什么啊？"

"像流氓。"

"呵呵。"徐国柱笑，"我告诉你，要想震慑住流氓，就得比流氓还流氓。哎，上车吧。"他招了招手。

"特意来接我？"花儿笑。

"我是慰问一下伤员。"

"没事了，你看。"花儿说着就抬起脚。在她右脚烫伤的地方，文了一朵小花儿。

"文上了，可就难擦掉了。"徐国柱说。

"为什么要擦掉呢？被你烫的，我要记住。"花儿看着他。

"还敢坐吗？"徐国柱抬腿上了"银猫"。

"有什么不敢的。"花儿把挎包往肩膀一带，抬腿也上了车。

"银猫"轰轰两声，绝尘而去。花儿搂着徐国柱的腰，感到心里很踏实。在酒吧街的黑暗里，老鬼看着红色摩托远去，他默默吸着烟，久久停留在原地。

19

长盛饭店一层的“荣升”包间,崔铁军和沈嵘在寒暄着。沈嵘衣着光鲜，上下都是名牌，完全不是在单位里的样子。

“我们这些做政治思想工作的啊，一个字，难，两个字，太难！你就说上次晋升考试，领导点名儿让一个同志上，但这同志在笔试的时候啊，把一个单选题都答成了‘ABCD’，你说我们能怎么弄。”沈嵘摇头，“最后没辙，就只能在面试环节帮他拉分。”沈嵘摇头。

崔铁军笑着，知道他话有所指。

“现在的小孩儿也难管。就说我们科刚分来的那个吧,叫谭彦,你见过的。业余时间还写小说，你说，这不是找骂呢吗？”

“有点爱好挺好啊，我看那孩子挺聪明。”崔铁军见过谭彦，对他印象不错。

“他是聪明反被聪明误。写就写吧，藏着点儿啊，他倒好，满处张扬，弄得我们主任老觉得我们科活儿少。”沈嵘摇头，“后来没辙，我就治他，让他负责每天的简报和政工报告，改一遍不行，就改两遍，最多的一次，我让他改了六遍。”

“六遍？哪有问题啊？”崔铁军不解。

“这孩子不好学，就比如在报告里，动不动就用‘干警’‘干警’的，我问他什么是‘干警’，什么是‘民警’，嘿，他还说不出来。”

“哎哟，那你得给我普及普及知识，这有什么区别啊？”

“历史上，公安机关由干部和警察两部分组成，‘干警’是干部和警察的并称。但在80年代初，两个部分合并管理，统称为‘公安民警’，‘干警’这个称呼于是就过时了。”沈嵘咬文嚼字。

“受教，懂了。”崔铁军虽连连点头，但觉得跟这孙子对话，真是忒矫情，心里也不禁可怜那个谭彦。

“今天这个局是？”崔铁军笑着问。

“哦，我一朋友，久闻你的大名，想认识认识。在咱们局，崔探长可是年轻有为啊。”沈嵘开始捧。

“别别别，我就一大头兵，一切靠老沈提携。”崔铁军说官话。

两人正说着，门开了，走进一个男子，他五十出头，面容消瘦，戴着无框眼镜。

“哎，说曹操曹操就到。”沈嵘笑着起身，给崔铁军介绍，“哎，这是咱们海城银行的孙明川行长。”

“哦，孙行，你好。”崔铁军主动伸出手。

“您就是崔探长吧。”孙明川热情地握手，“海城银行东郊支行，孙明川。”

在沈嵘的安排下，孙明川坐在了主位。菜已经安排好了，陆续上了桌，大都是燕鲍翅的例份菜。

“孙行您是不知道啊，崔探长可是我们海城市局的明日之星。我们兰局对他十分器重，近期他正在参加领导竞聘，没准过段时间，咱们就得改口叫‘崔队’了。”沈嵘笑。

“哎哟，那恭喜了。”孙明川抱拳。

“所以崔探，今天咱们才安排了这个包间，祝你‘荣升’啊。”沈嵘说着举杯。

崔铁军笑着与他们周旋，心里渐渐有了底。他此行的目的，就是为了摸清那个托儿是谁。看来在抓捕孟晓亮之后，孙明川就坐不住了。但在席间，孙明川却并不直奔主题，只是东拉西扯，跟崔铁军套关系。崔铁军察言观色，知道他当着沈嵘的面，不好张口。果不其然，不一会儿，沈嵘的手机就响了。他佯装接听电话。

“喂？哦，哦，好嘞好嘞。”沈嵘说着起身，“两位，实在不好意思，领导催一个稿，马上就要。哎，你们看，我这个工作啊，整天给大领导打工，鞍前马后，身不由己啊。”他笑着摇头，“我先走一步，你们再聊会。”

“哎，那我们也撤吧，正好送沈科长回局。”崔铁军也起身。

“别啊，孙行长还想跟你请教点儿事儿呢。”沈嵘冲崔铁军使了个眼色，“你先坐。”他又和孙明川说了几句就走了出去。房间里只剩下崔、孙两人。

沈嵘一走，崔铁军就变了脸色，他跷起二郎腿，昂着头看着孙明川。孙明川也放松下来，起身递烟，崔铁军摆手拒绝。

“崔探，我不光和小沈熟，和你们省厅的一些领导，关系也不错。”孙明川笑着说。

“哼，我知道，您神通广大，社会关系不一般。要不，在抓孟晓亮的时候，我们也不会有那么大压力。”崔铁军把话挑明。

“嗐……”孙明川摆摆手，“你知道，我们这些搞金融的，也有很多难处，许多事也是无可奈何啊。就比如贷款，现在海城正在大建设，按照上级指示精神，支持私营经济，特别是房地产企业，是我们银行的责任。但是啊……”他叹了口气，“贷款有风险啊，就算咱们认真审查，也难免百密一疏……”

“所以某些企业就空手套白狼，以贷还贷？”崔铁军问。

孙明川一愣，没想到崔铁军这么不客气，“呵呵……”他笑了，“如果某些企业真的涉嫌犯罪了，我们当然会举报。但是如果他们还能还款，我想……就不麻烦你们经侦了。”

“唉，你身不由己，我们又何尝不是呢？”崔铁军摆着架子，“干什么都不容易，不光是您啊。周总也难啊。”他边说边看着孙明川的反应。

孙明川看他已经把话挑明了，也就不再隐藏。

“周总也说了，只要你能帮忙，他肯定感激不尽。”

“感激不尽，什么意思？”崔铁军皱眉。

孙明川起身，回手拿过一个塑料袋，放到崔铁军面前。崔铁军也不客气，打开一看，是两条香烟。

“您这是干什么？”崔铁军问。

“朋友送的，我不抽外烟。”孙明川说。

崔铁军抬手拿起其中一条，几下拆开了塑料膜。打开一看，里面哪是香烟啊，是一卷一卷的人民币。

“哎哟，这烟可贵了。”

“你要觉得好抽，以后常有。等这个案子过去了，他在公司，给你入一个干股。”孙明川看着崔铁军。

“他，是谁啊？”崔铁军看着孙明川。

孙明川笑而不语。

“就凭你一张嘴，就给我养起来了？”崔铁军冷下了脸。

孙明川有些尴尬。

“你们真不拿我们经侦当回事儿啊，凭这么点儿东西，就能给我拉下水？”崔铁军摇了摇头，“周庆是个什么东西，跟我玩儿这套。他这么大架子吗？想找我办事，自己不出面儿。两条烟就给我打发了？”他一抬手，把烟扔到了孙明川面前。

“哎，崔探，他不是这个意思。”孙明川解释。

“我看他呀，是没意思。”崔铁军站了起来，俯视着孙明川。

崔铁军知道，这个局的目的已经达到了。他已经摸清了孙明川和周庆的关系。但戏不能做过，过了就难以收场。而孙明川也是个“老炮儿”，没因为崔铁军的起范儿而晃范儿，反而冷静下来，观察着他的举动。两人仿佛拳台上的拳手，相互试探着，做着第一轮的交锋。

“这顿饭多少钱？”崔铁军问。

“这顿饭？嗐，我来埋单。”孙明川笑着摆手。

“我们有规定，出去吃饭必须付账。我想，沈科长肯定也是付了钱才走的吧。”崔铁军说。

“哦，不到三百。”孙明川违心地说。

“好，那我凑个整儿。”崔铁军掏出钱包，将一张百元钞票放在桌子上。

“这家的菜，还挺实惠。”他笑着说。

在长盛饭店五公里外的海河边上，耸立着一栋还未落成的高大建筑。在夜色中，它像一个孤独的巨人，凝望着远处海城的繁华。这就是周庆的坤豪公寓。

在楼顶，周庆与老万对视着。远处不时传来乌鸦的叫声。

“二哥，我知道，这么多年了，你一直不相信我能干成事儿。但你看看，现在整个海城就在咱们脚下，时代变了，不能再像灯哥一样了。”

“灯哥什么样？”老万看着周庆。

“虽然姿势对、在格式内，但故步自封、止步不前。”

“哼……你知道人活着，什么最重要吗？是活下去最重要。”老万望着远方，“人这一辈子不能犯三个错误，德薄而位尊，智小而谋大，力小而任重。要是犯了，谁都救不了你。”

“哼，那都是老一套了。现在拼的是胆识、眼界和速度。你知道流氓和商人最大的不同是什么吗？流氓玩虚的，讲义气，为了看不见摸不着的名声活着；但商人讲的是利润，是实际，就好比坤豪公寓，只要能屹立起来，就能流传百年。”

“真正能流传百年的，不是建筑，更不是肉身，而是名声和口碑。虚的，有时比实的更重要。”老万说。

两人话不投机，沉默着。

“二哥，那我就直给了。我找你来，自然不是到这儿看景儿，而是想让你帮我。”

“怎么帮？”

“不瞒你说，银行那帮孙子给我断顿儿了，眼看着资金链就要断。我需要抵押物，弄出钱来让这个公寓落成。只要这件事儿成了，我分你三成股份。”

“我说过，那是老大的东西，不能碰。”

“怎么不能碰，只不过拿来作抵押。只要钱接上了，不会有任何风险。二哥，要不你出个价？”

“哼，你是不是觉得什么都能出价啊？”老万摇头，“那些资产不是我的，等灯哥儿子大一些，我会还给他。”

“但干这件事‘姿势’是对的啊！”周庆急了。

“但不在格式内。”老万摇头，“我总跟你说，在起的时候，得想着落，起范儿的时候不要……”

“行了！别教育我了。”周庆打断了老万。

老万的脸色也冷了下来：“我压根不想教育你，我只是仁至义尽，把该说的说完。话说三遍淡如水，以后，没有了。”

“你别信那些传言。”周庆看着老万的眼睛。

“我从来就不相信听来的，只相信自己看到的。”老万也看着他。

“我要是真的想动手，用等到现在吗？”

“不必澄清，真的假的并不重要，重要的是以后该怎么办。每个人都以为自己能深藏不露，但却不知在桌子底下的事儿，有时比桌面儿上的露得更快。别觉得自己聪明，那样会被聪明误导。”

“得，那今天算我白张嘴。但是二哥，我也提醒你，你这么占着灯哥的资产，道上人的话，也都不好听。”

“哼，好听不好听的，随他们便。时间会证明一切的。”老万说。

老万走后，周庆来到了长盛饭店顶层的燕朝汇，在那个“YCH”的灯箱前，他见到了孙明川。他让服务员开了一个包间，跟孙明川单聊。孙明川说了崔铁军的态度，周庆陷入了沉思。

“这么说，他是不给面儿了？”周庆问。

“没摸清他的意图，东西也没要。”孙明川说。

“会不会是嫌少，想狮子大张口？”

“我看不像。我觉得，他是在探我的底。”

“没事，他不过是个小探长。你不是在省里还有关系吗？”

“周庆，不能光用我的关系啊。娄子是你捅的，得你自己去想办法擦屁股啊。”孙明川说。

“孙行，你这么说就不对了。我贷款，你挣利息，怎么出问题了，就是我的事儿了？我告诉你，现在咱们已经绑在了一起，谁都别往后退。”周庆不客气起来。

“哼。”孙明川冷笑，“就算出了事儿，警察也会站在我这一边。我跟你不同，我是正经的企业干部。”

他这么一说，周庆恼了。“呵呵，好一个正经的企业干部。是啊，正经到能公权私用，明里一套暗里一套，挣着银行的工资，还捞着提成和外快。”他挖苦道。

“你这么说，咱们就没什么可聊的了。”孙明川站起身，“你要知道，如果不是我这么一直扛着，你早就进去了。”

“但你也要明白，我进去了，你也好不了。你的事儿不比我少。”周庆靠在沙发上说，“还有，你知道我是什么人，也知道我做事的方法。光脚的不怕穿鞋的。你要是想试试，我就陪你玩。”周庆盯着他。

孙明川看着周庆，沉默着。他知道周庆是什么人，见过他的西装下面藏着的青色文身。“那你就尽快想办法，渡过难关。”他说了软话。

“你得再办一件事。”周庆说。

“什么事？”孙明川问。

“坐下，坐下啊……孙行，咱慢慢聊。”周庆笑了起来，做出请的动作。他掏出一张照片，放在孙明川面前，“这个人，在追你们银行的一个妹子。”

孙明川接过照片一看，上面的人长得干巴瘦，薄嘴唇，小眼睛，面带书生气。

“姓崔的不行，再试试他。”周庆说。

20

老鬼的生意终于做起来了。他去了趟南方，从老万那个朋友手里趸了一些货，又在加代的帮助下，以较低的价格在动物园服装市场租了一个摊位。别看摊位只有不到五平方米的面积，但老鬼的心里却多了些希望。他没给小店起名，而把一个“清仓处理，降价打折”的牌子挂在门口。小四川觉得新店开张，挂这个不吉利。但老鬼却说，咱们就是要薄利多销。小四川怎会知道，老鬼开店的真正目的，并不是以此赚钱，而是要拿开店当幌子，尽快将那笔不义之财洗白。

俗话说没有不开张的买卖，小店薄利多销，再加上小四川的尽心竭力和彩凤的吆喝，开业第一天生意就很好。

“开业酬宾，最新款式，欲购从速，质优价廉。”彩凤在摊位前吆喝着。

老鬼看着她，心里暗笑。没想到小四川还真有女人缘，没见两面，就跟姑娘搭上了。

“哎，歇会儿吧。喝口水。”老鬼说。

“没事，我们老板说了，让我有空就到这帮忙。工资照发。”彩凤说。

“那你应该穿上和服，更招人。”

老鬼这么一说，彩凤也笑了。

“哎，快到中午了，吃什么啊？要不水煮鱼？”他问小四川。

“不吃，馒头就行。”小四川说。

“哼，我给你搓个面条儿？”

“鬼哥，城里的水煮鱼不好吃噻。其实我挺爱吃鱼。在老家的时候，只要想吃鱼了，就到河里去捕。我不爱吃养殖的，肉松还面。野生的肉紧，有劲，味道也好。”小四川说着就咽了口吐沫。

“我看你是饿了。行了，现在也没什么生意。走，咱们吃鱼去。”老鬼说。

“哎，谁说没生意了？”旁边有人搭茬。老鬼一看，是徐国柱。

他左右看着，晃晃悠悠地走到摊位前：“行啊，还真摆上摊儿了，怎么着，走正路了？”他用手翻着柜台前的货品。

“你是哪一个？”小四川硬邦邦地问。

“你又是哪一个？”徐国柱看着他。

老鬼知道小四川底儿潮，怕他生事，赶忙将他支走：“哎，你去打包几个盒饭吧。”

小四川白了徐国柱一眼，拉着彩凤走了。摊位前只剩下老鬼和徐国柱两人。

“你怎么知道我在这儿？”老鬼问。

“我想知道的事儿，都能知道；我想找到的人，也都能找到。”徐国柱说。

“听花儿说的吧？”老鬼看着他，“哎，你别误会，我跟她没关系了。三年前我追过她，没成。”他解释。

“我找你不是这事儿。你出来也有段时间了，别老这么荒着，没事儿帮我扫听点儿情况，我给你填个表，以后每月也有些固定进项。”

老鬼知道他是想收自己当“点子”，就笑着摇头：“对不起，我不喜欢被圈养，肩挑四两为客，帮人一日为奴，我不给别人打工了。”

“我这可不是在跟你商量，是要求你这么办。”徐国柱说。

“大棍子，你不是说过吗？警察不欺负人。我现在就是个平民百姓，谁也不招惹，强扭的瓜不甜，我希望你放过我。”

“哼。”徐国柱撇嘴，“你以为自己做的事儿，别人不知道吗？你以为离开了周庆，他就能放过你吗？”

“人各有命，生死在天，我的事儿，自己扛。”

“得，那算我白说。但你要记得，像你这种人，永远洗不白。只要我干警察，就会盯着你。”徐国柱指着老鬼。

“哎，别白来一趟啊，最新款式，质优价廉，不试试吗？”老鬼拿起一双鞋。

徐国柱接过鞋，笑了笑：“多少钱？”

“五十。”老鬼狮子大开口。

“给我一双 43 号的，我脚大。”徐国柱把钱扔在柜台上。

在食堂里，崔铁军在吃着饭。他边吃边看着参考书，这时沈嵘端着饭盆走过来，表情冷冷的，就像没看见他一样。

潘江海瞥了他一眼，轻声问：“怎么着，真给丫得罪了？”

“我没跟纪委说这事儿，就算给他机会。一个他妈小科长，在社会上还挺能混。”崔铁军皱眉。

“那你竞聘怎么办？他还不给你下家伙？”潘江海忧虑。

“他敢！我还把话放这儿，他要敢做小动作，我就找领导去。”崔铁军说。

“哎，听说他跟兰局的关系可不错，你可得掂量掂量。”徐国柱说。

“扯淡，我不信兰局会喜欢他这种人。”崔铁军冷下脸。

“哎哎哎，先别炸。他的事儿咱们先记着，等案子破了再说。现在还不是时候。”郭俭吃着饭说。

“有个名人不是说过吗？忍无可忍，无须再忍。我看有机会，你也得跟兰局透透底。”徐国柱插话。

“什么名人说的，那是《新少林五祖》里方世玉说的。”潘江海笑。

“哎，那个行长的传唤手续下来了，你们找个机会，动手吧。”郭俭说。

“喷子，什么机会合适啊？”徐国柱问。

“他们明天要开个全行大会，我觉得在会上动手合适。”潘江海说。

“嗯，我觉得行，震慑他一下，你也好审。”郭俭点头，“记得，提前知会一下银行的纪委，也算给一面子。但不要太早通知，防止孙明川开溜。”

“明白。”潘江海点头。

“哎，你跟那姑娘怎么样了？不会假戏真做了吧？”郭俭问。

“不至于，逢场作戏。”潘江海言不由衷。

“扯淡。丫早就落入情网了。”徐国柱笑，“哎哎哎，看丫那表情……”

他这么一说，大家都笑了。

“我是觉得那姑娘可怜，整天被她妈管着，连自由也没有。所以……咱们人民警察，得解决群众实际困难，救人于危难之中啊。”潘江海说。

“得了吧，你肯定是看人家长得漂亮。”徐国柱说。

“不,我的要求不光是漂亮,还要年轻、苗条,有双大长腿。”潘江海笑了。

“越说越无耻了。”崔铁军摇头。

“你呢？”潘江海问。

“我？”崔铁军想了想，“我要求最低了，只要不影响市容就行。”

“棍子呢？”潘江海又问。

“女的，活的。”徐国柱撇嘴。

“哎,说到这儿,棍子,我可提醒你。跟那个花儿,可别走得太近。”郭俭说。

“对，远离垃圾人。”崔铁军补充。

“什么垃圾人啊？”徐国柱板起面孔，“你们这帮干经侦的，是不是总觉得自己牛啊？我还告诉你，总觉得别人是垃圾的人，才是最大的垃圾。”

“嘿，你怎么狗脸啊，说变就变？”崔铁军说。

“嗐，咱们干警察的，不就整天接触三教九流吗？何勇不是有首歌吗？我们生活的世界，就像一个垃圾场……”潘江海忙和稀泥。

“干经侦的怎么了？我还告诉你，干经侦的眼里不揉沙子，不整天跟那帮流氓地痞混在一起。”崔铁军不依不饶。

“哼，是啊，净他妈想着当官儿了。”徐国柱撇嘴，说着站了起来。

“哎哎哎，你们都怎么回事儿啊，一见面就掐。坐下坐下。”郭俭劝架。

“有你屁事儿，狗揽八泡屎。”徐国柱抄起饭盆就走了。

“嘿，我这好心当成驴肝肺了，劝架劝来一顿骂。”郭俭摇头。

“看这意思，他是对那女的动心思了？”潘江海说。

“哎……爱情让人的智商变低，更何况丫的智商本来也不高。”崔铁军摇头。

“那咱们说好了,明天动手。大背头,再给孙明川弄个限制出境。”郭俭说。

“你的意思是，传唤之后不收人？”崔铁军疑惑。

“对，咱们这次是打草惊蛇，投石问路。先敲一下，让他们炸，等露出马脚了，再收网。”郭俭说。

“明白。”崔铁军点头。

晚上，潘江海早早等在了银行附近，准备接苗虹回家。这段时间，两人的感情迅速升温，已经到了朝思暮想的程度。但不知怎么的，苗虹今天却怪怪的，似乎有心事。她背着一个黑色的书包，在路上一句话也不说。

“怎么了？不舒服？”在公交车上，潘江海关心地问。

“我们行长今天表扬我了，说我业绩好，能评上年底的优秀。”苗虹说。

“那好啊，你本来就很优秀啊。”潘江海说。

“嗯……他还说，年底支行有一个转正指标，可以考虑我。”

“那更好了，这不正是你想要的吗？”潘江海看着苗虹的眼睛，做出开心的表情，但在心里却琢磨着孙明川的意图。

“还有……算了。”苗虹没把话说完，“你……对我是认真的吗？”她看着潘江海。

“你说呢？”潘江海反问。

“我就是想听你说。说实话，心里话。”

“当然是认真的了。我不是说过吗？警察不会说谎。”

“别开玩笑。”

“虹虹，那我再说一遍，我喜欢你，会为你付出一切。”潘江海认真地说。

“我不要听承诺，要看你的实际行动。你真的会为了我付出一切吗？”

“当然了。”潘江海知道，女孩都感性，在关键问题上绝不能打马虎眼。

“那你现在大声说。”

“说什么？”潘江海诧异。

“说你喜欢我啊。”

“我喜欢你。”潘江海笑着说。

“大声点儿，让全车的人都听见！”苗虹正色。

潘江海犹豫了。苗虹叹了口气，把头低下。

“我喜欢你，苗虹，我喜欢你！我，喜，欢，你！”潘江海大喊着。

车里的人都笑了起来，不少还鼓起了掌。

“那好。你要记得，你对我说的承诺。”苗虹认真地说。

在苗虹进院子的时候，她把那个黑色的书包交给潘江海，告诉他要回到家再打开。潘江海以为是苗虹给他的礼物，就笑着答应。在回程的车上，他抱着那个书包，感觉沉甸甸的，几次好奇想拉开，又忍住了。他回到刑警队的宿舍，屋里黑着灯，徐国柱和崔铁军都没回来，他迫不及待地将书包拉开，但用手一摸，就感觉不对。他开了灯，提起书包往桌子上一抖，哗啦一下，一大堆钞票倾泻而下。

潘江海傻了，彻底傻了。他看着桌上蓝色、红色的钞票，惊得合不拢嘴。他的大脑在飞速旋转着，琢磨着苗虹刚才的举动。显然，这笔钱跟孙明川有关。但他却不能确定，苗虹是否知道孙明川此举的用意。他站起身，原地踱着步，始终与那些钱保持着距离，心里说不上是彷徨还是恐惧。他犹豫了许久，走到桌前，将书包里的钱全部倒出来，一张一张地数着。一共是十万元。这时，他的手机响了，他一惊，将手机掉在了地上。他颤抖着将手机捡起，上面是一个陌生号码发来的短信。

“高抬贵手，事后重谢。”

他犹豫了一下，把电话打了回去。

“喂，你是谁？”他问。

“我姓孙，是苗虹的领导。”孙明川在那头说。

“你这是什么意思？”潘江海质问。

“这是我给小苗的奖励。她工作干得不错，理应有这个待遇。”

“那为什么让她拿给我？”

“呵呵，她的，不就是你的吗？”孙明川笑。

“你这么做，就不怕我抓你？”

“你没有理由抓我，这是给小苗的，你不要，可以还给她。”孙明川语气平静，“同时，你也不会有任何麻烦，这些，算是她的绩效提成。”

“她刚到银行不久，没拉到存款，能有什么绩效？”潘江海问。

“呵呵，存款算是绩效，人脉关系更算。如果能跟你做个朋友，这将是我最大的收获。”

“我告诉你，我马上就要辞职了，你这么做，没用。”潘江海说。

“我知道，你想去做律师。好啊，海城的‘正天’‘天平’我都有朋友，咱们要是成了朋友，你以后的路会更顺。你和小苗以后的生活，也会更好。”孙明川一字一句地说。

潘江海知道，这个老狐狸不但通过苗虹摸清了自己的底细，而且已经将她“绑架”了。这是他最不愿意看到的结果。他之所以没有一口回绝，甚至破口大骂，并不是在乎这笔钱和后面的利益，而是担心苗虹的未来。

他犹豫着，一时竟不知该说些什么。他为自己感到耻辱，觉得自己根本就不配做一名警察，是徐国柱口中的“垃圾人”。

“潘警官，这不是我日常的手机号，不会有什么问题。咱们单线联系，常来常往。”孙明川说着就将电话挂断。

潘江海拿着手机，久久没有放下。他的脑子很乱，不知下一步该怎么办。但这时，门外突然响起了脚步声。潘江海一惊，赶忙将桌子上的现金往书包里装。与此同时，门开了，崔铁军走了进来。

“嘿，我说怎么亮着灯呢。怎么着，这么早就约完会了？”崔铁军说。

潘江海背对着他，不动声色地将最后一把钞票塞进书包，然后默默地拉上拉锁。他缓缓转过头，尽量让表情自然：“嗐，没约会，她晚上有事儿。”

崔铁军看着潘江海，慢慢笑了："哎哟哎哟，我看是你有事儿吧？脸怎么红了，说！是不是有情况？"他说着就走到近前。

潘江海的心顿时提了起来，他挡在书包前："我能有什么事儿啊。哎，你赶紧看书吧，快考试了。"他故作平静。

"不对！你这表情不对。"崔铁军指着潘江海，"我看看，哎哟！收礼物了？"他一侧身，看见了潘江海背后的书包，"给我看看，什么礼物。"他说着就往前凑。

潘江海慌了，赶忙用身体护住："没有没有，什么都没有。"

"那书包里是什么？嘿，不会是你丫受的贿吧？啧子，沈嵘那孙子也找到你了？"崔铁军笑着问。

"放屁，我都不认识他。行了行了，别闹了。"潘江海变了脸。

"嘿，还急了。"崔铁军停住手，"没劲，不识逗。"他摇摇头，转身从枕头旁拿过参考书，走了出去。

潘江海这才呼了口气，赶紧将书包放进柜子里。他知道，这是个大雷，当断不断必受其乱。想了好久，他才拿出手机，拨打了苗虹的号码。

21

次日上午，徐国柱、崔铁军和潘江海闯进了海城银行东郊支行的会议室。会议室里正开着全行大会，几十名行员惊愕地看着三个人。

三个人穿着警服，戴着大壳帽，颇有仪式感地走到孙明川面前，当着全体人员，对他宣布：

“孙明川，因你涉嫌海城宏远达房地产开发公司的经济犯罪案件，根据《中华人民共和国刑事诉讼法》第九十二条之规定，特对你进行传唤。这是传唤证，请你签字！”徐国柱毫不客气，把传唤证拍到桌上。

孙明川表情愕然，没想到警方会这么快动手。苗虹坐在门口的位置，也看着潘江海发愣。

“宏远达涉嫌犯罪，跟我……有什么关系？”孙明川结结巴巴地问。

“有没有关系，回去再说。”崔铁军冲他抬了抬手。

孙明川站起身来，眉头紧锁。“这是，要把我抓起来吗？”他问。

“何去何从，看你的表现。这是潘警官，实事求是，别隐瞒。”崔铁军将孙明川推到了潘江海身边。

孙明川眯眼看着潘江海，又转头看了一眼苗虹。

在审讯室里，潘江海和书记员坐在孙明川对面。传唤不算是强制措施，时间只有十二小时，此刻孙明川并没戴手铐。

他满头是汗，仰头看着潘江海。潘江海并不与他对视，沉默着，许久才抬起头。

“知道为什么找你吗？”他做着开场白。

“不知道。”孙明川摇头。

“你和周庆是什么关系？”

“业务关系。”

“什么业务？”

“贷款业务。”

“具体说一下。”潘江海用手指节点着桌面。

孙明川想了想，按照时间顺序说了周庆的贷款情况，又详细陈述了办理这些贷款的流程与经办人情况。总之，是将自己择得干干净净。但潘江海的问话却并不犀利，总是停留在试探阶段，一扫往日的游刃有余。

“知道他有问题，为什么不报案？”潘江海问。

“我们无法证明他有问题。再说了，他虽然逾期还款，但还有抵押物啊，一般对于这种情况，只要数额不大，我们都会核销处理，不会将对方公司逼上绝路。按照上级的政策，银行是要支持企业发展的啊。”孙明川解释。

“好，你和周庆之间除了正常的业务往来，还有没有私人往来？是否有合作经营的业务，或者收过他的钱物？”潘江海并没往下深追。

“没有，绝对没有。”孙明川一口咬定。

“我提醒你，要如实供述！如果隐瞒和做伪证，要承担法律责任。”潘江海拍响了桌子，“好，说一下每笔贷款的担保情况。”他换了个问题。

在监控室里，郭俭等人看着屏幕。

“喷子今天这状态不对啊，都这么长时间了，怎么还停留在表面，是留着什么后手呢吗？”徐国柱不解，抬手看表。

传唤的时间从孙明川签字那一刻起算，已经过了五个小时。按照《刑事诉讼法》的规定，如果到了十二小时，口供还拿不下来，就得放人。

“哎，要不换我来审吧？”徐国柱说。

郭俭摆摆手：“预审最忌中途换人，再让他试试。”

“哎……看着都着急！”徐国柱叹了口气。

崔铁军一直没说话，默默地看着，眉头紧锁。

这是潘江海到专案组之后的第一次审讯失败。晚上九点，孙明川走出了海城市公安局的审讯室。他是个明白人，知道这只是开始。他跟郭俭客气地保证，肯定会随叫随到，不离开本市。连续干了十多个小时，潘江海面带倦容。他回到宿舍，脱下警服，搭在椅背上，躺在床上。他没有开灯，看着漆黑的天花板，默默出神。

这时，崔铁军走了进来。

他也没开灯，搬了一把椅子坐在潘江海床前。

“有事儿吗？”潘江海看着他。

“为什么不往下问？”崔铁军盯着潘江海。

“什么？”潘江海皱眉。

“为什么手下留情？”崔铁军又问。

“没……没有啊……”潘江海躲闪。

“他是不是也找过你了？”

“谁呀？”潘江海装傻。

“你说是谁！那个书包呢？拿出来！”崔铁军大声说。

“书包……”潘江海犹豫着。

“沈嵘真的找过你？”崔铁军质问。

“我说过，不认识他。”潘江海嘴硬。

“呵呵……”崔铁军笑了，“瞧你吓的，没鬼，怕什么？”

“哎，你这话是什么意思？”潘江海装横。

“明白了。”崔铁军点头，“要不是沈嵘，就是那个大长腿。”

潘江海一愣，刚想着如何辩解。不料崔铁军一探手，拿走了潘江海放在床头的钥匙。

“你干吗！”潘江海大惊。

崔铁军速度很快，转身就用钥匙打开了柜子。潘江海在后面抱住他，想要阻止，却为时已晚。崔铁军已将那个书包取了出来。

“里面什么东西？什么东西！”他大声质问。

潘江海无语了，缓缓低下了头。

“喷子，你是我带进专案组的。虽然有人说你胆小怕事，有畏难情绪，但我觉得这都无所谓。为什么呢？就因为你身上还有股书生气，你的棱角还没有被这个社会磨圆。你说过，不喜欢预审那帮人钩心斗角、耍嘴皮子，受不了他们三分工作、七分汇报；你说过，派出所的头儿拍脑门，拍胸脯，拍大腿，拍屁股，拿警务工作当儿戏；你还说过，希望中国的法制能进步，等什么时候警察没活儿干了，这个社会才是真的好。挥法律之利剑，持正义之天平……但怎么一遇到事儿，就他妈都忘了呢！”崔铁军拍响了桌子。

“我……大背头，你听我说……”

“你知道你这是什么行为吗？你知道这么做的后果吗？你对得起我们对你的信任吗？你他妈……还配当一个警察吗！”崔铁军急了，“我告诉过你，钱是王八蛋！他们给你的不是钞票，是鱼钩！你懂吗？只要你吞下去，就万劫不复，死无葬身之地。”他流出了眼泪。

“这件事儿，跟你想象的不一样……”

“我告诉你，警察除了勇气、义气和骨气，还得有正气！哼，你不是要辞职吗？走吧，我现在不拦着你了。”崔铁军长叹一声，一下拉开书包的拉锁，里面的东西哗啦一下掉落出来。但崔铁军仔细一看，落在地上的却不是蓝色、红色的钞票，而是一张张的白纸。

“啪”，灯被打开了，郭俭走进了屋。

“嚷什么呢？就显你嗓门大？”他在崔铁军背后说。

崔铁军看着地上的白纸，又看了看潘江海，一头雾水。

“这件事儿喷子跟我说了，我没让他告诉你们。”郭俭说。

“跟你说了？”崔铁军皱眉。

郭俭回手把门带上，看着崔铁军：“昨天晚上，喷子把书包里的钱交到我那，我向邢局汇报了，我们在纪委的监督下进行了清点，一共是十万元人民币。”

崔铁军恍然大悟，回头看了一眼潘江海。

“经过研究，邢局指示，咱们这次要将计就计。既然他们下鱼钩，咱们就让他们赔了夫人又折兵。喷子现在除了负责审讯，还负责卧底。”郭俭笑。

“哎哟……”崔铁军长呼了一口气，“你这孙子，装得真像！我以为……你真‘湿鞋’了呢。”崔铁军说着搂住了潘江海的脖子。

“我刚看见的时候也吓了一跳。姥姥的，这帮孙子真敢干啊。但后来一想，我现在就算挣得再少，一年也两三万呢，不至于为这么点儿钱就堕落吧。”潘江海笑。

“你这意思，给你一百万，就干了？”崔铁军说。

“一百万还能稍微晃晃范儿。”潘江海说。

“扯淡！我告诉你啊，这想法你就不能有。”崔铁军叮嘱。

“也正好提醒我了，到时候我也跟棍子说说，咱们之间别闹误会。”郭俭说，“我估计这一抓一放，孙明川肯定拿喷子当自己人了。咱们得乘虚而入，继续深挖，力争获得更多的线索。”

“好。”潘江海点头。

“哎，那姑娘……”崔铁军犹豫了一下，“她知道你收了吗？”他看着潘江海。

“我第一时间就跟她说了。她也知道自己做得不对，说会完全配合我。但是……”潘江海犹豫着。

“说，怎么了？”崔铁军问。

“估计等案子破了，海城银行她也没法待了。哎，你在经侦认识人多，帮她踅摸个新工作啊。”潘江海说。

“嘿嘿嘿，还没怎么着呢，就开始大包大揽了。”崔铁军摇头，“没问题，我在银行和证券公司有些朋友，就凭着弟妹这姿色，肯定没问题。”

“什么叫这姿色啊？”潘江海不悦。

“对不起，用词不当。应该是，凭着弟妹这身材……”崔铁军笑了。

“行了，都别贫了，赶紧收拾收拾，注意保密。喷子，你做好准备，下一步看你的了。”郭俭说。

“明白。”潘江海语气坚定。

孙明川中计了，把潘江海当成了自己人。他不断打听着案件的进展，却没料到每次通话的时候，另一边都在录音。而他套出的情报，也大都是错误的信息和误导。与此同时，潘江海与苗虹也进展迅速，在发生这件事之后，两人成了攻守同盟，之间有了更多默契。

在电影院里，潘江海和苗虹坐在最后一排，在看着好莱坞大片《特洛伊》。银幕上的布拉德·皮特正挥舞着短剑，在海滩上与敌人激烈搏杀。

“如果你是帕里斯王子，会把海伦带回去吗？”苗虹侧目问。

“估计不会……”潘江海说。

“为什么？”苗虹皱眉。

“因为我不喜欢洋妞，只喜欢你。”他转过头，看着苗虹笑。

“又没正经。”苗虹脸红了。

“哎，你干吗呢。”苗虹拽过潘江海的手，“跟你说了好几次了，三角区的包不能挤，会有危险的。”她关切地说。

此时两人靠得很近，潘江海被苗虹攥着手，不禁看着她的眼睛。苗虹的眼睛很美，像星辰一样璀璨，像大海一样神秘。潘江海已经沉迷其中。他猛地搂住苗虹，吻了上去。苗虹没有准备，下意识地推开潘江海。但潘江海却不依不饶，继续前行。苗虹抵抗了几下，终于妥协了，她迎合着潘江海，放开了自己内心的禁锢。

“你得为我负责，要娶我。”苗虹依偎在他怀里说。

“当然，我会娶你的。”潘江海回答，“我说过，我会拯救你。让你幸福快乐，让你无忧无虑。以后无论你做什么，我都支持你，保护你，不让你害怕，不让你寂寞，不让你再梦到自己在街上一个人哭。”

苗虹紧紧地搂住他。

“你要注意了，我记忆力很好的，会记住你说过的每一句话。希望你不要食言。”苗虹一字一句地说。

22

海城的初雪没想到会这么大，气温骤降，整个城市笼罩在灰暗之下。到了夜晚，脚踩在冻土上坚硬无比，像是大地披上的铠甲。海河边呼啸着冷风，坤豪公寓孤零零地伫立着，在资金链断裂之后，大厦彻底停工。

周庆站在楼顶，默默抽着烟。风很冷，他的身体也不禁颤抖。他转过身，透过大厦的玻璃幕墙，凝视着自己。哼，真是应了老万的那句话，流氓就是流氓，整天琢磨着跨阶层，但屁大了裤衩兜不住，牛吹大了下巴受不了。周庆苦笑。他知道，就是自己穿上西装也盖不住文身，在孙明川那帮人眼里，自己做的根本就不是什么正当生意，而是坑蒙拐骗，巧取豪夺。但，那又能怎样？这世界上本就争名逐利，怎会有一荣俱荣一损己损的事情？要做就做到底，逆风而行才能屹立潮头，周庆不但要做到底，还要让那些袖手旁观甚至釜底抽薪的人付出代价。“哼，什么周总，你就是个流氓，一个臭狗屎。”周庆对玻璃幕墙映出的自己默念着。

他拿起电话，拨通了一个号码。

“喂，动手吧。对，都做掉。”他的语气里毫无感情色彩。远处的乌鸦叫了起来。

冷风呼啸着，大雪渐渐转成了大雨。老鬼仰头看着，他熟悉这种阴冷潮湿的味道。他准备提前收摊儿，就让赵大姐驱散了围在摊位前的顾客。母亲这几天的情况不好，病情急转直下，已经下不了床了。他心急如焚，知道如果再不能动那笔钱，母亲的病情就会继续恶化。但自己刚离开周庆不久，如果一次性拿出那么多钱，势必会引起别人的怀疑。周庆、老万、徐国柱，许多人都在盯着自己。一旦露出破绽,后果将不堪设想。所以他只能继续等待，继续忍耐。

他是个聪明人，聪明人做事，懂得换位思考，别看老鬼练摊儿时间不长，却总结出了一些规律。到市场买东西的人，大都是中老年人，他们第一看质量，第二图便宜，第三经历过计划经济时代，对国营商店信任度高。于是老鬼就将那个“清仓处理，降价打折”的招牌进行了升级，换成了“国营商场样品处理，降价打折”，同时还雇了刚从海城百货大楼退休的赵大姐当门面。老鬼给赵大姐提的要求是：第一，见顾客不打招呼，说话爱答不理，嗑瓜子聊天随意；第二，谢绝砍价，爱买不买，打听问题多了可以不耐烦；第三，到点儿关门儿，过时不候。赵大姐果然不负厚望，往柜台前一戳，整个小店儿立马有了国营气质。而顾客也很吃这一套，生意越发红火起来。

眼看着挣来的票子越来越多，老鬼筹划着，等风声弱些，就以到南方进货的名义去洗白一部分钱，到时就可以名正言顺地给母亲治病了。他看摊位前的顾客走得差不多了，就锁上门，准备回家给母亲做饭。但在这时，加代的电话却打了过来。他接通电话，刚听了几句，便意识到了事情的严重性。灯哥的妻儿，出事了。

在海襄高速 G5 出口三公里处的湖边，工程车将一辆宝马越野车从湖里吊起。车里的两人均已溺亡，死相很惨。驾驶位的女人叫纪红霞，后座是她的儿子尹冲，正是灯哥的妻儿。

徐国柱叉着腰，看着技术人员在做现场勘查。雨还在下着，远方迷雾重重。这时，桑塔纳开到了现场，崔铁军和潘江海走了过来。

“事故还是人为的？”崔铁军问。

“还不确定，”徐国柱摇头，“但在现在这个时候，我不信会有这么巧的事情。”

技术人员冲他们招了招手，三个人走了过去。

技术人员指着车的左后侧：“看，这里有撞痕，应该是被另外一辆车撞进湖里的。”

徐国柱蹲下去，仔细查看，果然在宝马越野车的后面发现一处明显的撞痕。

“还有，”技术人员走了几步，指着不远处的土路，“那里还发现了轮胎印迹，但在事后被人做了清理。”

“这么说，这是个案子？”徐国柱问。

“可以这么说，但这荒郊野外，又下着大雨，不要说摄像头了，就连目击证人也找不到。要想获得有价值的线索，比较难。”技术人员说。

徐国柱点点头，转头对崔、潘二人说：“因为死者的特殊身份，案子落到咱们身上了，大撒把一会儿陪着邢局过来。我看，咱们先做点儿工作吧，我负责附近的收费站和加油站；大背头到周围看看，如果从这儿离开，会途经哪几条道路，争取找到目击者；喷子联系一下交警队，让他们去调一下这两天的汽车维修记录。”

“这帮人渣，能对女人和孩子下手。”崔铁军感叹。

“哎……这是个信号，估计要天下大乱了。”徐国柱说。

“他们招惹到谁了吗？”潘江海问。

“估计与那些资产有关，他们终于坐不住了。”徐国柱说，“有人明争暗斗，有人浑水摸鱼，咱们得格外注意，防止被人当枪。”

“妈的，加上小康，已经是三条人命了。”崔铁军拿出一根软玉溪烟，插在烟嘴上，“现场干净利落，一看就是老手干的。虽然没有证据，但我觉得，这案子的幕后黑手应该就是指使陆宝山的人。”

“嗯，我同意。”徐国柱点头。

“我觉得该把孙明川收进来了。如果周庆是幕后的黑手，我想他的处境也一定很危险。他知道的事儿太多了。”潘江海说。

“嗯，等邢局来了，你直接汇报吧。”徐国柱说。

在国际大厦顶层，一伙人闯进了宏远达房地产开发公司。前台小姐被吓坏了，赶忙往里通报。范大傻子一看是老万，刚要过来阻拦，就被杠头一个嘴巴扇倒在地。

老万冷着脸，气势汹汹地带人走进周庆办公室。周庆正坐在大班台后打着电话，他看到老万，不慌不忙地抬手，示意他坐下。

“哦，魏科长，那先这样，咱们再联系。好，好。”他说着挂断电话。

“二哥，你怎么今天这么有空？”他站起来寒暄。

“说！灯哥妻儿的事儿是不是你干的？”老万拍响了桌子。

“什么？他们出事儿了？”周庆惊讶。

“你不知道吗？”老万面露凶狠。

“不知道啊，真的不知道。”周庆解释。

“你们，都出去！”老万摆了摆手。杠头带人走出了房间。

“老三，咱们把话摆在明面儿，这事儿要真是你做的，我可跟你没完。”老万一字一句地说。

“我跟你说了，这件事与我无关。”周庆也加重了语气，“但如果你不相信，我就没办法了。”

老万凝视着他，叹气摇头：“老三，在这个世界上活着，不要觉得自己太聪明。聪明和愚蠢离得最近，拿别人当傻子的人，最后会把自己坑得很惨。许多事情，不是我不知道，而是我不想出手。内斗，最终的结果只有两败俱伤，都不得好死！”

“哼，二哥，我他妈的现在已经快不得好死了，但也没见你伸出援手啊。”周庆皱眉。

“别怨天怨地，只能怨你自己。你以为自己是谁？周总吗？哼……”他不屑地摇头。

“如果你认为是我，好，你随时可以干掉我。我知道你手下的人多。”

周庆叫嚣。

老万没说话，点燃了一根中南海香烟，喷吐了几下："小康的事儿还没完，又出了这么大的事儿。我想，那帮猎狗肯定会死追不放的。既然有人作死，我也就不拦着了。但你记住，恶有恶报，做出的事终归要付出代价的。不管时代怎么变，道义和规矩也不会变，如果有人总在越线，就会被群起而攻之，人不报，天报！"他拍响了桌子，"周总，你好自为之吧！"他说着站起身，头也不回地走了。

范大傻子走进屋，看着周庆："老板，该怎么办？"

"与你无关，做好自己该做的。"周庆说，"魏科长给我回话了，你下午找一趟他，尽快落实城市合作银行的事情。记住，只要能贷出款来，什么条件都行。"

"好。"范大傻子点头。

"还有，你再核实一下，老鬼的那件事是真的吗？"

"应该错不了，有人看见他那天回到芦坝山街了。"

"王八蛋！"周庆重重捶响了桌子。

"还有，孙明川一直不接电话，我怕……"范大傻子欲言又止。

"放心吧，我会摆平他的事。"周庆说。

在坤豪公寓楼顶，一个人走到了周庆的身后。周庆转过身，看着他。那人瘦得跟个猴儿一样，两只眼往里凹着，眼神像针。

"听说你在襄城挺能折腾？"周庆问。

"嗐，混口饭吃，不折腾不行啊。"那人一笑，比哭还难看。

"但到了海城，不能瞎折腾，得把事办好。"周庆说。

"哼，那件事办得不够漂亮吗？"那人问。

"没留下痕迹吧？"周庆问。

"放心，现场都清理过了。"那人说。

"另外一件呢？"周庆问。

“姓孙的不在家，但我们做了该做的。”那人说。

“你查查账户，钱已经打过去了，咱们一把一结，互不相欠。”周庆说。

“放心，你的钱不会白花。我们做事，干净利落。”那人笑，“哎，我倒想问问啊，你也是道上的，干吗让我过来？”

“因为我不相信本地的，他们太软，太㞞……”周庆说。

“哎，我说三哥，我帮了你这么大忙，你什么时候也帮帮我啊，海城的销路还没打开呢。”

“你知道我不碰那个东西。我警告你，二冬子，到了海城你也不要碰！”周庆说。

“哎……你们本地的还真是太软、太㞞……”二冬子摇头。

二冬子今年三十出头，是襄城有名的亡命徒。他凶狠、狡诈、冷血、无恶不作。在十年前，他因一起故意伤害案被警方抓捕，但却被鉴定出患有间歇性精神病，从而转到医院进行强制医疗。听说在鉴定的时候，他正好犯病，冲到卫生间里大吃屎尿。在结束强制医疗之后，他变本加厉，玩得更加猖狂。襄城的流氓避之不及，一时传出了二冬子杀人不犯法的传言。之后，他凭着精神病的底子，屡次逃脱法律的制裁，这几年越玩越大，甚至靠上了大毒枭陈桥。与他相比，海城道上的混混，确实不值一提。但周庆知道，将他拉到身边，是下策中的下策。二冬子贪得无厌，一旦被他盯上，就会引狼入室招来大祸。但如今山穷水尽，周庆也只能铤而走险。

“你那病还没好呢吧？”周庆问。

“好不了。该犯的时候肯定犯，犯的时候杀人都不犯法。”二冬子笑。

“行了，开着手机。有事我再找你。”周庆结束了对话。

23

周五的海城机场，乘客并不很多。孙明川拉着旅行箱在安检通道排队。他穿着大衣，戴着帽子，把自己包裹得严严实实，不仔细看，根本认不出来。但这时，潘江海却带着两个便衣出现在了机场，远远地看到他正在打着电话，便迅速向他靠近。

“发现目标。”潘江海拿起电台报告。

“摘。”郭俭一声令下。

潘江海毫不犹豫，上前按住了孙明川的胳膊。

孙明川刚挂断电话，转头看到潘江海，面如死灰，抖如筛糠。

“孙明川，你因涉嫌合同诈骗，被刑事拘留。跟我们走一趟吧。”潘江海做着开场白。

孙明川发着抖，嘴唇张开又闭上，眼睛里都是惊恐。

“你怎么了？”潘江海皱眉。

“我……我……”孙明川大口大口地喘气，“没事，没事……”他摇头。

“好，那回去说。”潘江海不再犹豫，麻利地给孙明川戴上了“银镯子”。

在审讯室里，潘江海与那天截然不同，亮出了预审的气势。孙明川始终低着头，一言不发。

“知道为什么找你吗？”潘江海和那天一样地发问。

孙明川低头不语。

潘江海拿出一张照片，让书记员递给他。

孙明川下意识地看去，照片上是一个黑色书包和十万元现金。他顿时明白了。

潘江海拿出一个录音笔，播放出声音：

“小潘，咱们是朋友。你既然问了，我就告诉你。这笔钱不是我的，而是周总的。只要你帮我们渡过难关，事成之后还有更多。”

“现在可以说了吧。第二个问题，你和周庆什么关系？”潘江海用手指节点着桌面。

孙明川还不说话。

“孙明川，玩沉默是吧？以为这样就能蒙混过关？”潘江海拍响了桌子，“我告诉你，只要证据确实充分，我们可以零口供定你，到时你别说我们没给你机会。”他加重了语气。

但无论潘江海怎么说，孙明川始终一言不发，审讯持续了三个小时，毫无进展。潘江海知道，不能再这么拖下去了。他想了想，开始敲山震虎，出示证据。

“孟晓亮你认识吗？”

孙明川一听这个名字，不禁抬头。

“你可以否认，但他供述了，说认识你，”潘江海说，“通过拍卖字画进行受贿，哼，你自认为玩得很隐秘吗？”潘江海盯着他的眼睛。

孙明川眼神空洞，自知大势已去，他叹了口气，终于开口：“潘警官，我知道，我输了。我现在就是不说，你们也能定我的罪。这段时间该说的，我都在电话里跟你说了，想必你也录音了。唉，聪明反被聪明误，没想到你这么厉害。该怎么判就怎么判吧，我认。”

“既然你认，就说出事实。你不必有什么顾虑，谁要是威胁你，就说出来。我们会保证你的安全。”潘江海说。

“哼，保证我的安全……”孙明川冷笑，“你们就零口供吧。我是什么也不会说的。”他说着又低下了头。

专案组会议室里，郭俭默默看着潘江海的讯问笔录，他刚从省厅开会回来，满面愁云。

徐国柱看他不说话，沉不住气了：“怎么个意思啊？都到这关口儿了，还不动周庆？”

“你闹什么炸啊，现在动他，拿什么罪名定他，行贿受贿吗？”崔铁军说。

“没问题啊，先装进来再说，也别在外边撒着啊！”徐国柱说，“哎，我说喷子，你最近是怎么回事啊，不是‘铁嘴钢牙橡皮腮帮子’吗？怎么总是掉链子啊。不会是高抬贵手呢吧？”他嘴上开始没把门儿的。

“你没事儿吧？要是怀疑我，就让纪委把我带走。”潘江海冷下脸。

“嘿嘿嘿，还没怎么着呢，自己先斗上了？嫌不够乱！”郭俭说话了，“我看完笔录了，喷子，你有什么感觉？”

“孙明川状态不对，他不是畏罪和侥幸心理，而是有其他的顾虑。”潘江海说。

“你该说的都说了，该明的也都明了，他还会有什么顾虑？”郭俭皱眉。

“我也说不好，只是一种感觉。似乎他受到了什么威胁。”潘江海说。

“尽快扫扫孙明川周边的情况吧，棍子，这个活儿交给你了啊。”郭俭说。

“那周庆呢？现在灯儿的老婆孩子都死了，这事儿肯定和周庆有关。”徐国柱说。

“有证据吗？现场发现了他的指纹、足迹或者视频轨迹吗？”郭俭问。

“废话，要是发现了，不早给丫办了吗？”徐国柱不客气地说。

“那我问你，现在抓了他能处理吗？拘进来，下一步怎么办？”郭俭问。

“下一步？搜查啊，取证啊。”徐国柱顶嘴。

“你也是老刑警了，该知道，仅凭孟晓亮的口供，根本拿不下这个案子。你说他行贿，说他雇凶杀人，但如果找不到证据呢？如果他提前做了准备呢？刑拘三十天之后，改监视居住吗，还是取保候审？”郭俭连连发问。

徐国柱没话了："哼，要都像你这么办案子，没法弄了。"

"这个案子跟其他案子不同。"郭俭说。

"大撒把，你这么谨慎，是不是有什么内情？"崔铁军问。

"这次我和邢局到省厅开会，本以为是刑侦的领导要听汇报，没想到却是省纪委的。"郭俭说。

"省纪委？还牵扯到公职人员？"崔铁军问。

"在小康出事之前，省纪委的人也联系过他，但还没见面，他就被害了。"郭俭说，"省纪委侦办的几起贪污受贿案件，都牵扯到尹航。有线索证明，那里面牵扯到许多在职的党政干部。但具体的情况他们没说，我这个级别够不着。但我觉得，应该涉及那些资产。"

"所以……还不能马上抓周庆，得先查清背后的事情？"崔铁军问。

"对。"郭俭点头。

"我说这孙子怎么临时变卦了呢……本来都答应我了，说把手里的材料都拿过来，还约定了时间。没想到他到点儿没来，还到银行取钱准备跑路，这才栽到大宝手里。估计他是真怕了。"徐国柱说。

"照这个路子，如果小康举证了，不光尹航倒霉，那些党政干部也得吃不了兜着走。"崔铁军说。

"但他手里的东西呢，咱们搜查了这么多次，也没找到啊？"潘江海说。

"可能被他藏在了哪里，我不相信他会销毁。"郭俭说。

"省纪委有什么指示吗？"崔铁军问。

"他们没明说，但我估计，咱们要是再查不清，他们就要派人接手了。"郭俭说，"各位，现在所有的压力可都在咱们身上了。"

他这么一说，三个人都沉默了。

"来，咱们说说下一步工作的细节。"郭俭冲三人招了招手。

在动物园附近的服装市场，花儿找到了老鬼的摊位。老鬼正在忙活着，看她来了就停下了手里的活儿。他找了块毛巾擦了擦手，走到花儿面前。

“我这地儿怎么样？”他指了指“国营商场样品处理”的招牌。

“没创意。”花儿摇头，“但你这铺面还行，临街，豁亮。”

“你还在老万那儿呢？就没想过换个地方？”

“为什么要换地方？跟你一块儿练摊儿来？”

“哼……你也不是没练过摊儿。再说，干这个活儿虽然辛苦，但是心里稳当。以前拿命去换生存，现在看来，真的不值。”老鬼感叹。

“你今天找我过来有事儿吗？就为了说这些？”花儿看着他。

“我就是想让你看看我现在的生意，也想让你知道，我重新开始了。”老鬼说。

“你的生意跟我有什么关系？你重新开始了为什么要告诉我？”花儿问。

“你不明白吗？”老鬼看着她。

“哼……”花儿摇头，“三年，时间不长，但我觉得自己已经想明白了。我不会再把自己托付给一个意气用事的人。就在你推开我去跟哈道拼命的那一刻，我的心就死了。我知道，你根本不在乎我，你在乎的只是你自己。”

“你根本不知道我当时的处境，我没有选择，只能那么做。”老鬼解释。

“是啊，选择权永远在你，别人，根本无足轻重。”花儿停顿了一下，“仇建军，忘了过去吧。好好开始你的现在。”

“是因为那个警察吗？”老鬼皱眉。

“不知道。我只觉得跟他在一起很踏实。”花儿说。

“我明白了。”老鬼点头，“我出来以后找人算过命。他说，我这辈子有女人缘，但难有家庭；这辈子不愁钱，但灾祸不断；这辈子不缺兄弟，但却会因我而麻烦不断。我不知道，他算得准不准。”老鬼看着她，“其实我本来想说，我会努力，一切会好，等好的时候会带你离开这里。只要你答应，我可以让你什么都有，但现在再说这些，都没有意义了。你不选择我是对的。但我希望你能跳出这个圈子，这是个囚笼。”

“好自为之吧，祝你顺利。”花儿伸出了手。

老鬼苦笑，握住了花儿的手。

花儿走了，老鬼久久注视着她的背影。他知道，花儿已经做出了选择。这时，一辆尾号四个6的奔驰缓缓从远处驶来，老鬼认得，那是周庆的车。车门打开，周庆和范大傻子走到摊位前。周庆叉着腰，敞着西服的领口，摆出一副轻松的样子。

“不错不错。”周庆看着摊位，点着头，“哎，我是不是该叫你，鬼总了？”他笑。

“有什么事儿？”老鬼警惕地问。

“买衣服，行吗？”周庆看着他，“哎，傻子，你也看看，东西不错。”他指着。

范大傻子上前，挑了一件婴儿装。“哎，这个多少钱？”他笑着问老鬼。

“上面有价签儿。”赵大姐不冷不热地说。

“五十？够贵的啊。”范大傻子说。

“送你了，算是心意。”老鬼说。

“哎哟，那可谢谢鬼哥了。”范大傻子笑。

“看来买卖不错啊，这么点儿地儿，还雇俩人？”周庆看着赵大姐和小四川。

老鬼知道他来者不善，就让赵大姐先走。

“有什么事，直说。请别耽误我生意。”老鬼说。

“嘿，你这么说就不对了，我就是来支持你的啊。哎，你这些东西，一共多少钱，我全要了。”他说。

老鬼看着周庆，停顿了一下：“听见了吗？小四川，给他算算，今天店里的货一共多少钱。”

“鬼哥，是按照零售价算，还是批发价啊？”小四川挺认真。

“废话，当然是按照高的算了。”老鬼说。

小四川挺麻利，没一会儿就算出了价格：“一共是五万八千元噻。”

“拿钱。”周庆抬抬手。

范大傻子回到车里，拿出手包，点出五万八，递给了周庆。

“啪”，周庆将钱拍在了柜台上，“打包，给我送到公司。”

“对不起，这是零售价，不包运送。”老鬼说。

“哎，你这是怎么做生意的，卖得这么贵，服务还跟不上。”

“这就是我做生意的方式。”老鬼说。

“好，我给你凑个整。”他拿过手包，又点了两千，“这下够了吗？”

老鬼回头问小四川：“这回够了吗？”

“差不多吧。”小四川说。

“那好。你去找市场的老刘，让他过来帮着打包和运送。”老鬼冲他使了个眼色。

小四川一点就透，转身走了。柜台前只剩下老鬼和周庆。

“行了，你今天的生意结束了，咱们谈谈正事儿吧？”周庆说。

“咱们之间除了钱之外，还有什么正事儿吗？”老鬼问。

“所以我今天来，就是跟你谈钱的。”周庆收敛了笑容，“你应该知道吧，大宝在干掉小康之后，还拿走了一笔钱。钱装在一个皮箱里，但现在不知藏在哪儿。”他盯着老鬼的眼睛。

“我不知道这件事。”老鬼摇头。

“这笔钱不多，也就一百来万吧。但据说在那个箱子里，除了钱之外，还有其他的东西。哎，你要是知道这些东西的下落，就告诉我。我花钱来买。”周庆说。

老鬼看着他，大脑在飞速旋转。他确信在那个皮箱里，除了钱之外并没有其他物品，也确信自己在那个现场没有留下痕迹。“我说过了，不知道这件事。”老鬼一口咬定。

“呵呵，我知道你会否认，但是……”周庆笑了笑，“你也说过，我阴险，冷血，做事无所不用其极，关键时候为了利益，什么人都能干掉。如果你骗我，该知道后果的。”他的眼里露出凶狠。

老鬼知道，他也许是听到了什么传言，或者是在试探虚实。“好，我帮你打听着，如果有情况，就告诉你。”他说。

“那我等你的情况。”周庆说着将一个纸条拍在柜台上，“今天的货，你送到这个地址。同样，如果有人发现了那些东西，也可以发到这个地址。我不但既往不咎，还会支付报酬。”

老鬼拿起纸条，发现上面并不是周庆公司的地址，“好。我记着。”他点头，“哎，你知道我小时候最担心什么吗？”他问。

“什么？”周庆看着他。

“最担心《新闻联播》明天没的播。”老鬼说，“但后来才明白，这个世界每天都在发生意外，《新闻联播》永远不会没的播。”他话里有话。

“你是在警告我？”周庆皱眉。

“我可不敢。”老鬼撇嘴，“我只是想提醒你，给别人留余地，就是给自己留后路。”

“好，谢谢你的提醒。”周庆笑了。他招招手，奔驰驶了过来，老鬼一看，开车的竟然是小柳子。

“认识吗？这是我的新司机。”周庆说，“这小子行，开车比你野，而且还敢飙车。”

“小子，注意点儿。一万块钱可不是好挣的。”老鬼冲小柳子说。

小柳子没说话，表情挺尴尬。

“哎，你这柜台多少钱买的啊？”周庆问。

“什么？”老鬼没明白他的意思。

周庆没往下说，笑了笑，就上了奔驰。小柳子开车果然野，奔驰嗖的一下绝尘而去。老鬼正在发愣，突然从街角驶来一辆货车，朝着摊位就撞了过来。老鬼赶忙闪躲，只听“轰”的一声，货车就撞上了柜台。货架倒了，将老鬼压在底下。正巧小四川带着老刘回来了，见此情景，两人赶忙跑过来扶起老鬼。

货车门一开，跳下来一个人。他长得干巴瘦，两只眼往里凹着，站在原地笑着。

“你个龟儿子！”小四川急了，他抄起一把折凳，冲了过去。

“住手，住手！”老鬼一把拽住小四川。他满身尘土，步履蹒跚地走到那人面前。

“看你柜台旧了，帮你换个新的。”那人一扬手，把一沓钞票散在地上。

“你是谁？”老鬼压住火气，盯着他。

“二冬子。”那人说。

老鬼一愣，听说过这个名字，“你就是襄城那个‘杀人不犯法’的？”老鬼皱眉。

“没办法，我一犯病，就什么都不知道了。”二冬子摇头。

“把钱给我捡起来。”老鬼冲地上努努嘴。

“什么？”二冬子一愣。

“把钱给我捡起来！”老鬼加重语气。

“嘿嘿……”二冬子诡异地笑了，他顺从地低下头，捡起钱，又放在手里，吹着尘土，“鬼哥，拿好啊。”他递了过去。

老鬼接过钱，转手交给小四川。

“第一次见面，以后常来常往。”二冬子双手抱拳，转身上了车。

货车的前脸撞得稀烂，在轰鸣了几声之后，疯了似的开走了。

“鬼哥，就这么让他走了？”小四川不忿。

“没听说吗？以后会常来常往。”老鬼说。

24

在奔驰车上，范大傻子说着到城市合作银行的事情，周庆听着，表情越发难看。

“魏科长很帮忙，但是要这个数儿。”范大傻子伸出了一根手指，“还有那个主管信贷的行长，也少不了‘嚼谷’。”

“他妈的，都是喂不饱的狼。”周庆摇开了车窗，点燃了一根雪茄，“最快能什么时候下来？”

“时间不好说，那个行长说还得报分行审核。要不……让二冬子出出手？”范大傻子试探地问。

“不行，现在姓孙的就是一个大麻烦了，别再节外生枝，按着规矩来吧。”周庆叹了口气，“关于抵押物的事儿，你不要管了，我让二冬子去办。还有那个老鬼，看来不给他下点儿真家伙，不行了。”

“二冬子最近已经拿了两次钱了……”范大傻子欲言又止，“他这要钱的速度……是不是太猛了？”

“他收多少钱，就要干多少事，就要付出多少代价。让他去搅和吧，他不是说了吗？就是杀人也判不了刑。”周庆说，“哎，那些钱转得怎么样了？”

“正在办。那个广东的‘阿黄’很讲信用，您就放心吧。”范大傻子说。

“好，这件事要万无一失。”周庆叮嘱。

“放心，等钱到了那儿，我亲自去一趟。”范大傻子说。

海城市局考场的墙上，挂着“公平、公正、公开”的横幅，崔铁军和几个民警正在候场。他制服严整，在警容镜前踱着步，嘴里默念着竞聘演说的重点。他的笔试成绩已经出来了，85 分虽不算高，但也排在了其他竞聘者的前列。竞聘考试的成绩由笔试、面试和综合评价三部分组成，比例是 3 ∶ 3 ∶ 4。而综合评价也是透明的，从警时间、学历以及立功受奖情况一目了然，造不了假。崔铁军给自己测算过，只要这次面试不失常，竞聘成功的概率就会很大。当然，无论成绩怎样，最后能否任命，还是看领导的决定。

在面试环节中，他需要首先发表一个竞聘演说，时间不能超过五分钟。他要说出对此次竞聘岗位的认识，自己的施政方针和下一步的工作方法。当然，竞聘演说都是事先准备好的，所以在这个环节，面试官考察的更多是竞聘者的仪表仪态、谈吐气质等方面。崔铁军知道，第一印象很重要，所以特意熨烫好制服，并在潘江海的指导下，反复进行了演练。在演说过后，面试官会随机发问。崔铁军收集了近两年的考题，大都是诸如“如何应对工作中的突发情况”“如何有效地激励下属”“如何解决工作中的矛盾”之类的问题。

每场的考官都有三个人。其中一个是警察院校的老师，一个是市局政治部的领导，还有一个是随机抽取的直属单位正职。不一会儿，考务员便叫到了崔铁军的考号。他稳了稳情绪，迈步走进考场。一进门，就看到了坐在右边的沈嵘。他心里不禁一紧。

“各位尊敬的评委，大家好，我是来自经侦队的民警崔铁军，我今天的竞聘演讲题目是‘秉公执法，恪尽职守，攻坚克难，廉洁自律，努力打造基层战斗堡垒’……”崔铁军做着开场白。他准备得很充分，演讲内容都是干货，非常务实。在演讲中，他历数了基层警务工作容易出现的问题，又从自身出发，提出了解决的方案。最后，他在演讲中发出自问：“警察是什么，为什么要干警察？这是我们需要用一生去不断追问的。其实这个问题的答案不需要说出来，而是要用一辈子去体会、去践行。如果说刑警办案是在激流中游泳，处处面对危险，那我们经侦，就是在泥泞中游泳，不但处处受阻，还容易被泥泞吞噬。所以要更加清醒和理智，不忘从警的誓言，时刻对得起自己的良心。”

崔铁军一席话讲完，评委们不禁鼓起掌来。他的演讲非常成功，这点从警院老师和直属单位领导的反馈就能看到。但沈嵘却始终冷着脸，一副高高在上的样子。

到了提问环节，沈嵘首先发了话：“众所周知，墨菲定律是二十世纪西方文化的三大发现之一，请你联系本职工作，说一下如何在工作中应对墨菲定律。”

“墨菲……定律……”崔铁军晕了，这题压根不在范围之内。

崔铁军一时无语。沈嵘冷冷地看着他，不时抬手看表。崔铁军知道，瞎了。

十分钟后，崔铁军面无表情地走出考场。徐国柱和潘江海在外面等着，都迎了过来。

“怎么着，官儿迷，这回如愿以偿了吧？”徐国柱叼着烟问。

“狗屁，完蛋了。”崔铁军摇头。

“怎么完蛋了啊？碰见能聊的了？”徐国柱问。

“不是，碰见沈嵘那孙子了。”崔铁军说，“丫给我出了道题，是什么墨菲定律。”

“墨菲？哪国人啊？”徐国柱不解。

“墨菲叫爱德华·墨菲，是一名工程师。他在 1949 年提出，如果事情有变坏的可能，不管这种可能性有多小，它总会发生。”潘江海说。

“靠，这个题够偏啊。”徐国柱说。

“哼，是啊。”崔铁军摇头，他脱下了警服，跟徐国柱要了一根中南海香烟。

“那你是怎么回答的呢？”潘江海问。

“我不知道墨菲那孙子是谁啊，于是就说，无论是什么定律，在警务工作中都要恪尽职守，廉洁自律……”崔铁军说。

“完了，这下可偏了。”潘江海摇头，“正确的回答应该是，在警务工作中要未雨绸缪，而不是亡羊补牢，在工作中要严格落实规范，避免一切可能发生的问题。这才是警务工作中以预防为主、打击为辅的重点。”他说得头头是道。

“你们丫都是诸葛亮，但都是事后诸葛亮。”崔铁军气不打一处来，“你知道这孙子给其他人出的是什么题吗？我下一个是‘如果发生一起重特大案件，成立专案组，该如何指挥开展工作’？下下一个，是‘如何在经侦岗位，切实做到廉洁自律’？”

“哦，这两个确实是送分题。”潘江海点头。

“所以装孙子啊。总在夜路走，就难免遇上鬼。真没想到，碰上这孙子了。”崔铁军抽了口烟。

“哎，你说的这个就是墨菲定律，你要是总这个脾气，就容易得罪人，得罪的人多了，考试被人使绊儿的概率就会大大增加。”潘江海说。

“随他去吧，爱怎么着怎么着。”崔铁军说着一抬手，就将那本习题集扔进垃圾桶里。

和崔铁军说的一样，总在夜路走，就难免遇上鬼。老万把着灯哥的资产不放，出事也是早早晚晚。在正午歌厅里，杠头正在和二冬子对峙，这个点儿正是上客的时间，二冬子这么一闹，这一晚上的生意又泡汤了。

此时杠头正拿着酒瓶，气喘吁吁地面对着二冬子。他的脸已经挂彩，脖子上被酒瓶的碎碴划了好几道口子，他好久没遇见过这么亡命的对手了。说二冬子亡命，一点不夸张。就在刚才杠头阻拦他的时候，他突然发难，抡起酒瓶就砸到杠头的脸上。酒瓶在两人之间崩碎，碎碴也划伤了二冬子自己的脸。在短短几天之内，这已经是二冬子第三次到歌厅闹事了。

杠头出手挺重，二冬子满嘴是血，但他却龇牙笑着，不断挑衅着：“不行不行，你这拳头太软，跟个娘们似的。来来来，再给爷几下，让爷痛快痛快。”二冬子舔着嘴上的血，眼神令人不寒而栗。

杠头知道这孙子有精神问题，本来不想过多纠缠，却架不住他一而再，再而三的折腾。这时，门一开，老万赶了回来。他瞥了二冬子一眼，没多说话，径直走到杠头面前，冲他摆了摆手。

“把东西收拾收拾，今天不干了。”老万轻描淡写地说。

二冬子一看他要冷处理，几步走了过来：“嘿嘿嘿，我话还没说完呢，怎么着啊？给我打成这样儿了。”他说着就要动老万，杠头憋不住火，抬起一脚就给他踹了出去。这下二冬子又得逞了，他满地翻滚，大叫着：“杀人了，杀人了！”

老万知道这孙子是周庆派来的，冲杠头说了两句，回手拿起一把折凳，走到他面前。

二冬子一看这架势，以为老万要动手，赶忙往后退。却不料老万不慌不忙地打开折凳，坐在二冬子面前。

“有什么条件，说说吧。”他问。

“嘿嘿，不愧是万爷，就是讲规矩。哎，你看我都被打成这样了，怎么着也得赔个百八十万吧。”二冬子咧着嘴说。

“我要是不赔呢？”老万问。

“不赔？报警啊！你们这么多人欺负我一个，警察得管啊。”二冬子大声说。

“按照道上的规矩，咱们之间动手，是不报官的。”老万说。

“谁他妈跟你是道上的，我没规矩，我是病人。”二冬子耍浑。

“哼，这个我知道。”老万笑了，“看你这德行，就肯定有病，别说是你，我估计从你们家祖辈儿上，就不正常。娘胎里带的，没办法……”老万故意激火。

“老王八蛋，你嘴够损的啊！”二冬子腾地一下站了起来，“信不信，我把你这儿都给砸了？”

“砸，有本事你就砸，不砸你就是我养大的。”老万撇嘴。

二冬子一听这话，就不管不顾了，他抄起一把凳子，抡圆了就甩在吧台上。各种玻璃器皿哗啦啦地碎了一地。

“接着来，接着砸。”老万坐在折凳上一动不动。

“行！你瞧好了！”二冬子说着又砸起来，歌厅里顿时乱作一团。他歇斯底里地砸着，老万并不阻拦，让其他服务员也不要插手。不一会儿，他砸累了，坐在地上喘着粗气，他这才发现，杠头正拿着一个摄像机，在全程录像。

“哎，你丫干吗！”他指着杠头大喊。

“JVC 的最新款，里面还能记录时间。”老万淡淡地说，“哎，现在关上吧，丫要是再动，就给丫花了！”他说着站起身，摆了摆手。歌厅里的服务员都抄起了棍棒。

“哎哟喂，这是个套儿啊？”二冬子笑了。

“师出有名，打断你的腿我再报警。”老万点燃一根中南海香烟，冷冷地看着他。

“你不是说道上的规矩，不报警吗？”二冬子皱眉。

“你不是说了吗？你不是道上的人，是精神病吗？”老万反问。

“你……”二冬子被噎住了。

“二冬子，我知道你是什么人。你在襄城干的那些下三烂的事，别以为是什么光荣。我知道，你丫来我这儿是碰瓷儿的，想折腾我。但我告诉你，凭你，没戏！要是想谈，让你后边那个王八蛋直接来。”老万说着把烟扔在了地上，用脚踩灭，“杠头，记住了，以后只要这孙子来，就给丫全程录像，然后报警。就算警察拘不了他，也给丫送到强制治疗那儿去。要不他还真以为咱们海城道上的，好欺负呢。”老万不屑地说。

“哼，哼哼……”二冬子笑了，“老东西，你甭跟我这儿摆谱儿。我告诉你，这只是开始。今天你仗着人多，欺负爷爷，但备不住有走单的时候，到时候可别怪哥们不留情。”

“怎么不留情？还跟在襄城的时候一样，被公安抓了，满处拉屎，装疯卖傻？”老万大笑。他这么一笑，在场的人也都笑了起来。

二冬子被气得浑身发抖：“行，你丫给我等着！”他说着就要走。

“等等。”老万叫住他，“杠头，给丫拿点儿医药费，咱们海城的，不欺负人。”

“嘿，呵呵。”二冬子一听这话笑了，“看来还真不是谣传啊。海城的万爷果然局气。得，兄弟谢了，我也是拿钱办事。等这事儿过去，有用得着我的地方，就说话，咱们一码归一码。”他神经兮兮地说。

“放心，我就算再不济，也不会找你。”老万冷冷地回答。

在鸽场，老鬼见到了老万。夜很静，连鸽子都睡了。

“二冬子到你那闹事了？”老鬼站在鸽棚前问。

“是。”老万点头，“我也听说，你的柜台让他给撞了。”

“你什么想法，还击吗？”老鬼问。

“还击？对他，还是对周庆？”老万反问，“让这院子安静容易，但让世界安静可难。我要是还击，就中计了。”

“那怎么办？逆来顺受，还是妥协？”

“什么叫人在江湖身不由己啊？就是你可以选择是否进来，却永远无法选择是否退出。只要蹚上了浑水，就只有两个选择，要么够狠，能立足，要么认㞞，被人欺。”

“我觉得还有一种选择。就是离开。”

“哼，怎么个意思？想学着小康，遁了？”老万话里有话，“哎，知道他们为什么逼你吧？”

“哼，他们觉得我手里有东西。”

“有吗？”老万问。

“没有。”老鬼摇头。

“呵呵……”老万笑了，“有没有你自己也无法证明，所以离开，确实是上策。趁着他们还没看出你的破绽，赶紧走，别以为人群安全，那里比丛林还危险。”

老鬼看着老万，知道他话有所指：“我觉得灯哥的那些资产，最终会害了你。”

“是啊……占着茅坑不拉屎的，最后肯定得掉进去。”老万感叹。

“那为什么还要占着？你不觉得烫手吗？”老鬼不解。

“道义、规矩。他托付给我了，我就得按照承诺的办。人不能在好的时候占了便宜，等要承担责任的时候就往后退。有福同享，有难同当，这就是规矩。他死了，所以我得要个说法。”

“但他的老婆孩子都死了，已经无人继承了。”

“那我给谁？拱手相让？不，那只会错上加错。我问你，那些资产怎么来的？都是谁的？为什么挂灯哥的名儿？每年给谁分了红利？牵扯到哪些人的利益？你知道吗？我知道吗？记住，雷不炸，并不是因为它安全，而是因为还没有人去触碰它。一旦触碰，就会发出惊天巨响，就会让人粉身碎骨。”老万满眼忧虑。

“你说的这些话，老三知道吗？”

“如果换作以前，我可能会跟他挑明。但是现在，他已经被自己迷住了眼，谁的话也听不进去了。他人聪明，办事利落，但最大的问题，就是总想变成别人。你去看过他那个项目吗？哼，叫什么坤豪公寓。看着建得不错，但是乌鸦满天飞。那儿原来是坟地，鸟类都有生物记忆，就是再过几十年，那儿的风水也不会变。富人会到那儿买房吗？扯淡。”老万摇头，“我告诉过他，人这一辈子，不能犯三个错，但显然他都犯了。他跟你要的东西，是小康手里的一把‘钥匙’，据说能打开灯哥的关系网。他是想找到那些关系，为他所用。”老万盯着老鬼的眼睛。

老鬼知道，这是老万在说给自己听。

老万看他不说话，继续说：“但他不知道，那可他妈不是什么关系网，而是导火索、夺命锁。他太高估自己了。在那些人眼里，咱们都是蚂蚁。你知道的越多，就越危险，牵扯到谁，谁就会陷入泥潭。在好的时候，要分对错；在不好的时候，得懂利弊。现在是最不好的时候，你该遁就遁吧，我这边儿，不会为难你。但你也别拿别人当傻子。你以为大家真的相信，你摆个摊儿是为了挣钱吗？”老万把话说透。

“万爷，其实……”老鬼欲言又止，“其实我得到过消息，老三曾经想对你……”

“哎，别说。”老万制止他，“你什么都不知道，我也什么都没听见。过去的事儿就让他过去，我不想再提。”

老鬼拿出一根烟，默默点燃：“谢了，我都明白了。”

“今晚的天儿还不错啊，月朗星稀的，但天气预报可说了，明后天就有雨夹雪。我熟悉这种味道，在雨雪来临之前，总是异常的平静。”老万仰望着天空。

25

天阴沉沉的，并没有下雪。外面没有风，只有满目的萧瑟景象。一辆现代小跑在路上飞驰着，加代开着车，车里放着一首安静的歌。

“高架桥过去了，路口还有好多个，这旅途不曲折，一转眼就到了……”

老鬼坐在副驾驶上，静静地听着，他接过加代递来的一根七星香烟，缓缓点燃。

“这一去，打算什么时候回来？”加代问。

“不知道。”老鬼摇头，“你呢，有什么打算吗？”

“我过几天也走，海城最近太乱，没法待了。”

“去哪儿？”

“出国，去日本。我一个朋友在那儿做中餐馆，生意不错。”

“那海城的事儿，还得帮我想着点儿。”

“放心，你留下的钱够了，老太太肯定没问题。”加代说。

老鬼回过头：“小四川，记住，这段时间要稳，什么都别管，什么都别动。一切等我回来。”

“放心吧，鬼哥。”小四川坐在后座上，“我噻，不会说啥子话，但认了你，就一定会对得起你噻。”

“好。”老鬼点头。

车开到了长途站，老鬼从后备箱取出了旅行包。旅行包装得很满，鼓鼓囊囊的。

“我真不明白，你去南方干吗坐长途车。要是坐飞机，两三个小时就到了。”加代说。

“长途车安全，飞机不安全。”老鬼说。

“呵呵……”加代笑而不语。

长途车站里人流涌动，快到年底了，许多人都提前回家。老鬼又叮嘱了小四川几句，刚往里走，没想到花儿赶了过来。

“你要走，也不说一声？”花儿气喘吁吁地问。

“你怎么知道的？”老鬼问。

“加代说的。”花儿说，“你要去哪儿？”

“去南方。你不想问问我，什么时候回来？”

“为什么要问？”

“那你为什么要送我？”

“总得有个结尾吧。”花儿看着老鬼。

老鬼的心一颤，叹了口气：“哼，你是该离我远点儿。跟我在一起，会招来噩运的。”

“我不怕，我自己的命运自己把握。与别人无关。”花儿说。

“其实我……哼……算了。”老鬼苦笑。

“把话说完，别吞吞吐吐的。”花儿皱眉。

“许多话不必说完，许多事不必做尽。结束的同时，也是新的开始。”老鬼说。

“那好，靠自己吧。这个世界唯一能依靠的只有自己。希望你能冲出囚笼，找到自己的自由。”花儿说。

老鬼走上前去，轻轻地抱了一下花儿。

“不要被什么东西牵绊，你越在乎什么，就越容易被它绑架。”花儿说。

长途车缓缓开走了，花儿默默地伫立在原地，看着车尾升起的黑烟。

“走吧。”加代在她身旁说。

“嗯。”花儿轻轻地点了点头。

一辆桑塔纳轿车在路上飞驰着，崔铁军边开车，边跟徐国柱通着电话。大棍子不愧是管“点子”的，经过两天密集的摸排，就获得了一条重要线索。孙明川的孩子，失踪了。

“你的意思是，他之所以不报案，是受到了威胁？”崔铁军举着电话问。

“废话，要不他干吗嘴这么严啊？”徐国柱反问。

“你再说一遍地址，比如那儿有什么标志性建筑，我已经在路上了。”崔铁军说。

“二机厂家属院，你走正阳路往北拐，然后看到一排高压电线就走小路，几百米就到了。记住，要找的人叫李大明，是个司机。”徐国柱说。

“找到怎么弄？往回带吗？”崔铁军问。

“找到人，先控制住，等我的信儿。”徐国柱说着挂断了电话。

崔铁军不敢怠慢，猛踩油门，加快了车速。

在海城公安局的询问室里，潘江海在给孙明川的妻子曹芳做着笔录。曹芳刚满四十岁，头发散乱着，憔悴不堪。

“你是说，在你瞌睡的时候，孩子就不见了？”潘江海问。

“是的，那天是周五，我照例带着孩子到海城山玩。从家里走的时候，大约九点半，我还约了朋友。但不知怎么的，那天特别困，一上车我就打瞌睡。然后就遇到了那三个劫匪，他们戴着头套，打开车门就将优优抢走了。我……我……”曹芳语无伦次，哭了起来。

潘江海知道，孙明川老来得女，对幼女十分疼爱。他递给曹芳一张纸巾，等她情绪缓解些了，继续发问：“从周五到今天，已经过去了四天，为什么不报案？”

“我……”曹芳犹豫着。

“事到如今，还有什么比孩子的生命更重要吗？”潘江海看着她。

“我受到了威胁，他们在电话里说，只要我报案，就会撕票。”

“这件事孙明川知道吗？”

“这件事就是因他而起的。那帮人还在电话里说，只要我保持沉默，过几天老孙就能放出来，孩子也会送回我身边。”

“说一下孩子被抢的时间。”潘江海拿起笔。

“被抢的时间……”曹芳回忆着，“我记不清了。当时我特别着急，想要报案却又被他们威胁，被吓坏了，记不住具体时间了。”

“你没有反抗吗？”

“我不敢反抗啊，他们都拿着枪，而且孩子还在他们手里。”

“那司机呢？就是那个李大明。”

“他当时被拽下车，一个人用枪顶着他的头，他也没有反抗。”

“你说绑架的地点在前往海城山的路上？”

“是的，那儿挺偏的。距离海城山还有几公里的样子。”

“你们开的是什么车？”

“别克君威。”

“还有什么细节吗？再想想。”

“细节……”曹芳想着，“哦，对了，我在打瞌睡的时候，司机换了一个电台频道，好像是《今日股评》节目。我在股市里损失惨重，所以每天都听这个节目。但节目刚开始，我就困了。”

“好的，你再想想其他细节。”潘江海用手指点了点桌面，让书记员记下这个细节。

徐国柱赶到二机厂家属院的时候，崔铁军已经得手了。他在片儿警的配合下，敲开了李大明的家门。李大明似乎并不感到意外，很配合崔铁军的工作。两人立即将李大明带到专案组的询问室。

他今年二十八岁，是孙明川雇的司机。长相很憨厚，紧张的时候，说话有些结巴。崔铁军给他倒了一杯热水，以缓解他的紧张情绪。

“你是说，孩子是在十点三十的时候被抢走的？”崔铁军问。

“是的,在距离海城山不到五公里的路上,在 G3 出口附近。”李大明回答。

“一共几个人，什么体貌特征？”崔铁军问。

“一共三个人，都戴着头套，看不清他们的长相。”

“你为什么要停下车？”徐国柱插嘴。

“当时他们把车横在路上，我以为是车坏了，就放慢车速准备绕行，却不料他们突然冲过来，拽开我的车门。我看他们拿着枪，就不敢再开了。”李大明说。

“周围有目击者吗？”徐国柱问。

“没有，那天不是休息日，本来去山里的人就少，又赶上天冷，路上几乎没人。”李大明说。

“事发之后，你为什么不报案？”崔铁军问。

“我本来当时就想打 110 报警，但是曹姐接到了电话，说要是报案，孩子就有危险。所以我才……”他没把话说完。

“孩子多大年龄，被绑架的时候穿什么衣服？”徐国柱问。

“今年五岁,是女孩,还在上幼儿园,被绑架的时候穿着蓝色的棉服。哦,叫孙优优。”李大明说。

专案组会议室，潘江海和崔铁军汇报着询问的内容。郭俭边听边皱起眉头。

“人没放走吧？”他问。

“没有。分别待在不同的询问室。我们没用手续，他们同意主动配合工作。”崔铁军回答。

“他给孙明川开了多长时间车了？”郭俭问。

“两年了，每月三千块钱。车是孙明川自己的。”徐国柱回答。

“他身上有问题吗？”郭俭问。

“我觉得疑点很多。”潘江海接上了话茬,“首先是曹芳的瞌睡。据她回忆,那天出发的时候是九点三十，她一上车就犯困，直到孩子被劫才醒来。整个过程都混混沌沌的。这种情况以前都没有过。还有，就是孩子被劫的地点，在距离海城山五公里左右的路上，劫匪怎么能知道他们的行车路线？怎么会如此准确地拦截他们的车辆？这也是一个疑点。”

“还有，在事发之后，曹芳一直不报案。一个正常的母亲遇到这么大的事儿，会选择沉默吗？”崔铁军说。

“她不是说过了吗？受到了劫匪的威胁。”郭俭说。

“那也不对。”崔铁军摇头。

“你怀疑曹芳有问题？”郭俭问。

“大背头，你说的方向不对。我不相信一个母亲会对孩子下手。”潘江海说。

“我看笔录上还有一个细节，曹芳在犯困之前，曾经听过《今日股评》的节目。喷子，你记这个是什么用意？”郭俭问。

“我刚才向广播电台咨询了，这个节目每天播出四次，分别是上午十点、十二点，下午两点、四点。”潘江海说。

“你的意思是……”郭俭琢磨着。

“我觉得，咱们得做一下侦查实验了。”潘江海说。

26

孙明川和曹芳的住处在海城市中区的香洲别墅。徐国柱和崔铁军分别驾驶老皇冠和桑塔纳，从那里出发。两人驾驶的车速不同，徐国柱开得快些，保持着 80 公里每小时的速度，崔铁军次之，60 公里每小时。在三十分钟后，徐国柱首先到达了市北区的经三路，崔铁军慢点，在距离徐国柱 1.5 公里的地方停住。

在专案组，潘江海与曹芳核实，她打瞌睡的地点也正是在经三路附近，看来当时的车速是 80 公里每小时。在确认之后，两人继续开车，向海城山行驶。大约过了十五分钟，两人同时停车。这时徐国柱的老皇冠已经到达了距离海城山五公里处的 G3 出口，而崔铁军的桑塔纳稍慢，但也只落后了几百米。

两人把侦查实验的结果通报给潘江海。潘江海走到市局大院，在孙明川的那辆别克君威里捣鼓了半天。终于，他的眉头舒展开了。他心里有了谱，开始给李大明做第二堂笔录。

在询问室里，他给李大明续上水，很随意地说："你知道绑架罪是什么后果吗？"

"什么后果？"李大明抬起头，看着潘江海。

"根据《刑法》规定，以勒索财物为目的，绑架他人作为人质的，处十年以上有期徒刑或无期徒刑，情节较轻的，处五年以上十年以下有期徒刑。

这个罪过可不小啊。”潘江海看着他的眼睛。

“你……这是什么意思？”李大明不解，“哎，警官，你不会怀疑我参与绑架吧。哎哟，那你可是冤枉我了。”

“别激动别激动，我怎么会怀疑你呢。”潘江海摆了摆手，“我是说……他们。”他伸出大拇指向外侧指着，作出体势语，“同时我也很好奇，你当时停车的时候，都看见他们戴着头套了，就不紧张吗？干吗就把车给灭了？”潘江海皱眉。

“我没灭车啊，我脚上一直踩着刹车呢。”李大明说。

“哦……”潘江海点头，“后来你就打开了车门？”

“没有没有，是他们拽开的车门，之后拿枪顶着我。我怕出事才灭车的。”他回答。

“你说的是实话吗？”潘江海盯他。

“是实话。”李大明肯定地回答。

“啪”，潘江海突然拍响了桌子，“李大明，你开的是新款的别克君威。这款车带自动落锁功能，现在自动落锁还开着呢！你不开门，他们拽得开吗？”

他这么一说，李大明傻了，“那……那可能是我记错了，也没准是当时慌了，灭了车。”他赶忙解释。

“还有，据曹芳回忆，你在开车的过程中换了一次电台频道？”潘江海问。

“哦？是吗？”李大明的额头冒出了汗水。

“之前听的是音乐台，最后一首歌是王菲的《扑火》，换台之后是《今日股评》节目，对吗？”潘江海问。

“哦，对，好像是。”李大明躲闪着潘江海的眼神。

“换台的地点在哪儿？”他追问。

“在？”李大明结巴起来，“好像是……在经……三路附近。”

“确定吗？”潘江海盯问。

“是，就在那儿。”李大明猜不透潘江海的意图。

"之后从经三路开到G3出口，花了多长时间？"潘江海加快语速。

"用了……大约二十分钟吧。"

"你当时的车速多少？"潘江海问。

"车速？正常车速吧。"

"60还是80？你不是说那天不是休息日，又赶上天冷，路上的人很少吗？"

"哦，那应该是80，对，起码是80。"李大明忙说。

"好，那咱们按照80公里每小时计算。从经三路到G3出口一共19公里，其中还有一段高速，我问你，你要是开了二十分钟，为什么到达的时候已经到了十点三十？你在路上干吗呢？在等什么吗？"潘江海大声问。

这下李大明慌了，不知所措地看着潘江海。

潘江海站起身，走到李大明面前。"刚才我们的同事已经拿到了曹芳的保温杯，经过鉴定，杯盖里残留有麻醉剂。哼，你小子干得不错啊！别演了！说实话！"潘江海大声说。

李大明崩溃了，抖如筛糠。

潘江海立马吩咐书记员，给他变换了法律手续。在将询问笔录变更为讯问笔录之后，李大明全盘交代了事实。其实他并不像表面上看的那样憨厚。在五年前，他曾因盗窃被判刑半年，出狱后又多次参与赌博，欠了不少赌债。

在半个月前，一个曾经的狱友找到他，想拉他做一笔"生意"，酬金五万。李大明正被债主逼得走投无路，想都没想就答应了狱友。但没想到对方提出的"生意"，却是协助绑架孙明川的女儿。李大明想要拒绝，却被狱友威胁，如不照办，就要他的命。于是便上演了之前的一幕。

"那个狱友叫什么名字？"潘江海问。

"叫张世栋，我是被他胁迫的。"李大明叹气。

"有他的手机号吗？"

"有，具体号码不记得，在我手机里。"

“其他两个人呢？”

“那两个人我不认识，听口音是孟州人，身上都带着枪。”

“孩子在哪儿？”

“我真的不知道。”李大明摇头，“他们开的是一辆白色面包车，车牌的尾号是6301。我知道他们一个点儿，在东郊的新集村。但我不确定孩子是不是关在那儿。”

“具体地址，新集村的哪一户？”潘江海问。

“这个我真的不知道了。”他摇头。

潘江海知道事态的严峻，又问了一些细节，才让同事将李大明押走。

事不宜迟，郭俭立即调集人马，赶赴东郊的新集村，到达的时候时间已经很晚了。大家把车停在了村外，都不敢贸然进村。他们知道这伙人很危险，一旦打草惊蛇，将会引发严重的后果。

在老皇冠里，四个人抽着烟，研究着方案。

“技术那边回话了，那个电话已经关机，扫不到位置。”郭俭说。

“要不先联系派出所吧，让他们赶过来，查查那辆车是不是在村里。”潘江海说。

“不行，让派出所来还不如咱们进去呢，他们动静更大。”崔铁军说。

“咱们也不行，就这身儿打扮，一进去准露。”郭俭摇头。

“那就开车进去，也不能这么干等着啊！”潘江海说。

“别急，我找个人。”徐国柱说着拨打电话，“喂，国生吗？我，棍子。帮我干件事儿啊……”

“哎，”郭俭打断他，轻声问：“可靠吗？”

徐国柱捂住话筒，点点头。“哎，你新集村不是有买卖吗？帮我摸个情况。你记一下……”徐国柱继续说。

等他挂断电话，郭俭才问：“你问的是哪个国生？”

“就是市南区的混子，打架出重手的那个。”徐国柱说。

“你跟他还有联系？”

“嗯，找了个碴儿给他镇住了。”徐国柱笑。

几个人在车里等着，本来没抱多大希望，没想到国生效率还挺高，不到十分钟，就摸到了线索。他说在新集村里，有人曾看见过一辆尾号 6301 的白色面包车，可能停在“红太阳”饭店旁边的院里。但现在是否还在，就不得而知了。徐国柱问清了大概的地址，就启动了老皇冠，慢悠悠地开进了村。车左拐右拐了好一会儿，来到了红太阳饭店附近。在饭店旁边，有一个大院围墙高耸大门紧闭。徐国柱推测，这就是国生说的地方。

他没有停留，开车围着院子绕了一圈，又开回村口。

“怎么办？”潘江海问。

“硬突肯定不行的，如果劫匪在，会直接发生冲突，孩子的安全无法保证。”郭俭说。

“但也不能就这么等着啊。万一他们联系不上李大明，产生怀疑怎么办？”崔铁军问。

“或者，咱们弄个‘赶鸟出笼’。”徐国柱突然计上心来。

“怎么个‘赶’法？”郭俭问。

“你看，咱们这样……”徐国柱比画着，说出了自己的计划。

红太阳饭店旁边的院子里，停着一辆白色的面包车。张世栋正在和另外两个人无聊地玩着敲三家。已经过去整整四天了，老板那边还迟迟没有来信儿。几个人待得都快发霉了。张世栋没心情再玩，就扔掉手中的牌，拿起水壶，给自己泡了一碗方便面。

“哎，别光弄你的啊，给我们哥俩儿弄点儿。”一个留长头发的男人说。

“你打开手机看看，有没有短信。”张世栋冲他说。

“我不去，还忙着呢。”长发男看着手上的牌。

“你就懒吧。”张世栋摇头，又打开两盒泡面。他一边弄着，一边拿过手机，按动了开机键。手机刚打开，几条短信就嘀嘀地挤了进来。

“哎，老板说了，还得再等几天啊。”张世栋边看短信边说，“今晚降温，最低 0℃，夜里还有雪。”他又看着天气预报。

“坏了，警察找到李大明了。”他看到了最后一条短信。

“什么？”长发男扔掉手中的牌，“他不会把咱们供出去吧？”

“没有，他说那个娘们报案了，警察也找到了他。”张世栋说。

“那也够悬的。”长发男说。

“我怎么记得，他知道这个地方啊？”旁边的短发男说。

“是，上一次咱们设局让他输钱，就是在这儿。”张世栋点头。

“不行，咱们得换个地儿了。”长发男说。

“换哪儿啊？”张世栋皱眉。

“我在襄城有个地方，肯定比这儿安全。”长发男说。

“那就赶快走，这个破村儿能吃饭的地方还少。”短发男抱怨。

“你丫就想着吃喝。”张世栋给了他一脚，“动作快点儿，收拾收拾就动身！”

在老皇冠里，郭俭接听着电话。“好，我知道了，继续监控，一定要盯住！”他叮嘱着。

“怎么样？”徐国柱问。

“在五分钟之前，他们开机了，位置就在新集村里，但没给李大明回电话。”郭俭说，“咱们就按照计划行动吧。”

在郭俭的安排下，参加行动的十多名刑警分成了若干组。徐国柱和崔铁军分别驾驶车辆，守在新集村的东西出口，而潘江海则驾车停在红太阳饭店附近，观察动向。转眼到了深夜，和天气预报播的一样，气温降到了 0℃，雪花飘飘洒洒地从天空落了下来。为了避免暴露，大家都没开车的暖风，他们忍耐着，等待着机会的到来。

时间缓缓流逝，似乎被无限拉长，一直到清晨六点，院子的大门才缓缓打开。一辆白色面包车驶了出来。潘江海蜷缩在车里，几乎被冻僵，他赶忙拿起电台轻喊：“各组注意，鸟已出笼！”

所有的组员同时接到消息，郭俭立即调动人马，按照预定计划行动。徐国柱和崔铁军启动车辆，停在了指定的位置。在清晨的微光中，白色面包车开得很快，它没有立即驶向村口，而是在村里兜着圈子。郭俭不断听着各组的报告，知道这伙人是在试探是否被人跟踪。他们在转了几圈之后，才加快车速，向着村东口开去，却不料刚开到村口，前路就被一辆车堵住。

开车的司机正是张世栋，他抬眼望去，一辆皇冠轿车停在了村口。车前支起了发动机盖子，一个穿皮夹克的人，正在修理着。那辆车停的位置当不当正不正，根本开不过去。他正犹豫着，不料那个人冲着面包车走了过来。

“哎，大哥，知道哪有修车的吗？”那人问他。

张世栋没有理会，挂上倒挡，准备往后开。却不料这时，后面又开过来两辆农用车，“嘀嘀”鸣笛。张世栋摇开车窗，冲那人大喊：“你挪一下行不行？让我们过去。”

“我车坏了，没法挪。”那人说。

长发和短发坐在后座上，中间夹着孩子。

“你往前开吧，我看那个地方行，能错过去。”长发男说。

张世栋踩下油门，面包车缓缓开到了皇冠面前。张世栋左右看着，觉得还是不把稳，就让长发男下车帮他看着，以免蹭上村口的柱子。长发男走到前面，边看边指挥。这时，那个人走了过来。

“哎哎哎，你们慢点，别给我车蹭了。”他说着就走到跟前。

张世栋从后视镜里看着他，刚要提醒长发男注意，不料那人就突然动作，猛地蹿进了车。

“警察！”那人大喊，掏出枪就指在了张世栋头上。

短发男愣住了，刚想反抗，另一侧的车门就被拽开，扮装成农用车司机的刑警将他制服。长发男一看，转身要跑，迎面驶来一辆桑塔纳将他撞倒。还没等他爬起，就被戴上了手铐。专案组配合默契，犹如神兵天降，三个劫匪同时落网。

崔铁军放开孩子的捆绑，将她抱到车里，让刑警带着她先行离开。

而潘江海则带人冲进了那个院子，在确认没有其他同伙之后，对主犯张世栋进行了突审。张世栋见大势已去，初步交代了犯罪事实，但他却说不出雇佣者的名字，只说那人的外号叫“小匪”，甚至连面也没见过。

刑警将三名嫌疑人塞进了车。徐国柱哐的一声，盖上了老皇冠的发动机盖子。

“你们先走吧，我们仨再摸摸情况。”徐国柱说。

三个人没有马上离开，开车到了属地派出所。他们先让片儿警找来了那个院子的房主，又走访了红太阳饭店的伙计，核实了相关情况。等往回开的时候，已经快到中午了。三人这才意识到，从昨晚到现在，已经超过十个小时水米未打牙了。案子一破，肚子就闹起意见来。在车上，三人肚子的叫声此起彼伏。徐国柱饿得难受，就把车停在了沿途的一条商业街上。

时至中午，街上挺热闹。他们饥不择食，找了一个门脸儿还算不错的饭店。抬头看去，牌匾上三个大字，“福满楼”。

“哎，我看咱们就这儿吧，大背头，今天你请客啊。”徐国柱说。

“凭什么我请客啊？”崔铁军皱眉。

“你丫官儿最大啊，崔大探长，高级干部啊。”徐国柱笑。

“哎哎哎，说小了，是崔大队长。”潘江海搭茬。

“别扯淡，不就是想黑我吗？行，按照规定，每人十五块钱餐标。喷子，你负责开票。”崔铁军说。

“十五块钱够干吗的？一人一碗面条啊？嘿，我告诉你大背头，就算这次你考试过了，不还得民主测评呢吗？到时候我可给你丫画叉啊。”徐国柱威胁。

“瞧你那揍性。十五块钱还不够。怎么着？还想‘举’一下？”崔铁军笑。

“要不是离着太远，真想到‘紫牛蛋大’举一下。”徐国柱说。

“别废话了，咱还是烙饼卷手指头——自己吃自己吧。哎，除了海参鱼翅，剩下你们点，今天咱们也庆祝庆祝。”崔铁军说着就往里走。

三人走进大堂，里面很热闹，二楼正在举办一个婚宴。

徐国柱一看菜谱，这食欲就来了。但他叫了半天服务员，就是没人搭理。

“哎，你们什么意思啊？不接散客是吗？”徐国柱不高兴了。

“哦，那你点吧。”服务员爱答不理地走了过来。

“上面什么人啊？我看门口都是宝马奔驰。”潘江海问。

“当然是有钱人了，今天是我们本镇首富嫁闺女。”服务员说。

“哼，本镇首富。”崔铁军笑了，“哎，海城首富，点菜吧。”他对徐国柱说。

徐国柱一点不客气，连点三个都是硬菜。但就在这时，崔铁军却“掉了链子”。

“哎，服务员，我们待会再叫你。”他摆了摆手。

“怎么了？”徐国柱问。

看服务员走了，崔铁军才说：“棍子，我没带钱。哎，喷子，你带了吗？”

“我也没带。”潘江海说。

“嘿，看来我们只能黑你了。”崔铁军冲着徐国柱笑。

“你们认识我也不是一两天了，我出门带过钱吗？”徐国柱反问。

“嘿，这事儿闹的。得，回去接着泡面吧。”崔铁军摇头。

崔、徐二人站了起来，但潘江海却没动地方，抬头望着二楼。

“干吗呢，喷子，走啊。”徐国柱说。

潘江海看着他，诡异地一笑，“哎，既然是本镇首富嫁闺女，咱们是不是也该去庆贺一下啊。”

“你小子又憋什么坏呢？”崔铁军皱眉。

“当警察，就得有勇有谋。什么是勇啊？就是胆量。什么是谋啊？就是智慧。而这勇和谋得靠一股自信撑着，什么是自信呢？”

“就是臭不要脸。”徐国柱将他的话打断，“你的意思，是蹭饭去啊？”

“呵呵，果然是神探，一点就透。”潘江海笑。

“不至于吧，饿成这样了？”崔铁军撇嘴。

“那你们到门口儿等会我，我去去就来。”潘江海说着，起身就往二楼走。

“嘿，你看这孙子，多不地道啊。”徐国柱摇头，“不行，我得盯着他点儿。大背头，你到车里等着，我去去就来。”他说着也走了过去。

“嘿，你们别这么干啊……”崔铁军犹豫着。这时，他见潘江海从柜台抄了一个红包，正将兜里的手纸往里面塞。

“哎，喷子，你干吗呢……哎，再拿两个……”他也追了上去。

27

三个人回到专案组的时候，已经撑得不行了。徐国柱一个劲地感叹，说没想到那么偏的地方，还能吃着鱼翅。郭俭一听就晕了，提醒他们超过餐标可报不了销，但徐国柱却笑着说，这顿饭是首富请客。

审讯随即开始，据张世栋供述，在一个月前，他接到了小匪的委托，目标就是孙明川的女儿优优。小匪是道上专门帮人雇凶的经纪人，神龙见首不见尾，没人知道他的真实身份。小匪支付了定金，提供了孙明川家的地址和每日行动路线，同时还让张世栋拉拢李大明作为内线，之后张世栋便按照计划行事。他先是设局让李大明欠下赌债，将他拉为内线，之后实施绑架，并威胁孙明川和曹芳。专案组将小匪的联系号码交给技术部门进行监测，和想象的一样，早已停止使用了。大家分析，这个小匪的背后很可能就是周庆，但一天不抓到小匪，就一天无法证实。于是专案组决定，从三方面开展下一步的工作：一是尽快提审孙明川，让他知道孩子被解救的情况，打消他的顾虑；二是制作小匪的模拟画像，全省通缉，尽快将其抓获归案；三是对周庆进行全面监控，只待证据确凿，就立即实施抓捕。周庆的末日，快要到了。

长盛饭店一层的“和美”包间，一张大圆桌坐满了人。老万和周庆对坐在两端，杠头、国生、大海、石庆、霍大屁股等几个老炮儿在举杯寒暄。除了范大傻子出差没来，昔日灯哥手下的“大将”差不多都到了。

这顿饭吃得很文明，没人高声大气、酗酒划拳，大家都看出来了，今天这个局弄不好是场鸿门宴。

这时，周庆站了起来："来，咱们再干一杯，敬咱们的老大，万爷。"

大家一听这话，都随着起身，但老万却没有站起来。

"周总，你说这话，是什么意思啊？"他冷眼看着周庆。

"敬你酒，还需要什么意思吗？"周庆笑。

"灯哥是老大，不是我。就算老大走了，这个位置也是他的。"老万说。

周庆一听这话，把手中的酒杯放在了桌上："呵呵……那你不是老大，也是老二啊……"他的话不客气起来。

"哎哎哎，既然举杯了，那我就……先干为敬。"大海打着圆场，仰头就把酒喝了，"哎，几位爷，我楼上还有点儿事儿，就先走一步了啊。"他说着双手抱拳，先要开溜。

却不料周庆发话了。"坐下。"他冷着脸说。

"哎呀，老三，我是真有事儿。"大海笑。

"我让你坐下！"周庆拍响了桌子。

现场的气氛一下就紧张起来，大海知道周庆惹不起，就尴尬地坐了下来。

"今天是我请客，大家能来，是赏我的脸。但有言在先啊，谁也不能先走，先走的就不是兄弟。"他一字一句地说。

众人都沉默不语，面面相觑。他们知道，今天这个局，是冲着老万去的。

在长盛饭店门外，专案组的便衣们在吃着肯德基。徐国柱隔着玻璃，看着包间里的人在推杯换盏。

"杠头、国生、大海、石庆，还有霍大屁股，嘿，来得够齐的啊。"徐国柱捏着汉堡说。

"都是灯儿的手下？"潘江海问。

"算是吧。杠头一直跟着老万；大海管着桥园和燕朝汇，石庆负责马场；国生和霍大屁股出去单练了，但根儿还没断。"徐国柱咬了口汉堡。

“嗯，看来今天是有大事商量啊。”崔铁军说。

“这局是周庆组的，估计是要跟老万摊牌了。”徐国柱边嚼边说。

包间里已经喝完两轮了。老万喝完了一杯酒，把酒杯蹾在桌子上。

“周庆，你今天摆局，无非是想证明你牛，你有面儿。能把大家约来，这不是钱不钱的事儿，是看你能不能罩得住。今天大家都来了，说明给你面儿，这点儿你得知足。但是，能不能让大家舒服，能不能把事儿谈成，就另当别论了。有什么事儿就直说，别拐弯抹角的，绑着大家一起难受。”老万直呼其名，显然已经划清了界限。

“对，你说的一向都对。我也觉得，人活在这世上，不能光有面儿，还得让自己舒服了。灯哥活着的时候不总说吗，姿势对，格式内。”周庆点燃一根雪茄，“既然你这么说，我也就不拘着了，请大家来，是想聊聊灯哥那些资产怎么办。”他把话明挑。

“你觉得该怎么办？”老万看着他。

“我觉得那些资产不能再那么趴着了，得盘活起来。大家都沾点儿，谁也别吃亏。”周庆环顾众人，“桥园、燕朝汇，就归大海；马场归石庆；哎，国生……还有你们也别闲着，都弄点儿产业，干起来啊。”他指点起江山。

“嗐……我那只是挂名儿，没出过钱。”大海摆手。

“废话，谁出过钱啊？石庆出过吗？万爷出过吗？”他借机针对老万。

“这事儿你就做主了？”老万喝了口酒，“这么干，不怕雷炸了？”他看着周庆。

“现在这局面，动也炸，不动也炸，还不如一搏。”周庆狠叨叨地说。

“你知道，这些资产后面藏着多少人吗？”老万说。

“钓者之将下钩，必先投食以引之，鱼图食而并吞钩，久乃知凡下食者皆将有钩矣。然则，名利之薮，独无钩乎？不及其盛下食之时而去之，其能脱钩而逝者几何也？用我翻译一下吗？”周庆笑。

“听不懂。”老万摇头。

“意思是谁他妈也别得便宜卖乖，吃了好处的就得付出代价。”周庆拍响了桌子。

“我看你是着急了。怎么着，股票折了，楼卖不出了，断顿儿了？”老万皱眉。

“万奎，我没跟你丫开玩笑！我一直敬着你，没跟你算那仨瓜俩枣，但是你也别揣着明白装糊涂。你一人吃饱了，饿着大家吗？”周庆质问。

两人这么一说，气氛又冷了下来。这时，一个手下走到周庆身旁，轻声耳语。周庆朝窗外看了看，果然停着一辆老皇冠。他想了想，跟那个手下说了几句。

在门外，三个人还在聊着。

“哎，我说喷子，我看你这几天状态不对啊。小脸儿蜡黄，是不是干柴烈火，让那姑娘给烧着了啊？”徐国柱笑。

“你胡说什么……”潘江海脸红了。

“哎哟，脸红了，肯定干坏事儿来着。”徐国柱指着他笑。

“对了，大背头，还得谢谢你呢。她的新工作落实了，有空请你那个朋友吃顿饭啊。”潘江海说。

“嗐，客气什么。我那朋友说了，小苗聪明能干，还特会来事儿。喷子，你找了个贤内助啊。”崔铁军笑。

“哼，还不定谁是谁的贤内助呢。”徐国柱笑，“哎，我就不爱吃这东西。又辣又上火，什么时候再来顿鱼翅啊。”徐国柱撇嘴。

“你没事吧，还想再黑一顿本镇首富？”崔铁军笑。

他们正说着，一个服务员提着几个塑料袋走出饭店。

“你们好，是海城公安局的吗？”服务员问。

徐国柱一愣：“你……什么事儿？”

“哦，里面的先生让我把这个给你们送过来。”服务员说着递过塑料袋。

徐国柱接过一看，里面是打包好的饭菜。

“哪个先生啊？”崔铁军皱眉。

“就是他。”服务员往里指着。

三人转头看去，周庆正站在玻璃窗前，冲他们举着酒杯。

“这孙子想干什么啊，跟我们‘叫号’？”徐国柱皱眉。

“他是想告诉我们，一切都在他的掌握之中。”崔铁军说。

“不，我觉得他是想吸引我们的注意力。”潘江海说。

在包间里，老万的语气越发强硬。他站起身来，指着周庆。

“江湖争斗，不殃及家人。周庆，我问你，为什么绑我儿子？”

周庆从窗前缓缓转过身，“谁绑你儿子了？”他面不改色地问。

“昨天我儿子放学的时候，被一伙人带走了，折腾了整整一天才放回家，到现在还打哆嗦呢。这件事儿，不会与你无关吧？”老万问。

“哎哟，这可是大事儿啊，我怎么一点儿也不知道。”周庆装傻。

“你要是跟我装孙子，我也不客气，要是想往大了玩，我就奉陪到底。”老万这么一说，身边的杠头腾地一下站了起来，大海和石庆一看这架势，赶忙低头。

周庆看着老万，没说话，他叼着雪茄，拍了拍手。这时，二冬子从门外走了进来，身后还跟着两个手下。

“那事是我干的，”二冬子说，“但你说得不对，我没折腾他啊，是带他到游乐场玩。太阳飞车、海盗船、激流勇进，花了不少钱呢。”他阴阳怪气，“但是，哎……你那崽子太不争气了，又软又㞞，还没玩几下就吓尿裤子。我往他下面一摸啊，完蛋！估计下半辈子也硬不起来了。”他笑着，比哭还难看。

“你个王八蛋，找死吧。”杠头绷不住了，几步上前，揪住了二冬子的脖领。二冬子的两个手下立即亮出家伙。

“哎哎哎，别动。就让他这么揪着。”二冬子制止手下，摊开双手。

老万知道他是来闹事的，上前拽开杠头。“你想怎么样？”他问。

二冬子笑了笑，从兜里掏出一张皱巴巴的纸，拍在桌子上。那是一张借条，上面写着："今借到耿二冬先生三千万人民币，如不能按期偿还，愿以丈夫尹航的资产进行抵偿。签名：纪红霞。"

"这是……小嫂子写的？"老万声音颤抖。

"是啊，这可是一笔大数儿啊，欠了不少日子了。"二冬子说。

"她哪天写的？"老万压抑着愤怒。

"应该……就是出事儿前的一两天吧。哎，我真是够倒霉的。要早知道，就不借她这么多钱了。还不如，烧点儿纸钱呢……"二冬子摇头。

"王八蛋！"老万再也忍不住了，一脚就将二冬子踹倒。现场一下就乱了。大海、石庆等人借机离席。这时，二冬子一个手下冷不防地掏出家伙，直奔老万。杠头一惊，也不顾老万的叮嘱，回手从腰间拔出匕首，迎了上去。

"杠头！"老万大叫，但为时已晚。此时杠头已和那人撞到一起。只听噗的一声，利刃插进了对方的身体。那人捂住腹部痛苦倒地，杠头这才发现，对方手里拿的并不是什么凶器，而是一个报纸卷。

"都别动，警察！"徐国柱第一个冲了进来。

"蹲在地上！"崔铁军也掏出了枪。

潘江海带着刑警，将在场人员控制住。二冬子叫嚣着："警官，你们都看见了，是他行凶，是他杀人！"他用手指着杠头。

杠头满手是血，有口难辩。徐国柱上前给他戴了背铐，吩咐刑警押走。不一会儿，救护车来了，接走了受伤的打手。

徐国柱走到老万面前："万爷，走一趟吧。"

老万没说话，配合地抬手。

"还有他，也带走！"徐国柱又指着二冬子。

"哎，我是受害者啊，凭什么抓我啊？"二冬子话还没说完，就被两个刑警按倒在地。

"周庆呢？"徐国柱回头问。

"趁乱跑了。"崔铁军叹了口气。

28

在审讯室里，徐国柱单独坐在老万对面。他没开监控，也没给老万戴手铐。

“这儿没别人，今儿咱俩单聊。你说说，下一步想怎么办。”徐国柱看着老万。

“棍子，你知道为什么每次搞仪式的时候，鸽子总能从两头往中间飞吗？”老万问。

“为什么？”

“因为它们无论到了哪儿，都知道自己的根儿在什么地方。但我们这些人，懂这个道理的却不多。”

“杠头这次过不去了，故意伤害，肯定得判。”

“也好，折在小事儿上，比出大事儿强。跟着我，落不到好。”

“小康、大宝、灯儿的妻子儿子……人死得还不够多吗？你们还要斗下去吗？”徐国柱质问。

“我从来没想跟谁斗！”老万加重语气。

“你是按兵不动，在等周庆犯错！”徐国柱揭穿他。

“你别套我的话。棍子，我进来好几次了，不是雏儿。江湖恩怨，江湖了，我不会当你们警察的枪。”

“现在是法治社会，不讲这一套了。你这么做，会害更多的人。”

“你肯定觉得我是既得利益者，舍不得将那些资产拱手相让。但我告诉你，现在外面虽然乱，却还不至于腥风血雨，就是因为我手里的‘雷’还没炸。棍子，听我劝，躲远点儿，这事儿不是你们警察能管的。”

“我拿这份工资，干的就是蹚雷的活儿。你就是不说，我也会查清楚。”

“你干什么，与我无关，我只做好自己该做的。”老万叹了口气，“老三自认为聪明，实际上愚蠢到家了。他不明白，我是他的最后一道防火墙。来吧，给我戴上‘银镯子’，让我踏踏实实地住进去，就没烦心事儿了。”他说着伸出双手。

“我没想拘你，你只是目击证人，不涉嫌犯罪。”徐国柱仰靠在座椅上。

“那你的意思是，我可以走了？”

“是的，你随时可以走。”

“哼，挖坑儿埋我？先抓后放？行啊，棍子……”老万摇头，“好，那我走了，人各有命，生死在天。”他说着站了起来。

“哎，小柳子怎么也跟周庆了？”徐国柱问。

“他被忽悠得不善。你要想管，就帮帮他，别让他陷进去。”老万说。

在另一个审讯室，二冬子昂着头，看着审讯台后面的崔铁军和潘江海不说话。

“问你话呢，你为什么带着人过来？”崔铁军拍响了桌子。

“我们就是过来吃饭的，谁能想到杠头会行凶啊。哎，警官，我那兄弟可是‘良民’，底儿不潮。”二冬子摇头晃脑。

“二冬子，你别以为我们不摸你的底。要是想办你，我们有许多种方法。”崔铁军说。

“哼……”二冬子不屑，“就算是办我，也不是你们警察的事儿，得让医院来。我有病，精神病！”他叫嚣着。

“精神病，轻度重度啊，是精神分裂还是偏执型啊？”潘江海撇嘴。

“都有点儿，犯病的时候还狂躁，咬人。”

“好，那我们待会就带你去鉴定鉴定，看看是真的还是装的。”潘江海加重了语气。

正在这时，审讯室的门开了，郭俭探进头，冲崔铁军招了招手。

崔铁军随着他走到门外，郭俭轻声说：“襄城公安局来电话了，这个人得放。”

“放？为什么？”崔铁军不解。

“襄城禁毒正在查一个案子，二冬子是里面一个重要关系人。”

“他们查他们的案子，跟咱们有什么关系啊。”崔铁军气不打一处来。

“他们在通过二冬子摸上线。哎，别说别的了，邢局已经同意了。如果没有证据证明他犯罪，就先放人吧。”郭俭下了定论。

崔铁军无奈，只得照办。几个人看着二冬子，大摇大摆地走出了市局。

“这孙子要是不离开海城，早晚是个大祸害。”潘江海看着他的背影。

崔铁军眉头紧锁，突然想起了什么，他拿起手机，想要拨打电话，却又犹豫着。

“怎么了，大背头？”潘江海问。

“哦，没什么。”崔铁军把电话放进了口袋。

午后，正午歌厅门口，挂着“暂停营业”的牌子。在大堂的巨大投影上，播放着《每日法制播报》的节目，老万和国生抽着烟，默默地看着。

“经过海城警方连续三个月的工作，一举将以田超为首的犯罪团伙一网打尽。田超外号‘钢镚儿’，伙同手下一直盘踞在海城火车站一带，以‘掏耳朵诈骗’等方式进行违法犯罪活动。海城公安局负责人表示，要以此为契机，进一步净化社会面，对违法犯罪予以重拳打击……”

几个人默默看着，仿佛没有兔死狐悲，只是隔岸观火。这时，国生绷不住了。

“他妈的，连‘钢镚儿’都办啊！就他那俩人儿，算个狗屁团伙啊。”他叹了口气。

“还没闻见味儿吗？暴雨要来了。”老万说。

“你儿子怎么样了？”国生问。

“好一点儿了，没落下残疾。”老万说。

“这个王八蛋，一点不顾道上的规矩。必须得给丫办了！”国生咬牙切齿。

正说着，门开了，走进来十多个壮汉，为首的一个虎背熊腰，一看就是个练家子。

国生一看人来了，就站起了身：“二哥，人齐了。这是我新收的兄弟，叫铁锹，正经练过。嘴严，有胆，不要命。他们也都是新人，没案底。”他看着老万。

“什么意思？搞个大火拼，让警察给咱们都装进去？”老万皱眉，“没看出来吗？老三找那个精神病来，就是激咱们动手的。”

“那就动手呗，看看到底谁硬。他妈的，杠头的事儿不能就这么完了。玩人都玩到明面儿上了，这不骑人脖子拉屎吗？”国生一拳砸在桌子上。

“这件事你甭管了，我会处理的。”老万摆摆手。

“怎么处理？继续忍吗？我告诉你，他们是不会收手的，肯定一而再，再而三。我打听过了，二冬子的‘价’可不低。老三找他，肯定是花了大价钱的。不废了他，这事儿就没个完。”国生说。

“坐，别炸，坐。”老万压压手。

国生喘着粗气，无奈坐了下来。

“他们为什么这么干？不就是图财吗？留得青山在，不愁没柴烧。现在他们出招了，在等着咱们动。你记住了，现在等着咱们动的，可不光是他们，还有那帮穿‘官衣’的。只要一动，没有胜负，满盘皆输。你也看到了，连‘钢镚儿’都折了，咱们还不是早早晚晚。”

“那怎么办？”

“我认，我退出。一切都给老三。”

“你想好了吗？要是这么干，以后可就没法混了。”

“兄弟，你知道我为什么一直跟着灯哥混吗？因为他在以前的那几个大哥里，最明白，最清醒。他曾经跟我说过，人在没有话语权的时候，少说话，因为说了也没用。在说话没用的时候就多做事，管好自己的一亩三分地儿。等有了话语权的时候，要会说话，不能授人以柄，要德位相配。而一旦过了气，就要闭嘴，该翻篇就翻篇，不要沦为笑柄。灯哥没了，那些对手，哈道、小武都进去了，那个时代也翻篇儿了。人不能跟命抗，这个世界的规矩不是咱们定的，是警察定的。咱们的命，掌握在人家手里。”

“哼，连你都退了，那老三可就更无法无天了……”国生叹气。

“看过《三国演义》吗？知道谁最猛吗？”

“什么？”国生没明白意思。

“吕布啊，武艺超群，三国第一猛将。但这孙子比较操蛋，为了利益摇摆不定，换了不少主子，被称为三姓家奴。后来他在西凉起兵，占了徐州，但还是有勇无谋，折在曹操手里。在被俘之后，他服了软，想要归顺曹操。但没想到在关键时刻，刘备却给他扎针儿，说得到吕布的，没一个好下场，董卓、丁原就是例子。结果，曹操就给丫办了。”

“你的意思是？”

“对吕布这种人，不一定要亲自出手，刘备杀他也是借曹操的刀。只要他恶贯满盈，积怨太深，就一定会有人出手。到时顺势而为，兵不血刃。明白吗？”老万看着国生。

“明白了，既然二哥都决定了，我也就不多嘴了。但我把话还放在这儿，如果需要，你说句话，我就办。”国生说。

“好，谢了，”老万拱了拱手，“心烦的时候，就看看我的鸽子。每天早七晚四上天两次，看着它们心里就不那么憋屈了。”老万笑。

“听见没有？早七晚四，都看着点儿。”国生对身后的兄弟们说。

“知道了。”壮汉们异口同声。

在坤豪公寓的楼顶，老万和周庆见了面。雾很大，天色灰蒙蒙的，一点不像下午的样子。

老万拿出了灯哥名下所有资产的材料和委托书，一件一件地摆在周庆面前。

周庆默默看着，不时盯着老万。

“这是马场的转让协议，这是燕朝汇和桥园的，剩下这些娱乐、餐饮的细节，我明天让律师跟你交接，”老万把一摞材料放在地上，“还有，正午歌厅也给你。”他从兜里拿出一串钥匙。

“二哥，正午就算了吧，也不是灯哥的名儿。”周庆说。

老万没说话，用手一抛，将钥匙扔到周庆面前。

“我这么做，也是被逼无奈，等我过了这道坎儿……”

“别解释了，”老万打断周庆的话，“该说的我都说了，该做的你也做着，事已至此，我愿赌服输。”老万示弱。

“二哥，我跟了你们十年，知道什么叫姿势对、格式内。但经商和混江湖不同啊，商场就是战场，没有隐退和跑路。机会来了就得拼，得赌上全部身家甚至是命。成了就一飞冲天，不成就一败涂地。我都已经努到这个份儿上了，是不能收手的。”

“哼……没什么是不能收手的。你说的不是经商，是赌博。赌徒都以为自己聪明，实际上都是在往坑儿里跳，越赌越眼红，最后还不是倾家荡产？”老万撇嘴。

“你想得这么明白，为什么还要混呢？”周庆问。

“因为没有选择，只有这条路了。最后，我提醒你啊，要掂量掂量这些东西的分量，看看自己捂不捂得住。”老万指着那些材料。

“哼，我这人有个毛病，就是不会后悔。就算错了，也得一直错下去。”周庆说。

“老三，咱们之间的事儿清了，情分也断了。在江湖上混，除了规矩和道义，还讲因果。自己做的事儿，自己兜着吧。”老万拱拱手，转身走了。

周庆站在原地，重重地叹了口气。这时，二冬子走了过来。

“楼下有兄弟，办不办？”他问。

“算了。”周庆摇头。

“算了？钱都给出去了，多好的机会！”二冬子说。

“我说算了就算了！没听清楚吗？”周庆大声喊。

“哼，以后你会后悔的。”二冬子摇头。

“哎，这个给你。”周庆说着，踢了一下面前的钥匙。

“这是什么？”

“正午歌厅，是你的了。”周庆说。

29

海城看守所外，凄风苦雨。在看守所的通道里，孙明川戴着手铐穿着囚服，缓缓地走着。他的脚步早已没了昔日的自信和稳健，只不过一周时间，头发就白了不少。

潘江海走在他身后，叫住他："哎，老孙，等会儿。"

孙明川停下脚步，低头沉默着。

"又过了两天了，还没想好吗？"潘江海问。

"哼……"孙明川惨笑，"潘警官，我都说了许多次了，我什么都不知道，该怎么判就怎么判吧。"

"我说过，会保证你的安全。现在，也知道你心里的顾虑。我再劝你一句，把握好自己的机会，争取从轻处理，等恢复自由的时候，好好跟你的妻子和女儿过日子。"潘江海说，"你看看，那是谁。"他用手向外指着。

孙明川没明白潘江海的意思，沿着他指的方向看去。透过通道的窗户，能看到在外面的过道里站着一个女人，她抱着一个孩子，正朝这里眺望着。孙明川浑身颤抖起来，眼泪夺眶而出。他当然认得那女人和孩子，正是妻子曹芳和女儿优优。

"潘警官，她们……她们……"孙明川激动得说不出话。

"放心吧，安然无恙。你该知道，是谁干的。"潘江海看着他。

孙明川扑通一下，跪在了潘江海面前："谢谢你，潘警官，谢谢你……"

他哭出了声音。

潘江海赶紧将他扶起。“谢谢我最好的方法，就是说出事实，让我们除恶务尽！”他一字一句地说。

在会议室，邢局看着潘江海手里的笔录，身边坐着崔铁军、潘江海和郭俭。

“小徐呢？”邢局抬头问。

“在路上，马上就到。”郭俭说。

“那不等他了，咱们先开会。我看过笔录了，孙明川供得很好，事实已经清楚了，”邢局放下笔录，“现在证据差不多了，你们准备怎么做？”

“我们准备立即开始外围工作，用最短的时间拿下相关人员的口供。”郭俭说。

“一共涉及多少人？”邢局问。

“一共涉及 157 名购房人，”潘江海说，“为了骗取银行的个人住房按揭贷款，宏远达房地产公司通过公司员工的关系网召集虚假的购房者。这些人并没有购房能力，只是以一千到两千的价格出售自己的身份证。之前咱们抓的旱鸭子，也是其中之一。据他供述，只是提供了自己的身份证，但对伪造贷款材料的事情一无所知。在银行审核材料之后，他还跟着宏远达的律师到银行核对按揭合同，当然，这一切都是提前彩排好的。”

“这么说，宏远达的律师也参与了诈骗？”邢局问。

“是的，我们已经给他们上了边控，”潘江海说，“在彩排中，两个律师会把到银行该说什么提前写在纸上，让购房人记牢。那张纸上写着他们购买的房屋门牌号、总价和首付款的金额，同时还有购房者提供假收入证明的公司名称。比如一个叫郭京京的购房者，他的收入证明上写着月收入三万元，但我们调查发现，他只不过是东郊的农民。”潘江海说。

“那银行的员工是否知道呢？”邢局问。

“还没有证据能证明他们是明知故犯。但在办理相关手续的过程中，他们得到了孙明川的暗示，所以就睁一只眼闭一只眼。”潘江海说。

“嗯……”邢局点头，“购房人都在本市吗？取证难度大不大？”他抬头看着崔铁军。

“从这 157 名购房者的分布情况看，大部分在郊区和外地，取证速度不可能太快。”崔铁军说。

“需要多少人，你们给我列个计划，需要外地配合的，我直接跟他们领导打招呼。取证不但要快,还要稳扎稳打,避免走回头路。明白吗？”邢局说。

“明白。”崔铁军点头。

“骗取银行贷款只是这次专案的切入点。周庆涉嫌的犯罪还不止于此，提供虚假担保、以贷还贷，还有更大的事儿，大家心里都明白。记住，咱们这次打击的，不是一般的经济犯罪，而是为了获取经济利益而产生的严重暴力犯罪。他们为了牟取暴利，草菅人命，他们只要逍遥法外一天，老百姓就一天不得安宁。现在，要尽快做几步工作。第一，做好周庆及相关人的边控，不能让他们离开海城，包括那个二冬子，也要盯紧；第二，尽快查账，涉及洗钱的，立即冻结；第三，重点取证，先不用面面俱到。选一些涉案金额大、具有代表性的，只要达到数额，就立即开法律手续。”邢局说。

“明白。”几个人异口同声。

“还有，办案的过程要绝对保密。除我之外，你们没有义务向别人汇报。”邢局话有所指。

他这么一说，大家都面面相觑。

邢局停顿了一下，继续说：“周庆的案件是经侦主办的，之前由兰局指挥。但考虑到专案的整体协调，唐局指示由我牵头，统一指挥，大家不要误会。还有，现在有传言，说我和兰局不和，我负责地说，那是胡说八道。你们记住，办案要出于公心，要对得起良心。”他再次提醒。“哎，小潘，听说你订婚了？”他换了个轻松的话题。

“哦，是。”潘江海有些尴尬。

“好，这才是咱们海城警察干的事儿，办案生活两不误。”邢局笑。

“行，这下领导给定调了，不算利用工作之便损公肥私了。”郭俭也笑。

“这是什么话，肯定不算。小潘，需要组织上帮忙，就说话啊。”邢局说。

“邢局，我还真需要……组织帮忙。”潘江海扭捏着，“那个……我们这个月就想把婚礼办了，想请您……当个证婚人。”

“我的天，速战速决啊。行，没问题。”邢局痛快地答应。

潘江海笑了，大家也都笑了。

在夜色里，一辆黑色的S级奔驰在飞驰着，后面一辆老皇冠紧追不放。两辆车你追我赶，从市中区的交警队一直到了市南区，奔驰才被皇冠截停。徐国柱走下车，用力拉拽奔驰的车门。但车门锁着，小柳子躲在里面不出来。

“小柳子，你丫给我出来！”徐国柱火气上来了，用力拍着车窗。看小柳子还不动，就抬脚踹了起来。

这下小柳子慌了：“哎哎哎，棍儿哥，你轻点。”他说着就落了锁。

徐国柱一把就给他薅了出来：“刚从交警队出来，你还不长记性。跑什么？投胎去啊？”

“到点儿了，我得回去交车。要不，该挨老板骂了。”小柳子解释着。

“没长耳朵吗？没听我提醒吗？跟老万混还不算，还跟了周庆。你不知道他是干什么的吗？”

“他干什么关我什么事啊。我就是当司机，除了开车，别的不掺和。”小柳子解释着。

“放屁，一个司机能挣那么多钱？你当我是傻子吗？我告诉你，明天就给我辞职。必须离开那个孙子。”

“他怎么了？犯事儿了吗？要是犯事儿了，你们抓他啊！”小柳子大声说。

“这事儿你别管！我告诉你，别以为你爸走了，就没人管你了。挣钱没错，但是得走正道。”徐国柱气不打一处来，“开飞车，超速驾驶，你是真长本事了。要不是我到交警队作保，你就进去了，知道吗？”

“我不需要你给我作保。”小柳子说，“什么是正道，什么是歪道？我跟着他怎么了？他给我钱，让我能干自己喜欢的事！”他振振有词。

徐国柱绷不住了，一脚就将他踹倒：“你个没脑子的东西！他是在利用你，给你下套儿！我告诉你，你丫要是再这么干，犯了事儿，我一样抓你！”

小柳子趴在地上，委屈地哭了：“你们就是见不得我好，从小到大，我干什么你们都说不对。你们……就是看不起我……”

徐国柱看他这样，也心软了，就拽起他：“嘿，还流眼泪了，真不像个爷们。听我的，赶紧撤，别陷进去拔不出来。”

小柳子看着徐国柱，叹了口气。

在邢局的直接指挥下，专案组立即开展行动。市局专门抽调了几十名民警，分组在海城和周边城市进行取证，仅用了三天，就固定了大部分购房人的材料和证言。在调查中发现，在初期，部分购房者还在律师的指使下到银行摆摆样子唱唱双簧，后来就越发赤裸裸，大都是直接造假。在调取证据的同时，专案组对涉案人员进行密切监控，准备待时机成熟一网打尽。但天下没有不透风的墙，外围工作一开展，道上的人就闻见了味儿。警方要对周庆下手的消息不胫而走，各路混混纷纷躲避，大海、石庆都去了外地，海城的生意关门大吉；加代报了个日本游，把日料交给合伙人打理；霍大屁股不知去向，切诺基一直在地库里停着没开；范大傻子、二冬子的行动也隐秘起来，周庆更是神龙见首不见尾。海城上空仿佛有一张大网，会随时落下。但没想到就在这个时候，老鬼却回来了。虽然加代反复提醒，现在千万不要回来，风声正紧，但老鬼却一意孤行，他要陪着母亲走完人生的最后时光。

30

在火车站外，老鬼拉着两个巨大的行李箱，等了许久，小四川才骑着一辆平板三轮车来到他面前。老鬼提着行李坐上车，小四川弓起腰，猛蹬几下，走起车来。

“鬼哥，老太太的病……”小四川欲言又止。

“我知道了，这段时间多亏你了。”老鬼说。

“我找了好几家医院，都不收。”小四川叹气。

老鬼沉默着。

“杠头折了。扎了人，听说要判好几年呢。”

“是二冬子干的？”

“是。那个人最近猖狂得很。哎，你这次的生意做得怎么样啊？”

“还行吧。”老鬼轻描淡写。

小四川七拐八拐地骑了好久，才到了加代给他们找的那个位于西郊的临时安置点。老鬼进了门，走到母亲床旁。母亲看到他，想挣扎着坐起，他赶忙拦阻：“妈，您好好躺着，一切都很好，放心吧。”

母亲很虚弱,跟他说了一会儿话就昏昏沉沉地睡了。他简单收拾了一下，就骑着那辆三轮车，来到了动物园附近的服装市场。市场里的气温很低，顾客很少，显得非常萧条。他来到自己曾经的摊位前，发现那个“国营商场样品处理,降价打折”的招牌已不见了踪迹。在他走后,小四川就把摊位退租了，曾经忙碌的场景还历历在目，但如今这个狭小的梦想却已成为过去。老鬼在摊位前久久驻足，感觉有些晃范儿，便点起一根烟，走出了市场。

外面飘起了小雪，雪花若有若无地飞扬着，老鬼走到那个二层店铺前，看到玻璃上的“招租”还未揭去，于是就走了过去。

里面还是老样子，还有一股装修的味道，那个中年妇女还懒洋洋地坐在里面。

“请问您有什么事儿？”她操着跟原来一样的那个口吻问。

“你们这儿还租吗？”

“您是租一层，还是一个摊位？”她上下打量着老鬼，并没有太多耐心。

“全租。两层都要。”老鬼说。

妇女有些惊讶：“好好好。”她站了起来。

他把那个店全包下来，起名叫“特别好”，他希望一切能从此好起来。他这次去南方收获颇丰，先是通过一伙洗钱的，将那笔不义之财洗白，之后又用非常低廉的价格，趸了一大批货。经过简单的装修，“特别好”正式开业了，他召回了赵大姐，让她继续支撑门面。但与以往不同的是，他门前的招牌不再是“国营商场样品处理，降价打折”，而是“国际名牌，断码销售”。他的那批低价货都打着名牌商标，标的价格也很高，他以每日百元的价格找来十多个“托儿”，在店门口排队捧人场，再加之赵大姐那爱搭不理的腔调，一切都在格式内，姿势都非常对。没过几天，他的货就开始供不应求，“特别好”里挤满了真正的买主，十多个“托儿”的使命宣告结束。于是老鬼便加大了进货量，为了运输方便，还专门置办了一辆红色的二手货车。赵大姐和小四川忙不过来，连彩凤也要来帮忙。

日子平静地过着，母亲的病虽然每况愈下，但还能维持。生意则顺风顺水越来越火。老鬼甚至有些晃范儿，觉得只要能保持现状，生活也算是好了。但是在某天的下午，不速之客却找上了门。周庆站在店外，敲了敲窗户，抬抬手示意老鬼出来。老鬼没感到意外，知道该来的总会来。但令他意外的是，周庆并没坐奔驰，身后也没跟着人。他穿着低调，戴着墨镜，说话战战兢兢。

“老鬼，我需要那个东西。”周庆开门见山。

“什么东西？”老鬼没明白他的意思。

“你别跟我装糊涂了，那些钱我不要，我就要那个账本。”周庆说。

“账本？”老鬼皱眉，他回忆了一下，“我不是给你了吗？”

“给我了？你什么时候给我了？”周庆有些激动。

“不是那个女人手里的账本吗？我跟你保证，没留复印件。”

“扯淡，你丫跟我打马虎眼！我要小康手里的那个账本。”周庆把话挑明。

“小康？”老鬼更不明白了。

“咱俩别打哑谜，公安局在查我，我需要那些人的帮助。给了我，我既往不咎，不再找你的麻烦。不然给我逼急了，你知道有什么后果。”周庆威胁。

“第一，我不认识小康；第二，我手里更没有他的东西；第三，咱俩已经没关系了。我从没逼过你，也不欠你什么。”老鬼说。

“哼……你以为我是傻子吗？你以为你做事鬼，就能天衣无缝了？那我问你，那个箱子呢？是不是在你那？”他盯着老鬼。

老鬼没想到周庆会说得这么确切，但他却没有躲闪，一口咬定：“我不知道什么箱子。”

“你！”周庆急了，一把揪住老鬼的衣领。但这时，一辆警车从远处驶来。周庆一看，立马撒开了手，“你等着，等着！”他咬牙切齿地说。

他低着头匆匆走了，却不料那辆警车只是过路，经过店口驶向远方。老鬼想着他刚才说的话，知道事情变得更加复杂了。

但老鬼没有因此停下自己的计划。他约了房产中介，继续看房。经过多方考察，最终定了“平安家园”的一套二手房。房子在一层，三室一厅，南北通透，面积 180 多平方米，客厅和主卧朝南，从屋里可以看到外面葳蕤的植物，阳光能一直照射到下午。小区的位置也很好，出门就有一片湖，商场、超市都在一公里之内，走路坐车都能到。最可贵的是西邻海城的万亭公园，刷小区门卡可以直接进入，闲暇的时候，可以到公园遛遛弯、散散步，静静地看风景。他准备让母亲住在朝南的房间。

房子是前年才装修的，并不用大动。老鬼置办了家具，就将母亲接了进来。夜晚，母亲仰靠在沙发上，老鬼给她洗着脚。

母亲还在左右看着，不时感叹："真好啊，真好……"

"妈，等您好点儿了，我就扶您到公园去转转。记得小时候您常带我去，那时还要门票呢，记得是5分一张吧？"老鬼笑。

"是啊，你还有张照片呢，穿着白衬衣、蓝裤子，戴着红领巾。哎……谢谢你啊，让我过上好日子。"母亲笑着流眼泪。

"妈，说什么谢啊，咱们的日子会越来越好的。"老鬼说。

"在你爸走的那天，我特别害怕，觉得整个世界都黑了，不知道自己该怎么办。那些债主天天来催，我不敢回家，带着你东躲西藏。但我知道，日子不能这么过，于是我就跟了你后爸……我知道，你不喜欢他，他爱喝酒，喝醉了总跟我动手。但你得感谢他，如果没有他，咱们娘俩早就流落街头了。他是个好人，但是短命……"母亲说着。

"妈，你说这些干吗啊？"

"你听我说完，"母亲继续说，"你以前不走正路，总是和那些人混在一起，我心里很难过，在别人面前也抬不起头来。我知道你难，为了生活没有办法，但我总想，咱们能不能有一天，像别人那么活着，就算是没钱没势，也能挺直腰杆，不看别人的脸色。在你走的那些日子，我的病越来越不好了，我甚至想过，也许永远也见不到你了。但我没想到啊，你成功了，有出息了。更没想到，我还能住上这么好的房子，过上这么好的日子……我知足了。儿子，你是妈妈的骄傲啊。"她说着，泪流满面。

"那你也好好努力，让自己好起来，健健康康地看着日子越来越好。"老鬼的眼泪也淌了下来。

"嗯，我努力。"母亲点着头。

老鬼起身，抱住母亲："妈，还记得小时候吗？每次你走的时候就抱住我，数六十下，我就不害怕了。以后你害怕的时候，我也抱着你数。"

"好。"母亲笑了。

老鬼抱母亲上床，看她睡了，才走出卧室。在客厅里，他接过小四川手里的诊断书，无声地流着泪。母亲的病很难逆转了，在这里，是她最后的时光。

“兄弟，谢谢了。”老鬼郑重地给小四川鞠了一躬。

小四川吓了一跳：“鬼哥，你这是干啥子？我不是说过噻，我认了你，就一定会对得起你噻。”

“你知道我为什么要回来吗？”老鬼问。

小四川看着他，点点头，又摇摇头。

“为了战斗。”

“和那个老三吗？”

“不，和自己战斗，和命运战斗，去争回本应属于自己的权利。”

“我明白，就和抢地盘一样噻。”

“不，地盘是势力范围，不是权利。权利不是别人施舍的，是要靠自己去抢去争取的。”

“啥子是权利呢？”

“尊严，属于自己的尊严。”老鬼一字一句地说。

上午十点多，鸽子陆陆续续地回来了，老万就给它们撒食换水。鸽哨不时回响在鸽场上空，老鬼静静听着，觉得那就是自由的声音。老万苍老了许多，一个人坐在院子里，茶几上摆着花生米和茶壶。见老鬼来了，他笑着摇头。

“你还是回来了。”

“听说不是时候？”

“哼，没闻着味儿吗？暴风雨马上就要来了。”

“我熟悉这个味道，也知道，该来的躲不过。”

“既然躲不过，就别往里面裹，把自己屁股擦干净了。”老万给他倒了一杯水。

“您这鸽子，每天放几次啊？”老鬼喝了一口，真的是水。

“早七晚四，每天两次。关棚是定时放飞，我不求它们能飞多高多远，只求健健康康，能多扑棱几年。”

“你心态变了，是怕了？”老鬼看着他。

“对，我怕了。怕再像从前一样，被抓进去，失去自由。一旦那样，这些鸽子就养不活了。”老万默默地看着鸽棚。

“你就甘心把这一切都放弃了？”

“除了这条命之外，其他的都不重要。在乱世，要静观其变，顺水推舟，明哲保身。”老万吃着花生。

“老三找过我了。”

“还是为了那把‘钥匙’？”

“嗯，他认定了在我手上。”

“不光是他，许多人也都这么想。”

“但是我真的没有。”

“嗐，你不必跟我保证。”老万摆摆手，“这正是他的幼稚啊。他不懂，那些所谓的关系，你成的时候，可能会锦上添花，却绝不会在你败的时候雪中送炭。捏住他们的把柄？哼，那是攥着碰火就着的炸弹。他们怎么能允许一个流氓掌握这么多的秘密？”

“你觉得，我该怎么办？”

“装孙子，认㞞，服软。你会吗？”老万看着他。

“挺不容易站起来，又要趴下？”老鬼皱眉。

“别觉得丢脸，别在意别人的评价。尊严是自己给的，与别人无关。只要不被抓，不进监狱，不被人干掉，不得绝症，能活着，人生就是圆满的。”

“嗯……我记住了。”

“继续修炼吧。只有让内心强大了，才能获得真正的自由。自由，不是满处瞎跑，也不是没事瞎折腾，而是收放自如，能飞出去，也能回来。”他说着冲鸽棚拍了拍手，一群鸽子飞了起来，天空又响起了鸽哨。

“我记得你说的，自由是囚禁中的放飞。”

“最近注意着点，好几天没动静了。这他妈可是暴风雨前的宁静啊。”老万叹了口气。

31

自从苗虹和潘江海确定关系之后，她就像变了一个人，不再像以前那样娇滴滴的，以弱者自居，不再表现得无知，含情脉脉地仰望潘江海。她恢复了自立，在许多事情上说一不二。结婚登记的时间、婚纱礼服的样式、饭店的选择、菜谱的确定，甚至婚礼上的解说词，都是由她做主。而对潘江海，她也恩威并施，不但限制住了抽烟喝酒，连晚上回家也规定在十点钟之前。但潘江海却觉得很甜蜜，认为这是苗虹依赖自己的表现。苗虹不但自立，而且很会办事，她利用崔铁军的关系，以最快的速度在新的银行转正，还当上了大堂经理。

在婚礼上，苗虹发表感言："我生命中最大的幸福，就是能和爱的人在一起。愿我们从此之后，不再为别人眼中的看法而担忧，能自由地做我们认为对自己最好的事情。所有的赞许都比不过内心的满足，而这种满足则依靠两人之间的相互支撑……"在热烈的掌声中，她与潘江海接吻。但崔铁军在台下听着，却总觉得别扭。

"哎，棍子，你不觉得苗虹这话，应该让潘江海说吗？"崔铁军说。

"哼，没看出来啊？以后她做喷子的主，"徐国柱笑，"还有她妈，也不是个善茬啊。"他冲那边儿努了努嘴。

"有他受的……"崔铁军笑，"举一下吗？"他拿起酒杯。

"必须的。"徐国柱与他对饮。

“今天对我来说，也是个好日子。”崔铁军说。

“怎么了，手续办完了？”徐国柱问。

“是，踏实了。”崔铁军和妻子已经正式办理了离婚手续。

“嗐，要是在一起难受，就趁早翻篇儿。你不是说只要不影响市容就行吗？照这个标准，好找。”徐国柱笑。

“算了吧，甭给自己找不痛快了。”崔铁军摇头，“我们谈好了，崔斌一边儿住一个月，直到他长大。你呢？不会跟那个唱歌的玩真的吧？”

“嗐……走一步算一步，没谱儿。”徐国柱摆手。

“我可提醒你，那姑娘可不简单，别最后自己陷进去。”崔铁军说。

“哼，放心。我办事还没谱吗？”徐国柱笑。

“办事最没谱的就是你。”崔铁军摇头。

这时，潘江海过来敬酒。

“喷子，你丫终于得逞了。”徐国柱站起来大笑。

“我这是在工作之余见缝插针，革命生产两不误。”潘江海笑道。

“你给我扯淡吧，要我说啊，你这是炒股成了股东，炒房成了房东，泡妞儿……成了老公。”崔铁军这么一说，大家都笑了起来。

“来来来，喝酒！”潘江海举起杯，跟大家满饮。

他搂住徐国柱、崔铁军，小声说：“说实话啊，我从第一次见到她，就看上了。我呀，就是一俗人，年轻，漂亮，苗条，大长腿，还是本地人，哎，夫复何求啊……”潘江海拉着长声。

“哼，光看见贼吃肉，没看见贼挨揍。你小子等着吧，有你还的时候。”崔铁军指着他说。

婚礼的仪式进行得差不多了。大家就开始起哄,又让潘江海和苗虹接吻。两人架不住折腾,只得就范。但刚完事,大家又喊“再来一次”。苗虹有些醉了，她拿起一瓶香槟，嘭的一下就拧开，举起酒杯，高喊“干杯”，颇有些巾帼不让须眉的豪迈。潘江海在旁边有点晃范儿，他看着苗虹那细细嫩嫩的手，不禁想起那天爬山时的情景。

折腾了大半天，婚礼才算结束。苗虹喝多了，被潘江海架回到新房里。刚一进门，就吐了一地。潘江海赶忙抄起墩布收拾起来。苗虹是单亲家庭，一直跟着母亲住，两人在买房之前，还得住在这里。苗妈还没退休，是一个国有单位的会计，从第一次见面，潘江海就觉得这个丈母娘不好惹。他安顿好苗虹，又在朋友和同事们的帮助下，把没用完的烟酒糖茶搬上楼，才稍作喘息。苗虹在床上躺着，小脸红扑扑的，性感迷人。潘江海就爬到床上，轻轻地吻着她。

“小潘，我今天……特别高兴。”苗虹喝多了，醉醺醺地说。

“我也高兴啊。”潘江海躺在她身旁。

“你知道吗？我妈……第一次见你的时候，就劝我跟你分手。”苗虹闭着眼说。

“为什么？”潘江海转头看着她。

“说你个儿矮，太瘦，还是外地人，一看就成不了事儿。”苗虹边说边笑。

“就我送你的那次？”

“是啊……但我想啊，你虽然要个儿没个儿，要样儿没样儿，还是个外地人，但起码是个公务员啊，还有海城户口。我呀，就想嫁一个公务员。”

“如果我没有海城户口，不当公务员了呢？”

“那还用说吗？你养得了我吗？”苗虹醉眼蒙眬，“哎……你知道，我为什么约你爬山吗？哼，这是我妈的主意……她让我试试你的身体怎么样，体力行不行……我要是嫁了，可不能找个拖累。”苗虹笑着，“还有啊，花钱也不能太凶，要不守不住财。特别是跟外面的朋友，不能打得火热，那样就顾不了家了。”

潘江海感到浑身发冷，头脑一下就清醒了。他坐起来，摸出一根烟。

“哎，你别抽烟，别抽！”苗虹一把抢过他的烟，“我之前吹了一个，就是因为他抽烟。”

“你一共吹了几个？”

“吹了……”苗虹醉醺醺地数着，“几个……忘了。但好几个，都比你强……”

“你是不是从来都没觉得，我能拯救你？”潘江海看着苗虹。

“呵呵……不会啊，我就是找你拯救我的。你以后要好好努力，争取分到房……对了，我听说你们公安局能分房，我不想跟我妈一起住了，不想……再看她的脸色了……”苗虹断断续续地说完，又躺在床上。

潘江海缓缓起身，走到窗旁。

“你……干吗去啊？”苗虹问。

“我去喝杯茶，想清醒清醒。”潘江海说。他看着窗外的那条小胡同，想起了那天炸带鱼的味道和满地洒落的夕阳。他不知道，为什么所有美好的事物都经不住考验，所有的梦想与现实都有天壤之别。他在想，年轻、漂亮、苗条、大长腿和海城户口、公务员，算不算是笔等价交易呢？如果连结婚都要如此计算，那以后的日子会怎么样呢？潘江海叹了口气，觉得自己聪明反被聪明误。自认为设了一个局，却掉进了别人的甜蜜陷阱。

在黑夜里，一个人鬼鬼祟祟地走在街头，他长得精瘦，戴着墨镜，留着小胡子，不时警惕地左顾右盼。他走到一辆桑塔纳车旁，轻轻地敲了下车窗，车窗缓缓摇开了，一个戴着墨镜留中分的人坐在驾驶室里。

“是刘哥吗？”小胡子问。

那个“中分”没看他，点了点头。他随即打开车门，坐在了后座上。

“听说你是专门干这个的？”中分问。

“放心，干了十几年了，从没露过。我办事有规矩，只跟买家见面，动手的人不知道我是谁。咱们以后也最好别见面，再联系我，用这个。”他说着递过一个电话卡，“记住，打完电话，就把卡拔出来。”

中分接过卡，点点头，他打开副驾驶的储物箱，取出一个布包，回手递给小胡子：“这是一半，剩下的完事再给你。”

小胡子打开布包，里面装的都是人民币现钞。“嗯，刘哥爽快，不愧是霍大屁股介绍的。”小胡子笑，“说，办谁？我需要具体情况。”

中分递过一张照片："办他。"

小胡子接过来一看，照片上的人穿着皮夹克，怒目圆睁，显得很威武。他看着，觉得眼熟："这个人是？"

"叫徐国柱，地点在市中区44号院。"中分说。

"徐国柱……44号……"小胡子琢磨着，"那不是大棍子吗？你想杀警察？"

"怎么了？警察不能杀吗？"中分反问。

"哎哎哎，这事儿我可干不了。"小胡子摇头，"这钱我退给你，咱们就当没见过。"他说着就要下车，却不料，已经有个人堵在了车外。

小胡子慌了，赶忙拽开另一边的车门，想往外跑。这时，戴墨镜的中分不知何时掏出了枪，指住了他。

"你们……是什么人？"小胡子惊慌失措。

另一边的车门被拉开了，外面的人坐了进来，正是徐国柱。他笑着摘下小胡子的墨镜，"小匪，看来你的胆还不够肥啊，不敢动警察？"

小匪这下全明白了，摇头叹气，"他妈的，霍大屁股这个王八蛋！"他咒骂。

徐国柱搜了小匪的身，给他戴上手铐。坐在驾驶室的郭俭也摘掉了墨镜，他拿出电台："一组、二组，人到位了，收队吧。"他启动了车，又回头对小匪说："坐稳了啊，咱们回市中区44号了。"

一辆尾号4400的黑色帕萨特在街上飞驰着，车里的音响放着狂躁的音乐。小柳子专注地开着车，二冬子坐在后座上，不断地手舞足蹈。

"兄弟啊，你不是想当赛车手吗？等过几天我把那些资产变现，就给你弄一辆。这租的车，不给力。"二冬子说。

"那……谢谢冬哥了。"小柳子说。

"谢什么，都是兄弟。哎，从今以后你可就跟着我干了，关键时刻还得看你的呢。"二冬子撇嘴笑。

范大傻子坐在副驾驶的位置，在盯着后视镜。

“哎，小柳子，你看后面那车，是不是上午就见过？”

小柳子抬头看去：“哎，还真是，上午出门的时候就停在后边儿。”

“他妈的，又是那帮条子吧。”二冬子咋咋呼呼地说，“兄弟，开快点儿！违章的钱咱们花得起！”

“好嘞。”小柳子兴奋起来，熟练地操作起来。帕萨特立即发出轰鸣，蹿了出去。没过几个路口，就将后车甩掉了。

“牛，不愧是海城车神。”二冬子夸张地说，“记住，什么黑啊白啊，都是扯淡。你只要开好车，就有钱赚，有了钱才能自由自在。趁着年轻干几票大的，就算进去了又能怎样，出来还是人上人。哎，过几天有个活儿，你跑一趟。”

“嗯。”小柳子点头。

“嘿，也不问问什么活儿啊？”二冬子笑。

“有钱赚就行。”小柳子说。

“上道！干好了，一次就能挣出一辆车钱。”二冬子拍着小柳子的肩膀。

车开到了正午歌厅，范大傻子支走了小柳子，说有话跟二冬子单聊。正午歌厅早已歇业，里面空无一人，漆黑一片。两人走进大堂，范大傻子给二冬子点上了一根雪茄。

他抽了一口，咳嗽起来：“这……这玩意儿怎么这么呛啊。”

“呵呵，慢慢习惯就好，这玩意儿贵着呢。”范大傻子笑。

“你神神秘秘的，想跟我说什么？”二冬子瞥着他。

“冬哥，我觉得他们把咱们放出来，就是为了钓周庆的。”范大傻子说。

“钓就钓呗，把他装进去，这些资产不就都是咱们的了吗？”二冬子不屑。

“哪有那么简单啊。”范大傻子摇头，“听说了吗？小匪折了。”

“小匪？什么人？”二冬子不解。

“一个雇凶的经纪人，据说和周庆有‘连’，估计那帮警察要动手了，咱们得想办法避险。周庆要是完蛋了，咱们也有麻烦，再说了，要是让警察知道你的事儿……”范大傻子没把话说完。

“我有什么事儿，你知道吗？”二冬子盯着范大傻子，眼睛里露出凶狠。

“我……肯定是不知道啊，就是知道，忘性也快，什么都不记得了，”范大傻子赔笑，“但是你管得住周庆的嘴吗？”

“你什么意思？”

“我的意思是，与其坐以待毙，不如抢先下手。我这儿有个宝贝，到了该用的时候了。”范大傻子笑。他说着拿出一摞材料。

二冬子接过来看着，“我靠，这个料可够猛啊。市政府办公厅、工商局、建委……这帮孙子可真够贪的，特别是这个姓魏的，敢要这个数儿？”他感叹着，“这是从哪来的？”

“消息不问出处，赃款不问来路。在江湖上混，谁不留着后手啊。”范大傻子笑笑。这份材料就是阚茹记的那个账本，连周庆都不知道，范大傻子偷偷进行了复印。

“我想咱们可以这样……我去……然后你……”范大傻子在二冬子耳旁说着。

“你这孙子可真够坏的。要把这个交给了警察，周庆可就完蛋了。”二冬子拿起手中的雪茄，尝试着又抽了一口。

“现在江湖都没了，还讲他妈什么规矩仗义啊。”范大傻子说。

“咱们……不留着用用？”他问。

“这都是周庆的关系，咱们用不了。再说，楼都快塌了，咱们现在最重要的，是上岸。”范大傻子说。

“但如果警察抓到他，不还是一样？”

“所以……就得让警察抓不到他啊。”范大傻子的眼里露出了阴险。

二冬子点点头：“我就纳闷了，你做人这么贼，怎么被起了个外号叫大傻子呢？”

“嗐，装孙子呗，站着不会，趴着还不会？”

“为什么要拉着我？”

“因为周庆完蛋了啊。”

“你可以自己干啊。”

“我可没这本事，顶多是出出主意，赚点儿小钱儿。”

“所以就把我推到前面，自己在后边儿数钱？”二冬子眯着眼问。

“哎哎哎，我可不敢。”范大傻子赶忙解释。

“以后跟我干事儿，可别处处留后手。我跟周庆，可不一样。”二冬子冷笑着，看着范大傻子，“好，就照你说的做吧。”他扔掉了雪茄。

32

海城市公安局门口闹闹哄哄的，郭俭让一大群人给围住了。他大声解释着，却无济于事，始终脱不了身。几个民警上来帮忙，这群人的情绪更加激动了，有几个还撕扯起郭俭的衣服。这时，潘江海背着一个双肩包，从外面挤进来。

“怎么了这是？”他问一个维护秩序的民警。

“还不是因为那案子啊……”民警苦笑，“这些人都是给宏远达公司提供身份证的，一听要追究他们的责任，就开始抱团儿闹事儿，人多力量大呗。”

潘江海点头，他站在那儿想了想，就拿出手机，拨出了电话。

郭俭正被一个人揪着衣领，听电话响了，就拿起接通：“喂，干吗？”他口干舌燥。

“大撒把，不是说十点钟开会吗？”是潘江海的声音。

“废话，你小子添什么乱啊！”他气不打一处来，环顾左右，看见了潘江海，“别愣着，快过来帮忙。”

“帮忙？我看算了吧。我要是过去，还不一块儿让人围了。”潘江海笑，“哎，想脱身吗？”

“你说呢？”郭俭反问。

“想脱身就听我的。看我手势，然后倒地。”潘江海说。

“什么？”郭俭没听明白。

“我让你倒地。”潘江海重复着。

郭俭这下明白了，他暗自笑笑，便挂断电话。潘江海拨通了一个号码，又等了几分钟，然后冲郭俭打了个手势。郭俭立马捂住胸口，痛苦地倒在地上。

这下撕扯他的人傻了，顿时放开手，围观的人群也不叫嚣了，呼啦一下闪开。

潘江海立马大叫：“郭队，你怎么了？”他扑了过来，“谁干的？刚才谁揪他来着？”

他这么一说，更没人承认了。众人面面相觑，生怕沾上包儿。

“快叫急救车啊，快救人！”潘江海咋呼着。

急救车没一会儿就到了，呼啸着将郭俭拉走。围观的人群闪开一条道，目送他离开。急救车从市局正门开走，直奔人民医院。郭俭在急救床上躺着，潘建海看着他笑。

“哎，差不多了吧？”郭俭坐起来问。

“你要是不想进ICU，就差不多了。”潘江海笑。

“哎，司机师傅，咱们不去医院。从下一个路口右转，进公安局后门。”郭俭大喊着。

在专案组会议室，四个人对桌而坐。郭俭抽着一根烟，缓解着情绪。

“哎，你小子怎么回来了，婚假不歇了？”徐国柱问潘江海。

“舍小家为大家，革命工作重要啊。”潘江海唱着高调。

“瞧你那小脸儿蜡黄蜡黄的，肯定是撑不住了。”崔铁军犯坏。

“别扯淡了，说正事儿。”郭俭把烟蒂戳灭，“是我叫喷子回来的，人家都干完一个活儿了。”

“小匪撂了，指使人就是周庆。”潘江海说着把一摞材料扔到桌上。

“行啊，不愧是名提，行动迅速啊。”徐国柱点头。

“嗯，证据取得差不多了，案子不能再等了，当务之急就是抓捕周庆。

棍子，说说周庆情妇家的情况。”郭俭说。

“周庆的情妇叫谢梦琳，二十七岁，是一个美容院的老板。她住在市南区杏园小区 5 号楼 1201 室，有线索反映，近期周庆一直藏在那。”

“能证实吗？”潘江海问。

“找邻居询问了，辨认出周庆了。杏园小区在东西出口设有监控，我对录像进行了调取，并没发现他驾驶的那辆奔驰，但却发现了这个。”他说着把一张照片递给潘江海。

照片上有一个模糊的身影，正站在小区门口，手里拉着一个浅色的行李箱。“这个箱子是两周前谢梦琳从佳美超市买的，在四天之前，这个人将箱子拉出了小区。根据体貌特征判断，可能是周庆。”徐国柱说，“还有，我们对谢梦琳扔出的垃圾进行检查，从里面发现了这个。”他又拿出一张皱巴巴的纸。

潘江海接过来，上面是一行手写的数字：94120102230202112515202020100004。

“这是什么？”潘江海不解。

“我也不知道。”徐国柱摇头。

“这是周庆的笔迹吗？”潘江海问。

“还没有鉴定，但应该差不多。”崔铁军搭了话。他翻开案卷，递给潘江海。

翻开的页面上，有周庆的签名和手写的日期。潘江海认真比对着几个数字，不禁点头：“嗯，应该差不多。”

“而且你看这行数字，写得并不连贯，应该是边记边写。”崔铁军说。

“对，之间有间隔，比如在 94120102 的后面，就有一个顿笔的点儿。”潘江海用手指着。

“这会是什么呢？是订票信息吗？”郭俭皱眉。

“不会。太长了。”潘江海摇头。

“但也不是手机号码啊！”徐国柱说。

“我隐隐地觉得，这串数字很重要，肯定包含着什么重要信息。”崔铁军说。

“那咱们就再想想。有什么思路大家一起碰。”郭俭说，“下一步，工作的重点是找人找车。找人，没什么可说的。不抓住周庆，一切白搭。现在许多线索都聚焦在他身上，不光是经济案件，还有绑架案件和命案。找车，就是他那辆四个6的奔驰。近期都没出现在咱们的视线内，咱们得通过交警队广泛搜索,发现轨迹,以车找人。还有,得依赖技术手段,号码已经报过去了,勤盯着点儿，需要的时候让邢局出面，给他们李大队施施压。”

“但周庆很狡猾，应该不会使用原来的号码了。”潘江海说。

“所以咱们才得打草惊蛇，引蛇出洞。”郭俭说。

“准备怎么行动？”潘江海问。

“找方法刺激刺激谢梦琳，逼她给周庆报信。”郭俭说，“事不宜迟，这个打草惊蛇的行动，谁来合适？”

“我来。”徐国柱说。

“不行，你警察气太重。”郭俭摇头。

“不是刺激她吗？我穿着制服去呗。”徐国柱说。

“要想刺激谢梦琳，不能直给。得把握好分寸，让她既有怀疑又不能确定,这样才能促使她联系周庆。就你这模样,肯定给她吓跑了。要不我上吧。”崔铁军说。

“你也不行，太不像警察。”郭俭摇头。

“那……就是我了呗？”潘江海撇嘴。

“对，这就是叫你回来的第二个任务。你小子看着就贼，只要不穿制服，看不出是好人还是坏人。”郭俭笑。

“嘿，大撒把，你这是夸我还是骂我呢？”潘江海问。

傍晚，潘江海敲开了谢梦琳的家门。谢梦琳穿着一身淡粉色的睡衣，趿拉着拖鞋，斜靠在门框上打量着他。

“你是查水表的？”谢梦琳眯着眼睛问。

“是的。”潘江海点头。

“干吗晚上查水表啊，不下班啊？”谢梦琳问。

“哦，加班。”潘江海回答。

“哦，那你进来吧。”她冲屋里扬了扬手，却并不离开，只往后退了半步。

潘江海与她擦身而过，闻到一股浓烈的香气，心里也不禁紧张起来。而与此同时，谢梦琳也揪着心，仔细地审视着潘江海。

在海城市公安局的技术部门，工作人员打开了设备，开始对谢梦琳进行全方位的监控。徐国柱坐在李大队长的办公室里有一搭无一搭地聊着，等待着监控的结果。夜越来越深了，外面起了风，整个城市都空荡荡的。

在一个老旧的宾馆里，周庆仰躺在床上。房间的壁纸已经发裂，卫生间不停传出滴水声。电视里播放着一个股评节目，一个西装革履的家伙在大发感言：

“股市已经进入到名副其实的大熊市，在这场猝不及防的市场崩塌背后，一个时代正在落幕。我的建议是‘不强反弹，不猜底部，趋势不变，决不入场，宁可不挣，也不小赌，只要有钱，就有希望’，股民们一定要撑下去，千万不要倒在黎明前。‘熊’途漫漫，各位珍重……”

“我去你妈的！”周庆大骂。他关了电视，拿出一包烟，发现只剩下一根。他想要点燃，却找不到打火机，最后只得作罢。这时，远处传来了阵阵警笛声，他警觉起来，浑身都僵硬了，直到声音远去，他才稍稍放松。他在黑暗里沉默着，刚想静下来思考，就被隔壁那对野鸳鸯的呻吟声打扰。他猛地起身，抬手就要敲墙，却又停住动作。他怎么也想不到，自己会落到这般田地。他拿过手包，取出一张电话卡，塞在手机里。他拨出一个电话，响了半天对方才接通。

“喂，是我。魏科长，到这个时候了，你可不能不帮忙啊。肖秘书长不接我电话，你得帮忙说说。”他近乎哀求。

但魏科长的语气却并不客气：“周总，我说过了，不要再联系我了，咱们之间没什么关系了。你赶紧离开海城吧，现在的局势对你很不利。”

周庆知道，到了这个时候，所有人都对自己避之唯恐不及，指望雪中送炭是不现实的，于是他换了一个口气："好，你要是这么说，我也没办法。但你们要明白，要是我完蛋了，你们也好不了，别忘了我手里的那个账本。"

"账本？"魏科长警觉起来，"你不是说没有复印吗？"

"哼，在道上混的，谁不给自己留条后路啊。"周庆露出流氓的嘴脸，"请你转告肖秘书长，让他再想想办法。现在这个时候，咱们得风雨同舟，不能过河拆桥。要不，就一块完蛋！"他加重了语气。

魏科长那边沉默了："那你……需要我们做什么？"

"想办法给公安局施压，大事化小小事化了。"

"不可能，你这是做梦。我怎么听说你手里……还有命案啊？"

"那都是栽赃，你知道的，我是个生意人。"周庆辩解。

"你？哼……"魏科长叹了口气，"我这一辈子，最后悔的就是跟你搞在一起，更后悔的是把领导介绍给你。周庆，我警告你，自己做的事要自己承担，不要拉别人当垫背的。"

"别说这么无情的话，世上没有免费的午餐，你该知道这一点。"但周庆的话还没说完，魏科长就挂断了电话。

"王八蛋！"周庆咒骂着，将电话摔在床上。

这时，谢梦琳的电话挤了进来。他犹豫了一下，按下了接通键。

"我不是说过吗？不要给我打电话。"周庆不耐烦地说，"什么？什么时候？"他皱起眉来。

谢梦琳在电话里说，一个小时前有人到家里查水表，她感觉可疑才通知周庆。周庆应付了几句，就将电话挂断。他知道危险离自己越来越近了，坏消息像多米诺骨牌一样，一个倒下就会引起更大面积的垮塌。他焦躁起来，知道不能再等下去了。他又拿起手机，打给范大傻子。

此时范大傻子正躺在洗浴中心的休息室，一看是个陌生号码，就示意二冬子不要说话。

"喂，你们现在怎么样？"电话里传出周庆的声音。

"三哥，你在哪儿呢？"范大傻子问。

“我没事，很安全。二冬子还能联系到吗？”周庆问。

“二冬子？好几天没见着了。”范大傻子说。

“尽快找到他，让他再做一件事。除掉老鬼。”周庆说。

“除掉老鬼？”范大傻子惊讶。

“我怀疑灯哥的‘钥匙’在他手里。他要是给交出去了,咱们就全完蛋了。你跟二冬子说，我还有钱，还能东山再起。只要过了这道坎儿，是不会亏待他的。”

“明白,我马上去找他。但是……没有钱,估计他不会干。”范大傻子说。

“你告诉他,老账号,我会把钱转给他。价码和纪红霞那次一样。”周庆说。

“好，我知道了。”范大傻子回答。

等挂断电话，二冬子才问:“他什么意思？”

“他让你除掉老鬼。”范大傻子说。

“哼，他是被逼急了。”二冬子冷笑。

“找个机会约他见面吧，不能让他落到警察手里。”范大傻子说。

“嗯，你安排吧。”二冬子仰面躺在床上。

在那一边，周庆挂断电话，以最快的速度收拾了行李，然后走出房间。在冷夜里,他瑟瑟发抖，等了半天才打到一辆出租车。出租车是辆红色捷达，周庆钻进车，跟司机说了几句，车就缓缓启动了。而在几公里之外，数辆警车正在飞驰而来。谢梦琳的那个电话，已经暴露了周庆的位置。

技术部门经过定位，将谢梦琳拨通的号码锁定在海城东郊的好运宾馆，徐国柱等人立即行动，前往抓捕。此时，徐国柱开着老皇冠一马当先，已经能看到宾馆的霓虹灯招牌了。

“大撒把，我是棍子，即将到达位置，现在目标信号怎么样？”徐国柱拿着电台问。

“目标信号已经离开宾馆了，在向西南方高速移动，应该是驾车在 G5 高速上。你和二、三组从下一个路口掉头进行追击。我让喷子负责到宾馆搜查。”郭俭在电台喊。

徐国柱猛踩油门，按照郭俭的指引进行追击，他知道周庆诡计多端，抓捕的机会稍纵即逝。老皇冠发出低吼，在高速路上驰骋，电台里陆续传来信息。

“棍子棍子，我是喷子。经过宾馆前台人员的辨认，周庆应该刚刚退房。他乘坐的车是一辆红色捷达，重复一遍，是红色捷达。”潘江海在电台里喊。

“棍子棍子，我是背头。你继续直行，我们从下一个路口走辅路，绕到前面堵截。如果发现目标，随时通报。”崔铁军在电台里喊。

“明白。”徐国柱回复。他紧盯前路，仔细地搜寻着。大约过了十多分钟，一辆红色捷达出现在视线里。

“背头背头，发现目标，尾号为2504的红色捷达出租车，你在什么位置？”徐国柱拿起电台喊。

“我在G5高速的辅路上，刚过了平阳收费口，他在什么位置？”崔铁军问。

“他也刚过收费口。车速不快，我马上就能追到。”徐国柱说。

“棍子棍子，别贸然行动。继续跟踪，随时报告目标的位置。我调集警力到下一个路口拦截。”郭俭发出命令。

技术部门发来的目标轨迹与红色捷达相符。徐国柱放慢了车速，紧紧地咬住。不一会儿，就看到崔铁军驾驶的桑塔纳从辅路超了过去。又过了十多分钟，出租车驶到了G5高速的五里沟收费口，远远就能看到，一排警车闪烁着警灯，将前路封堵。

“尾号2504的红色捷达，立即停车。尾号2504的红色捷达，立即停车……”崔铁军站在队前，用高音喇叭喊着。身边的刑警荷枪实弹，纷纷抬起了枪口。红色捷达很听话，缓缓地降下了车速，停了下来。崔铁军见状，立即带人冲了过去，与此同时，老皇冠急停在捷达车后，徐国柱也蹿下了车。

“不许动，警察！”徐国柱第一个冲到车前，持枪大喊。这时，驾驶室的门开了，一个戴眼镜的司机高举双手。他被吓坏了，浑身剧烈地颤抖着。徐国柱将他拽下车，确认不是周庆，又拉开车的后门，发现里面空空如也。

“人呢？你的乘客呢？”徐国柱大声问。

“他……早就下车了。”司机说。

徐国柱不信，又打开捷达的后备箱，周庆确实不在车里。这时，崔铁军也跑了过来。

“周……周庆呢？”他问。

徐国柱摇摇头，继续在车里搜索着。这时，他在后座的缝隙里发现了一个手机。

“这是谁的？”徐国柱把手机递到司机面前。

“我不知道，真的不知道。刚才那个客人没走多远就下了车，他给了我一百块钱，让我沿着 G5 高速一直开。”司机说。

“一直开，开到哪儿？”崔铁军问。

“他没说，就让我一直开。我也纳闷呢。”司机苦着脸回答。

“妈的，上当了！”徐国柱重重地拍了一下大腿。

在回程的路上，老皇冠依然没有减速，几个人都沉默着，听着收音机里的歌曲。

“不曾学会安慰你的伤悲，不曾放弃梦幻中的奇迹，你说今夜将在我的怀里睡去，跟随着我不管是天堂地狱；在最后的夜与我一起沉醉，让我再吻去你快乐的眼泪，在最后的夜与我一起去遨飞，让这世界风中跌坠……”

是天堂乐队的《最后的夜》，雷刚的声音伴随着发动机的低吼，令人感到彷徨和沮丧。崔铁军坐在后座上，看着徐国柱唉声叹气。

“嘿，你不至于吧。跑了再抓呗，丫还能跑出中国去？”崔铁军说。

“扯淡，就不能让丫跑出海城，”徐国柱气不打一处来，“妈的，就差一点儿啊。煮熟的鸭子飞了。”

“这孙子确实贼，从时间上看，他应该是接了谢梦琳的电话就闪了，”潘江海说，“但他也没几步棋可下了。哎，还有个好消息，你听不听啊？”

“有话就说，有屁就放。”徐国柱说。

“嘿，你丫吃枪药了，不会好好说话啊？”潘江海也不高兴了，“那串数字，让背头给破译出来了。”

“是吗？是什么意思啊？”徐国柱转头问。

“想知道吗？想知道叫声好听的。”崔铁军说。

“嘿……”徐国柱撇嘴，“哎，崔探长，不，崔队长，行了吧？”

“这还差不多。”崔铁军点点头，“那串数字，是银行的对公账户编码。”

“什么意思？”徐国柱不解。

“一般银行账号编码，从十几位到二十几位不等，其中大都分成几个部分。第一部分是地区代码，一共4位，第二部分是网点号，一般也是4位，后面则是账号顺序码和校验码。比如20，就代表广东省，而2010则代表广东省东莞市。”崔铁军说。

“哦，明白了。”徐国柱点头，“那周庆为什么要记下这些呢？”

“我觉得这是他的转款记录，或者说，是他的洗钱路径。”崔铁军说，“经过还原，这串数字的大致路径是海城—四川攀枝花—云南大理—广东东莞。加上后面的网点号，我们就可以准确找到这些款项的开户行了。”

“靠，不愧是崔探长啊。不不不，崔大队长。”徐国柱竖起大指，不住点头。

“你丫属狗脸的，说变就变啊？”崔铁军苦笑。

“呵呵，你棍子爷是赏罚分明，看你立了大功一件，也就将功折罪吧。”徐国柱操着唱戏的腔调说。

“哼，我看你啊，跟二冬子差不多，有病。”崔铁军摇头，“哎，明天有事儿干了，咱们得尽快查到赃款流向，把那笔钱给冻结了。”

“好的，得令！”徐国柱的情绪好了起来，“哎，你是怎么看出来的？”

“还记得喷子拿回来的银行对公账户编码本吗？上面都写着呢。”崔铁军笑。

三个人聊着，路程就显得短了。老皇冠下了高速，朝着市局的方向开着，在途经市北区的时候，与一辆红色货车擦肩而过。那辆车开得不急不缓，在市北区拐了几个弯，停在了一条街上。车里的司机是老鬼，他没有熄火，而是观察了一会儿，在确认附近没人后，才戴上帽子和口罩，开门下车。

上午，他去了一家正规的家政服务公司，一分钱没砍地雇了一个保姆。保姆二十出头，说话挺爽快，看着挺利落。老鬼将她带回家，让她住在朝北的房间，叮嘱她，照顾母亲要尽心尽力，只要母亲满意，钱肯定少不了。保姆连连点头，保证会像照顾亲妈那样照顾她。老鬼办完这事，直等到夜晚才开车出了家门。

此时，他戴着胶皮手套，提着一个深棕色的箱子，沿着街边走在黑暗里。没过多久，他便到了一个名为“玉璟园”的小区附近。他没走正门，躲过了保安，在一个没有监控的地方翻了进去，然后按照提前踩过的路线，在视频监控的盲区中走着，又从一个楼道的窗户爬进楼，下了地下车库。他左右环顾，在确认没人之后，走到一辆尾号是四个 6 的黑色奔驰面前。车上落满了尘土，一看就有数日未动了。老鬼拿出钥匙，打开了车的后备箱，把那个深棕色的箱子放了进去，然后轻轻地关上后备箱。他没有停顿，按照进入的路线迅速撤离。在开车回家的路上，他将那辆奔驰的备用钥匙扔进了沿途的河里。

33

早晨七点，老万按时打开鸽棚，数百只鸽子飞到天空上，鸽哨唤醒了沉睡的城市。他打开收音机，一边听着早间新闻，一边清洁鸽棚、加食换水。不到半个小时，陆续有鸽子归巢。他就坐在小茶几旁，静静地喝着花茶，不时来一粒花生米，就权当早点了。

这时，有人在外面敲门。老万透过猫眼一看，是周庆。他犹豫了一下，开了门。

“二哥，我……”周庆欲言又止。

老万冲里面努努嘴，将他引到院子里。老万坐到茶几旁，示意周庆也坐下。

周庆满脸倦容，携带的旅行箱上沾满了尘土。

“找我干吗？”老万问。

“唉……”周庆叹了口气，“不瞒你，走投无路了，求你帮忙。”

“想躲在我这儿？”

“我没那奢望。再说，躲你这儿也不安全。我想让你把我送出海城。”周庆看着老万。

老万低头喝了口茶，将那盘花生米推到周庆面前：“想什么时候走？”

“越快越好，大棍子那帮人在满世界找我。”

“好，我会安排。”老万点头。

“二哥，以前的事儿……对不住了。”

“以前？什么时候算以前，什么时候算现在？”老万抬起头。

“我知道，你不会原谅我。我干的事儿确实不在格式内，越了界。但你要知道，我也是为了逃脱这个囚笼。我不想当一辈子流氓。”

“哼，当流氓？你配吗？”老万摇头，他站起身来，指着房顶的鸽棚，“你看它们，每天都在天上飞，别人以为它们是自由的。但其实，它们放出去的时间远比不过囚禁的时间，自由只在缝隙里。哪有自由啊，你是越活越糊涂了。”

“二哥，你再帮我个忙，找到那把‘钥匙’。只要获得那个账本，就能打开灯哥的关系网。我一直不明白，你明知道有那个东西，干吗不去找，不去用啊？”周庆加快了语速。

“你以为那是关系网吗？那是导火索，夺命锁！谁拿在手里就会要谁的命，还不明白吗？”老万有些激动。

“我知道那是双刃剑，用不好会伤到自己。但灯哥用得很好啊，不然怎么才被判了三年！”

“不然怎么会断子绝孙！”老万打断周庆的话。

周庆不说话了，叹了口气：“如果你觉得我该死，可以马上干掉我。或者，把我交给警察。”周庆看着老万。

“你做这些事都是为了钱吗，还是为了不让别人拿你当流氓？”老万问。

“我也不知道，总觉得被一股力量推着，无法停住脚步，头也不能回，只能往前走。”周庆站了起来，“刚开始的时候，我认为自己跟上了时代。股市和楼市都是风口，这阵风能把我吹到更高的地方，让我不再感到卑微。我很兴奋，跃跃欲试，哼，完全是吸了粉儿的感觉。我承认，我自私、卑鄙、无耻，为了干成事儿，能六亲不认，甚至不惜干掉阻碍我的人。二哥，我曾经也想干掉你，但是我没有动手，知道为什么吗？因为我一直觉得，你其实早有机会干掉我，但却没有动手，我欠你一条命。”

“哼，别跟我这儿装孙子了。你知道，我是你最后的一道防火墙。你要是干掉我，就会彻底被这个群体抛弃。你怕了。”

“也许吧，我没想得这么透彻。”周庆苦笑。

“所以你雇了二冬子，让他去做你下不了决心的事儿？”

“哼，成王败寇，我知道，现在别人怎么说我都行。我周庆崛起于这个时代，也毁灭于这个时代，不怨天怨地，只怨自己做事还留有余地。愿赌服输啊，大不了我退出江湖。”

“你想退出江湖，他们同意吗？”

“谁？”

“你的关系网，那些被你抓住把柄的人。”

“他们既然吞了钩，就得付出代价。光脚的不怕穿鞋的，我连命都不要了，还怕他们？”周庆不屑，“二哥，我记着你的恩。只要能跨过这道坎儿，以后会报答你的。”

“我帮你不是因为感情，而是因为规矩。但其实，现在最安全的地方，就是在号里。”

“你不会是劝我自首吧？你让大棍子发展成‘点子’了？”周庆撇嘴。

“我岁数大了，爱说实话了。记住，离开海城之后销声匿迹，别再起范儿，趴着，会吗？装孙子，会吗？”老万眺望着远方，“这几年海城乱，其实并不是因为有咱们这帮人，而是这个城市随着时代的发展在变化。外来人口，经济建设，一股大潮来了，谁也躲不过。你自认为站在潮头，被吹上风口，实际上是风口浪尖，凶险无比。在这个时候，最好的方式就是找个地儿遁起来。雷声滚滚，大潮汹汹，没听到吗？”

“是啊，巅峰总会过去的……我有时在想，那些后辈，还翻得起浪吗？还能超越我们那个时候吗？”周庆说。

“我们不需要被超越，只需要被遗忘。”老万说。

周庆看着老万，没说话。

“今晚凌晨，到海城码头，有人送你离开。”老万说。

周庆走后，老万叫来了石头儿。他瘦瘦小小的，长了个小豁嘴儿，在海城道上有“黄金手”之称。

“万爷，找我有事儿？”石头儿问。

“求你帮个忙。”老万说着，拍出一摞现金。

“哎哟，给您办事儿，不用。”石头儿摆手。

“拿着，但要绝对保密。”老万凑到他耳旁，轻声地说着。

傍晚的街头，一辆洒水车正在倒车，喇叭里不断重复着：“倒车，请注意。倒车，请注意。”街角的一个店铺在甩货，电声喇叭里重复着：“好消息好消息，全场打折，最后一天，质优价廉，过时不候……”周庆戴着帽子，用口罩遮住脸，孤独的身影与喧嚣的人群格格不入。天气预报说，今晚将会有一场大范围的降雪，但仰望天空，却看不到任何痕迹。周庆伸手摸出烟，却想起来自己没有打火机，心情又沮丧起来。那个“阿黄”不接电话了，他不知道自己的那笔救命钱是否转到了东莞。他到一个咖啡店要了一杯拿铁，坐在靠窗的位置缓缓喝完，等时间差不多了，才打了一辆出租车。在车上，他跟司机借了打火机，将最后的一根烟点燃。

在坤豪公寓楼顶，周庆俯视着海城的夜景。远处传来了阵阵乌鸦叫声。公寓已经被警方查封了，昔日的喧嚣化为乌有，曾经的将海城踩在脚下、屹立百年的梦想化为泡影。但他却依然相信，自己还有翻盘的机会，刚刚范大傻子传来了信息，说二冬子得手了，拿到了老鬼手里的“钥匙”。周庆知道，只要有那把“钥匙”当砝码，就能打开那张沉睡的关系网。他准备孤注一掷，奋力一搏。

周庆等了很久，范大傻子还迟迟未到。天色渐暗，风渐冷，那场降雪似乎正在酝酿。正在这时，他背后响起了脚步声，周庆立即闪身，躲到黑暗里。

老皇冠在街上飞驰着，后面跟着数辆警车。专案组接到举报，说周庆今晚将在坤豪公寓出现。郭俭坐在后座，拿着一份材料，眉头紧锁。

“大背头，你说这个账本是范学字提供的？”郭俭问。

“是的，他主动到市局进行的揭发检举。”崔铁军说。

“丫跟周庆不是一伙儿的吗？”徐国柱问。

“他说自己只是给周庆打工，并无其他关系。”

“哼，他倒把自己择得挺干净。我看呀，他是看着周庆危了，想及时褪套儿。”徐国柱撇嘴。

“魏廉洁、肖博平……这些可都是市里的干部。”郭俭翻着材料。

“魏廉洁，我怎么听着这么耳熟啊？”潘江海说。

“他是市政府办公厅的科长，你跟他打过交道？”郭俭问。

“交道肯定是没打过……”潘江海想着，“哦，对了，我在周庆的通话单上见过这个名字。在那天谢梦琳通风报信之后，周庆给他拨过电话。通话时间不长，三四分钟的样子。之后周庆才打给范学字的。”

“估计是周庆觉得要露，提前交代后事。”徐国柱说。

“那个肖博平呢，是干什么的？”崔铁军问。

“是市政府的副秘书长，魏廉洁的上级，分管财政、审计、税务和海城房地产建设。”郭俭说。

“这事儿得上报市纪委了吧？”崔铁军问。

“已经报给邢局了，由领导协调吧。”郭俭说。

“账本里都记了什么啊？”徐国柱问。

“都是一些行受贿的记录，具体的你就别问了，这种事咱们知道的越少越好。记账的应该是市政府的内部人，怎么落到他的手里的，现在还不得而知。但只要能抓到周庆，就真相大白了。”郭俭说，“哎，我可提醒你们，这事儿一定要保密，这是个大雷，可别炸在咱们手里。”

四个人一路说着，但车速却并未减慢。在即将到达的时候，郭俭拿起电台开始布置。数辆车分开行驶，对坤豪公寓进行包抄。

在坤豪公寓楼顶，周庆从黑暗中走了出来。来人是二冬子。他拿出一根雪茄递给周庆，周庆俯身，由他点燃。

周庆缓缓地喷了一口烟，觉得心情稍许放松：“范大傻子怎么没来？”

“刚打完电话，说有点儿堵车。”二冬子回答。

“听说东西拿到了，快给我看看。”周庆急不可待。

“在范大傻子手里。”

“为什么不干掉老鬼？”周庆看着他。

“你不是说在这个时候要稳住吗？我想先拿到东西，等合适的时机再让他消失。”

“嗯，姿势对，在格式内。”周庆笑了，他拍了拍二冬子肩膀，“兄弟啊，只要我度过这一劫，咱们以后肯定大富大贵。”

“我是收钱办事，大富大贵是你的，跟我没什么关系。”二冬子说。

“那我也不会忘了你的。”周庆承诺，“他妈的，现在许多人盼着我死。我倒要让他们看看，最后到底是我死，还是他们死。”他咬牙切齿，“你知道为什么管那东西叫‘钥匙’吗？因为只要掌握了它，就能打开许多张关系网，掌握许多人的命运。我们能用它重整旗鼓，让他们为我所用，成为我们的伙伴；也能用它做武器，去威慑恐吓，终结他们的前程甚至生命。有了它，不但能翻盘，还能掌控更多的资源，踏上更高的平台。到时不光是这座大厦，我们还能拥有更多。”周庆一扫刚才的颓废。

“我明白了，所以你才让我干掉老鬼，以绝后患。”

“对，那东西是小康留下的。他是灯哥的大管家，没想到灯哥这么信任他，他却留了后手。那里面应该记着灯哥这些年给关系人送钱的信息，还有他名下资产里那些人入股和分红的情况。你知道在海城的老大里，为什么灯哥能‘万箭穿心而不死’吗？原因就在于他编织的这张网。钓者之将下钩，必先投食以引之，鱼图食而并吞钩，久乃知凡下食者皆将有钩矣。然则，名利之薮，独无钩乎？不及其盛下食之时而去之，其能脱钩而逝者几何也？”周庆感叹。

“靠，三哥，你可太有文化了。”二冬子笑。

“扯淡，文化是婊子，只要有权有钱，谁都可以弄它。在这个世界上混，得有钱，有权。你可别小看那些收了钱的王八蛋，他们在吞钩的时候可能还是小喽啰，但现在许多人都冠冕堂皇地坐到了台上。只要他们能出手，咱们就能化险为夷。”

“我还有件事不明白，你为什么不干掉老万？”

“哼……他城府太深，以不变应万变，这些年弄得人心所向，都拿他当回事。我不能做得太过，陷自己于不义，被一个群体抛弃是很可怕的事情。”

“所以你就找来了我，让我不义，被群体抛弃？”二冬子冷冷地问。

周庆笑了，没说话。

“我一直是你的挡箭牌、替罪羊。这就是你说的一荣俱荣，一损我损。”

“哎，话不能这么说，咱们是钱财两清，各取所需。”周庆解释。

“如果你没混到今天这步田地，是不是有一天，也得找人把我干掉？”二冬子盯着他。

周庆警惕起来，看着二冬子。

“我在想，能不能像你一样，也拿到那把钥匙，掌握那个关系网，然后走到台前，不再当别人的替罪羊。”二冬子一字一句地说。

周庆不禁往后退了一步：“范大傻子没在路上，对吗？”

二冬子向周庆逼近，冷笑了。

“你想干什么？杀了我吗？”周庆继续往后退着。

“你说呢？”

“但我死了，对你又有什么好处？”

“你死了，我们才安全，你死了，我们才自由啊。”

“就是我死了，你也跑不了。你手里有那么多人命。”

“所以……这些人命得你来扛啊……”二冬子继续逼近。

此时周庆已经走到了楼顶边缘，冷风在他背后吹着，远处的乌鸦叫成了一片。周庆突然感到天旋地转，眼前的一切都模糊起来。

“你……你对我做了什么？”他恍惚着，觉得二冬子忽远忽近。

“呵呵，能让你飞起来的东西。”二冬子笑着，“你不是总说吗？为达到目的，关键时候什么人都能干掉。”

周庆这才明白过来，不禁看着手中的雪茄：“你……王八蛋，王八蛋！”他说着就要反抗，却不料脚下一滑，失去了重心。

坤豪公寓上空发出了一声惨叫，一个黑影从楼顶坠落，急速下降。等徐国柱等人赶到的时候，已经砸在了地上，摔成了肉酱。周庆的死相很惨，面目全非。他最终没能等到翻盘的机会，没能获得那把能令他重整旗鼓的钥匙。他纵横四海的野心还没冲出囚笼，就在那个凄冷的夜晚摔得支离破碎。

34

周庆的死讯不胫而走，引起了海城的轰动。一方面是墙倒众人推，被他加害的群众纷纷站出来控诉，举报信如雪片般飞到执法部门；另一方面，是海城的官场人人自危。周庆的死未能让魏廉洁和肖博平平安过关，市纪委将他们从办公室带走，又牵连出更多的官员。

海城警方开始了集中行动。在国际大厦顶层的宏远达公司，多名员工及律师被刑拘；在海城银行东郊支行，涉案行员被带走审查；城市合作银行的行长也被约谈；老万、老鬼、霍大屁股、国生悉数被传唤审查。这场暴雨终于落了下来。专案组对案件的整体情况进行梳理，并聘请专业人员对涉案公司的文件和资料进行审计，同时派出多个行动组，马不停蹄，针对涉案资产进行处理。涉案的 40 余个银行账户被冻结，坤豪公寓也将被处置，以抵偿银行的损失，周庆的商业帝国崩塌了。

又是一场表彰大会，市局政治部按照即时奖励的规定，给专案组颁发了集体二等功。徐国柱、崔铁军和潘江海制服严整，胸前扎着大红花，站在了第一排。邢局很高兴，说这次行动不但铲除了以周庆为首的黑恶势力，还打出了海城警察的声威，震慑了犯罪。兰局则希望大家再接再厉，继续深挖余罪、追查赃款。在会后，邢局将郭俭等四人叫到办公室。他拿起暖壶，给大家倒上水，然后才坐到大班台后。

“就在刚才，市里做出了决定，对魏廉洁和肖博平给予‘双开’，并移送司法机关处理。同时，与周庆有关的多名党员干部也被纪委约谈调查，咱们的案子，让海城的官场地震了。”他用手点着桌面，“但我觉得，还不止如此，别忘了，直到现在咱们也没真正破获小康被杀的案件，而且尹航团伙的资产来源，也没有调查清楚。”

“邢局，那个账本的来源我们查清楚了，是一个叫阚茹的女人记录的。她是市政府办公厅的会计，跟魏廉洁有过情人关系，掌握了他和肖博平大量的受贿信息。后来她与魏廉洁发生矛盾，又被肖博平调离了会计岗位，才拿出私记的账本进行威胁。魏廉洁求助于周庆，周庆指使手下使用手段取回了那个账本。我们已经给她做了笔录，经过辨认证实，找她取账本的人就是仇建军。”郭俭说。

“是那个老鬼？”邢局皱眉。

“是的，但他没有使用暴力手段，只是口头威胁。而威胁了什么阚茹也不肯说，似乎有难言之隐。以现在的证据，咱们拘不了老鬼。”潘江海说。

“这些人都控制住了吗？”邢局问。

“老万、老鬼、范学字等人，都控制住了。”郭俭说。

“再挖挖，利用这个机会施施压。有机会的话，分化一下。明白吗？”邢局说。

“嗯，明白。”郭俭点头，“还有，法医对周庆的尸体进行了解剖，在他的气管里发现了一种新型毒品。”

“新型毒品？”

“是的，这种毒品在初期能让人感到亢奋，产生幻觉，后期会起到麻醉、令人昏迷的效果。”

“在周庆坠楼的现场，发现过其他人吗？”

“到现在还没有发现。现场是建筑工地，勘查的难度很大。现在有两种可能，一种是周庆畏罪自杀，另一种也不排除是他人所为。”郭俭说。

“我不相信周庆会自杀，肯定是别人干的。会不会是范大傻子贼喊捉贼？”徐国柱插嘴。

“但他在举报周庆之后，一直留在市局，同时也没有作案动机啊。”崔铁军说。

“继续查吧，一切要讲证据。没有证据，推测毫无意义。”郭俭说。

“他的那辆奔驰也没找到？”邢局问。

“是的。交警队一直在协助搜索，还没有线索。”郭俭说。

“现在周庆虽然死了，但案件却并未终结，甚至可以说，才刚刚开始。如果说专案的第一阶段打的是刑事案件和经济案件交叉的阵地战，那第二阶段打的就是攻坚战和决胜之战。一个账本就带出了十多个党员干部，那咱们能不能推测一下，尹航留下的那些资产会不会牵出更多的利益方？当然，贪腐的事情不归咱们管，要交给纪委和检察院，但咱们有责任继续追查，除恶务尽，让事实水落石出，将贪腐和肮脏曝光于天下。在下一步的工作中，你们除了要遵守办案纪律之外，还要有大局意识和政治敏感性，一定要严格保守秘密，做到滴水不漏。明白吗？”邢局问。

“明白！”几个人异口同声。

每次专案会，邢局都会在结尾强调办案纪律。几个人知道，这个案件牵扯的面太广，邢局在顶着很大的压力。

回到专案组，郭俭立即布置审讯。老万、老鬼、范大傻子等人被带到了不同的讯问室。

在一号讯问室里，潘江海用手指节敲击着桌面。

“范学字，你甭跟我这儿闪烁其词，谁不知道你一直跟着周庆。他最近在干什么，你能不知道吗？”

范大傻子一直低着头，听潘江海这么说，才缓缓抬头：“警官，我说的全是实话。我跟着他，就是为了混口饭吃，其他的真的什么都没参与。我举报他，是害怕自己被牵连。但没想到……他竟会自杀……”

“你怎么知道他是自杀？”潘江海问。

“听说的，不是从楼上跳下去了吗？”范大傻子反问。

“范学字，我现在是在讯问你，而不是要回答你的问题。”潘江海拍响了桌子。

“明白，明白。”他连连点头，“说实话，他死了，我心里挺难受的。我知道，他违法了，犯罪了，这是不对，应该受到法律的严惩。但他这么做，也是为了能让资金跟上啊。您是不知道啊，那帮人层层设卡、吃拿卡要，唉……”他叹了口气，“坤豪公寓的项目就快要成了，只要能把楼卖出去，合伙人的投资、银行的钱就都能补上，周总就能翻身。但是……现在说什么都没用了。”他摇着头。

“他吸毒吗？”潘江海问。

“吸毒？我可没见到过。”范大傻子摇头，“但是他好抽个雪茄，那款味道挺怪的，也没准在里面放了东西。”他说。

在二号讯问室里，崔铁军在问着老万：“最后一次见周庆，是什么时候？”

“就是上次你们抓我以后。我将灯哥所有的资产都交给他了。”老万不紧不慢地说。

“为什么交给他？”

“不想惹麻烦。”老万轻描淡写。

“是他逼你的吗？”

“你说呢？杠头都进去了，他想弄我还不是分分钟的事儿？”

“哼，江湖上堂堂的万爷，也㞞了？”崔铁军激他。

“都翻篇儿了，我现在就是一个看鸽子的老头儿。”老万摇头。

“他最近联系过你吗？”

“没有。他干事儿这么绝，还有脸联系我吗？”

“他是怎么死的？”

“哼，这事不该问我吧。你们是警察，得你们去调查啊。”老万看着崔铁军，“但我不信他是自杀。”

“为什么？”

“因为他很愚蠢，还对这个世界心存幻想。”老万说。

在三号讯问室，徐国柱坐在老鬼的对面。

“你是怎么威胁阚茹的？”徐国柱问。

“我没威胁她。”老鬼回答。

“那她就交出账本了？”

“我不知道那是个什么东西。我跟她要，她就给我了。”

“周庆让你去要的？”

“对。”

“周庆最近联系过你吗？”

“没有。”

“知道他是怎么死的吗？”

“不是自杀吗？”

“他的车在哪儿？那辆尾号四个 6 的奔驰。”

“我怎么会知道？”

“你不是他的司机吗？每月开一万。”徐国柱点破。

“早不干了，现在是小柳子。”

“周庆有几个地址？”

“两个。一个在银湾别墅，一个在博大小区。哦，他还有一个‘情儿’，住在市南区的杏园小区。”

“还有吗？”

“没了。或者应该说，我不知道了。”

“你现在靠什么生活？”

“做服装生意，在动物园那开了个店。”

“生意不错？”

“马马虎虎，混口饭吃。”

“每月能挣多少钱？”

“先期投入有店铺租金和转让费，还有装修、家具、水电、海报，再加上员工工资，均摊下来，每个月利润十多万吧。”

“哎哟，那是比干司机强啊。”徐国柱笑，“就你那点儿破衣裳烂鞋，能卖出这么多钱？”

“衣服从南方进货，以湖州为主，进货价不超过三十块钱，到海城平均售价一百左右，碰见钱包鼓的，千八百也出过。鞋有贴牌儿的，但不是假货，五十到五百不等。小店儿不大，薄利多销。”老鬼一口气说完。

“行啊，你这摇身一变，就成了仇总了。”徐国柱点头，“但我怎么听说，你进的货没那么大量啊？”他话锋一转，“赵小卓你认识吧？”他盯着老鬼。

老鬼心里一揪，知道这是徐国柱在挖坑，他所说的赵小卓就是老万给自己介绍的南方供货商。“我除了从他那儿进货,还有其他渠道。”他闪烁其词。

“其他渠道？那货票呢？付款手续呢？你每月的进货量，能跟你的十多万收入对上吗？”徐国柱追问。

老鬼低下头，避开他的眼神。

“老鬼，我三年前能办了你，现在也一样。你要是跟我耍花招，我就一定盯死你。”他说着站了起来，俯视老鬼。

老鬼沉默了一会儿，抬起头:“大棍子，你非要把我弄到这儿找线索吗？”

“如果你愿意，到号里也行。”徐国柱进一步施压。

“我不是你养的狗，你别不给活路。”老鬼愤恨地说。

“不给你活路？但是小康、尹航的老婆孩子，他们都失去了生命！你的明哲保身，意味着更多人面临危险。”徐国柱怒吼。

老鬼不说话了，低头沉默着。“我有一个情况，但你别记在笔录上。”他抬起头说。

徐国柱看着他，转头冲书记员点点头。

“我给他当司机的时候，有几次他让我把车开到市北区的一条街上，然后就让我打车离开。我怀疑，他在那儿还有个点儿。”老鬼说。

数份笔录摆在郭俭面前。他逐一看着，眉头紧锁。

“范大傻子什么都没说？”郭俭问潘江海。

“话说了不少，但有价值的没有。这孙子是个老油条，鼻涕眼泪一大把，在那儿哭周庆。他撇得挺清，又是举报人，咱们没证据定他。但据他供述，周庆平时喜欢抽一款雪茄，与现场发现的一致。”潘江海回答。

“老万的态度呢？也是一问三不知？”郭俭问崔铁军。

“他和周庆有矛盾不假。但在周庆坠楼的时候，他一直待在鸽场，国生和另外几人都能证明。而且也没发现他雇凶杀人的线索。”崔铁军回答。

“老鬼说的这条街，附近有多少个小区？”郭俭问徐国柱。

“我查了一下，那条街四通八达，附近的小区足有十多个。同时还不能排除周庆会继续将车开走，到其他的地方。所以，这条线索还得再往下摸。”徐国柱说。

“嗯，时间快到了，这帮孙子得放了。”郭俭叹气，“记住，放他们出去的时候，得分着走，防止互相见面，串供。”他提醒。

“哎，忘了邢局的话了？有机会得分化一下。”潘江海提醒。

“你想怎么做？”郭俭皱眉。

“他们玩心眼，咱们也得打哑谜。我觉得放人的时候得对其中一个好点儿，多‘拍拍肩膀’‘扯扯袖子’，往他们心里埋根儿针。”

“人选呢？”崔铁军问。

“范大傻子最贼，就从他下手吧。”潘江海说。

35

在清晨时分，范大傻子随着潘江海走出了审讯室。晨曦微露，路边的早点摊开张了，冒着白蒙蒙的热气。

“周庆的死,我们会全力调查的。这段时间,你要继续配合好我们的工作。明白吗？”潘江海拍着他的肩膀。

“明白，您放心，我一定随叫随到。”范大傻子点着头。

“好，那就这样，咱们常联系。”潘江海对他很客气，伸出了手。

范大傻子受宠若惊，与他握手。

这时，老鬼从后面走了过来。他瞥了范大傻子一眼，没说话。

“哎，鬼哥，我送你一段儿啊？”范大傻子有些尴尬。

“不用，坐太久了，腰疼。我走走。”老鬼活动着身体。

“得嘞，等过几天闲了，咱哥俩坐坐。”范大傻子赔笑。

老鬼没理他，晃晃悠悠地走了。范大傻子看着他的背影，冲地上吐了口痰。

在远处的一辆 GL8 里，老万冷冷地看着他，之后摇上了车窗。

崔铁军的面试成绩出来了，和预料的一样，很不理想。他在食堂慢吞吞地吃着早点，眼神发呆，不禁想起了潘江海说的“墨菲定律”，得罪的人多了，考试被人使绊儿的概率就会大大增加。

看他这样，徐国柱也感到不忿："要我说，这事儿不能就这么完了！你得找趟兰局，让他知道是沈嵘这孙子在犯坏。"

"找兰局怎么说啊？说沈嵘出的题不对？棍子，你想得太简单了。"潘江海说。

"那你什么意思？就这么忍了？"徐国柱反问。

"算了算了，没有无缘无故的爱，也没有无缘无故的恨。这个世界从不会温柔相待，唯有自己趋利避害。"崔铁军摇头。

"你丫念歌词儿呢？扯什么淡啊？让人玩了，还给自己宽心。"徐国柱撇嘴。

"哎，棍子，你这是劝大背头呢，还是激火儿呢？"郭俭开了口，"要我说啊，在竞聘成绩最终出来之前，还不能妄下定论。毕竟领导评价还占很大的比重，要相信市局党委，在这个时候可不能说怪话。"

"大撒把啊，你可真是当领导的料，就是有觉悟讲政治。但这次沈嵘是明摆着找大背头的麻烦，再加上他跟孙明川勾勾搭搭，这事儿就这么过去了？哼，魏廉洁和肖博平都被办了，他这么个小苍蝇，不收拾收拾？"徐国柱撇嘴。

"你的意思是，直接跟兰局说，沈嵘约大背头跟孙明川吃过饭？那又能说明什么？能证明他受贿吗？咱们手里有证据吗？哼，最后别告不了沈嵘，再把大背头搭上。"郭俭摇头。

"我同意大撒把的意见，这一针儿只要扎上去，他肯定知道是大背头干的。在竞聘结果出来之前，我想还是按兵不动，"潘江海也说，"我觉得啊，越是恨谁，就越得靠近他。离得近了，他就没法出拳，对你的威胁也就越小。君子报仇十年不晚，得等合适的机会再推墙。"

"你小子不愧是干预审的，就是阴险。算了，这事儿以后再说吧。"崔铁军摆手。

"我看你也别灰心，就像乒乓球一样，弹得再高，也会一次比一次低。但说不定什么时候再碰到个石头，就又弹起来了。挫折有时也是转机。"郭俭也宽慰他。

“没事，大不了继续当探长，副大队长也累，没什么可干的。”崔铁军作出无所谓的样子。几个人正说着，他的电话响了，他一看号码，是03的尾号。

他冲几个人摆了摆手，接通了电话，“喂，兰局，哦，我在食堂呢。好，我马上过来。”他说着挂断了电话。

“哎哟喂，这时候召见，有戏啊。”徐国柱说。

“看见没有，大撒把真说对了，你这乒乓球刚往下落，就碰见石头了。好机会，好好表现。”潘江海也说。

“哎，跟兰局别提沈嵘的事儿啊。听说他们关系不错，别给自己惹麻烦。需要说的时候，咱们得拿出证据。”郭俭提醒。

崔铁军一溜小跑，来到兰局办公室的门口。他整了整衣服，敲响了门。

兰局很热情，招呼他坐下，又给他倒茶。崔铁军诚惶诚恐。

“你的竞聘成绩我看了，笔试不错，但面试不太理想。”兰局开门见山。

“是，有道题没答好。”崔铁军说。

“哼，我听说了，小沈出的题是‘墨菲定律’。呵呵，这道题太偏了，一般人都答不上来，就是换作我，估计成绩也好不到哪去。”兰局笑了，随手把玩着桌上的塑料打火机。

崔铁军一愣，没想到他会这么说。他思索着，到底是谁扎了沈嵘的针儿。

“这次竞聘的规则是唐局亲自制定的，市局党委本着‘公平、公正、公开’的原则，目的是为了选好人用好人，让能者上庸者下。”兰局说着官话，“但是，成绩的好坏也不能作为衡量干部的唯一标准，特别是业务干部。”他话锋一转，“别担心，竞聘成绩虽然是选择干部的重要依据，但最后还要征求主管领导的意见，我看过其他几个人的履历，都比不上你，而且这段时间你一直在忙专案，没时间复习，也是造成考试不利的原因。我想，市局党委会综合考虑的。做好你的工作，会有好的结果的。”兰局这么说，等于已经表态了。

崔铁军心里一热，站起身来：“兰局，谢谢您，我一定不会让您失望。”他给兰局来了一个九十度的鞠躬。

“哎哎哎，这是干吗，坐下，坐下。”兰局摆手，把打火机放在桌上。

崔铁军心潮起伏。

“最近那个案子，进展得怎么样了？”兰局又拿起暖壶，给他续上水。

“很顺利。”崔铁军点头。

“我听邢局说，周庆的死可能是他杀？”兰局问。

“是的，在他体内发现了一种新型毒品，可能是他坠楼的原因，但现在还没发现更多的证据。”崔铁军回答。

“经济犯罪的问题呢？洗钱的事儿还没查到？”

“正在追查，已经将发现的赃款冻结了，但还是流出了一部分。东莞经侦正在帮着做。”

“嗯，还有，涉及党政干部的线索一定要慎重啊。昨天传唤那几个人有收获吗？”兰局看着崔铁军。

崔铁军刚要回答，却犹豫了。他想起了邢局的叮嘱，除专案组五人之外，严禁向外人透露。

他一犹豫，兰局也看了出来：“哎，你别误会啊，我可不是跟你打听案情。我只是提醒你，要格外慎重，不要忘了，周庆的案件是咱们经侦的。”

“明白。”崔铁军点头。他知道，越是在关键时刻，越要表现出对领导的忠诚，特别是这个时刻。有传言说唐局即将到省里赴任，兰局和邢局都是下任局长的热门人选。他隐隐地觉得，兰局之所以退出专案，可能是缘于邢局对专案的牢牢把控。而这个专案，也许就是他们竞争的砝码。

崔铁军沉默了一会儿，抬头看着兰局：“兰局，跟您我没什么可隐瞒的。现在案件的情况是……”他一五一十地进行了汇报。

兰局听得很仔细，不时点头。但崔铁军说着说着，却不禁将目光落在了那个塑料打火机上，心里一阵发紧。

打火机上有行字，印着“YCH”。

一辆面包车在路上飞驰着。车里的机油味很大，车身很抖，似乎出了毛病。范大傻子被一个布袋蒙住头，在拼命挣扎。这时，一把尖刀抵住了他的脖子。

“再动，我弄死你！”一个粗嗓子说。

“你们……想干什么？”范大傻子惊恐地问。

“周庆死了，知道是谁干的吧？”

“我不知道，真的不知道。”范大傻子仔细听着，分辨着这个声音。

“你不用告诉我，但是得告诉该告诉的人。我提醒你，要是再给二冬子当狗，我们就对你不客气了。”他加重着“我们”二字。

“你们……是谁？”范大傻子问。

“哼，先问问你自己吧，你到底是谁？是哪个道上的？以后该怎么办？”

这时，车停住了，听声音，车门被拉开了。

“记住我的话，我们会一直盯着你。”那把尖刀离开了他的脖子，“别回头，一直往前走。”范大傻子被推下车。

他下了车，试探着往前走，地面很平坦，并没有陷阱和深渊。周围很嘈杂，应该有很多人。他缓慢地走着，身后的车似乎离开了，但他却依然不敢摘下头套，也不敢回头。这时，他听到了一个声音。

“学字，是你吗？”那个声音很熟悉。

他试探着摘下头套，一看，对面站着自己的妻子。

“你怎么在这儿？”范大傻子惊讶。

“我来产检啊，你，这是干吗呢？”妻子看着他笑。

范大傻子这才发现，自己正站在妇产医院的大厅里，而他手里拿着的，是一个 Kitty 猫的头套。

他浑身一软，瘫在了地上。

36

在林荫道上，徐国柱的“银猫”飞驰着。花儿穿着冬衣坐在后座上，风吹乱了她的头发。她轻轻地哼着一首歌：

“我们天空，何时才能成一片，我们天空，何时能相连，等待在世界的各一边，任寂寞嬉笑一年一年，天空叠着层层的思念……”

“听过这首歌吗？”花儿问。

“什么？”

“王菲的，我最近总唱。”

“你不是离开正午了吗？还在哪唱啊？”

“唱给自己不行吗？”花儿问。

徐国柱笑笑，没说话。

“哎，我想去北京。”花儿说。

“北京？”

“有一个电视歌手大赛，我想去试试。”

“嗐……别信那些东西，都是骗人的。”

“北京台还转播呢。”

“那也是内定。”

“但这是我的梦想……如果我去了，你会等我吗？”花儿问。

“哦。”徐国柱应和了一声。

花儿沉默了一会儿，就让徐国柱停车。

“是不是我做什么决定，你都无所谓？”花儿问。

“我……没那意思。”徐国柱点燃一根烟，“我就是觉得，这么瞎折腾没意义。再说北京你也不认识人，去了怎么办？”

“和来海城一样，重新开始。”花儿加重了语气。

徐国柱看着她，想说“哦”却没有开口。

“你不挽留我吗？我和你算是什么关系？”花儿看着他。

徐国柱抽着烟，依然不语。

“好，我明白了。”花儿点点头，跳下了摩托车，穿着高跟鞋，在林荫道上走着。

“哎，我先送你回去吧。”徐国柱骑车追了上来。

“你知道我最讨厌的两件事是什么吗？第一是不尊重我的人格，第二是诋毁我的梦想。这些你全占了。”

“我没那意思，我只是想劝你，要慎重考虑。”徐国柱解释。

“我曾经告诉自己，不要被什么东西牵绊，越在乎什么就越容易被它绑架。你让我好好想想吧，我会做出决定的。”花儿冲他摆了摆手，沿着路走了下去。

时间匆匆而过，眼看就快要到春节了。海城下了几场雪，都不算大，空气里弥漫着湿润的味道。

潘江海回到家的时候，苗虹和岳母都已经睡了。他没敢开灯，蹑手蹑脚地到卫生间洗了澡，又将内衣裤洗好，才来到卧室。卧室的台灯亮着，苗虹起身看表，时间已经到了凌晨。

“哎，你还有多少天到期啊？”她睡眼惺忪地问。

“什么到期？”潘江海没懂。

“跟公安局的合同啊。”苗虹说。

“哦，还一个多月吧。”潘江海脱了衣服，钻进了被窝。

“要不你就歇年假吧，提前到你同学那儿适应适应。”

“哎，案子还没弄完呢。”潘江海背过身去。

“还弄什么案子啊，哪个重要啊？”苗虹不高兴，“哎，说你呢。”她摇晃起潘江海。

“累一天了，明天再说吧。”潘江海应付着。

“哎，还有个事儿。我不想住我妈这儿了，太不方便。中介给我推荐了一套二手房，位置挺好，首付也不高。你明天有没有时间，一起去看看？”

“我……没时间，请不了假。”

“那你什么意思啊？当甩手掌柜的？”

“哎……”潘江海叹了口气，觉得很累，“这事儿你做主吧，反正我工资卡也在你那，你看着办。”

“哦，这可是你说的啊。那我可做主了。”苗虹笑着说。

“要个儿没个儿，要样儿没样儿，还是个外地人，可不就得这样吗？”

苗虹一听这话，不高兴了：“哎，我说潘江海，你怎么还记仇啊？我告诉你，你可承诺过，要对我好，为我付出一切的。你看看人家郑光明，工作稳定挣得又多，虽然买的房子小点儿吧，但起码是个两居室啊。你们警察啊，以前还有点小权力，这几年越来越不行了。哎，我跟你说话呢，你怎么睡着了……”

她摇晃着潘江海，但潘江海已鼾声如雷。

老鬼赶到加代日料的时候，店里已经乱作一团，小桥流水旁杯盘狼藉，油布纸伞散落了一地。他径直走到加代的办公室，看小四川正躺在床上。加代和彩凤坐在床旁。

小四川被打得很惨，满脸瘀青，嘴角留着血迹。看老鬼来了，他挣扎着坐起。

“怎么回事？”老鬼问。

“那个龟儿子，这几天总到店里去闹，我听你的嘛，不去理他。但就在刚才，他又在这里闹，还欺负彩凤，我忍不住，就动起手来了。”小四川回答。

“嗐，也他妈怪我。我是闲的，在外面待着多好，回来干吗啊……”加代叹气，“刚才二冬子带着几个人到店里吃饭，挺摆谱儿，又要蓝鳍金枪又点獭祭。我知道这帮孙子狠，就小心翼翼地伺候。嘿，这王八蛋还蹬鼻子上脸了，非让彩凤给丫跳舞。我能干吗？就打马虎眼，让彩凤下去。结果他不干了，跟彩凤动手动脚。小四川正在我店里呢，就动起手来了。”他摇着头。

“报案了吗？”老鬼问加代。

“没有。别自找麻烦了。”加代说，“我想好了，到年底就把这店关了，我他妈也不干了。原以为周庆倒了，海城就太平了，没想到现在更乱了。”

“听说他找过国生了？”老鬼问。

“是，带着一帮人堵了好几次国生。国生那几个买卖也没跑了，让他折腾得不善。霍大屁股也遁了，现在这孙子在海城称王称霸了。”

“这孙子是冲我来的。”老鬼皱眉。

“你可别搭理他啊，马上关机。我待会找个熟点儿的医院，带小四川去看看。你也趁早遁了吧。”加代提醒。

老鬼没说话，转身走出了办公室。他拿出手机，犹豫了一下，回拨了一个未接号码。

“你在哪儿？”老鬼问，“好，我马上过去。”

红色货车停在了正午歌厅门口。老鬼下了车，用手一推，门没有锁。歌厅里黑漆漆的，不像有人的样子。他背着一个挎包，走过吧台用手一摸，上面落满厚厚的灰尘。演歌台前一片死寂，散落着不少垃圾。正午歌厅早已没了昔日的样子。

“二冬子！你给我出来！”老鬼在黑暗里大喊，“有什么事儿冲我来，别他妈装孙子！”

他的声音划破了静寂，回荡在大堂里。这时，黑暗中出现了脚步声。二冬子跟几个手下走了出来。

“呵呵，不这么干，你丫也不露面啊。我看以后你就别叫老鬼了，改名老龟得了，缩头乌龟的龟。”二冬子这么一说，手下都笑了起来。

老鬼狠狠地盯着二冬子，气势汹汹。

“怎么碴儿？想跟我们练练？”他话音未落，一个手下就走了过去。

老鬼摘下包，放到吧台上。他表情没变，也没动地方，默默攥紧双拳。他没带家伙，知道不能重蹈杠头的覆辙。这时，那个手下已经逼到了近前，他抬起右手，抡圆了就要给老鬼一个嘴巴。老鬼迅速行动，用左手格挡，然后猛地挥起右拳，凿凿实实地打中了他的脸。那人鼻血四溅，被打得左右摇晃，老鬼又跟上一脚，将他踹飞。

“哎哟喂,不错,不错。”二冬子笑着鼓掌。这时,另一个手下也蹿了上去。

老鬼摆开架势，等那人到了近前，先虚晃一拳，再脚下使绊，将其绊倒，然后飞身上前，用膝盖顶住他的胸口，一顿乱拳。另外几人也要往上冲，二冬子抬手将他们拦住。

“来啊,一起上！也他妈让我好好爽爽。”老鬼舒展着身体,瞪着二冬子。

“行，不愧是灯哥的干将，有两下子。整天卖破鞋烂袜子，真是可惜了……”他笑。

“有什么事儿，直说。我没时间跟你丫逗咳嗽。”老鬼说。

二冬子摆摆手，将几个手下打发走，然后才走到老鬼面前。

“我要你手里的那个东西。”他看着老鬼的眼睛。

“什么东西？”老鬼皱眉。

“小康的东西。哎，你可别跟我装孙子，说你不知道啊。”二冬子笑。

“他的东西不在我这里。”

“那在谁那？”

“我怎么知道？”老鬼反问。

“哎，紧张什么啊。”二冬子抬手拍了拍他的肩膀，“我的意思是，咱们一块找找，那东西得利用起来，要不就太可惜了。”他放缓了语气，“你知道那是什么吗？那是一把‘钥匙’，能打开灯哥沉睡已久的关系网。你是个聪明人，不会不懂这里面的道道儿吧？”

“灯哥没了，周庆也死了，什么钥匙不钥匙的，我不懂。你要是想找，就自己找去，别裹上别人。我警告你，别欺人太甚。”老鬼说。

“看你这意思，是想跟我硬扛了？哼，那咱们就好好玩玩。”二冬子冷下脸。

老鬼与他对视着，渐渐地收起了锋芒。他回手拿过包，拉开拉锁，从里面取出了一摞崭新的钞票。

“这些够不够？”他将钞票拿到二冬子面前。

二冬子接过钱，用手掂着：“嘿嘿，你这是什么意思？这有多少？十万？哼，少了点吧……”他眯着眼说。

“你要多少？”

“你这是拿我当要饭的了？呵呵……”二冬子笑了，“我知道，鬼哥现在洗白了，远离江湖，小富即安，逍遥自在。”

“你只要不再骚扰我，等以后生意好了，我会再给你。”

“哦，我知道，你现在生意不错，是大老板了……那好，咱们就谈谈生意呗？”

老鬼看着他，没说话。

“你知道我为什么来海城吗？哼，可不是想给老三卖命，光干擦屁股的事儿。我是看中了海城的发展，准备在这儿扎根儿。我听说你现在自己搞运输了，有渠道，南方那边儿熟。哎，帮我运批货，利润咱俩分成。”二冬子说。

老鬼知道他说的货是什么，摇了摇头：“对不起，你那些货，我运不了。”

“我知道你那些破鞋烂袜子的利润不错，不但能帮你挣钱，还能帮你洗钱。”二冬子把话挑明，“但我那些货的利润更好，哎，这可是给你机会啊，让你入伙儿。你要是不接着，可就是跟我对着干。”

“对不起，钱我可以给你，但这货我肯定运不了。”老鬼摇头。

二冬子盯着他，停顿了一会儿才说：“二选一，要么交出‘钥匙’，要么上我的船。我给你个机会，周五晚上九点，我在市南区百尺道等你。你要是不‘上船’，就别怪我手黑。”

老鬼没说话，拿起包就往门外走。

“哎，那我就谢谢了啊。老板，恭喜发财啊。”二冬子举着那摞钱，在他背后大笑。

在“紫牛蛋大”，崔铁军见到了焦雄兵。焦雄兵脸色很不好，眼圈发黑，嘴唇发紫。

“你几天没睡觉了，脸色这样？”崔铁军给他夹菜。

“嗐，不一直跟着案子呢吗？就快要成了。”焦雄兵说。

“你一直贴着的人，是二冬子对吗？”崔铁军问。

崔铁军这么一问，焦雄兵愣住了。

“明白了。”崔铁军点头，“这不算你说的，没违反纪律。哎，我可提醒你啊，这孙子最近玩得很猖狂，许多事儿都跟他有关。与他接触，要格外小心。”

“放心吧，我没直接贴在他身边，而是盯着他的一个联系人。”焦雄兵说。

“我一直怀疑，周庆的死没那么简单。”崔铁军说。

“与他有关吗？”焦雄兵问。

“只是怀疑，没有证据。”崔铁军说，“我想问问，他的背后是什么人？”

“哥，我再说就真的犯纪律了。”焦雄兵为难。

“是那个陈桥吧？”

“你，怎么知道？”焦雄兵傻了。

“不都是你说的吗？上次在这儿，你说在跟着陈桥的案子。”崔铁军笑。

“哼，是不是在你面前，我就是个‘雏儿’啊？”焦雄兵苦笑。

“呵呵，毕竟我比你早干了十多年。”崔铁军拍了拍他，“快吃吧，然后回去睡觉。休息好了才能肩负重任。”

“嗯，估计快收网了。听说陈桥的货要往海城走了。对了，二冬子身边有个人，最近总在‘玩火’，可能是你们的‘点子’。他今晚有动作，领导说了，只要他出了海城，我们就得办。”焦雄兵说。

“我们的‘点子’？叫什么名字？”

“叫柳刚，在给二冬子开车。我们调了他的记录，他有次被交警队抓了，是你们的人捞的他。”崔铁军说。

“我们的人？谁啊？”

“叫徐国柱，是刑警队的。”

“哦。”崔铁军点头。

“你们能处理最好，不然如果他越了界，我们就得动手，到时候也会影响陈桥的行动。你知道贩毒的罪过，只要交易成了就会重判。他还挺年轻的。”焦雄兵说。

他又胡噜了两口菜，咕咚咕咚地将杯中的饮料喝完，然后打了一个饱嗝。“哎……等案子破了，我得大睡几天，谁叫都不起，昏天黑地。哥，看我给你带了什么？”他说着就从包里拿出一瓶酒。

崔铁军接过来一看，笑了：“哎哟，茅台啊，你小子发财了？”

“是我用第一个月工资买的，早就说给你了，上次忘了带了。”焦雄兵说。

崔铁军笑了，拍了拍他的肩膀：“那我先留着，等你把案子破了，还是这地方，咱俩给撅了。”

“好，等案子破了。”焦雄兵也笑。

37

夜晚，海城市北区的街道异常宁静，气温已经降到了0℃，光秃秃的枝丫无助地向天空伸展。徐国柱将老皇冠停在一个路口的拐角，抬手看了看表，时间已经接近十点。他拿起电台，呼叫着："背头，你那边儿怎么样？"

"没有情况。"崔铁军在电台里喊。他把桑塔纳停在另一个路口，与徐国柱成犄角之势。

"喷子，你那边儿呢？"徐国柱又喊。

"我这边儿也没情况。"潘江海回答。他的车停得稍远。

"棍子，你那消息准吗？他会从这儿过吗？"崔铁军在电台里问。

"应该差不多。这小子消失几天了，应该就是背货去了。都注意着点儿啊，绝不能让他出海城，要不就落到襄城那帮人手里了。"徐国柱说。

"明白。"两人陆续回答。

徐国柱放下电台，在黑暗里等待着。他知道小柳子让二冬子给忽悠了，这些天总想着"干大事儿"。说实话，他是不想将小柳子发展成"点子"的。别看这小子整天咋咋呼呼，装成流氓去混社会，实际上内心还是个孩子。他上二冬子的船，原因说起来可笑，就是为了能开上好车。徐国柱知道，如果今晚不能将他拦截，一旦交易成功，他这一辈子就完了。他正想着，电台突然响了起来。

"棍子棍子，车来了，尾号4400。"崔铁军喊。

徐国柱胡噜了一把脸，启动老皇冠，眼看着一辆黑色帕萨特飞驰而过。他不敢怠慢，猛踩油门，老皇冠呼的一下跟了上去。

小柳子已经遁了有些日子了，之所以没在海城露面，是因为到孟州去进货了。其实他直到现在也不知道后备箱里装着什么，只是按照二冬子的指令，把车开到了孟州与海城交界的一个高速公路休息站。然后不锁车，到休息区吃了碗泡面，等出来的时候，货就已经在后备箱了。他现在的任务，是将车再开到海城与襄城的一个交界处，就万事大吉了。小柳子不傻，自然知道后备箱里装的不是合法物品，但他也没多想。二冬子给的条件优厚，只要走完这一趟，就能赚到一大笔钱。

他根本不管违章和超速，迈速表直逼 120 公里每小时。他计算着时间，估计在十点之前就能到达指定位置。

崔铁军驾驶的桑塔纳在后面紧追不舍。车速已经到了极限，风噪越来越大，发动机也开始发抖。

“棍子，目标速度太快，我跟不上了。”崔铁军拿起电台喊。

“明白，我过来替你。”徐国柱说。

“你不行，他认识你的车。”崔铁军提醒，“喷子呢？”

“他早丢了。”徐国柱喊，“无论如何也要盯住他，只要撑到收费站，就有咱们的人接应了。”

两辆车狂追着，眼看就要到海襄收费站了。帕萨特根本不减速，越开越猛。徐国柱知道，只要出了收费站，襄城禁毒的人就会上手。此时他们正在收费站外守株待兔。

徐国柱拿起电台：“小李小李，目标快到了，你们按计划行动吧。”

“明白。”小李回答。他挂断电话，立即关闭了大部分收费口，只留下两条通道逐车检查。

这时，小柳子已经驾车到了附近，远远就看到收费口前排起了长队，有几个交警正在检查。他放缓了车速，拿起手机说着什么。不一会儿，帕萨特车头一偏，从最近的一个出口向辅路驶去。

“棍子棍子，他开出去了。”崔铁军在电台里喊。

“明白。”徐国柱回答，他又拿起电台，“小陈小陈，目标快到了，你们注意堵截。”

“好，明白。”小陈在电台里回答。

小柳子开上了辅路，准备绕到下个收费站再出海城，没想到刚开出几百米，就被两辆货车给堵住了。两车发生了剐蹭，车主正在路旁理论。小柳子着急了，把车停在了路旁。崔铁军缓缓地跟上来，密切地监控着。不一会儿，帕萨特掉了个头，开始往回开。崔铁军没有再追，让潘江海进行衔接。

十多分钟后，帕萨特沿着辅路开到一片荒地上。小柳子将车停稳，灭了车灯熄了火。潘江海也将车停住，与他保持着一百多米的距离。徐国柱、崔铁军和另外几组刑警，分别将车摆到位。一张大网已经架好。又过了一段时间，在凌晨前后，远处亮起了车灯，一辆黑色的凯美瑞慢悠悠地开过来。但经过帕萨特的时候，却并未停下，而是继续保持着车速开了过去。

“尾号为 7093 的凯美瑞开过去了，应该不是。”潘江海在电台里喊。

“千万别动，继续观察，小心有诈。”徐国柱提醒。

潘江海没动地方，眼看着凯美瑞越开越远，渐渐在黑暗中消失。他拿起电台，刚要再说什么，不料那辆凯美瑞又开了回来。徐国柱猜得没错，那辆车果然有诈。凯美瑞绕着辅路开了一圈，在确定安全之后，才停到帕萨特的附近。

两车相距五十米左右，一个穿着蓝色羽绒服的司机下了车。他并不锁车，而是敞着车门，向帕萨特走去。他一边抽烟，一边四处看着。与此同时，小柳子也下了车，他同样敞着车门，向凯美瑞走去。潘江海知道，两人想要换车，交易已经开始了。

“动手！”徐国柱在电台里大喊。一瞬间，埋伏在周围的所有车辆都打开了灯。老皇冠一马当先，冲到了两人近前。此时小柳子已经走到了凯美瑞附近，他惊呆了，站在原地不知所措。徐国柱蹿下车冲他大喊：“别动，警察！”

小柳子这才明白过来，赶紧朝着凯美瑞的方向跑。徐国柱速度很快，一下将他扑倒。小柳子拼命挣扎："大棍子，你为什么不放过我，为什么？"

徐国柱没跟他废话，几下就给他戴上了背铐。徐国柱大口喘着气："我他妈是在救你，不明白吗？你脑子让驴踢了！要是上了这辆车，这辈子就全完了。"

"在你眼里，是不是我干什么都不对，永远都是垃圾，渣滓！"小柳子大喊着。

徐国柱没说话，一把将他拽起。

穿蓝色羽绒服的司机也被戴上了手铐。刑警们分别从帕萨特和凯美瑞的后备箱里，取出了两个密码箱。撬开之后一看，一个里面是钱，一个里面是毒品。

徐国柱将小柳子拽到帕萨特跟前，指着地上的密码箱："你知道，这些东西得判你多少年吗？"

小柳子低着头，不说话了。

"糊涂啊！这回有时间了，好好在里面想想吧！"徐国柱用手一推，让两个刑警将他押走。

他点燃一根烟："哎，喷子，刚才交易的情况录像了吧？"

"录了，你算救了这小子了。"潘江海说。

"唉……"他叹了口气，"背头，到时谢谢你那哥们，要不是他的消息，这孩子就完了。"

"嗯，等两边儿案子都结了，咱们过去跟他们喝一顿。"崔铁军说。

"行，你安排，我埋单。"徐国柱说。

潘江海连夜对小柳子进行了审讯，他供述，是二冬子指使他到孟州接货。专案组立即将情况通报给襄城禁毒，襄城连夜派人将两名嫌疑人接走。因为此次交易并未成功，小柳子并不知道接的货是毒品，所以算是未遂，但却依然免不了牢狱之灾。因为襄城的涉毒专案还在进行中，所以暂未对二冬子下手。

小柳子一出事，二冬子立马遁了。他一消失，不少人都松了口气。加代甚至幻想，这孙子会不会从此离开海城，不再回来了。但老鬼却没那么乐观。时间一晃而过，转眼就过了周五。老鬼并未到百尺道赴约，也没再受到二冬子的骚扰。但他知道，这件事不会就这么简单地过去。二冬子不但有饿狼的贪婪，更有狐狸的狡诈，是不会轻易放过嘴边的肥肉的。老鬼提醒小四川多加注意，又提早了每天的关门时间，让赵大姐在天黑前离开。

38

在魏廉洁和肖博平被抓之后，海城的官场发生了地震。专案组的案子越发敏感，不同层面的人通过各种渠道来打听案情，邢局和郭俭无奈，每天到了办公室就拔掉电话线，将手机关机。但就是这样，消息也不胫而走。坊间甚至传言，说海城公安局办的案件已经指向了省里的领导。邢局知道，这是有人在混淆视听，想浑水摸鱼。但没过几天，市局就发生了一系列微妙的变化。首先是邢局被安排到省里参加为期半年的政法干部培训班，他负责的刑侦工作暂由兰局代管；其次是专案组被解散，徐国柱等人各回各家各找各妈，后续案件由兰局指派的新人接替；再有就是市局的竞聘结果延迟发布，据传是唐局马上要到省厅赴任，人事任免要等新来的领导确认。但令人感到蹊跷的是，兰局却指派崔铁军代理了副大队长的职位，这么做无异于提前占坑。于是大家纷纷议论，说这次竞聘就是一个笑话，与其如此还不如直接任命，干吗还要走个过场。更有甚者，直指崔铁军走了兰局的门子，还有鼻子有眼地说看见他整天往兰局办公室里跑。这下他成了全民公敌，在食堂吃饭的时候,大家都对他爱搭不理。崔铁军冤在心里,却有口难辩,但他明显感觉,在兰局接手之后，专案越走越偏了。

在邢局赶赴省里之前，他把几个人叫到了办公室。他像往常一样，拿着暖壶给大家倒水，但表情却显得沉重。

“听说你们几个，都不在专案了？”邢局问。

“是啊，新人把办公室给占了，我们都被扫地出门了。”郭俭苦笑。

“小潘，你还回派出所吗？”邢局又问。

“邢局，我能不回去吗？随便找个地儿，让我再耗几天。”潘江海笑。

“怎么着？想留在刑警队啊，还是去预审？”

“算了，这俩地儿都不能待，我……还是回派出所吧。”潘江海摇头。

“对了，得恭喜小崔啊，牵头副大队长了。”邢局说。

崔铁军尴尬地笑笑：“就是临时代理，兰局说现在案子太多，让我先干着。”

“要干就干好，理直气壮，别管那些传言。”邢局给他打气，“你现在忙什么呢？”

“兰局给我了一个非法集资的案子，涉及好几百人，估计近期要出差。”崔铁军回答。

“小徐呢？”

“兰局给我派了一个盗抢出租车的案子，跨省作案。哼，我明天就得到河北出差。”徐国柱撇嘴。

邢局明白了，表情很复杂。他转过头望着窗外，似乎在压抑着心里的事情。办公室的气氛顿时凝重起来。

“我这一走，就不一定能回来了。”他说。

“这也是好事，按照省里的惯例，能参加政法高级干部培训班的，都是提拔的对象。”郭俭给他宽心。

“提拔？呵呵……”邢局摇头，“你们知道唐局也要走吧。我们俩都走了，这个案子怎么办？”

他这么一说，大家都不说话了。

“案子还敞着口儿呢，小康和尹航妻儿的死，陆宝山的幕后主使，周庆的坠楼，还有那些暗藏在资产里的腐败……都说除恶务尽，可不能半途而废啊。”邢局叮嘱。

“邢局，在新人接手以后，专案已经变味了，他们那不是查，而是埋。

如果有可能，我们想继续查下去，请把他们三个调回来吧。”郭俭说。

“对，现在派出所也没事儿，顶多查查‘禁放’，要能回来，我肯定全力以赴。”潘江海说。

“邢局，我跟您表态，我办案是出于职责和公心，当不当那个副大队长无所谓。有些人传我走后门托关系，巴结兰局。我在此保证，肯定没干过那些事。要是能回专案，那个副大队长我不要了。”崔铁军说。

“别这么说，我们都相信你。”邢局摆了摆手。

“要不您也别走了，参加什么培训班啊？您这一肚子知识还不够啊。要我说，您得继续在海城干，大不了就接唐局呗。”徐国柱也说。

“哎哎哎，这可不能乱说啊，要服从组织决定。”邢局打断他。

几个人你一句我一句地给邢局解忧，说得他也感慨起来。

“你们知道从魏廉洁被纪委约谈之后，我接过多少上级领导的电话吗？这个数儿。”他打了几个手势，“可想而知，这案子的影响有多大，有多坏，牵扯的面儿有多广！”他加重了语气，“而且，他们还不约而同地问到了一个问题，那就是尹航的资产怎么处理，牵扯到谁。郭队，你们查清了吗？”他问。

“没有，还没有查清。”郭俭如实回答。

“记住，即使查清了，也要慎重。这个案子水深雷多，道阻且长。”邢局提醒，“就在刚才，唐局跟我谈过话，说这个案子要以静制动。什么叫以静制动啊？我的理解不是按兵不动，而是以不变应万变。既要顾全大局，又要明辨是非；既要稳步推进，又要亦步亦趋。记住，咱们对抗的不光是犯罪分子和黑恶势力，还有咱们身边被拉下水的人。”他的话暗含深意。

“但您走了，我们也不在专案组了。”郭俭叹气。

“虽然你们不在专案组了，但身份还是人民警察，你们肩负的责任还不能变，担子也不能减。我跟唐局建议，以其他案件的名义另组一个专案，再把你们调回来。你们愿不愿意？”邢局看着几个人。

“我没问题。”郭俭点头。

“太好了！我就等着这一天呢！”徐国柱用手拍腿。

“您放心，我会全力以赴的。”潘江海表态。

崔铁军想了想说：“邢局，只要能有借调的手续，我也可以。”

“那就好。”邢局点头，“记住，时间只有两周，你们要竭尽全力。唐局可能在节前就要到省厅赴任，在他走之前，争取弄个水落石出。”

“是。”几个人一起站起来敬礼。

“虽然我到省里参加培训，但副局长的职务还没有免，有需要我帮助的，就尽管说。你们放开干，有压力，我来扛。”邢局也站起来，回了一个礼。

邢局果然说到做到，他走的第二天，唐局就在局务会上提出，要在节前组建一个调研专班，梳理近年来海城警方在一线工作的不足和短板。关于调研专班的人选，他直接进行了点名。郭俭、徐国柱等人，自然列在了名单之中。但兰局却提出了反对意见，他说崔铁军现在正在牵头一个重特大经济案件，不宜临阵换将。唐局无奈，只得让崔铁军两头兼顾。命令发出之后，四人第一时间赶到了工作地点。唐局安排得巧妙，并未让调研专班在市局办公，而是让市北分局腾出了几间办公室，供他们使用。当然，郭俭四人在一个小组，他们的“调研任务”和其他人大为不同。唐局给他们派了两辆“密档”桑塔纳，又指派秘书小郑专门协助提供查询和法律手续等支持。刀已出鞘，箭在弦上，四个人都感到压力重重。他们知道，成败与否就看这两周了。

警方这边一没动静，二冬子又蠢蠢欲动了。他试探地出现在海城的地面儿上，虽然较之以前有所收敛，但如今海城的老大死的死遁的遁，已经无人能出其右，于是便又猖狂起来。

在正午歌厅，他坐在演歌台上打着电话：“大哥，再给我几天时间，我就能将那些资产盘活。哼哼，我找到一个方法，让他二选一，要不交出东西，要不就帮着运货。呵呵，他不敢怎么样……海城这帮人，都太软，太屃……”二冬子叼着雪茄，“警察没找我，小柳子什么都不知道。好，我会小心的……”

范大傻子坐在台下，默默地抽着烟，显得忧心忡忡。

二冬子挂断电话，跳过来拍了一下他的肩膀：“哎，想什么呢？”

范大傻子被吓了一跳：“啊？没想什么啊。”他赔笑。

“是不是媳妇快生了？”二冬子问。

“你……你怎么知道？”他愣住了。

“我听见你打电话了。哎，到时候我给你包份大礼！”二冬子抬手抽了口雪茄。

“谢谢，谢谢冬哥。”范大傻子点头。

在东莞火车站，“调研组”下了车。小陈一看到崔铁军，就迎了过来。

“嘿，崔队。”他上前一把抢过行李。

“哎哎哎，兄弟，可不能这么叫。我还是探长，探长。”崔铁军连忙解释。

“嘿，你看吧，都说坏事传千里，看来这好事也传啊……”徐国柱笑。

“人家叫了你就答应，过度的谦虚就是骄傲。”潘江海也说。

小陈也笑了，“我们都听说了。今晚咱们庆祝，我带了两瓶好酒。”他是东莞经侦的民警，几年前到海城办案，崔铁军给予了很大帮助。

“得，你们爱说什么就说什么吧。哎，小陈，这次可得麻烦你了。”崔铁军说。

“客气什么，天下警察是一家。我先带你们去宾馆，吃了饭咱们再去银行。”

“我看时间还早，咱们直接去吧，还能抢出几家。”崔铁军说着拿出查询单。

小陈接过来看着：“嗯……最近的一家就在常平，还来得及。”他点头。

小陈挺有面儿，一天马不停蹄，带着他们“抢了”三家银行。其实在此之前，当地经侦就已经配合专案组对赃款进行了冻结。但他们此行的目的除了追赃之外，还要进一步查清洗钱的情况。到了晚上，当地警方请客，三人不能免俗，得跟这帮同行“以胃握手”。警界也是江湖，除了职位高低、办案能力，酒风酒品也是基本素质之一。

三个人一上桌，就知道今晚是一场恶战。崔探长“驾临”，自然是当地经侦做东。而一听说大棍子来了，当地的刑警也来了好几个。两人一个能聊，一个能喝，在酒桌上自然抢眼。但潘江海就逊色多了，总是被动应战。开席没多久，就被对面的刑警刘队给“击沉”了。对方阵营足有十人，占绝对优势。刘队击沉了潘江海，又拿起酒杯向徐国柱发起进攻。徐国柱知道，他是这场战斗的第一主力。本着“擒贼先擒王”的原则，他冲崔铁军使了个眼色，举杯站了起来。南方人喝酒，好白酒、啤酒、洋酒一起掺，这其实是一种偷奸耍滑的方法，看似豪情万丈，实际上下肚的并不多。于是徐国柱反其道而行之，改了规矩，要求只喝白酒。他咕咚咕咚地给自己倒满，直逼刘队。两人几轮 PK，刘队就被徐国柱击沉。他再次将酒倒满，继续寻找对手。众人知道他是个狠茬儿，纷纷躲闪。这时崔铁军开始起范儿，以点带面各个击破，重点打击那些已经晃范儿却还未沉底的残兵败将。几轮过后，战况惨烈，交战双方纷纷离席，将胃里的精华奉献给了卫生间。但没想到潘江海却神奇地醒来了，他慢吞吞地抄起啤酒，开始打圈。对手们叫苦不迭，疲于应战，谁也没想到，他竟笑到了最后。

战斗过后，三人在宾馆的房间里醒酒。徐国柱意犹未尽，手舞足蹈地描述着击沉刘队的细节。而崔铁军则在台灯旁，看着白天的材料。潘江海刚开始还挺忙叨，跟苗虹打着电话，好像是在说什么二手房的事儿，但没一会儿酒劲就上来了，枕着徐国柱的手包打起了呼噜。

“背头，你听没听我说话啊？干吗呢？”徐国柱问。

“废话，忙工作啊。”崔铁军说，“周庆的钱在进到东莞之后，被立即拆分到十二个账户里。这些账户都是虚假的名字，应该是洗钱团伙开立的。咱们只冻结了三个，其他的还是被洗出去了。但这个账户中的一百多万，却是个人临柜取款。”他指着材料说。

“怎么能看出来啊？”徐国柱凑过来看。

“‘2712’表示个人临柜取款，‘02’表示现金。”崔铁军指着一行数字。

“所以通过这笔取款，应该能摸到取款人？”

“对。”崔铁军拿着材料站起来，边踱步边思索，“但我想不通，他们为什么要提现金？”

“是啊，要想把钱洗出去，用转账最安全，何必冒险到现场提款呢。”徐国柱也说。

“有一种可能，”崔铁军停下脚步，“就是这笔钱并不是洗钱团伙拿走的。”

“你的意思是，给某人的提成，或者好处费？”

“有这种可能。但也不排除，提款人是被人雇用的‘车夫’。”

“无论如何，先干吧。起码找到‘线头’了。”徐国柱说，“哎，你听着信儿了吗？说兰局这次可有戏啊。”

“哦……”崔铁军没说话，轻轻点头。

“咱们现在这么干，等于是在跟他较劲啊。我倒没事，你代理着副大队长，不想想后果？”

“估计后果很严重。”崔铁军苦笑，“但咱们办案，到底为了什么呢，是给领导办的吗？”

“哼，你说呢？”

“给自己办，给自己的这儿办。”崔铁军指着胸口，“实际上，我一直怀疑兰局有问题。”

“为什么？”徐国柱皱眉。

“有一次我在他办公室里，看到了一个打火机，上面有行字母，印着‘YCH’。”崔铁军说。

“YCH？”徐国柱想了想，“啊？燕朝汇吗？”

“嗯。”崔铁军点头。

“靠，咱们不会是腹背受敌吧？”徐国柱苦笑。

“两周时间很紧了，事到如今，就破釜沉舟吧。”崔铁军说。

“还是喷子好啊，进可攻退可守，大不了脱衣服出去干律师。是不是啊，喷子？”徐国柱说。他转过头，看潘江海睡得正熟，但仔细一看就急了，“哎，你丫干吗呢，喷子！”他说着就把潘江海拽了起来。

崔铁军一看就乐了，就在两人说话的时候，潘江海已经把徐国柱的手包给吐满了。

在清冷的大街上，老鬼疯了一样地奔跑着。母亲不见了，在几个小时前，被两个人接走了。保姆很委屈，说以为是他让人接走的。老鬼忍无可忍，破口大骂，让保姆马上滚蛋。他万分焦虑、头昏脑涨，像一头迷失方向的狮子，愤怒地咆哮着，却不知道敌人是谁。他打电话给所有认识的人，加代、国生、老万，甚至打了 110 求助。但这时，一个匿名电话却打了进来，让他到“环球”游乐场见面。老鬼顿时冷静下来，知道危机根本没有过去。

他没有告诉小四川，单人独骑来到了“环球”游乐场。游乐场建在海城山附近，正值冬季，游客很少。老鬼拨打那个电话，对方却并不接听。他没头苍蝇似的在游乐场里乱撞，大声喊着母亲的名字，在几近绝望的时候，才在一个长椅上看到了母亲。母亲蜷缩在冬衣里，瑟瑟发抖。她已病入膏肓，身体极度虚弱，眼睛也看不清了。

“妈，妈……”老鬼冲过去搂住了她，泪流满面。

母亲嘴唇发紫，茫然地睁开眼：“建军，是你吗？”

“是我，是我。”老鬼忙说，“怎么回事，是谁干的？”

“是两个小伙子……他们把我带到这儿，还让我坐过山车……”母亲浑身颤抖着。

老鬼听到这儿，火腾地一下冒出来了。他再次拨打那个电话，终于接通了。

“你们是谁？想干什么！”他质问着。

“呵呵……”那边传出了笑声，是二冬子的声音。

“老鬼，周五我可整整等了你一宿，你失约了。”他说。

“有事儿你冲我来，干吗对我妈下手？”

“我找不到你啊，就只能去你家了。再说，我也没对你妈怎么样啊，就是带她散散心，坐坐过山车。”

"有种别玩这下三烂的招儿，咱们单挑。"

"呵呵，你以为自己是谁，我凭什么跟你单挑啊。我说过，二选一，要么交出'钥匙'，要么上我的船。你要是不'上船'，就别怪我手黑。记住，这只是开始！"他说完就挂断了电话。

老鬼强压着怒火，将母亲抱了起来。她的额头很烫，不停地咳嗽，老鬼用自己的衣服裹住她，感觉像是抱着一个孩子。

在医院的急救室里，老鬼伏在母亲床前。经过抢救，她暂时算是脱离了危险。她缓缓地睁开眼，却什么也看不见。

"建军，你在吗？建军。"她喊着。

"妈，我在呢。"老鬼握住她的手。

"别跟那些人争，别干傻事。"她叮嘱着。

"妈，你别管了，好好养病，我会处理好的。"

"胜负并不重要，不要逞一时之气。我知道，忍耐很难。但就算再难，你也得忍下去，要是被激怒了，你就输了。懂吗？"母亲用手抚着老鬼的脸，"现在的一切来之不易啊，你不能再轻易放弃了。人这一辈子，许多事就是一闪念，当时觉得过不去，但过后看看，其实并没什么。听我的，躲起来，不要去做什么傻事，别上了他们的当。"她虽然眼睛看不见，但心里却是透亮的。

"妈，我明白。"老鬼咬紧牙关。

"我知道，这个社会弱肉强食，你不去争，许多属于你的东西就会被别人拿走。但有时候你得学会放下，失去的也许并不属于你。这几天我总在做梦，梦见你小的时候，戴着红领巾冲我笑。唉……"母亲叹了口气，眼泪流了下来，"你那时还跟我说，最担心《新闻联播》会没有新闻可播。还记得我怎么说的吗？我告诉你，这个世界每天都在发生意外，《新闻联播》永远不会没的播。"

"妈，我懂了。我知道自己该怎么做。"老鬼叹了口气。

母亲摸着老鬼的头："儿子，你的头发长了……家里不是有个推子吗，等我好点儿了，就给你剃头。”

“好，好。”老鬼连连点头。

跟谁去战斗？谁是生命中最难缠的对手？老鬼走在街头一遍遍地自问。是二冬子吗？是周庆吗？还是昔日让自己入狱三年的哈道？他觉得都不是。真正让自己抬不起头、屡次将自己打倒的敌人，其实就是自己。是自己让自己迷失、放弃、堕落，走到了如今的这一步。记得在二十出头的时候，那时他没有工作，整天在社会上瞎混。全家的收入只靠母亲那一点工资。他整日游手好闲，混迹在社会上，结交了一帮狐朋狗友。有次一个朋友带他去游戏厅，给他买了几个币请他玩“水果机”。那是老鬼第一次接触那个东西。“水果机”的操作很简单，只要投入游戏币，选好水果，就能按照不同的赔率进行赌博。投币最少的是苹果，投一个币，如果赢了能获得五个币；其次是橙子,能获得十个币；最难的是“77”,能获得五十个币。老鬼第一次玩手很顺，投到第三个币的时候就中了大奖。他永远忘不了那个时刻，在丁零零的美妙音乐中，游戏币像瀑布一样从“水果机”里喷吐而出。整个游戏厅的人都在为他欢呼。老鬼得意忘形，又往里投了更多的币，没想到运气奇好，没几下又中了大奖。从此,他便迷上了“水果机”,整日泡在游戏厅里。但好景不长，都说十赌九输，老鬼渐渐没了好运。他不但输光了身上的钱，还开始跟别人借钱。赌博的方式也渐渐从“水果机”转到了牌桌。后来他欠的债越来越多，赌场的人就追到家里。母亲告诫他不要出来，自己出去周旋。老鬼躲在柜子里，听见了清脆的耳光声和母亲的哭泣，他实在忍不住了，就奔出去跟那帮人搏命，结果寡不敌众被打倒在地，家里也被砸得稀烂。他万分愧疚，不敢面对母亲，但母亲却对他说了和今天一样的话：“人这一辈子，许多事就是一闪念，当时觉得过不去，但过后看看，其实并没什么。不要去做什么傻事，别上了他们的当。”从那天开始，老鬼便戒了赌，后来又跟了灯哥，开始狠叨叨地混社会。他得势之后的第一件事就是抄了那个赌场。他曾一度认为，别人开始害怕自己了，自己已经找回了尊严。但事到如今再反观过去，却是黄粱一梦。

按照他的性格，此刻不会胆怯气馁，不会逃避退缩，他要去战斗，哪怕伤敌一千自损八百，也要让对方付出代价。但他却不能置母亲于不顾，于是权衡利弊，准备等待时机再出手。他来到店里，给赵大姐多结了一个月工资，告诉她“特别好”要暂停营业。他驱散顾客，收拢商品，摘下了门口的招牌，郑重地锁上门。

“鬼哥，你就这么忍了？你不是说，权利不是别人施舍的，要靠自己去争去抢，要夺回自己的尊严吗？”小四川问。

老鬼看着他，张开嘴却又不知说些什么，叹了口气。

39

傍晚的时候，徐国柱等三人回到了海城。这次的东莞之行收获很大，不仅查清了赃款的流向，还发现了一个重要线索。在赃款被拆分到十二个账户之后，其中一个账户里的一百二十万被人临柜提走。他们找到了那家银行，调取了相关资料。提款人叫范慧鹏,身份信息是伪造的。他们又调出了监控，进行回放。那个“范慧鹏”戴着帽子低着头，根本看不清容貌，但就在他离开银行的时候，监控却拍到了他乘坐的出租车。他们按照出租车的号牌找到了司机，司机回忆了半天，想起了一个宾馆的名字。于是三人立即赶到宾馆进行调查，在当日的住房记录上，看到了一个熟悉的名字，范学字。对，就是他！三人都知道，他在那个时间出现在东莞，肯定不会是巧合。

于是三人回到海城做的第一件事，就是通过秘书小郑开出手续，对范大傻子进行传唤。却不料他们连续蹲守了两天，范大傻子都不见踪迹，仿佛人间蒸发了一样。这些天，海城有一种诡异的宁静，徐国柱总觉得，要有大事发生。

苗虹这几天挺高兴，一说话嘴角就往上翘，走路也蹦蹦跳跳的，对潘江海也少了抱怨。潘江海傍晚到家的时候，桌上已经摆满了菜。苗虹和岳母都在等着他吃饭。他感到有些受宠若惊,赶忙洗手上桌。苗虹特意开了瓶红酒，缓缓地给他倒上。

“今天这是怎么了？”潘江海一头雾水。

“你忘了，今天是你的生日。”苗虹说。

她一提醒，潘江海才想起来：“哎哟，我都给忘了。”

“还是有媳妇好吧。”岳母插嘴。

“对，谢谢媳妇，谢谢妈。”潘江海笑着举杯。

“马上你就要开始第二段人生了。来，祝咱们的生活越来越好。”苗虹与他碰杯。

“第二段人生？怎么算的？”潘江海不解。

“距离你合同到期还有整整十天，你不是马上就要自由了吗？”苗虹问。

“哦……”潘江海停顿了一下，点点头。

“潘江海，你可别犹豫啊。无论是收入、工作性质还是社会地位，律师都比警察强。”苗虹说。

“哦，我知道。”潘江海应付着。

“小潘啊，做人就不能免俗。房子、车子、孩子，哪一个都不能少。哎，要孩子你们可得抓紧了啊，这女人老得快，现在正是时候。还有啊……”岳母也唠叨起来。

潘江海低头吃饭，也在自问，为什么曾经那么想离职，现在却犹豫起来了。真是因为对案件的责任感吗？大概不是。他知道自己没那么伟大。或许是这段时间通过办案，他找到了自己的价值，得到了别人的尊重。当然，只要自己努力，就算换个舞台也是一样的。

“哎，还有一件事啊，我说了你可别晕倒。”苗虹笑。

“什么事啊？”潘江海抬头看着她。

“我不是看上一套房吗？位置虽然偏了点儿，但是便宜，而且户型也好，房龄也不算太长。”苗虹说。

“我不是说了吗，你做主就行，买了也挂你的名。”潘江海吃了口菜，“哎，你不是付定金了吗？”

“但是房主反悔了，把定金退回来了。”苗虹说。

“那不行啊，合同都签了，凭什么不卖啊？”潘江海皱眉。

“但是，咱们可不亏。”苗虹卖了个关子，“我不是付了两万定金吗，中介怕房主反悔，就建议在签合同的时候把违约金再提高一些。你猜我们签的是几倍赔偿？”

“两倍？”潘江海猜。

“不对。是十倍。”苗虹用手比画着。

“十倍？那是……二十万啊？”潘江海惊住了，“这么多钱，人家能赔吗？”

“赔了，你看。”苗虹说着站起身，从饭桌旁提过一个书包，放在桌上。潘江海一看，里面装满了现金。

“你是说，是房主自己违约的？”潘江海皱眉。

“是啊。”苗虹点头。

“赔偿金也给得痛快？”

“痛快。”

“你不觉得，这事有点儿不对吗？”潘江海看着她。

他这么一说，苗虹也愣住了。

“世界上会有这么便宜的事儿吗？你不觉得，这事儿跟孙行长那次有点儿像吗？”潘江海说，“那个中介叫什么名字，告诉我。”他严肃起来。

第二天一早，潘江海就通过中介拿到了房主的电话。那套二手房在市南区的四环旁边，是一个老旧小区，但位置还不错，门口就是公交站，附近还有超市和医院。潘江海背着那个书包，来到302室门前，叩响了门。门打开了，范大傻子站在里面。潘江海一点没感到惊讶，走了进去。

他环顾四周，这套房七八十平方米的面积，是个两居室。客厅和卧室都朝南，户型确实不错。

他回过头，看着范大傻子：“这是你的房？”

“是我一个小兄弟的。”范大傻子笑。

“上次你演得不错啊，声情并茂的。这次演的是哪出儿啊？给我下套儿？”

“不敢不敢,我就是想跟你交个朋友。再说了,违约责任出在我朋友身上,他进行赔偿合理合法。”范大傻子察言观色。

“合理合法？哼，你倒是想得周全。”潘江海点点头，走到他面前。范大傻子还想解释几句，却不料潘江海突然抬手，给了他一个耳光。

“你干吗！”范大傻子一时没反应过来。潘江海左右开弓,接连又是几下。范大傻子被打蒙了，嘴角淌出了血，不知所措地看着他。

“你们这帮渣滓，净用这些下三烂的手段。我告诉你，冲你这么干，我也得把你往死了办！”潘江海很少这么狠叨叨地说话。他确实怒了,一抬手,把书包扔在了地上，“二十万，查查《刑法》，该判你多少年。”

“潘警官，你别误会啊，我是好意，好意。”范大傻子服了软。

“好意？哼……”潘江海摇头,“你这是往我嘴里下钩,往我身上泼脏水。说，是谁让你这么干的？”

“不是不是，你真是误会了。没人指使我，这是我自己的钱。我知道，你们在找我。也知道，只要被你们盯上了，逃到哪也没用。所以，不是想争取个主动吗？”

“怎么争取主动？”

“你想知道什么，我都说。”范大傻子表态。

“你知道什么？”潘江海反问。

“我……”范大傻子犹豫了，“我知道，周庆的钱都洗到东莞了。”

“废话，这还用你说。”

“我知道周庆一直在给政府官员行贿。”

“你不是已经到市局举报了吗？说点儿我不知道的。”

“还有……”范大傻子犹豫了。

“你明面儿上是揭发检举，跟周庆撇清关系，但实际上是惦记着他的钱吧？”潘江海看着他，“说！这些钱是不是从东莞提的？”潘江海质问道。

范大傻子沉默了，犹豫了半天才点点头：“是，就是那笔钱。”

“我就奇怪了，为什么叫你傻子啊？”

“有人装聪明，有人扮傻，都是为了生存。”范大傻子苦笑，“都到这份儿上了，我也不敢骗你。那笔钱是我提的，我就是想给自己留条后路。这两年跟着周庆，我也没少给丫‘蚂蚁搬家’。我全交代，这些钱我都交出来。潘警官，我这么做，能不能不判啊？”他看着潘江海。

“判不判是法院的事儿，我们只管取证抓人。但只要你能戴罪立功，我想应该可以从轻处理。”

“嗯……”范大傻子点头，“还有一个情况，周庆在出事儿之前，一直在找一个东西，可能是一个账本。”

“你是说，除了阚茹记的那个账本，还有另一个？”潘江海皱眉。

“是的，原来在小康手里，可他一死就不知道去哪儿了。但我听周庆说，可能在老鬼手里。”

“周庆为什么要找那个账本，里面都记了什么？”

“记了什么我不知道，但可以肯定，内容比你们拿到的那个更劲爆。周庆说，那是一把‘钥匙’，可以打开一张庞大的关系网。”

潘江海预感到了事情的严重性，又不禁联想起市局近期发生的一系列变动。“你为什么要主动找我？”他问。

“哎……我是跳出狼窝又进了虎口，二冬子那孙子是个精神病，早晚要出大事，我不能跟着他沉下去。所以，想找机会上岸。潘警官，咱们能不能……做个交易？”

“什么交易？”

“你们想知道什么，我都说，你们想办谁，我都配合。但在事后，你们得证明我是卧底。”

“让我弄虚作假？”

“我帮你破案，你给我自由，不是很公平吗？”

“你是不是觉得，一切都可以做成生意？”

“只要能活着，我什么都能出卖。哼，什么道义、义气啊，都是扯淡。如果真要找一个理由……可能是我媳妇怀了孩子吧。”范大傻子叹了口气。

“是谁指使的陆宝山？”潘江海问。

“是周庆，但我没有证据。”

“尹航妻儿的事儿呢？是谁干的？”

“可能与二冬子有关。”

“周庆的死呢？”

“这个我真不知道。”范大傻子看着潘江海，连眼睛都不眨。

“记住，别跟我耍心眼，要是想贼喊捉贼、借刀杀人，你的结果会更不好。”潘江海加重了语气。

“明白，我不敢说假话。”范大傻子点头。

潘江海掏出纸笔，拍在了桌上：“把刚才说的都写下来，算是你的亲笔供词。”他又拿出了一支录音笔，按动了停止键。

“哼，我看你也是早有准备啊。”范大傻子苦笑。

“你卧底的时间从今天起算，能不能获得自由，看你的表现了。”

“哎，还有个线索。周庆可能在市北区还有个‘窑儿’。”范大傻子说，“你们试着查查‘刘源’这个名字，我在他办公室里，看到过那个假身份证。”

傍晚时分，老皇冠在路上飞驰着。

徐国柱边开车边问崔铁军：“这几天兰局找你了吗？”

“找了，问我调研工作的情况。”

“你怎么说的？”

“还能怎么说，打马虎眼呗，说天天被郭队长派出去，往基层跑。听这意思也找你了？”

“可不。”

“你怎么说的？”

“我说天天看材料，订卷宗。”

“嘿，这不是说岔了吗？我早就提醒过，要提前串供。哎，就是不听啊。”潘江海摇头。

“你们都不知道吧，就在咱们出差那几天，兰局打着慰问的名义去过调研组了。大撒把也真行，为了迎检，只用了半天就编出厚厚一摞材料，愣是没让他查出纰漏。”徐国柱说。

“没调研就能编出材料，丫当警察可惜了，应该到人民日报社当主编去。”崔铁军笑。

“你以为兰局傻啊，市北分局不归市局管吗？他要想打听情况是分分钟的事儿，咱们干什么他早就摸得一清二楚了。他这么试探，是在看咱们的忠诚度。”潘江海说。

“我干活儿不对他忠诚，对良心忠诚。”徐国柱说。

“知道这几天专案组的新人都在干什么吗？正在海捞，对市北区进行大排查。估计也是在找那个东西。”崔铁军说。

“那咱们抓紧吧。哎，大背头，那个马所长靠谱儿吗？”徐国柱问。

“他是我同学，一个宿舍待了三年。他让片儿警查了，玉璟园小区 14 号楼 2103 室，叫刘源的只有这户。”崔铁军说。

40

在 2103 室外的楼道里，崔铁军和潘江海一上一下地站着，徐国柱掏出两根细铁丝，拨弄了几下便将防盗门打开。他谨慎地推开门，缓步走了进去。屋里黑着灯，静悄悄的，不像有人的样子。房子是个三居室，装修得很豪华，但里面除了家具什么也没有。三人戴上手套，搜寻了一会儿，在客厅聚了齐。

潘江海摊开双手，摇摇头："卫生间也看了，连牙刷毛巾都拿走了，而且马桶里也都是水垢，估计好长时间都没人用了。"

"窗户把手都是尘土，即使住过，估计也是在很早以前的时间了。"崔铁军说。

徐国柱皱着眉，推测道："会不会在咱们来之前，已经有人把这儿搜了？"

"不好说。但从现在的情况看，这个地方已经没有价值了。"崔铁军说。

"那就撤吧。"徐国柱叹了口气，说着就往外走。

"等等，就这么走了？不查查他的车了？"潘江海叫住他。

"喷子说得对。我觉得咱们别藏着掖着了，让马所长配合吧。地库里有监控，神神秘秘的反而不好。"崔铁军说。

玉璟园的物业已经下班了，只有一个老师傅在值班。马所长掏出了警官证，说是例行检查，老师傅就取出了相关材料。崔铁军翻看着记录，果然在 2103 室看到了刘源的名字，而潘江海则在车辆登记本上查到了刘源的车位，是地下车库的 036 号。

几个人离开物业，来到了地下车库，没想到竟真的在036号车位上，见到了那辆尾号四个6的奔驰。奔驰上落满了尘土，一看就有数日未动了。三个人在车旁看着，车辆并无异常。

“是这辆车吗？”马所长问。

“是，登记在宏远达公司名下。”崔铁军说。

“这车可贵了，得一百多万吧。”马所长说。

“到拍卖的时候估计得减一半儿。但这车牌值钱。”徐国柱说。

这时，马所长的电话响了起来。“喂，哦，我在外面呢，好，我马上回去。”

他挂断电话，看着三个人笑：“跟你们前后脚，市局专案组的也到了，也要查叫‘刘源’的。”

崔铁军想了想：“帮我们拖一个小时行吗？”

“老同学，你这可是给我瞎码棋啊。我可提醒你，咱们都是小角色，别掺和神仙打架。”他话有所指。

“放心，不会露出你的。”崔铁军拍了拍他的肩膀。

马所长走了，几个人在奔驰前踱着步。

“要不问问老郭，听听他的意见？”潘江海说。

“他能有什么意见？要我说就直给吧，撬开再说。”徐国柱说。

“拿什么撬啊？你有这本事吗？”崔铁军说。

徐国柱想了想，抬手看看表：“你让马所长再多拖一会儿，我想想办法，时间应该来得及。”

也就过了半个小时，一个瘦小的身影走到了奔驰前。那人长了个小豁嘴儿，看到徐国柱战战兢兢的。

“棍儿哥。”他赔着笑脸。

“够快的啊？轻车熟路？”徐国柱问。

“嗐，您的事儿我敢怠慢吗？有什么吩咐？”

“这辆车能打开吗？”徐国柱指着奔驰。

“啊？您这是……逗我呢吧，我不干这事儿了。”那人摇头。

“别废话，这是任务。”徐国柱冷下脸。他掏出二百块钱，塞在那人手里。

“哎哎哎，您的钱我可不能要。”那人拒绝。

“拿着！”徐国柱命令道。

那人走到奔驰前，琢磨了一会儿，然后从兜里拿出一个小工具，趴在车门上鼓弄了几下，门就开了。

“嘿，你小子手艺不错啊。”徐国柱笑。

“棍儿哥，违法的事儿我可不干了啊。还有什么吩咐？”他问。

“行了，没你事儿了。记住，这事儿埋在心里，跟谁也不能说。明白吗？”徐国柱叮嘱。

“放心吧。”那人点头。

看他走了，崔铁军和潘江海才从暗处走了出来。

“这是什么人啊？”崔铁军问。

“外号‘石头儿’，玩‘技术性开锁’的，号称海城道上的‘黄金手’。”

“不会把消息漏出去吧？”潘江海问。

“他不敢。赶紧吧，事不宜迟。”徐国柱说着戴上了手套。

三人分别在车里搜索，并没发现什么有价值的东西。但就在徐国柱打开后备箱的时候，两个箱子出现在了眼前。箱子一大一小，徐国柱先提起小的，递给崔铁军。那个箱子很轻，是深棕色的。崔铁军把箱子放在地上，用手拨开卡扣，只听“咔”的一声，箱子打开了。里面散落着几张钞票。崔铁军拿起钞票放在眼前，仔细地看着。

“靠！”他不禁惊讶起来。

“怎么了？”潘江海凑过来看。

“是小康的那笔钱。在号段里。”崔铁军说。

徐国柱一听这话，就把那个大箱子提了出来。大箱子很沉，是黑色的。徐国柱打开箱子，发现里面装着满满登登的材料。他随意翻看了几页，就觉得不对。

“大背头，你快看看。”他拿着材料说。

崔铁军走过来，接过徐国柱手中的材料，只见上面写着，"'YCH'年终分红，时间：1999年"，而下面的每一行前，都有一个姓名。

"丁新民，王靖，石川……"崔铁军默念着。

"不会是……那个东西吧……"潘江海惊讶。

"走，先拿回去。"崔铁军果断地放回材料，把箱子扣紧。他预感到，那个最大的"雷"被蹚到了。

市北分局调研专班的办公室里黑着灯，门被反锁着。郭俭在电脑前操作着"百城联网"，查询着相关人员的情况。徐国柱等人在他身后看着。

丁新民，男，57岁，省工商局的副局长；王靖，女，51岁，省国土资源局的处长；石川，男，40岁，省公安厅的处长。而且在那些材料上，还发现了兰河清的名字。

几个人相对无语，都默默地抽着烟。

"也没准……是重名儿呢？"潘江海宽慰大家。

"没看见身份证号码吗？8月15日，能对上。"崔铁军说。

"哎……那怎么办？"潘江海茫然。

"冻豆腐，没法'拌'。"徐国柱叹气，"要我说，就直接拿给省纪委，给这帮孙子连锅端了。"他赌气地说。

"连锅端？哼……说得简单。到时候还不定谁给谁连锅端了呢。"崔铁军摇头。

"这可不只是个'大雷'啊，而是一场地震，一场风暴。"郭俭抬头看着他们，"我看了，光省里的大员就不下十个，再加上全国各地的，足有几十个人。"

"这就是那帮流氓一直在找的'钥匙'？"潘江海问。

"现在能够证实了，指使大宝杀害小康的人，就是周庆。钱和'钥匙'都在这儿了。"徐国柱说。

"这么说与老鬼无关。"潘江海说。

“但剩下的钱呢？还有‘窑儿’？”崔铁军问。

“这孙子太鬼，不定在哪儿藏着呢。”徐国柱说。

“看来尹航一直没闲着啊。这里面记录的,起码是十年以上的‘黑材料’。”郭俭翻开一摞泛黄的材料，“这些分红可都是他下的‘饵’啊，只要吃过他的‘饵’，就会被拉下水。看这份儿，丁新民在1990年还是个副科长，收了他一万块钱，有具体的时间和地点。石川，从一块雷达表开始，一直到‘神行’马场的股东。唉，人心不足蛇吞象啊，真是越来越胆大啊……”

“我说呢，这些年办尹航的案子，始终难以推进，层层受阻，现在可是找到原因了。”徐国柱也说。

“他给自己编织了一张巨大的关系网，同时也是保护伞。”潘江海说。

“你知道施国庆吗？”郭俭又翻开一摞材料，“哼，省法院的庭长。每天上下班只骑自行车，还有半年就退了。为了尹航的案子，我跟他交涉过好几次。我还纳闷呢，怎么取了这么多的证，都不予采信啊？三年，哼，最后只判了他三年。”

“还有秦宇宏和徐大海，也是政法口的。在这里，兰局只能算是个小喽啰。”崔铁军说。

“他和徐大海曾在一个派出所任职，徐是所长，他是政委。明白了？”郭俭说。

四个人边看边说，这时崔铁军的手机响了。他低头一看，紧张起来。

“兰局，怎么办？”他有点发慌。

“别接。”郭俭打着手势。

电话振动着，兰局的名字不停闪现在手机屏幕上，一直响了半分钟才停止。随后，郭俭的电话也响了起来。

郭俭稳了稳情绪，接通了电话：“喂，兰局。哦，我在办公室呢……小崔？我不知道啊，他们都下去了。好，我马上过来。”他挂断了电话。

“估计是查到那辆车了。”崔铁军说。

“应该也知道咱们去过了。”徐国柱也说。

“他们会知道这些材料的事儿吗？”潘江海问。

“哼，谁知道呢？”郭俭苦笑，“一会儿你们都关机，这件事跟谁也不要说。兰局那边我来应对，下一步……”他犹豫着，“说实话，我他妈也不知道该怎么办。”

“邢局已经离开了，要不咱们直接跟唐局汇报？”崔铁军说。

“但名单里，有唐星的名字。”郭俭说。

崔铁军沉默了，知道那是唐局的儿子。

“事到如今，有没有人想离开？”郭俭问。

“离开？去哪儿啊？”徐国柱皱眉。

“离开调研组，该回哪回哪。在这个雷炸响之前，还有机会。”郭俭看着三个人。

“我不怕！干刑警这么多年了，见鬼见得多了。当警察的在关键时刻就得亮剑，就得上！就得‘开刀’！”徐国柱咋咋呼呼地说。

“扯淡，总他妈开刀，就不怕把刃儿给锈了？”崔铁军说，“这是普通的案子吗？对手是一般的嫌疑人吗？没有扎实的证据，能证明这些材料的真伪吗？别觉得自己有多牛……”他摇头。

“是啊，这案子可不是咱们警察能办的。抓不了人，批不了捕，诉不出去，弄不好最后连案子带人，都让人给埋了。”潘江海也说。

“听你们这意思，是㞞了呗？嘿，㞞了就说㞞了，别找理由。我说崔大队长，你赶紧闪，别犹豫，挺不容易当个官儿，别再黄了。还有你，喷子，不是要辞职吗？也赶紧的，回去递材料去，别蹚这浑水。我这人啊，还就好往上冲，就算刀刃锈了也不怕。”徐国柱高声大气。

“你跟我这吹什么牛啊。”崔铁军不屑，“一个副大队长，我至于吗？我干了这么多年经侦了，大事儿不比你遇得少。我不撤，干到底。”

“反正我合同没几天就到期了，早晚得走。我也不撤，再跟着你们折腾折腾。”潘江海表态。

“好，有哥几个这句话我就踏实了。就算专案组没了，案子也得背着，就算有一天脱了制服，咱们也是警察。干，干他们丫的！”郭俭拍响了桌子。

当晚，崔铁军给兰局回了电话。兰局没多说什么，只提醒他要努力工作，不要忘了自己代理副大队长的身份。崔铁军自然明白他的意思，就在电话里表忠心，说一定不会辜负领导的期望。几个人连夜复印了材料，将原始材料存放到了安全的地点。第二天一早，郭俭就请了事假，说要带父亲到省里看病。他临走的时候还不忘提醒徐国柱，一定要按兵不动，一切等他请示完邢局之后再说。

两周很快就到了，市局的调研工作正式结束，调研组就地解散。徐国柱被兰局派到了那个盗抢出租车的案子上，准备赴河北出差；而崔铁军和潘江海则回到了原单位，一个忙于新的经济案件，一个被派到街上巡逻。一周之后，郭俭才从省里回来。他没有上班，又请了一段时间的事假。又过了几天，省厅经侦的人来到了海城，他们拿着厅长特批的手续，开始大范围地进行查封冻结。燕朝汇、桥园会所、“神行”马场，尹航所有的资产都没有逃过。据传总价高达十几个亿。省厅的人又传唤了老万，让他交出这些资产的材料，但老万却拿出了移交清单，说所有资料都给了周庆。

唐局并没有按时到省厅赴任，继续在市局主持工作。没过几天，徐国柱、崔铁军和潘江海都分别请了年假，理由是家里有事。

41

这天晚上，动物园附近的“特别好”服装店出事了。一把大火将二层的小楼吞没，所有的货物都毁于一旦。幸亏小四川到南方进货，没睡在店里，不然就会有性命之忧。老鬼蹲在路旁，看着消防员用消防斧打碎了玻璃，消防车的水柱喷涌而入。他感到浑身无力，心里甚至没有一丝愤怒。这时，他接到了一个电话，那边是二冬子的声音，说花儿在他手里。

老鬼一个人走进正午歌厅，二冬子站在黑暗里。

“为什么要抓她？她跟这件事有什么关系？”老鬼冷冷地看着他。

二冬子冷笑着，回手按下了开关。大厅的射灯亮了，显出花儿的身影。她倒在沙发上，双手被绑，衣服凌乱，满脸通红。

“你对她干了什么！”老鬼怒吼。

“靠，男人跟女人，还能干什么啊？”二冬子笑。

“你个王八蛋！”老鬼猛地冲上去。但刚走两步，就被二冬子拿枪顶住了头。

“让你二选一，你什么都不选是吧？那好！我就烧了你的店，抓了你的娘们！让你不得好死！”二冬子神经质地颤抖着，“哈哈，这娘们还行啊！大架子没整过，大灯还是原装儿，就是油箱口儿有点儿大，可能是经常加不进去油，让棍子撬的……应该没少让老司机野蛮驾驶……”他大笑着。

老鬼气得浑身颤抖，咬牙切齿：“二冬子，你到底为什么要这么死死相逼？”

“为什么？你说呢！”二冬子突然抬手，用枪把猛击老鬼的脸，又趁他倒地，猛踢他的腹部，“你这个蠢货！敢把那些东西交给警察？你个王八蛋，敢断我财路！”他咆哮着。

“我操你大爷的！”老鬼趁其不备，猛地搂住了他的腰，抬手就要夺枪，却不料枪口又指在了他的眼前。

“我背的人命不少了，不差你一个。干掉了你，她也跑不了。”二冬子一字一句地说。

老鬼不敢妄动了，盯着黑洞洞的枪口：“你误会了，那件事不是我做的。”

“那是谁做的？谁做的？”二冬子大喊，“还有，范大傻子是不是跟你串通了，他在哪儿？他在哪儿呢？”他满脸都是病态。

老鬼知道，二冬子做事不计后果。他缓缓地起身，举起双手。这时，二冬子向后退了两步，将枪顶在花儿的头上。花儿显然是中了迷药，神情恍惚，并不知道躲闪。二冬子掏出一把匕首，扔到老鬼面前。

“拿起来。”他说。

老鬼停顿了一下，捡起了匕首。

“往腿上扎。”二冬子说。

老鬼犹豫着，看着匕首的寒光。

“没听清楚吗？往腿上扎！”二冬子一把拽住花儿的头发。

老鬼被逼无奈，心一横，就抬起匕首扎在了自己腿上，顿时血流如注。

“呵呵……行，是条汉子。”二冬子冷笑，“脱裤子，把‘老二’割下来。”他又说。

“你说我是汉子，你也别装娘们。放了她，让我干什么都行！”老鬼喊。

“让你干什么都行？哼……我都等了你多长时间了，你去过百尺道吗？”二冬子摇头，“我今天就是要让你知道，不‘上船’的代价。快！割了，要不我就开枪了！”他威胁着。

老鬼的手颤抖着，他知道今天很难逃出二冬子的魔掌。他确实大意了，什么家伙都没带。他不是怕死，从跟着灯哥混社会开始，死亡就无数次擦肩而过。他是觉得死在二冬子手里不值，他不配剥夺自己的生命。老鬼心生悲凉，恍惚着，不禁想到了躺在病床上的母亲。

“快！我开枪了啊！”二冬子大喊，同时扣紧了扳机。

“嘭！”与此同时，歌厅的门被撞开了。一群人冲了进来。

二冬子一惊，停住了动作。老鬼回头看去，为首的正是老万。

“二冬子，你丫玩够了没有！”老万粗声大气地喊。他背后站着国生和一群壮汉。

“怎么碴儿？还叫救兵了是吧？”二冬子笑，“一,二,三,四……”他用手数着，“哎，一枪一个，正好儿。今天既然来了，就都甭走！”他大叫。

“欺负一个女的算什么本事儿，你不是想要人命吧？冲我来！”老万上前几步，脱掉了上衣，露出一身的文龙画虎，“我倒想看看，是你的子弹多，还是海城的兄弟多。孙子，你以为我们怕你是吗？哼，那今天咱们就试试！”他打了个响指，接过了国生递来的一把管儿叉。其他的人见状，也掏出家伙走上前去。

眼看就要掀起一场血雨腥风，这时，门被踹开了，徐国柱闯了进来。他气喘吁吁的，满脸都是杀气。

“棍子？”老万愣住了。

“干什么啊？玩命呢？都把手里的东西给我放下！”徐国柱吼着。

他径直走到老万面前，夺过他手里的管儿叉。“还有你，放下枪！快点儿！”徐国柱指着二冬子。

二冬子一看是他，心也慌了，忙用枪指徐国柱：“你别过来，再动我开枪了！”

徐国柱看花儿这样，气得发抖。他把手插进兜里，走到二冬子面前。

“那你试试，谁的枪快！”他摆出了射击的动作。

二冬子这才发现，在徐国柱的兜里有一个坚挺的硬物。他满头是汗，知道那个枪口正对着自己。

“你丫不是老跟人吹牛吗？说犯病的时候杀人不犯法。好，你现在没犯病吧？正常吧？那我就不客气了！哎，你们说，丫现在没犯病吧？”徐国柱大声问。

“没犯病，没犯病！”国生等人大喊起来，“干掉他，干掉他！”他们又喊。

“行，你们丫有一个算一个啊，完事儿都别走啊，给我当个见证。”徐国柱又往前走了一步，摆正了枪口。

二冬子早就听说了徐国柱办案狠辣，遇事不要命。他的手颤抖着，头上的汗水迷住了眼睛。“啪”，他突然回手把射灯关上，然后迅速地朝歌厅的后门跑去。

“干掉他，棍子，打丫挺的啊！”国生在后面大喊。

“砰砰……”二冬子转身开了两枪。徐国柱追了几步，拿起了电话。

“喂，指挥中心吗？发现重要嫌疑人耿二冬，在正午歌厅附近，马上让警力围捕，嫌疑人持枪，再说一遍，嫌疑人持枪。”

“干吗不开枪啊？”国生跑过来问。

徐国柱擦了把汗，从兜里掏出来了一瓶矿泉水。他脱下外衣，裹在了花儿的身上，抱着她向门外跑去。

“谁有车？”他大喊着。

“我有！”老鬼一瘸一拐地跟着。

“坐我的吧。”老万说。

徐国柱没搭理老鬼，出门上了老万的GL8。车飞驰而去，消失在夜色里。

老鬼蹲在地上涕泪横流，歇斯底里地大喊着。

老万披上衣服，叹了口气：“这孙子，早晚跟吕布一个下场。”

“咱们还不动手？”国生走过来问。

“丫恶贯满盈，积怨太深，谁动手都一样。”老万冷冷地说。

在病房里，花儿渐渐苏醒了。她服了大量的迷幻剂，睁开眼却依然恍惚着。

“棍子，棍子……”她哭出了声音。

“没事了，一切都过去了。”徐国柱搂住了她。

花儿伤痕累累，悲痛欲绝，所有的希望都崩塌了。徐国柱陪在她身边，尽力地安慰着。花儿知道，从今天开始，一切都变了，自己再也回不到从前了。

海城警方调动200多名警力，果断实施全城大搜捕，二冬子的多个藏身地被突袭。老万和国生也传出话，只要能提供二冬子的线索，就重金奖励。但折腾了一宿，也没发现二冬子的踪迹。

当崔铁军和潘江海赶到医院的时候，市局纪委的人正在跟徐国柱谈话，徐国柱没听几句就勃然大怒，一脚蹬倒了一个纪委的民警。崔、潘二人赶忙将他抱住，但徐国柱还在大声咒骂：“我违反什么纪律了？什么叫黑白不分？你们丫再说一句试试！”这时，兰局在沈嵘等人的簇拥下赶到了现场。他简单听了纪委的汇报，就果断下令，将徐国柱停职处理。

在办公室里，兰局拍响了桌子。

“崔铁军，你负责的案件为什么不推进？给你布置的出差任务为什么不执行？”兰局勃然大怒。

崔铁军看着他，知道他这是在借题发挥：“兰局，我也是按照领导的指示在完成调研工作。”

“你是经侦的副大队长，首要的工作是什么不清楚吗？你还记得自己的身份吗？”兰局用手敲着桌子。

崔铁军不说话了，低下了头。

“调研工作？哼……口口声声说是在调研，但实际上在干什么呢？有什么见不得人的勾当吗？崔铁军，我问你，你到底是在为谁工作，为某个人吗？”兰局咄咄逼人。

他这么一说，崔铁军抬起头来：“兰局，我是按照唐局的指示。”

“是唐局的指示，还是邢局的指示？”兰局把话挑明，“这就是你的忠诚吗？这就是你对我的回报吗？我就问你一句，是不是不想干了？”

崔铁军腾地一下站了起来：“兰局，您要是觉得我不行，这个副大队长就让别人干吧。”

“好，我同意你的申请。”兰局干净利落。

“我申请继续休假。”崔铁军说。

“什么理由？”

“身体不适，焦虑失眠。”崔铁军回答。

42

在“紫牛蛋大”，几个人都喝多了。外面狂风劲吹，枯枝摇摆着像恶魔在乱舞。

徐国柱靠在椅背上，仰着头，激动地挥着手：“刚才……我是真想跟丫明挑啊，我就想问问他，你这个局长，对不对得起良心……对不对得起这身警服……”

“明挑？怎么明挑啊？就凭那几张纸？哼……咱们现在啊，是受制于人。”潘江海醉醺醺地说，“哎，大撒把，省厅怎么没动静了？把资产一冻结就算完事了？”

郭俭默默地喝了口酒：“邢局已经向省厅汇报了，但是……”他停顿了一下，“刘厅长把事情压了下来，让邢局严格保密。邢局要求，咱们也要守口如瓶。”

“哼，守口如瓶。”崔铁军苦笑，“我以前在警校念书的时候，老师告诉我，说警察是黑白之间的一堵墙，面前是黑洞洞的枪口和血淋淋的匕首，身后是老人和孩子，警察就是公平正义的化身。难道是老师讲错了吗？”

“你们老师讲得没错。”

“那为什么咱们怀着一颗公心办案，面对罪恶却无能为力？为什么真正的罪犯得不到惩处，因为找不到证据吗，还是因为别的？他们兴风作浪，逍遥法外，我们就眼睁睁地看着吗？”崔铁军追问，“哎，大棍子，你说，为什么？”

“因为钱，因为权力，因为那帮孙子没有底线，无所不用其极！”徐国柱说。

“是啊，钱和权无处不在，无处不能渗透。因为它们，证据可以消失，证人可以退缩，黑白可以颠倒，结局可以逆转，连报案人也能撤案。钱和权，就是这么厉害。”潘江海说。

“是的，就跟喷子说的一样，钱和权能让人张嘴，也能让人闭嘴，能让人疯狂，也能让人消失。但如果我告诉你们，这一切都是暂时的，无论伸张正义的过程多么曲折，结果一定能战胜罪恶，你们信吗？”郭俭说。

“原来我信，但现在……”崔铁军说。

“现在也得信！”郭俭把酒杯蹲在桌上，“我呀，比你们大几岁，也多干了几年。今天我也想说说心里话。以前咱们干警察，说实在的，是奔着国家干部的身份，图能端个铁饭碗，旱涝保收。但干上了以后才知道，警察这活可不好干。加班加点，点灯熬油，工作比其他职业重得多，咱们干一天顶他们三天的量。但工资还就那么点儿，顶多养家糊口，还真有点儿‘表面风光、内心彷徨’的劲儿……再说搞案子，如果说以前搞刑事案子是在激流中游泳，会时刻面对危险，但这次的案子简直是在沼泽里游泳，不但处处受阻还极容易被吞噬。钱和权让人迷失啊，让人疯狂，让人不择手段！所以咱们要想办了这帮人就得时刻保持理智和清醒，才能打赢这场仗。”

“啪啪啪……”徐国柱鼓起掌来，“牛，说得不错。”

“嘿，你鼓什么掌啊？一打岔我忘了都！”郭俭这么一说，大家都笑了起来。

“还有啊，我觉得碰上越难的案子，越得放松心态。有时候也别把敌人想得那么厉害。‘别拿人当人，别拿事当事儿’，这个道理懂吗？就算再厉害的敌人，也别拿丫当个人物，只有相信自己才能全力以赴地战胜他；就算碰上再大的事儿咱们也得挺住，干警察最令人着迷的是什么？不就是把别人查不清的事儿查清了，把别人办不成的事儿办成了吗？所以哥几个，咱们得庆幸啊，警察生涯中碰上这么难缠的事儿。等以后退休了，也能跟人吹牛啊。”

“要想退休跟人吹牛，先得把案子破了。”崔铁军说。

“对！只要咱们穿一天警服，就不能任由那帮孙子胡来。看着吧，他们争夺的那把‘钥匙’，最后肯定变成咱们捆绑他们的绳索。”郭俭说。

“好，就为你这句话，干杯！”徐国柱举起酒杯。

四个人满饮。

“下一步怎么办？我们听你的。”崔铁军说。

“对，大撒把，你就是马桶上的那根绳儿。”徐国柱说。

“什么意思？损我？”郭俭不解。

“夸你呢！”徐国柱说，“你是大拿啊，一拽，就把那帮脏的臭的都冲走了。”他比画着。

“哎，不开玩笑啊。虽然咱们不在专案组了，但身份还是警察，责任还不能变。喷子，尽快找到范大傻子，给他取笔录，固定证据；背头，找个安全的地方，将材料整理汇总，我继续往上拱；棍子，二冬子一天不到案，案子就不能水落石出，你不是老吹牛说‘点子’多吗？现在到了用的时候，尽快薅住那孙子！你们放开干，我好歹是个队长，拿的工资最多，出了事儿我顶着！”郭俭说得豪气。

“笔录我已经取了，随时可以用。范大傻子也表态了，只要能戴罪立功，会全力配合。”潘江海说。

“都不用我发动，现在海城道上的都在找那孙子。他干得太过分了，惹了众怒。”徐国柱说。

“虽然我这副大队长没了，但是探长还没给我免呢。我手下那几个兄弟都在暗中支持我，相关的工作我会持续推进。”崔铁军说，“哎，最近发了笔小财啊，有人送了我瓶茅台。等案子破了，咱们给撅了。”

“得，那咱们全力推进，尽快撅了那瓶茅台！”郭俭举起杯。

午后，老万在胡同里匆匆地走着，始终觉得后面有人在尾随。他加快了脚步，在一个岔口向右拐去，但随即就停住脚步，转身回望。不一会儿，两个人也拐了过来，一看到他，赶忙低头停步。老万知道自己被盯上了，于是转身继续向胡同深处走。他估算着距离，用余光观察着四周，又陆续发现了两人。天很冷，地上都结了霜，胡同里没几个行人。老万停停走走，控制着节奏，等到最后一个岔口，才猛跑起来。后面的人紧追不舍，老万边跑边拿出手机，却不料这时一个人追上来将他扑倒，手机也掉在了地上。老万抬脚将他踹翻，几步跑到鸽场的门口。他进了门，插上锁，大口大口地喘着气，但随即就发现，有几个人正站在院子里。老万知道，今天凶多吉少。

二冬子在茶几旁喝着茶，不时吃一粒盘中的花生。他看见老万就笑了，冲他招了招手。

老万定了定神，转手拎起了门后的管儿叉，不慌不忙地走了过去。

“怎么个意思？想练练？”他眯着眼问。

“你觉得呢？”二冬子抓了把花生，站起身来。

“那就来吧。说，怎么玩？”老万将管儿叉横在手中。

二冬子也抄起木棍，抬了抬手，身边的几人围拢过来。

“我知道，你狠、猛，万爷嘛……以前手拿管儿叉，跟着灯哥出来闯，把襄城的‘老白毛’都给干掉了，还让警察抓不到把柄。”

“那都是传说，假的。”老万说。

“哼，怎么着？做了还不敢认啊？怕警察抓你？㞞了？”二冬子笑。

“嘿嘿……也不知道是谁㞞了。”老万不屑地指着左右，“你们这帮襄城的啊，一直到现在都这德行。做事儿上不了台面儿，坑蒙拐骗，仙人跳，卖白粉儿……净干些下三烂的活儿。碴架也是，一动手就仗着㞞人多。哼，不上道……”老万摇头。

“哼，这就是咱们的不同之处。我们讲实际，你们装仗义，我们做事直给，你们虚头巴脑。江湖不同，规矩也不同。”

二冬子说着一挥手，一个手下就突然挥棍，打在老万的后背上。老万踉跄几步，转身拿管儿叉就戳，一下戳中了那人的大腿。其他人也动起手来，棍棒相加。老万拼死抵抗却架不住对方人多势众，最终被打倒在地。他伤痕累累，气喘吁吁地看着二冬子。

“你个老王八蛋，说我仗着人多？不是你带人围我的时候了吧！”二冬子突然发狠，猛抬一棍就砸中了老万的头。老万满脸是血，瘫倒在地上。

“流氓，还讲什么规矩啊，真他妈是笑话。你呀，过气儿喽。”二冬子不屑地摇头。

老万颤抖着，支撑起身体，他看着二冬子，吃力地笑着。

“死到临头了，还笑什么？”

“为什么想让我死？因为我没让你得逞，占了那些资产，还是我让你当众出丑？”

“因为你占着茅坑不拉屎，当婊子还立牌坊。”

“哎，既然我活不了了，能不能告诉我，周庆是不是你杀的？”老万看着他。

“你说呢？”二冬子笑。

“那灯哥的妻子孩子，也是你做的？”

“他们和你一样，都该死。”二冬子面露狰狞。

“好，我明白了。”老万点头，“能不能再让我干件事儿？把鸽子放了，要不几天没食儿，它们都活不了。”他指着鸽棚。

二冬子停顿了一下，点点头。

老万扔下管儿叉，一瘸一拐地爬上房顶，拽开了鸽棚的门，看着鸽子扑棱棱地飞了出去。老万仰望着鸽群，听着天空传来的鸽哨，长出了一口气。他走回到院里，坐到了茶几旁。

“我一直有个问题不明白，想问问你，”二冬子说，“你守着那么大的资产，干吗自己不占？”

“因为规矩，因为道义，因为……名声。”老万说。

“扯淡，都是虚的。”二冬子摇头。

“虚的才更长久。哎，你知道在道上混怎么才能活得更久吗？不是比谁凶狠，比谁不要命，而是比谁明白规矩，懂得尺度，能沿着边儿混下去。”

“哼，就像你？混了半天成了个看鸽子老头儿？”二冬子不屑。

“这才是我想要的生活，”老万叹了口气，“你知道养鸽子的方法吗？一个是关棚，一个是通棚。关棚是定时放飞，每天两次，早上七点开棚，给它们轰出去，然后清理，加食换水，等它们饿了，就会回到鸽棚；然后到下午再来一次。它们每天飞的时间其实很短，但却能保持健康，活得更长。但通棚呢？就是自然放飞，早上开棚，直到晚上才关。优点是它们整天都在外面飞，吃喝拉撒都不在鸽棚，类似放养，主人也不用每日清洁。但缺点也很明显，就是鸽子丢失的概率会增加，如果吃错了东西还性命不保……”他讲得很缓慢。

“哎哟哎哟，你这絮絮叨叨地说什么呢？怕死是吧？想最后磨出点儿时间？”二冬子摇头。

“人之将死，其言也善。这话我跟周庆也说过，他没听，所以死得很惨。”老万说。

“你被关过吗？体会过被关的滋味吗？你有什么资格教训我！”二冬子质问。

“我开始混的时候你还是液体呢。我这辈子一半儿时间都在号里，要比这个，你就是个雏儿。”老万撇嘴。

“号里能跟我那个地儿比吗？你体会过被绑在床上一天一夜的感觉吗？无论怎么号叫，就算屎拉在裤子上也没人理会。他们强行给我灌药，根本不听我在说什么，他们扒光我的衣服，看我的眼神就像看畜生一样！你失去的不过是自由，但我失去的，是这儿！”他指着自己的胸口，“我已经没什么可失去的了，所以我要报复，要赢，要让看不起我的人不得好死！”他目露凶光。

“你在发抖，在恐惧。你太孤僻，太自卑，所以才逞强。”老万看着他。

“胡扯！是你该害怕才对！”二冬子说着抬起棍子，指向老万，“今天就是你的死期，我要让海城的混子永远记住，他们的老大是折在我手上的。”

“哼，我可不是老大，”老万摇头，“相比灯哥啊，我就是个雏儿。他那么大手笔，最后怎么样？哼，人算不如天算啊……你可能还没体会过真正的孤独，被一个群体抛弃是很可怕的事情。来吧，时间也差不多了。”他说着抄起了管儿叉。

二冬子没再说话，带着手下向老万围拢。却不料这时，外面一阵大乱。“咚咚咚……”鸽场的门被撞得直晃。二冬子攀到房顶，向外看去，一下就傻了。

只见在鸽场外聚集了一大群人，他们手里拿着不同的家伙，已将二冬子的手下打倒。国生和老鬼冲在最前面，正在用力地撞门。而在远处，还有更多的人在向这边跑，海城的混混们像是接到了通知。

趁他发愣的时候，老万开始出手，他攥住管儿叉，左突右撞，想要打开鸽场的门。二冬子急了，让手下过去阻拦，但那帮人早已魂飞魄散，不敢再下狠手。这时轰的一声，门被撞开了，海城的老炮儿们冲了进来。国生手持一把铁锹，左右劈砍，而老鬼则挥舞着一根暖气管一马当先。鸽场内外搏杀成一片。

“你……你是怎么通知他们的？”二冬子问。

“要不说你是雏儿呢。我养鸽子是关棚，每天就早晚放出来两次。只要不是这个点儿在天上听见鸽哨了，哼，就是我出事了！”老万大笑。

“你个老王八蛋！”二冬子咬牙切齿，知道自己被涮了。他且战且退，却仍突不出重围，情急之下，拔出枪指向众人，“都给我闪开！谁不想活了就试试！”

这时，警笛声从远方响起。二冬子趁众人迟疑，带着残部逃出了门外。国生和老鬼带人追赶，却被老万喝止。

“别追了，你们快撤！”老万大喊着，自己却站在原地不动。

“走啊，一起走啊！”老鬼喊。

“别管我了，这儿得有人收摊儿。”老万看他发愣，拿着管儿叉就戳他，“快走！”

鸽场内外，二冬子的手下倒成一片。等警方赶到的时候，只有老万一个人站在院子里。他浑身是伤，拄着管儿叉，若无其事地看着冲进来的警察。

“来，给我戴上‘银镯子’吧。”他伸出了双手。

43

老鬼没有直接回家，而是辗转了几个地方，在确认无人跟踪后才开车前往西郊。在那次母亲被绑之后，他变得更加谨慎，搬离了平安家园，回到了西郊那个临时安置点。但他却万万没有想到，自己竟没有见到母亲最后一面。

母亲被送到医院的时候，已经去世了。她走得很平静，没有痛苦，没有留恋，就这么无声无息地疲惫地走了。她躺在床上，睡得很沉，似乎终于摆脱了这个世界的纠缠，一切苦难再与她无关。老鬼跪在床前，大脑里一片空白。对母亲的逝去，他并不感到意外，母亲已病入膏肓，那次的惊吓更是雪上加霜，病痛的折磨让她度日如年，也许离开才是最好的解脱。有人说，当父母离去的时候，我们才会直面死亡，父母是我们和死神之间的一堵墙。老鬼知道，自己生命中最重要的人走了，从此以后，自己将孤独地面对整个世界。

他按部就班地给母亲料理后事。擦身，换衣服，约灵车，开具死亡证明，办理火化证。在将母亲抬上灵车的时候，他紧紧地搂住母亲的遗体，说："妈，别害怕，咱们一起数六十下，一、二、三、四……"他默默地数着，想起了很多事，很多画面映在眼前，但一转眼又消失了。他孤独地走在夜幕里，看着冷漠的街灯闪烁，看着迎面的车流在冷风中停停走走。他的大脑从没有这么清醒，也从没有这么空旷。他抬起头，仰望天空默念着，妈，你别害怕，到了那里也要适应。那里的空气应该比这里好吧，你秋天的时候应该不会再过敏；那里的环境应该也不差吧，等腿好点儿了，就出去遛遛弯，但别走得太远，别忘了回家的路。交几个朋友吧，说说家长里短，别总一个人待着。当然，如果能找到爸，是最好了，你们好好地在一起，别再吵架……妈，我一直不相信有天堂那么个地方，但现在却愿意相信了。我真的希望在天上能有那么一块地儿，安安静静的，与世无争，没有痛苦，只有快乐。能让你简简单单地活着，不需要背负那么多事情。没我惹你生气，你该满意了吧。要是什么时候想家了，就从云海往下看看。看看你的儿子，有没有在做傻事。妈，再见了，别惦记我，过好自己的日子。如有来生，我还是你的儿子。老鬼的眼泪流干了，再也说不下去，他在冷夜里泣不成声，悲痛欲绝。

他回到了平安家园的家，将所有灯都打开。他从抽屉里拿出那个松下牌的推子，插在电源上充电，然后找到扫把和墩布，将屋里清洁了一番，又灌满喷壶，给植物浇水。忙完了，他打开冰箱，用所剩无几的食材做了一顿饭。他在桌上摆了两套餐具，开了一瓶白酒，斟满两杯，把一杯放在自己对面。他默默地吃饭，不时举杯说着话，眼泪和烈酒一起咽下了肚。他记得母亲告诫过自己，没事不惹事，有事不怕事，要是有一天不能再忍了，就不能饶了欺负你的人。人活着，得有尊严。

他从电源上拔下推子，走到卫生间，对着镜子，缓缓地给自己剃头。商家说得没错，推子确实好用，噪声不大又不容易划伤。头发一缕一缕地掉在地上，直到全部剃光。他看着镜中的自己，注视着内心中的孤独、彷徨、卑微和脆弱，他告诉自己，不能怕，怕了他们就会找到你，欺凌你，剥夺你的尊严，将你踩在脚下。要忘记恐惧，忘记痛苦，忘记一切能牵绊你的东西，只要不再害怕失去，就无人能敌。他给加代打了电话，让他尽快摸清二冬子的踪迹。加代知道他想干什么，劝他不要冒险蹚这浑水。但老鬼却挂断了电话。

海城山旁的“慈孝”陵园，老鬼和小四川站在母亲的墓前。天气很好，万里无云，老鬼俯下身，把一捧花放在地上。这时，徐国柱打来了电话。

“老鬼，你妈的事儿我知道了。节哀顺变，但别做什么过激的事儿。二冬子由我们来处理。”徐国柱说。

“什么叫过激的事儿？”老鬼问。

“你知道我在说什么，也知道我们的底线。”

“哼……”老鬼苦笑，“你知道吗？小时候每当我害怕的时候，我妈就抱着我，然后数数儿，从一到六十。这种安全感，只有她能给我。在这个世界上，只有她是真心在关心我。现在她走了，我的死活没有人会关心了。我不会做什么过激的事儿，只会做自己该做的事儿。”他一字一句地说。

“二冬子是什么人你应该知道。我不是劝你，只是想告诉你，为了他让自己陷进去，不值得。老万已经进去了，尹航、哈道、小武、小康、大宝，这些曾经在道上叫得响的名字如今谁会记得？你醒醒吧，江湖不在了，时代翻篇儿了，你该开始新的生活。”

“但对我来说，无论时代怎么变，还有没有江湖，其实都无所谓。别人说我有脑子，不达目的誓不罢休，为达目的不择手段。其实他们不懂，我那是懦弱、胆怯，为了生存委曲求全。为了活着，我可以低头，可以忍让，可以像个弹簧一样地弯曲，被压迫。但如果超出了那个底线，我就会奋力反抗，不惜代价。换作是你，当无路可退的时候该怎么办，能怎么办？逃避退缩只会自欺欺人，让对手变本加厉。”

“我理解你的心情，但也要警告你，如果你犯了罪，我会和三年前一样，给你戴上手铐。”

“哼，我承认，在你们面前，我的力量不值一提。但我也有尊严，不能被肆意欺凌冒犯。哪怕只能掰掉对方的一颗牙，我也要让他疼，让他记住我的存在。这是我做人的准则。”

“我会在你之前找到他的。”徐国柱说。

“那就看看，咱们谁更快。”老鬼说着就挂断了电话。

“鬼哥，这件事交给我吧。”小四川在他身旁说。

“与你无关，我的事，自己解决。”老鬼说。

“我无牵无挂，大不了办完事回老家噻。”小四川说。

老鬼转过身，突然挥手给了他一个嘴巴，“滚！”他大喊。

小四川愣住了，不知所措。

“你以为我拿你当兄弟啊？哼，你只不过就是我雇的一条狗。滚吧！以后咱俩没关系了，别让我再看见你。”他冷冷地说完，就转身走了。

小四川看着他的背影，沉默着。

在看守所里，徐国柱给老万点燃一根烟。老万缓缓喷吐，很享受的样子。

“看这意思，你还挺适应的？”徐国柱问。

“哼……”老万自嘲地笑笑，“我这一辈子，一半儿时间都是在这里边儿过的，不光适应，还舒坦。棍子，谢了啊。”他说着抬手拱拳，弄得手铐哗哗作响。

“甭跟我这儿废话。说，还有谁在现场？”徐国柱问。

“就我一个，没有别人。”老万轻描淡写。

“你一个人对付这么多个？你跟我这儿演武侠片儿呢？”

“哎，这次是二冬子想弄死我，我算是正当防卫啊，没什么罪过吧？”老万问。

“躺下那么多人，你觉得能算正当防卫吗？”徐国柱反问，“你想一个人扛是吗？你知道这是什么罪过吗？”

“我知道，也愿意接受你们的处理。”老万笑。

“他为什么要报复你？”徐国柱问。

“我哪儿知道啊……丫有病呗。”老万摇头。

“他与周庆的死有关？”

“我哪知道，道听途说的信儿，得你们去查啊。”

“他的背后是陈桥吗？”

“哼，你抓了他那么多手下，随便问问不就知道了？”

“灯儿的老婆孩子也死在他的手上？”

“别问我，要想知道，你有的是渠道。”

“但我从你那鸽场，搜到了这个东西，”徐国柱说着，将一张皱巴巴的纸拍在了桌上，“今借到耿二冬先生三千万人民币，如不能按期偿还，愿以丈夫尹航的资产进行抵偿。签名：纪红霞。”

老万没说话，看着徐国柱。

“这张借条就放在你餐厅的玻璃板底下，你什么意思？跟我们这儿逗咳嗽，耍心眼儿？”徐国柱问。

“哼，你要是觉得这是个事儿，就查查呗。”老万笑。

徐国柱知道，这是老万有意为之。“我找不着老鬼了，他妈没了。”

“也是二冬子干的？”老万皱眉。

“不是，是因病去世。但听说之前遭到过惊吓，与二冬子有关。”

“那孙子是个祸害，你们要是不办了他，还得出大事儿。”

“老万，我知道你不想破了规矩，但到了现在这个当口，已经不再是你们和二冬子的私人恩怨了。他带着枪，什么事儿都干得出来。我不想老鬼在这个时候复仇，也不想让更多的人再卷进来。小柳子曾经走到悬崖边儿了，我及时给他拉了回来。这件事儿我帮你摆平了，按着江湖规矩，你是不是也该为我做点什么呀？”徐国柱问。

老万低下头，默默地将烟抽完。“要是不怕犯纪律，就让我打一个电话。”他说。

“好，你等着。”徐国柱说着站起身。

44

东郊某城中村，私搭乱建严重，狭窄的道路散落着垃圾，臭气熏天。傍晚时分，在一个“三无”的黑旅馆里，二冬子蜷缩在墙角接听着电话。他已经成了过街老鼠，海城黑白两道的人都在找他。

电话的那头在训斥着：“我警告你，要是还这么胡搞，谁也不会保你！要是坏了我的事，我就让你不得好死！”

“桥哥，只要能把我弄出海城，我以后……肯定不再乱搞了。”二冬子的声音颤抖。

“你在那儿等着，哪儿都别去。我让人接你。”电话那头说。

“好的，好的。”二冬子点头。

他挂断了电话，在狭小的房间里踱着步。月光透过窗帘的缝隙，在地上映出一个刀尖的形状。他焦躁不安，魂不守舍，不断拿起手机看着时间。

这时，窗外响起了吵闹声，声音越来越大，似乎有人打了起来。二冬子犹豫了一下，轻轻走到窗旁，掀开窗帘的一角向外看去。是两个醉鬼正在闹炸，他们相互推搡着，大声咒骂。二冬子看了一会儿，确定不是冲自己来的，就拉上窗帘，回到角落里。但就在此刻，一个黑影正趴在对面的屋顶，默默地向这个方向看着。看二冬子拉上窗帘，他才拿出手机：“生哥，找到了。人在呢。”

在小旅馆的前台，一个打扮油腻的青年正在跟女服务员调情。他说着笑话，逗得服务员前仰后合，趁四周没人，还越发放肆起来，一把将其搂住，手在她的身上摸来摸去。

“干吗啊，别让人看见了。”女服务员娇滴滴地说。

青年亲了她一口，拿出一张照片：“帮我个忙呗。这个人见没见过？”

服务员拿过照片仔细看着：“他呀，就在那边的‘109’。”她抬手指着。

“嗯，真是我的好宝贝儿。”青年笑了，把脸埋进她的胸口。

不一会儿，青年走出旅馆，拿出电话：“喂，加代哥，人找到了。”

天空开始飘雪，货车的玻璃上蒙着一层水雾。老鬼在车里接着电话。

“嗯，嗯……我知道了。”他点着头。

“我还是劝你再考虑考虑，是不是要亲自动手。”加代在那头说。

“你别管了，我知道自己该做什么。”老鬼说。

他启动了货车，沿着一条漆黑的道路缓缓开着，在十多分钟以后，将车停在了一条无人的岔路上。他打开远光，向前方晃了晃，不一会儿就有了回应。在远处的黑暗里，一辆面包车也亮出远光。它缓缓地驶过来，停在了并行的位置。司机戴着墨镜，看不清样貌，他隔着车窗冲老鬼点点头。老鬼没下车，摇开车窗，将一个牛皮纸袋递了过去。司机接过纸袋，低头清点着，然后又拿出一个纸袋，递给老鬼。两辆车同时启动，向着不同的方向驶去。老鬼将纸袋打开，里面是一把自制手枪。

大雨降了下来，夹带着冰碴，落在地上窸窸窣窣地响。焦雄兵穿着雨衣，在黑暗里接着电话。

“陈桥的人已经过来了，让我一起去接二冬子，马上就要走。”他轻声说。

“你要格外注意，千万不要暴露。二冬子现在很危险，要防止他狗急跳墙。”电话那头是襄城禁毒的韩强。

“放心吧，他不知道我的底细。”焦雄兵说。

“不要大意，只要接到二冬子，就给我们发信号，我们会实时盯着你的位置。你开车走 G5 国道，上海襄高速，我们在屏山和八里店都安排了车，会跟着你。”韩强说。

“什么时候收网？”焦雄兵问。

“只要见到陈桥，就立即收网。开着手机，遇到突发情况可以还击。只要这次引出陈桥，你的任务就完成了。”

“好。”焦雄兵点头，挂断了电话。他沉默了一会儿，又按动了号码，手机屏幕上显示出“大哥”两个字。他犹豫了良久，最终还是没有拨打，而是发去了一条短信：“等我喝酒”。

“哎，小义，该走了。”远处一个声音喊着。

焦雄兵把手机塞进兜里，裹紧雨衣，向着一辆运输车跑去。

在城中村的一间成都小吃店里，小四川一个人在吃着火锅。桌上摆满了毛肚和羊肉，他酣畅淋漓地吃着，满脸通红。他举起一瓶啤酒，咕咚咕咚地干完，然后把酒瓶往桌上一蹾，舒畅地打了一个饱嗝。

“安逸……”他呼了口气，叫来服务员，将两张整钱拍在桌上。他站起身，披上雨衣，走到门前。外面的雨雪越下越大，他没有犹豫，走了出去。

小四川来到黑旅馆的附近，没有走正门，而是沿着房檐转了一圈，从一个敞开着的窗户钻了进去。旅馆里阴冷潮湿，并没多少住客。他脱下雨衣，戴上口罩，将外衣掖在裤子里，缓步在楼道里走着，不一会儿就到了一个房间外。门牌上写着“109”，他凑到近前听，屋里并没有动静。时间已经过了凌晨，周围静悄悄的，他用手试探着拧了一下门，发现并没有锁。他轻轻推门，潜了进去，同时摸出了一把尖刀。房间里漆黑一片，借着微弱的月光，能看到床上的被子散乱着，并没睡着人。他又来到卫生间，里面的地很湿，应该是住客刚洗过澡。他正犹豫着，这时门外传来了脚步声。他犹豫了一下，俯身钻到床下。门开了，几个人进了屋。

“快收拾收拾，桥哥让我们接你走。”一个粗嗓子说。

“大春，小义也去啊？”是二冬子的声音。

“废话，就我一个人开车，遇见警察怎么办？”大春说。

“你们在外面稍微等会儿，我有双球鞋找不到了。”二冬子说。

“你有病吧，都到这时候了，还找什么破鞋。”大春骂。

“让他找吧，咱们到车里去等。”那个细嗓子应该就是小义。

门又开了，两个人走了出去。

二冬子走到床旁，听声音像是掀开了被子，在收拾着什么。小四川看着他的脚，屏住呼吸，此时一双白色的球鞋，就放在他眼前。他知道不能再等下去了，趁二冬子转身，猛地蹿了出去。他抬起尖刀，往下就扎。这刀又准又狠，一下扎在二冬子的后背上。二冬子疼得大叫，下意识地转身撞开小四川。小四川步步紧逼，接连又是几刀，二冬子用手臂当着，鲜血飞溅。两人在狭小的屋里搏命，二冬子退到了门口，正想逃亡，却不料脚下一绊摔倒在地。小四川趁势发力，举刀就扑了过去。

“砰砰……”两声枪响击穿了寂静。

焦雄兵听到了枪声，赶忙跑了回去。他推门一看，一个人正趴在二冬子身上，后背冒出了鲜血。

“二冬子，你干吗！”他大声喊道，同时从腰后拔出枪。

二冬子一脚踹开小四川，站起来看着焦雄兵。这时，大春也跑了过来。

“出什么事儿了？”他在后面问。

焦雄兵刚一侧脸，刚想回答，没想到二冬子就开了枪。

“砰……”焦雄兵感到眼前一晃，就被一股巨大的力量推倒。他仰躺在门框的位置，身体一半在门里，一半在门外。

“你丫疯了？干什么啊！”大春也举起枪。

“别误会，丫是警察。”二冬子冷冷地说。

“放屁！丫跟我好久了，怎么会是警察！”大春说。

“哼……”二冬子笑了一下，一脚踩住焦雄兵的胸口，“他在海城跟一个警察接过头，我摸了一下他的底，他不叫龚义，姓焦。本来我是想在路上做掉他的，没想到他倒挺着急。”他拿枪指住焦雄兵的脸，“说，你是不是警察？”

“二冬子……你……你不得好死……”焦雄兵大口大口地吐着血，艰难地喘着气。

他又来到小四川面前，仔细一看，就笑了。

“这个人是谁？”大春问。

“给老鬼打杂的。”二冬子撇嘴，“咱们先走，我会跟桥哥解释的。”

“你这个神经病，我告诉你，要是杀错了人，桥哥饶不了你！”大春恶狠狠地说。

“再跟我去办件事儿，有个人必须解决掉，他知道的事儿太多了。”二冬子说。

45

在旅馆的109房间里，技术人员在勘查现场。小四川和焦雄兵的尸体周围被画上了白线。徐国柱在门口伫立着，他接到了国生的通知，但还是晚来了一步。这时，又有几个人走了进来，他们穿着便衣，为首的是一个大个儿。

“你们是干吗的？”徐国柱拦住几个人。

“襄城禁毒队副队长，韩强。”那人掏出警官证。

“襄城禁毒？”徐国柱上下打量着他，“什么事儿？”

“我们在追查一个涉毒案件，这个人是涉案人之一，”韩强指着焦雄兵的尸体，“已经跟你们唐局打过招呼了，现场交给我们处理。”

徐国柱没搭理他，给郭俭拨了电话。果然，郭俭接到了通知，他让徐国柱先回来汇报，后续工作让负责命案的刑警接手。徐国柱刚走没多久，崔铁军也过来了。但他刚一进门，就被韩强拦住。

“走开！警察！”崔铁军一把推开韩强，亮出警官证。

“我们是襄城禁毒的，在执行任务。”韩强说。

“雄兵怎么了？我问你雄兵怎么了！”崔铁军抓住韩强的胳膊。

韩强看他这架势，顿时明白了：“你是雄兵的哥哥吧？”

“是。”崔铁军点头，“他人呢？”

“人已经送走了。”韩强叹了口气，“唉，咱们到外面聊聊吧？”

崔铁军犹豫了一下，点点头。

在桑塔纳车里，崔铁军泪流满面。韩强掏出一根烟，递给他，但他却没接。

“你就是他的领导？”崔铁军问。

“是的。”韩强点头。

崔铁军一把揪住他的衣领：“就是你把他调到禁毒，说他脸生，不像警察，适合做卧底？”

“是……”韩强回答。

“你们怎么做的计划？怎么布置的人手？为什么让他单枪匹马执行任务？怎么会出现意外？”崔铁军连连发问。

“是我的失误，今天本来是最后的收网，但没想到……”韩强的眼泪也流了下来。

“废物！”崔铁军一把推开他。

“雄兵是个好警察，他热爱工作，热爱生活。他总跟我提起你，说想有一天跟你一样，能实现自己的价值，却没想到才刚刚开始，就落幕了……唉，如果倒下去的是我就好了……”韩强叹气。

“像我一样……”崔铁军摇头，“我早就跟他说过，他不适合当警察，更不适合到一线。这个傻孩子，就是不听啊。下一步，你们想怎么办？”他看着韩强。

“他一直贴在毒贩头目大春身边，今天本来是要带二冬子与陈桥见面的。他在牺牲之前留下了定位，我们还在跟踪，线索没断。”

“你是说，还能找到二冬子？”

“定位还没消失，我们正在追踪。”

“加我一个，让我也参加行动吧。”

“对不起，我理解你的心情，但是……你知道工作纪律的。”韩强为难。

“我们也在办着一起专案，二冬子是主犯之一，如果需要手续，我让领导协调。”崔铁军说。

“雄兵牺牲了，我和你一样难受。但是案子还没有破，陈桥还没有落网，现在仍是最关键的时候。我不能让他白白牺牲，不能让案件受到任何影响，所以我希望你能配合我们的工作，继续隐藏雄兵的身份。在陈桥落网之前，他不叫焦雄兵，叫龚义。明白吗？”

“明白……”崔铁军缓缓地点头，他看着窗外的雨雾，缓缓地说，“记得他上学的时候，就特别向往我描述的警察生活。怀揣着一张警官证，到陌生的城市，从茫茫人海里将犯罪嫌疑人绳之以法……他没有辜负自己的承诺，他的英雄梦实现了……”他拿出手机，看着短信，“他还送了我瓶酒，说等案子破了再喝……”崔铁军哭出了声音。

“这瓶酒一定会喝到的。不抓到那帮孙子，咱们就不配当警察。”韩强说。

在远处的黑暗里，停着一辆红色货车。老鬼赶过来的时候，警灯已将黑夜映得如同白昼。他握着电话的手在剧烈颤抖，他不敢相信加代的话，不敢相信小四川已经去了。

“他怎么知道的信息？”老鬼声音哽咽。

“我给你打电话的时候，他就在店里。我哪知道……他听见了……”加代叹气。

老鬼在黑暗里沉默着，泪水模糊了双眼。

“老鬼，老鬼……”加代在电话那头叫着。

他再也忍不住了，挂断了电话，伏在方向盘上撕心裂肺地大叫：“兄弟，兄弟啊，哥哥对不起你……我的那些话不是真心的，我只是想让你离得远点儿。你个傻孩子，干吗跟我混啊……吃饱饭，找个女人，生个娃，多好啊……兄弟啊，兄弟……”

老鬼抹了把泪，摸出了那把枪。他抬起手，瞄准着，猛地扣动了扳机。

经过向唐局请示，唐局同意派三人去配合襄城警方的行动，抓捕二冬子。崔铁军按照韩强的要求，隐瞒了焦雄兵的真实身份，他不能让弟弟白白牺牲，要完成他未尽的使命。但在出发之前，潘江海却告诉崔铁军，范大傻子出事了。

在海城市局的公安医院里，徐国柱、崔铁军随着潘江海走进了看押病区。崔铁军压抑着情绪，脸色很难看。徐国柱以为他病了，让他到门诊看看。但崔铁军却突然发怒，让他不要多管闲事。

三人走进了一间病房，范大傻子正穿着病服蹲在角落里。一看有人进门，他赶忙蹿到床旁，抄起枕头放在胸前。

“别过来，别过来！再过来我就开枪了！砰砰砰……”他神神道道地喊着。

“真疯了？”徐国柱问。

“嗯……”潘江海叹了口气，“就在昨天，他和妻子开车外出，被一辆运输车给撞了。他系了安全带，只受了轻伤，但他妻子却被甩出了车，不治身亡。经过尸检发现，他妻子怀了孩子，一尸两命啊……他知道这个情况之后，精神就不正常了。初步诊断，是精神分裂。”

“是什么人干的？”崔铁军问。

“我刚跟襄城的韩队碰过，说车辆的轨迹与二冬子的逃亡路线相符。很有可能，是二冬子想杀人灭口。”潘江海说。

“还能治吗？”徐国柱问。

“市局已经联系了省里‘二院’的专家，一会儿就将他转院治疗。如果治不好，咱们的证据也瞎了。法院是不能采信一个精神病人的证言的。”潘江海叹了口气。

徐国柱和崔铁军都沉默了，他们当然知道，范大傻子作为证人的重要性。此前，潘江海已经给他取了笔录，他不但承认了自己配合周庆进行洗钱的情况，还揭发了二冬子杀害尹航妻儿以及谋杀周庆的相关事实。作为周庆身边的防火墙和军师，范大傻子的证言至关重要。他精于算计，为了自己的安全什么人都能出卖，但却没想到，人算不如天算，最终害了自己的妻儿。他在病房里歇斯底里地哀号着，不断用头撞着墙壁，像一只挣扎的困兽。几个护士跑过去阻止，将他按在床上，打了安定剂。

风很冷，吹在脸上像是刀在割。在襄城的警察陵园里，崔铁军和韩强等人在一座无名墓碑前并肩站立。没有仪式,没有葬礼,没有警徽,也没有国旗。大家对着焦雄兵的无名墓碑，齐刷刷地敬礼。崔铁军知道，弟弟的名字要在破案以后才能被刻上。他拿出那瓶茅台酒，拧开瓶盖，仰头喝了一口，又倒在弟弟的墓前。

“兄弟，等案子破了，咱们再把剩下的撅了。”他默默拧上了瓶盖。

“明天下午，我们在海襄收费站等你们。”韩强说。

“不见不散。”崔铁军说。

在长途汽车站，徐国柱提着花儿的行李。花儿看着他，努力微笑着，却眼里含泪。

“我可走了啊，要是成名了，就不一定回来了。”花儿说。

“北京挺好,就是听说租房贵。好好比赛,我会看的。”徐国柱压抑着情绪。

“棍子，其实我特想知道，我脱衣裳那天，你动没动过心思。”花儿看着徐国柱。

“哼，要没动心思，就不是男人了。”徐国柱自嘲。

“你是个好男人，但是……咱们俩不是一类人。哼，我还是离你远点儿吧。”

“好好比赛，什么都别想。如果可能，就忘了这儿的一切……”

“忘了海城，也忘了你吗？”花儿叹了口气，“好吧，重新开始，我没问题的。”她强装笑颜。

花儿往前走了两步，张开了双臂，“以后，就是朋友了。”她说。

徐国柱放下行李，拥抱了花儿。花儿顿时泪流满面。

花儿上了车，隔着车窗冲徐国柱挥手。但就在车即将开动的时候，花儿却冲到车下，再次搂住了徐国柱，深深地吻住了他的嘴。徐国柱回应着，但不料花儿一低头，又咬住了他的肩膀。徐国柱忍住钻心的疼痛，任花儿发泄着。

司机在后面催促，花儿才抬起头："你给我留了印迹，我也得给你留一块，咱们俩扯平了。"她说完，几步上了车。

徐国柱回到老皇冠里，抬手打开了收音机。里面放着一首杨坤的歌曲，歌中唱道："无所谓，谁会爱上谁，无所谓，谁让谁憔悴，有过的幸福是短暂的美，幸福过后才会来受罪；错与对，再不说得那么绝对，是与非，再不说我不后悔，破碎就破碎，要什么完美，放过了自己，我才能高飞……"

徐国柱痴痴地望着长途车远去的方向，眼泪也淌了下来。

在海城市公安局的楼道里，潘江海看着手中的一封信，上面写着：

尊敬的领导：

本人潘江海，现为葫芦沟派出所民警。从警五年以来，在各级领导和同志们的关心帮助下，我一直兢兢业业，恪尽职守，努力完成各项任务，虽有不尽如人意之处，但也算无怨无悔。回首往昔，我没有愧对自己的承诺，从一名政法学院的学生到一名光荣的人民警察，我一直笃信这个职业能让自己"挥法律之利剑，持正义之天平，除人间之邪恶，守政法之圣洁"，无论在预审队还是派出所，无论是审案还是值勤，我都顶住了压力，抵住了诱惑，也实现了自己的人生价值。但是，因为家庭和个人未来发展等原因，经过漫长和艰难的考虑，我还是要提出辞职……

他缓缓走到警容镜前，凝视着镜中的自己。这时，楼下响起了鸣笛声，潘江海犹豫了一下，将信塞进了口袋，下了楼，上了老皇冠。

车里二人已等候多时。徐国柱穿着泛黄的皮夹克，戴着墨镜，嘴里叼着中南海香烟；崔铁军穿着风衣，梳着大背头。两人的样子和潘江海第一次见到的一模一样。

"想好了？今天你可合同到期。"徐国柱看着潘江海。

“想好了，搞完这个案子再走。”潘江海回答。

“其实你不用去，这次是配合襄城抓人，也不需要审讯。”徐国柱说。

“废话，要论抓人，我不一定比你差。”潘江海不客气地说。

“嘿，你小子还来劲了。”徐国柱笑。

“这次的行动有危险，大家都注意点儿。因为咱们都是生脸儿，所以得打头阵。”崔铁军说。

“嗯，无论如何，也得抓住二冬子那孙子。”徐国柱狠狠地说。

“经过追踪，他已经投奔了陈桥，襄城那边准备集中收网，所有的谜团也快要解开了。”崔铁军说。

“他们的定位准吗？”徐国柱问。

“准。韩强在高速口等咱们，出发吧。”崔铁军说。

老皇冠在路上飞驰着，三个人都沉默着，各怀心事。鸽群在夕阳的余晖中翱翔，鸽哨回荡在天际，让整个城市都显得安静平和。

一路无话。在海襄高速收费站，三人与韩强接头。两地警力兵合一处，来到了目标地点。“华人”宾馆位于襄城闹市区，宾馆不大，分上下两层。韩强的指挥车停在几十米开外，几个人坐在车里，商量着行动的细节。

“这个宾馆看似普通，实际上集歌厅、餐饮、住宿为一体，藏污纳垢。老板叫许建，也是陈桥的手下，一些毒品交易就发生在这里。这个许建神出鬼没，不经常露面，但由于宾馆经营不善，他急着盘出去，所以我们就以此为由，将他约了出来。”韩强介绍。

“这个许建跟二冬子和陈桥有什么关系？”潘江海问。

“陈桥只是个化名，他的真实身份我们并不掌握。但据可靠线索反映，他近期一直在和许建频繁地接触。此次二冬子逃匿到襄城，很可能就藏在许建这里。”

“所以只要抓到了许建，就能顺势找到另外两人。”潘江海说。

“是的。”韩强点头。

“你这个线索靠谱吗？”徐国柱问。

“这个线索，是我们一个优秀刑警提供的。之所以能追踪到这儿，也是他的功劳。我相信他的判断。”韩强说着，不禁看了崔铁军一眼。

韩强曾告诉崔铁军，就在焦雄兵牺牲之前，他将自己的手机隐藏在了运输车里，以便让专案组顺利追踪到毒贩的踪迹。听到这儿，崔铁军不禁回想起了那个雨夜，回想起弟弟给他发的最后一条短信。

“这次任务让我上吧，我搞了这么多年经侦，没少跟商人打交道。”他说。

“大背头，许建可不是什么商人，是毒贩。这帮孙子穷凶极恶，对付他们得我来。”徐国柱说。

“别跟我争了，人我来钓，到抓捕的时候再一块上。”崔铁军说。

“扯淡，钓和抓还用分两步走啊？你们经侦干事儿就是麻烦，脱了裤子放屁。”徐国柱不屑。

“你他妈嘴给我放干净点儿！这个任务必须我上！”崔铁军不知哪来的火气。

徐国柱愣了，没想到崔铁军反应这么过激。

韩强见状打起了圆场：“哎，我看崔警官这打扮确实像个老板，要不让他去吧。”

“那可说好了，你把人诱出来，我来抓捕。别大意，沾粉儿的这帮孙子，都是亡命徒。”徐国柱提醒。

崔铁军也觉得自己有些失态，叹了口气，点点头。

“这是他的身份证照片，但年代久远了，胖瘦可能会有变化，”韩强将许建的照片递给崔铁军，“我们在门口放了一个‘眼’。”他抬手指着不远处的一辆红色富康车，“只要认出了他，就会亮起左侧的转向灯。”

“好。”崔铁军点头。

46

十多分钟后，崔铁军走进了宾馆。他干了十多年经侦，没少跟商人打交道，知道在商场上混，讲的就是气派和场面。于是他风衣敞穿，叼着软玉溪香烟，一进门就高声大气。服务员见状，赶忙迎了过来。

“你们老板呢？”崔铁军问。

“我们老板不在，”服务员察言观色，“您找他……什么事？”

“大事。”崔铁军满脸傲慢，也不用服务员请，就撩起风衣，坐在沙发上，“给他打电话，就说我来了。”他做着指示。

服务员看他谱不小，也不敢怠慢，“您……和他约好了吗？”

“废话，不约好了我过来干吗啊？”崔铁军说着，拍了拍皮包。

服务员点点头，赶忙到前台通报。

崔铁军环视四周，宾馆处于歇业状态，并没有客人，大厅空空荡荡的。服务员端来一杯水，让他稍等，说老板马上就到。

崔铁军站起身，缓缓走到落地窗旁，在那可以清晰地看到，马路对面的那辆红色富康。

不一会儿，一辆银灰色的面包车停在了门口。车门打开，下来了五六个人。他们闹哄哄地进了宾馆，一看崔铁军，其中一个人走了过来。那人身材高大，戴着茶色墨镜，穿一身黑色皮衣，像个社会人的样子。

“哎，是你想谈生意吗？”那人问。

崔铁军上下打量着他，觉得与照片上的并不相似，于是便点燃一根烟，故意把他往窗旁引。“你是许总？”他问。

“是啊，要不干吗跟你聊啊？”那人说。

崔铁军低头点烟，用余光看着富康，但车却并没亮出信号。

“这么好的地儿，干吗不做了？”他问。

“太累，想干点儿别的。”

“你是房东吗？”

“是啊。”

“这宾馆哪年建的，多少年产权？”

“这……”那人犹豫了一下，“没建多少年，挺新的。”

“餐饮、消防、卫生许可证都办了吗？今年年检了？”他又问。

“年检了，没问题。”

“还没到春节就年检了？”崔铁军皱眉。

“这……”那人知道自己说错了话，“哦，都是下边人办的，我不太清楚。”他赶紧找补。

崔铁军心里有了底，把脸拉了下来：“我这么大老远过来，是真心想谈生意，你们却跟我这儿装孙子是吧？得，不想盘就算了。耽误工夫！”他说着把风衣一撩，就往门外走。

这下那人慌了，“哎哎哎，别走别走，我们老板在那呢。”他赶忙赔笑。

崔铁军停住脚步，冷眼看着。这时，一个瘦高个儿从沙发上站起来，笑着走来：“朋友，不好意思啊，我是老板。”他留着两撇小胡子，打扮得油头粉面，一说话就眼角上挑，一看就是个精明人。崔铁军看着他，觉得八九不离十。

“你是许老板？”崔铁军问。

“是。”小胡子连连点头。

“我姓刘，叫刘大宝。大小的大，宝贝的宝。”崔铁军自报家门。

“我姓许，叫许建。言午许，建设的建。”小胡子按他的格式回答。

“弄得这么神秘，有必要吗？”崔铁军皱眉。

“嗐，现在这外面不是乱嘛，小心为上。”许建笑。

“这宾馆是你的产权吗？”

“不是，我租了十年。”

“现在还剩几年？”

“六年多一点儿。”

“餐饮、消防、卫生什么都办了吗？”

“有专门的人负责代办，如果你还想用，我可以介绍给你。”

许建很会聊天，不但回答了崔铁军的问题，还展现了宾馆发展的前景。他不时凑到崔铁军耳边，说几句经营的诀窍，崔铁军听得连连点头。

“哎呀，许总啊，这里面的门道可真不少。哎，咱们可说好了，要是生意成了，你的这些关系也得介绍给我啊。”崔铁军说。

“那没问题，还是那句话，这年头做生意，撑死胆大的饿死胆小的，不打点儿擦边球，挣不了大钱。”许建笑。

许建看他有意，就带着他到宾馆里参观。宾馆整体面积不大，3000 多平方米的样子，但设施齐全，分上下两层，一楼是餐饮和歌厅，二层是住宿的客房。崔铁军边走边看，观察着细节。两人转了一圈，又回到了大堂。崔铁军点燃一根烟，将许建引到落地窗前。

“这么好的地儿，盘出去可惜了。”崔铁军向里走了一步，调整站位。

“没办法，我准备到外地发展，忍痛割爱。”许建为了和他说话方便，脸正好对着街面。

“你的出价儿有点儿高了，能不能再让点儿？”崔铁军问。

“刘总，已经很低了，都赔到家了。”许建叫苦。

“那……”崔铁军装作犹豫，“那这样，价我就不还了，但你这儿的所有设备都得给我留下。”

“行，这个没问题。”许建痛快地答应了。

“你这个地方可真是黄金宝地啊……”崔铁军感叹着，转头望向窗外。

这时，那辆红色富康亮起了左侧的转向灯，许建的身份被确认了。但他却没有立即抓捕，而是转过头问："哎，卫生间在哪啊？"

"哦，我带你去。"许建为促成生意，表现得很热情。

两人一前一后进了卫生间。刚一进门，崔铁军就将许建撅在了地上。

"哎！"许建刚要大喊，就被崔铁军一拳打中了迷走神经，顿时瘫软在地。

崔铁军掏出手铐，将他铐在厕所的铝合金隔断上，又拿出枪，顶住他的脑门。

"我是警察。说！二冬子现在在哪儿？"崔铁军问。

许建清醒了一些，抬眼瞟着崔铁军："二冬子？没听说过，不认识。"他摇头。

"说！"崔铁军毫不客气，猛地挥拳击中他的腹部。

许建痛苦地呻吟，蜷缩起身体。

"我告诉你，他杀了我们的兄弟，抓不抓你无所谓，我来的目的是毙了他！你要是跟我装孙子，就别怪我不客气。"崔铁军说着拿出钥匙，打开了许建的手铐，又往后退了一步，抬枪看着他。

许建有些含糊了："你……你想干什么？"

"你现在可以喊了，也可以反抗。我数一二三，你要是还说不认识二冬子，我就开枪了。"崔铁军说完，抬起了枪口。

许建看着崔铁军的眼睛，知道这警察不是善茬。他没有回答，似乎在做着权衡。

"一……"崔铁军开始数，"二……"

"你先别数，让我想想！"许建慌了。

"三！"崔铁军抬枪指住许建的胸口，就要射击。

"我说！"许建㞞了，"他……在棋牌室里，就是一层最里面的房间。"

"屋里有几个人？"

"就他一个。"

"要说瞎话，我就毙了你！"崔铁军又重新将他铐上，同时掏出皮手套，塞进了他的嘴里。他给徐国柱发了条短信，“人在卫生间里”，然后不顾一切地冲向了棋牌室。

哐的一声，棋牌室的门被撞开了，崔铁军冲了进去。但刚一进门，他就愣住了。屋里可不是只有二冬子一人，而是聚着七八个大汉。他们虎视眈眈地看着崔铁军，手里已经抄起了家伙。崔铁军刚要举枪，就被一个人从后面抱住，崔铁军用力一甩，将他带倒。但与此同时，其他人也扑了过来。他们有的举着凳子，有的拔出尖刀，想将崔铁军置于死地。崔铁军虽然勇猛，但双拳难敌四手，他的枪被打落在地，手也被尖刀划伤。这时，一个人把枪捡起，冲他就抬起了枪口。崔铁军无处躲闪，只得迎着枪口冲去。只听砰的一声，子弹侧着他的脸射到了墙上。声音震耳欲聋，崔铁军感到一阵眩晕。他死死攥住那人的手，想要夺枪，但不料另一个人又举起了尖刀，冲着他的脖颈刺来。崔铁军知道自己凶多吉少，用尽全力反抗。就在危急时刻，枪声再起。

“砰砰……”随着干净利落的两枪，那个举刀的大汉摔倒在地。

“放下枪，警察！”徐国柱站在门前大喊，他双手持枪，枪口冒出了白烟。

崔铁军借机夺过了枪，一下插进了那人的嘴里：“二冬子呢？说！二冬子呢？”他眼睛通红，冲着那人大喊着。

“唔……唔……”那人惊恐地看着崔铁军。

崔铁军见状，猛地拔出枪，放在那人耳旁砰地开了一枪，又再次将枪插进他嘴里。枪管很烫，疼得那人哇哇大叫。崔铁军已经失去了理智。

这时，韩强等人也赶了过来，他们看崔铁军这样，不知所措。

“大背头，你丫冷静点儿。”徐国柱上前阻拦。

“说！不说就毙了你！”崔铁军不管不顾，继续施压。

那人终于扛不住了：“我说，他没走多久，也就半个小时。”

“怎么走的？去哪里了？”

“开车走的，黑色桑塔纳，车牌是襄JS0914。说是回海城找什么人。”

“什么人？”

“叫……叫老鬼……”

崔铁军拔出枪，走到徐国柱面前，伸手就从他兜里掏出了钥匙。

“哎，你干吗啊？”徐国柱一愣。

崔铁军没搭理他，径直跑出了宾馆，开着老皇冠就走了。

“哎，你丫犯什么病啊！”徐国柱在车后大喊。但崔铁军根本不理，驾车离去。

“我看他，是冲着二冬子去的。”潘江海在后面说。

“这不是丫风格啊，出什么事儿了？”徐国柱一头雾水。

“徐警官，我们查到陈桥的位置了，得马上过去围捕，”韩强跑过来说，“据许建交待，二冬子确实刚走，说是要回海城办事。给你们辆车，赶紧往回赶吧。”

“好，谢了。”徐国柱点头。

“需要再派俩兄弟协助吗？”韩强问。

“不用，已经很感谢了。祝你们好运。”徐国柱与他握手。

老皇冠疯了一样地开着，崔铁军茫然地寻找着。他把车开得越来越快，直到发动机轰鸣、车身颤抖。但夜色浓重，车已经开回了海城，却依然没有发现二冬子的踪迹。高速路旁的灯火闪烁着，崔铁军把车停了下来，望着远处繁华的城市。他流着泪，心中的悲痛、焦躁、失落和茫然汇集在一起，“雄兵，雄兵……”他无助地大喊起来。

与此同时，徐国柱开着车也临近海城。他接听着电话，表情非常严肃。

“这么说，他回海城真是奔着老鬼？”

“是，听说是被老鬼激的，也不知道丫跟那疯子说了什么。”电话那头是国生的声音。

“二冬子现在在哪儿？”

“我不知道。要是知道，就直接给丫办了。”

“你丫有病啊？好日子过腻了？”徐国柱质问。

“放心，万爷发话了，我们都不会动。但这孙子树敌太多，听说陈桥也把他给弃了。”

“老鬼现在在哪儿？”徐国柱又问。

“不知道，我所有的关系都在找。”

“好，只要有他们俩的消息，就立即告诉我。”

“行，你等信儿吧。”国生说。

“好，谢了。”徐国柱说。

“棍子，你要清楚，这事不是我们要帮你，而是丫犯了大忌，坏了规矩。他现在是所有海城混混的仇敌，人不报天报！”国生说完就挂断了电话。

“有线索吗？”潘江海在后面问。

“咱们得快点儿，要不丫还不定死谁手里呢。”徐国柱说，“灯儿的事儿已经牵扯到不少人了，我不希望再有殉葬者。”他说着就加快了车速。

国生说得没错，二冬子确实成了全世界的仇敌。他之所以离开襄城，也是闻到了味儿，怕陈桥对自己下手。他如丧家之犬，无处可去，在海城的黑夜里游荡着。他疲惫至极，精神恍惚，眼前总闪出那些人的表情。周庆、纪红霞、尹冲，包括焦雄兵，他们阴魂不散，伸出手似乎想把他拉进地狱。他掏出一袋“K 粉”，往鼻子里猛吸，顿时亢奋起来。

他颤抖着拿起电话，不停地拨打着一个号码，但对方却根本不接。他大吼着，咒骂着老鬼。不料这时，他的车开到了逆行道上，险些撞上一辆卡车。他慌忙打把，桑塔纳一头栽到了路基下。他的头撞出了血，冷汗浸湿了全身。这时，那个电话终于回了过来。

“喂，喂！”他大吼着。

“怎么还没回来？认㞞了？”电话那头传出了老鬼的声音。

“快到了，你呢？你在哪儿呢！”二冬子问。

“明晚九点，老地方。你要是害怕，可以不来。”老鬼说。

“我一定来！”二冬子咬牙切齿地回答。

47

清晨来临的时候，阳光将一切照亮。一辆红色货车经过一片枯叶林，几只鸟被惊飞，落在一个闪烁的黄灯上。货车在一个路口左转，经过一条斑马线，又绕了个很大的弯掉头，才停在一条小道前。这里很偏，没有多少行人，这就是市南区的百尺道。这条道被夹在两个土山之间,两头虽然都通着大路，但道宽却只有三尺，仅能让一人通过，可谓是一夫当关万夫莫开。

老鬼走下车，观察着周围的地形。这已经是他第三次走同样的路线了。他打开货车的车厢，从里面抬出了一辆自行车。他把自行车推到十米外的草丛中，并没有上锁。他叉着腰，谋划着事成之后的逃跑路线，然后猛抬双手，做出射击的样子。他凝视着百尺道的另一头,想象着此刻二冬子就站在对面。他毫不犹豫地扣动扳机，射出了子弹，让敌人万劫不复。他感到此刻心中异常冷静，甚至有些亢奋，像极了三年前对付哈道的感觉。他回到车里，拿出那把自制手枪，缓缓地拉动套筒，发出了一声脆响。

在海城市局的办公室里，崔铁军接听着电话，市南分局的同事发来线索，就在半个小时之前，小康被抢的现金出现在了市南区平原街的一个储蓄所。他没有通知其他人，独自一人驾车赶往现场。在市南区经侦队里，崔铁军见到了那个存钱的人。那人是个餐馆老板，战战兢兢地回忆着事情的经过。他的餐馆离储蓄所很近，为了资金安全，每隔一两天就会把营业款存进银行。

今早刚开业就来了一个食客，他似乎饿坏了，点了一大桌子的东西。他的举止很奇怪，吃饭的时候还戴着帽子，说话也躲躲闪闪。在吃完之后，他拍下了两张整钱也没让找，就匆匆离开了。等店主把钱存进银行之后，经侦队就找来了。

“你怎么知道这两张一百块就是他支付的？”崔铁军问。

“他付的那两张是新票儿，红色的，我收的时候还无意看了一眼，其中一张的尾号是6606，我还觉得挺吉利的。”老板回答。

“你看一下，这里面有没有那个人。”崔铁军打开一张A4纸，让老板辨认。

纸上印着十多个人像，老板仔细地看着，用手指住其中一个：“就是他。”

崔铁军看去，那人就是二冬子。

“确定吗？”

“确定。他长得挺有特点的，眼睛往里凹。”

“他怎么走的？开车了吗？”

“应该没开车。店门口是市政路，不允许停车。”

崔铁军默默地想着。如此推测，那笔钱应该在二冬子手里，但为何那个皮箱却出现在周庆车里？为什么那些隐秘资料二冬子没有拿走？他想不明白。他的脑子很乱，许多线索看似查清了，但实际上却可能隐藏着更大的秘密。他不敢怠慢，立即上报郭俭，要求以市南区这个储蓄所为中心点，派警力向四处扩散侦查。行动随即展开，海城的刑警、治安、巡警、交警多警联动，一张大网徐徐拉开。

这注定是难忘的一天，即使在二十年后，这天也被许多人铭记。这天改变了许多人的命运，让他们的人生轨迹发生了变化。有的人出轨、触礁、万劫不复，也有的人挫败、回头，重新开始。虽然一切都已淹没在历史的尘埃里，但每当提起，却令人唏嘘不已。

整整一天，三人都漂在外面，十多个行动组搜查了多个地址，却依然没发现二冬子的踪迹。时至傍晚，天又暗了下来，就在大家即将失去信心之际，一条重要线索浮出了水面。技术部门锁定了老鬼的位置，他正在高速移动，应该是在开车。行动组立即执行围捕任务。

崔铁军这几天很怪，做事独来独往，有话都憋在心里。他没上徐国柱的老皇冠，而是开着桑塔纳率先冲出市局。徐国柱紧随其后，但神情却有些恍惚。不知怎么的，他今天总感觉心里发慌，说不上是疲惫还是紧张。他觉得国生那帮人在隐瞒着什么，却又找不到证据。他开着车，听着电台里不断报出的目标位置，预测着老鬼驾车的轨迹和方向。夜色如墨，数辆警车组成一张大网，向着老鬼的位置扑去。

正在这时，徐国柱的电话响了起来，电话那头传出了国生的声音。

“二冬子找到了。”

“在哪儿？”徐国柱问。

“你开着车呢？”

“是啊。”

“到哪了？”

“你问这干吗？”

“你开车到正午歌厅，我在那儿等你。要是相信我们，就马上过来。”国生说完就挂断了电话。

徐国柱琢磨着他的意图，分析着他话里那“我们”二字的意思。他没再犹豫，在下一个路口向西行驶，不一会儿就将车开到了市南区的正午歌厅门口。徐国柱下了车，在门前等着，潘江海不解，刚要过去询问，从远处就开来了一辆白色的面包车。

车窗摇下来，国生正坐在驾驶室里。“上车。”他说。

徐国柱拿起配枪，撇下潘江海，拉门上了车。面包车猛地提速，消失在黑暗里。

潘江海启动老皇冠，试图追赶，但没过几个路口就被甩掉了。他赶忙拿起电台进行通报，让郭俭追踪徐国柱的信号。他有种不好的预感，怕徐国柱着了那帮混混的道儿。

面包车像一颗子弹，在黑暗里穿行着。车里的机油味很大，车身很抖，似乎出了毛病。

国生始终一言不发。徐国柱把电台放在耳畔听着。在市南区的二道街上，行动组已经发现老鬼的货车了。刑警们鸣枪示警，老鬼却依然没有停车，而是闯卡继续向西行驶。

“二冬子到底在哪儿？”徐国柱转头问国生。

“快到了。”国生看着前方。

徐国柱抬手看表，马上就要到九点了。他有种不好的预感，浑身发冷，手心出汗，他攥紧了配枪，望着车窗外的黑暗，觉得许多事情似乎都要在今晚了结。他不想让自己这么紧张，就随手打开车的收音机，里面传出了一首熟悉的歌曲：“有时候，有时候，我会相信一切有尽头，相聚离开都有时候，没有什么会永垂不朽；可是我，有时候，宁愿选择留恋不放手，等到风景都看透，也许你会陪我看细水长流……”

徐国柱默默听着，不禁想起第一次见到花儿的情形，纠结的心平缓下来，眼眶也不禁湿润了。

在二道街上，红色货车已经撞得伤痕累累，眼看就要到枯叶林了，却不料几辆警车又追了上来。警车摇着警灯，呈合围之势，将货车夹在中间。老鬼猛地打把，将一辆警车撞开，又狠踩油门，提高车速。却不料，两辆警车冲到他车前，将前路封堵。老鬼没有减速，猛地将两车撞开。他看着表，距离九点已经很近了。

货车突出重围，却不能按照原路行驶。老鬼掉转车头，向另一个路口驶去，准备抄近道去百尺道的另一个口。却不料没走多远，车胎就被警方布置的地钉扎爆。车胎一瘪，车速顿时下来了。老鬼急得直叫，他跳下车，窜到枯叶林里狂奔着，想将警车甩掉。

就在这时，一辆切诺基开了过来。司机摇开车窗，冲他大喊：“上来！”

老鬼顾不得许多，拉门钻进车。切诺基如脱缰野马一般窜了出去。老鬼气喘吁吁，这才发现开车的竟是霍大屁股。他身体肥胖，像一个快要爆炸的冬瓜。他看着老鬼，轻笑一下。

“为什么要帮我？”老鬼问。

“还你情啊。谢你不杀之恩。”霍大屁股撇嘴。

“哼，你是想借我的手吧？”老鬼没把话说完。

“我承认，我㞞、我软，但既然你出手了，就别留情。”霍大屁股笑。

他车速很快，眼看就要到百尺道了，却不料他踩了刹车：“这儿下吧，我帮你吸引警察。”霍大屁股说。

老鬼下了车，看着切诺基绝尘而去。但没想到刚走几步，就被埋伏在路旁的刑警扑倒。

“我操你大爷的，霍大屁股！”老鬼知道自己上当了。

白色面包车经过一片枯叶林，前面一个黄灯在黑夜里不停地闪烁。车在一个路口左转，经过一条斑马线，又绕了个很大的弯掉头，才急停在一条小道前。国生打开车门，冲他抬了抬手。徐国柱会意，拿枪下了车。

外面雾蒙蒙的，周围没有一点声音。徐国柱双手握枪，小心翼翼地前行，口袋里的手机振动着，他也无暇回复。他来到百尺道的狭小入口，看着两边漆黑的山头。这时，不远处响起了枪声，“砰砰”两下，接着又是两下。与此同时，一个黑影突然出现在百尺道的另一头，他跌跌撞撞，慌不择路，似乎在躲避着什么。他跑得很快，几乎要撞到徐国柱的面前。

那人正是二冬子，徐国柱见状，立即举起枪。

与此同时，二冬子也看到了他。他单手持枪，指着徐国柱。两人在狭窄的小道上，对峙着。

二冬子表情狰狞，两只眼往里凹着，不知是哭还是在笑。“你们这些浑蛋，都在逼我，你们都该死！”他大声叫着。

“把枪放下，要不我开枪了！”徐国柱喊。

“我知道，你们丫和老鬼串通一气，想干掉我。哼，没那么容易！我有病，间歇性的，犯病的时候杀人不犯法。你不能拿我怎样！”二冬子大步往前走。

徐国柱用准星瞄准了二冬子的头，不禁往后退了几步。

“对了，你跟那个小娘们有一腿吧？我还告诉你，那天玩得真不错，我就喜欢刺激的。可惜后来没找着她，要不我还得再爽几次！”他狂笑着，“来啊！来啊！有本事你就开枪。你们这帮警察，根本没拿我当过人。你去死吧！”他说着已经跑到了近前，冲徐国柱抬起了枪口。

“砰砰……”徐国柱眼前冒出了火光。他下意识地还击，“砰砰……”两支枪的声音混在了一起。

枪声响彻天际，惊起了夜宿的鸟儿。一辆桑塔纳飞似的冲了过来。当崔铁军下车的时候，二冬子已经倒在了地上。

徐国柱大口大口地喘着气，手里紧紧攥着配枪。崔铁军跑到近前，看着二冬子的尸体，表情复杂。

“他……死了吗？”徐国柱缓缓地问。

“死了，一切都结束了。”崔铁军回答。

“结束了吗？”徐国柱问。

“不知道……”崔铁军摇头，“也许是结束，也许是开始……”

警灯将夜幕照亮，刑警们将老鬼押到警车上。在得知二冬子被徐国柱击毙的时候，老鬼撕心裂肺地大喊着：“棍子，你个王八蛋！你有什么权力杀了他！”声音在黑夜里久久回荡。

48

太阳升起来了，阳光将城市照亮。百尺道前的枯叶林覆盖了白雪、生发出新芽、盛放出墨绿，又再次归于沉寂。二冬子躺倒的地方被画上了白线，被擦去了痕迹，被洒水车洒水，被尘土覆盖，被所有人忘记。时间循环往复，一切都会化为乌有。名字会被遗忘，大厦会坍塌，生命会消失，灵魂会消散。每个人在经历三次死亡之后，会最终消失在世界里。

二十年后，没人再提起二冬子这个名字。当年在勘验尸体的时候，他身上有不少体表伤。但在他死之前到底发生了什么，被什么人追赶，却无从查起了。历史上记下的，是他持枪拒捕，被警方击毙，简简单单，仅此而已。他干过什么，目的、动机、主观故意，从他生命消失的那一刻起，就失去了意义。那颗子弹已经成了对他的终审判决，将他钉在了耻辱柱上。

雷声滚滚，大潮汹汹，江湖虽在，人已远去。这些年来，有些人攀上潮头，却在风口浪尖中跌落，万劫不复；有些人画地为牢，收敛欲望，得以明哲保身。世间万物，互为因果，无论是谁，所作所为都将付出代价。

兰河清副局长被纪委带走，执行双规；沈嵘在南下的列车上被扣，交代了为兰局充当掮客的事实；唐局亲自带着儿子唐星到专案组接受调查，并辞去了局长职务。邢局没有回到海城，调任到省司法局工作。新来的市局一把手赵局提拔了一批新人，郭俭受到重用，被调到市南分局任局长，从此没人敢再叫他“大撒把”。省市两级的官场发生地震，余波甚至传到了外省。灯哥的那把“钥匙”，让许多在台上冠冕堂皇的人跌落神坛，让曾经的江湖不复存在。老万说得没错，那不是关系网，而是夺命锁。

徐国柱虽因击毙二冬子扬名立万，却在半年后因警务改革被下沉到派出所工作，成了一名巡逻民警。据好事者分析，市局这么做大概有两个原因。一是他在开枪的时候没有鸣枪示警，犯了纪律；二是与江湖中人接触过多，犯了忌讳。但这些猜测自然无法获得印证，也不会有哪级领导会给出答案。世界就是这样，许多事情并没有所谓的真相，而且随着时间的流逝，答案也再无意义。从此，大棍子这个名字就只留在传说里，每当有人提及，昔日的洒脱豪迈便会显得悲凉无比。

潘江海最终没有辞职，他撕碎了辞职信，回到了葫芦沟派出所担任内勤。三个月后，他拿下了律师执业资格考试，经过郭俭的推荐，又回到了预审队。但之后的警察生涯却并不顺利，由于性格问题，依然“不得烟儿抽”。在苗虹怀孕的时候，他召集几人又聚了一次，他被管得更严了，别说喝酒，连吃辣也受到了限制。

崔铁军回到了探长的岗位，又恢复了忙碌的工作，新调来的队长江浩为人谦和，对他的工作十分支持，还给他分了个徒弟，名字叫林楠。他一直不懈地追踪着那个洗钱团伙的线索，但由于那个“阿黄”逃到境外，案件始终没有进展。在襄城专案组的努力下，陈桥最终被绳之以法，但由于背后还藏着更大的贩毒网络，所以焦雄兵的身份还要继续保密。那瓶茅台一直存在他的柜子里，他曾经跟郭俭说过，等那个洗钱案件破了，就叫上哥几个一起给撅了。在初春的时候，崔铁军和弟弟昔日的战友一起来到警察陵园，在焦雄兵的墓碑上郑重地刻下名字，人民警察。

在以后的二十年里，大小的专案不计其数，但像那次的硬仗却没有几个。警察工作并不像影视剧里描述的那样危机四伏，绝大部分时间还是按部就班。那些曾经的英雄在温水煮青蛙中老去了，新的一代又成长起来。老去的方式各有不同，但年轻却是一样的。正如他们所说，新手喜欢说，老手喜欢看；新手比的是对，老手防的是错；新手比的是先招，老手玩的是后手；新手狐假虎威，老手锦衣夜行；新手希望全世界都认识自己，老手希望全世界都忘了自己……

当警察最难得的就是平平安安，人生有起幅就有落幅，有起范儿就难免晃范儿，尽量别当英雄，英雄总会落幕，就像月份牌总会翻篇儿。一旦翻篇儿，最好的方式就是一走了之，别柔肠百转自怨自艾，别心有不甘怨天尤人，给自己留念是自欺欺人，结束才是新的开始。

三年之后，小柳子出狱了。他到派出所找到徐国柱，扑通一下跪在了地上。徐国柱带他到管片儿里吃了顿涮羊肉，又给他买了一套新衣服，然后通过崔铁军的关系，给他找了一份还算稳定的工作。薪水虽然不高，但只要努力就有希望。

五年以后，老鬼出狱了。他没在监狱门口看见加代，后来才得知，加代在尼泊尔博卡拉玩滑翔伞的时候，坠入了谷底。他来到母亲的墓前，将墓碑擦净，将杂草去除。他紧紧搂住墓碑，默默地数了六十下。之后他消失了很长一段时间，有人说他去了南方，也有人说他再次入狱。

正午歌厅被定为违章建筑进行了拆除，昔日的辉煌成为历史。老万在服刑期间，同监区的杠头和钢镚儿都很照顾他。他的习惯没变，吃饭很节制，但每餐都离不开花生米。因为改造态度好，老万获得两次减刑，被提前释放。出狱后他回到了鸽场，惊讶地发现那些鸽子还在天空上飞翔。徐国柱履行了承诺，将鸽场交给一个人代管。老万邀徐国柱来鸽场喝茶，两个昔日的对手如今坐在一起，像老朋友一样。

收音机里放着《今日股评》节目："在全球金融危机爆发之后，A股的泡沫破灭，大盘从6124点跌至1664点，股市落入谷底。但今年，随着政府4万亿的投资计划，A股快速上涨，沪指已经上涨到3000点。可以乐观地期盼，股市即将冰雪消融，迎来春天……"

老万给徐国柱倒上一杯茶，又打开一包花生放在盘子里。

"棍子，最近忙什么呢？"他问。

"打击仙人跳，维护嫖客的'正当利益'。"徐国柱抓了把花生。

“呵呵……”老万笑了，“哎……世道变了，江湖不在了，也没规矩了。听说道上的‘佛爷’都失业了，全跑网上诈骗去了。”他感叹。

“哎，现在我手里有个‘一号案’，就在我管片儿，最近总有个孙子扒厕所窗户偷窥妇女，听说是襄城口音，身高一米七左右，走路的时候有点儿罗圈腿。没事儿帮我打听打听啊。”徐国柱说。

“这他妈算什么‘一号案’啊？”老万摇头。

“派出所的‘一号案’。”徐国柱正色。

“得，我抽空问问。”老万喝了口茶，“还记得那个问题吗？为什么每次搞仪式的时候，鸽子总能从两头往中间飞？”老万问。

徐国柱没说话，摇摇头。

“因为收鸽子的时候，工作人员会按照鸽主的地址分别登记。把城西的鸽子放在东边，把城东的鸽子放在西边，一旦放飞，每只鸽子做的第一件事，就是回家。”他说。

“所以无论飞得多远，都得有个落脚的地儿。”徐国柱点头。

“灯哥活着的时候总说，姿势对，格式内，起幅落幅，起范儿，晃范儿。人这一辈子，总想纵横四海，获得自由，但所谓自由，不过是囚禁中的放飞，就像鸽子一样。”老万感叹着。

“为什么？”徐国柱突然问。

“什么？”老万不解。

“你为什么这么干？”徐国柱盯着他的眼睛。

“我，什么也没干啊？”老万看着徐国柱。

“呵呵……”徐国柱摇了摇头，“无所谓了……”他端起了茶杯，喝了一口里面的酒。

两人聊到很晚，徐国柱走的时候，街头的灯火已经点亮。洒水车在路上缓缓行驶，一阵清凉飘散在空气中。他骑着自行车，经过狭长的林荫道，宛如穿越时光隧道。

本来故事讲到这里就应该结束了，但我总觉得可能还没讲全，比如下面这几个细节。

在小康出事的前一天晚上，他到正午歌厅找到了老万。在包间里，他将一个黑色的手提箱放在桌上，扑通一下跪在老万面前。

“干吗啊？怎么个意思？”老万盯着他问。

“万爷，我也是没办法啊，都是被大棍子逼的，才出卖了灯哥……”小康涕泪横流。

老万没去搀扶，任他在那跪着：“这是什么东西？”他指了指那个箱子。

“这些资料十分重要，是灯哥的‘钥匙’。现在我交给你，一定要保存好。”小康表情凝重。

老万打开箱子，翻了几下就明白了：“你不是要交给警察吗？”

“我要是交给警察，就肯定得死。我……那是一时糊涂。你有机会一定跟灯哥说说，等他出来我一定当面谢罪。”

“我会和灯哥说的。下一步，你怎么办？”老万问。

“有人要杀我，我得走。”小康战战兢兢地说。

“谁要杀你？”

“不知道，是听到传言。万爷，对不起了，我先遁了。”

小康说完就匆匆走了。老万把杠头叫了过来。

“听说大宝来海城了？”他问。

“是的，应该是奔着小康来的。需要截一下吗？”杠头问。

“不用，与咱们无关。记住，这件事不问，不说，也不管。”老万提醒。

“这个呢？毁了？”杠头指着桌上的皮箱。

“藏起来，对谁也不要说。”

“听说最近老三不规矩，咱们用不用……”

“不用，我说了，不问，不说，也不管。”老万加重了语气。

在小康死后，江湖开始流传周庆要对付老万的传言。在正午歌厅，杠头和国生都在劝老万。

“二哥，你要再不先发制人，就晚了！据我所知，大宝已经开始到鸽场踩点儿了。”杠头焦急地说。

“是啊，干掉小康是老三往你身上泼脏水，他这明摆冲你来的。”国生也不忿。

“没听懂我说的话吗？现在这个时候最凶险，那帮穿官衣儿的正等着看戏呢。什么也不能动！不能节外生枝。有仇先撂下，有怨先憋着，一切要等灯哥出来再说。”老万说。

“那要是他们动手怎么办，等着挨刀吗？”杠头皱眉。

“要是真碰上事儿了，只能防守，不能出击。从今天开始，你时刻跟着我，可以带家伙，但别是刀和枪，拿个铁棍，不算凶器。正当防卫，不算犯罪。”老万说。

“好。”杠头点头。

“记住，咱们绝不能先动手。”老万再次提醒。

在老万最后一次和周庆见面之后，他叫来了石头儿。石头儿瘦瘦小小的，长了个小豁嘴儿，在海城道上有“黄金手”之称。

“万爷，找我有事儿？”石头儿问。

“求你帮个忙。”老万说着，拍出一摞现金。

“哎哟，给您办事儿，不用。”石头儿摆手。

“拿着，但要绝对保密。”老万凑到他耳旁，轻声地说着。

“嗯，我记住了。”石头儿点头。

“再重复一遍。”老万盯着他说。

“玉璟园小区地下二层036号车位，尾号是四个6的S级奔驰。”石头儿说。

“记住，戴手套，不要留下痕迹。”老万说着将一个黑色皮箱递给了他。

“放心吧。”石头儿点点头，感觉皮箱很沉。

在老万被抓之后，徐国柱要求他发动海城的混混寻找二冬子的下落。

徐国柱走到审讯室门外，点燃一根烟。

老万在审讯室里，给国生拨通了电话。

“发动一切力量，找到二冬子。”老万说。

“但如果他让棍子抓到了，后果你是知道的。”国生说。

“半辈子了，我都是以德报怨委曲求全，但现在我想明白了，不能再这样。他犯了大忌，坏了规矩，咱们不能坐视不理。还记得吕布怎么死的吗？要是当不了曹操，当刘备也行。”老万缓缓地说。

花儿去了北京之后，最终没能如愿以偿，在比赛中落败。她当了几年北漂，在歌厅驻唱，客人们最爱点她翻唱的王菲的歌，还给她起了个外号，叫花儿姐。徐国柱一直没跟她联系，两人的故事似乎就这样结束了。但数年之后，花儿回到了海城，又在站台上见到了徐国柱。那是个秋日的午后，徐国柱还像当年一样，穿着一身泛黄的皮夹克，戴着墨镜站在人群中。但不同的是，他的头上有了白发，身材也变得臃肿。他默默地走过去，将花儿搂在怀里，任花儿的泪水打湿他的胸膛。那辆“银猫”早就卖了，徐国柱让花儿坐在自行车的后座，缓缓地骑行。两人渐渐地，消失在林荫道里。

写这个故事的时候，我已经不年轻了。一切尘归尘，土归土，化为浮云，消散天际。随着警务改革的进程，警察执法越来越规范，像徐国柱那样站在黑白两道的警察，越来越少。流氓也消失了，就算有，也不是真流氓，而是耍流氓。作为警察，我觉得他们并不是被我们消灭了，或者改造好了，而是随着时代的发展，失去了生存的空间，被历史淘汰了。他们生存的缝隙渐渐消失，或者说，被其他什么挤占了。他们活着，老去，皮肤失去了光泽，变得松垮。他们的名字也随着那些故事，消失在历史的尘埃里。

但故事就是故事，也不要对号入座，回忆并不可靠，会不自觉地缩小或夸大。所以别问我讲的是不是真的，大家就当这个故事是个戏中戏吧。什么？你们问我是谁，为什么会知道这么多事？呵呵，那我告诉你们，我姓楚，叫楚冬阳，他们给我起了个外号叫“呱嗒”。在那个案件结束之后，我将他们的故事和证据材料一起，装订进了案卷里，印在了脑海中。其实我并没有他们说的那样猥琐，只不过是见了领导，紧张。我很尊重他们，很怀念他们，那个时代过去了，新的时代开始了。

初稿：2020 年 2 月 10 日至 3 月 15 日

二稿：2020 年 3 月 16 日至 4 月 6 日

三稿：2020 年 4 月 10 日至 4 月 17 日

FONGHONG
凤凰联动出品